我夫君天下第一甜 上

山栀子 著

中国致公出版社·北京　知音动漫

图书在版编目(CIP)数据

我夫君天下第一甜：全两册 / 山栀子著 . -- 北京：
中国致公出版社，2024.10

ISBN 978-7-5145-2131-3

Ⅰ．①我… Ⅱ．①山… Ⅲ．①言情小说－中国－当代
Ⅳ．① I247.5

中国国家版本馆 CIP 数据核字 (2023) 第 084843 号

我夫君天下第一甜：全两册 / 山栀子 著
WO FUJUN TIANXIA DIYI TIAN:QUAN LIANG CE

出　　版	中国致公出版社	
	（北京市朝阳区八里庄西里100号住邦2000大厦1号楼西区21层）	
出　　品	湖北知音动漫有限公司	
	（武汉市东湖路179号）	
发　　行	中国致公出版社（010-66121708）	
作品企划	知音动漫图书	
责任编辑	李　琰	
责任校对	邓新蓉	
装帧设计	杨　瑾　刘　宝	
责任印制	翟锡麟	
印　　刷	长沙鸿发印务实业有限公司	
版　　次	2024年10月第1版	
印　　次	2024年10月第1次印刷	
开　　本	710mm×1000mm　1/16	
印　　张	45	
字　　数	702千字	
书　　号	ISBN　978-7-5145-2131-3	
定　　价	79.8元	

目录

第一章
买回来的美少年

东陵夜晚最繁华之处，莫过于临着护城河的重楼瓦舍，这里每隔三日便会开放一回夜市，更有许多秦楼楚馆。白日倒是冷清，除了些古董店、酒楼照开不误，那些摊贩也只在每回夜市开放的时候才来这条寸土寸金的街上摆摊叫卖，戏园子或青楼也都是天擦黑才将将开门。

昨夜落了场雨，清晨薄雾微笼，街上地砖开裂的缝隙里还积着水。步履轻快的姑娘一个没注意，水花便从松动的砖缝里飞溅出来，浸湿了她的裙。她却顾不得这些，只加快步伐往街边的后巷里走去，敲开一道木门。

"是你啊。"开门的小厮帽子也没戴正，睡眼惺忪的，打着哈欠给她让路，"进来吧。"

"欸，寸心，我也有两件衣服，你一块儿替我洗了呗？"小厮一边带着她往后院去，一边笑嘻嘻地说。

"好啊。"戚寸心掀开帘子才走到廊上，便见院子里的木盆中已经堆满了各色的衣裳，她偏头对上那小厮的目光，笑盈盈地说，"十文钱一件。"

小厮没趣儿地撇撇嘴："你可真是个掉钱眼儿里头的小丫头。"说罢，他便转身守门去了。

离这儿不远的戏园子里时不时有戏子吊嗓子的声音传来，楼上也有早醒的姑娘在窗前梳妆，偶尔也轻轻哼上几句小调。

"寸心，你来了？"

戚寸心方才打了井水上来倒进木盆里，还未坐到板凳上，便听楼上传来娇娇柔柔的一道声音，跟黄鹂鸟儿似的。她回头一望，便见那绿衫的女子正在楼上的轩窗内探头看她。

"绿云姐姐。"戚寸心忙唤了声，擦了擦手上的水，冲她笑。

"我描眉的石黛没了，你替我跑一趟，三十文。"绿云葱白纤细的手指搭在窗外，瞥她时眼底总有几分慵懒怠惰，没有描画过的弯眉颜色有些淡，但也并不妨碍她这一副好颜色。

"我这就去！"戚寸心那双杏眼一亮。

"我不要石黛，这回你替我买些青雀头，再来一盒胭脂，你应该知道我平素里喜欢什么颜色。"绿云微微一笑，素手一抛，便将一把铜钱撒了下去。铜钱一枚枚落地的声音清脆动听，戚寸心似乎已经习惯了绿云的这副做派，她只管去将那些铜钱都拾起来。

绿云倚靠着轩窗，饶有兴致地看着那小姑娘在底下捡铜钱。她在楼上弯唇轻笑，一张清冷艳丽的脸庞沾了些昨夜残留在檐上、到此刻才滴下来的雨珠，犹如沾了露水的芙蕖。

戚寸心将铜钱都收到了随身携带的布包里，随即匆匆往廊上跑。才掀开布帘子，她便见那小厮懒散地靠坐在过道旁的凳子上吃馒头。

"她留着那么些个铜钱，三不五时地就要你替她跑腿，每回都是从楼上撒钱下来看你捡，寸心，你是没听见她在笑你吗？笑你那副穷酸样，你在她眼皮子底下捡钱，那可不是给她看笑话儿的吗？"那小厮愤愤不平道。

"我知道的，小九。"戚寸心掏了一把铜钱出来数，将绿云答应给的那三十文数出来放进衣衫的内袋里，才抽空应了他一声。

"知道？你知道还由着她羞辱你啊？"叫作小九的小厮吃光了馒头，站起身走到她面前。

"她被关在这楼里出不去，心里不痛快，找个发泄的法子也不容易，"戚寸心随手拿了小九递过来的酥糖喂进嘴里吃了，又道，"她将我当个笑话看，我也没少块肉，还有银子赚，这只能算作各取所需。"

什么面子里子的，才不是她这样每日奔忙着过生活的人在乎的东西，到底也不痛不痒，更没什么难堪的。

附近没有卖青雀头的，戚寸心一口气跑到了东街的胭脂铺，将青雀头和胭脂买了回来，弄得满头大汗。

此刻晨间的薄雾散尽，日光已冲破云层，在飞檐上描摹出漂亮的金痕，而那楼上轩窗前的女子轻摇美人团扇，唤了身旁的丫鬟下楼去。

"给我吧。"小丫鬟跑下楼来，扬着下巴朝戚寸心伸出手。

戚寸心将东西都交到了丫鬟手里，看她转身上楼匆匆往花魁绿云的房里跑，很快将东西都送到了绿云的梳妆台上，旋即她便在窗前帮着绿云梳妆。戚寸心也没再多看，擦了一把额头上的汗，转身便坐到小板凳上洗衣裳。

日头渐盛，幸而院子里的老槐树枝繁叶茂，戚寸心坐在树荫里，双手一直在凉水里来来回回，倒也少了几分燥热。

后院的静谧被一行人的到来打破，戚寸心回头，正见晴光楼鸨母颜娘迈着迅疾的步伐匆匆而来，她头上的珠翠步摇随之晃荡个没完，那张涂了珍珠粉的脸此时正蹙着眉，在这般明亮的日光下难掩皱痕。

"打开门，快把他给我抬出来！"颜娘用钥匙打开了阶梯之上的那扇门，随即命令那几个男人。

戚寸心见那几个身形高大的男人走进屋子，不一会儿便丁零哐啷的一阵响，她伸长了脖子想往门内看，却发现那几个男人竟抬着铁笼出来了。起初因为那几个男人挡得严实，她并没有看清那笼子里头到底有什么，直到他们将笼子重重地放下来。

笼子里，居然锁着一个少年。那少年衣衫几乎被血浸透了，凌乱的乌发遮挡了他大半张脸，他靠坐在笼子里一动也不动，犹如死了一般。时有清风吹起他的乱发，露出他苍白的脸，还有那样一双呆滞无神的眼睛，可是那双眼睛竟漂亮得不像话。

"晦气！真是晦气！"颜娘在这样明亮的光线下终于将那笼中的少年看了个遍，她气得来回踱步，"老娘竟也有阴沟里翻船的时候！前儿晚上只顾瞧这么一张好皮相，没想到居然是个快断气的赔钱货！"

她原本只买女子，但当日见这人相貌实在太好，还想着将这人高价转卖给有些特殊癖好的富商，可眼下这奄奄一息的样子也不知道救不救得活。

"都是那贩子太狡猾，那时他外头套着件极干净的衣袍，哪知道底下这一身的伤啊……"前日跟随颜娘一起去买人的那个中年男人开了腔。

"现在可怎么办？真要给他治伤？"颜娘又看了一眼铁笼里那少年的脸，可随即又瞥见他那满身的伤，她的眉头拧得死紧，有些不情愿花那么多钱，"我说那贩子怎么那么好说话，合着我买了回来，还得自己再额外开销！"

"先用些药吊着。"颜娘实在有些犹豫。

戚寸心在晴光楼浣衣快一年光景，也没见过这楼里何时买过什么俊俏的少年。但听颜娘这一番话，戚寸心便清楚她这么一犹豫，怕是到死也不会给那少年正经请个好大夫，到时只能白白要了他的性命。

眼见着小九端来了一碗药，碗沿冒着热气，显然是才从炉子上倒来的，正烫得很。可那个五大三粗的中年男人哪里管这些，开了笼子接过碗便要往那少年的嘴里灌药。

"颜娘！"戚寸心唤了一声，忽然站起身来，跑过去将手穿过铁笼栏杆的缝隙，迅速准确地用手掌挡住了那男人凑近少年的药碗。

"这位大哥，这药太烫了，会烫坏他的喉咙的。"碗壁烫得很，她手指瑟缩了一下，却忍着没收回去。

"戚寸心？你不好好洗衣裳，过来凑什么热闹？"颜娘在气头上，看谁都没好脸色，"这不是你该管的闲事。"

戚寸心抿着嘴唇，此刻有点犹豫了。她如何不懂人在屋檐下的道理，颜娘说的话她没办法反驳，她才要收回手，却看见笼子里的少年不知何时已经在看她。

他的脸苍白得厉害，纤长的睫毛微颤，看起来脆弱又可怜。那双眼明明死气沉沉，可在阳光下，却清澈得好像琉璃一般。

她知道颜娘是打算只灌些不值钱的汤药给他，若医不好，他怕是只能死在这楼里了。

"寸心，快过来！"小九见她还蹲在那儿，便忙小声唤她。

"戚寸心，你这丫头到底……"颜娘已经有些不耐烦。

话才说一半，颜娘便见小丫头猛地站起来走到她面前，打断她道："颜娘，我可以买他吗？"

颜娘差点以为自己听错了，小九在一旁也瞪大双眼，便连在楼上看热闹的绿云也不由得来了兴致，探头往下看她。

"你这丫头没说胡话吧？"颜娘用帕子捂着嘴笑了两声，"谁不知道铜板银钱进了你这丫头的口袋便没有出来的道理，怎么今儿变了天了？"

"可以吗？"戚寸心只是问她。

"丫头，你要买的是个人，可不是随便仨瓜俩枣就能打发的。"颜娘轻瞥她，提醒道。

"我知道，您只说是个什么价。"戚寸心坚持道。

颜娘闻言，再次将戚寸心上下打量了一番，不动声色地思量着这么一个浣衣女能有多少银钱。但眼看买下这少年是桩赔本的买卖，若此时能脱了手，少些损失也是好的。

"你是常在我这儿替姑娘们洗衣裳的，我也知道你本就不易，若你是真想买了他，那我也发发善心只要你十二两。"颜娘用帕子擦了擦脖颈上的细汗道。

十二两……这于戚寸心而言，并不是一个小数目。

"你若出不起，便好好洗衣裳去，莫再妨碍我们楼里的事！"或是看出戚寸心眉眼间的几分惊异，颜娘便冷哼一声，朝她摆手。

戚寸心回头，正见那男人已将半碗药生生灌进了少年的嘴里，她立即过去挥开那人的手，也顾不上再犹豫，忙说："我买！"

"戚寸心你疯了？"小九惊诧不已。

"我现在就回去取，还请颜娘等我一下。"戚寸心却看向颜娘，说罢，她转身就跑。

"你倒也算走了运，那么个钻进了钱眼儿的小丫头，这次可是破天荒这么大方。"颜娘看那小姑娘如风一般去得快，刹那间就没影儿了，便不由得回头对着笼子里的少年说道。

此时这少年，眼睛半睁，连咳嗽也只能发出些细微的声音。

颜娘有些想笑，笑那丫头是个小糊涂蛋，只瞧见了这少年的绝好皮相，却也不知自己买了他回去，还能不能救活他。

谢绲近来总是半梦半醒，偶尔会听到几声鸟鸣，或是一个人轻盈的匆匆的脚步声，还有夜里翻沸的蝉鸣。温热的布巾小心翼翼地擦拭过他的面颊时，也总能令他找回几分意识，但眼皮似有千斤重，他最终还是要沉沦于无边的黑暗之中。

雨水犹如碎玉般倾洒在窗棂上，淅淅沥沥的声音不绝于耳，从窗缝钻进来的风带着潮湿的草木味道。急促的脚步近了，踩在木廊上的声音越发清晰，在那只纤瘦白皙的手推开雕花木门的刹那，谢绍骤然睁开了双眼。

屋内昏暗的光线因推开的半扇门而亮了些许。他轻抬眼帘，正见那身形纤薄的姑娘携了满身的水汽，乌黑的鬓发几乎都被外头的那一场急雨打湿。她生了一双清澈的圆眼，因跑得有些急，白皙的面颊有点发红，秀气的鼻尖还沾了雨。

戚寸心抹了一把脸上的雨水，抬头正撞见他的眼睛。躺在床榻上的少年不知何时已经醒来，一头乌浓如缎的长发披散着，只着一身白色里衣，脸虽难掩苍白，却如一幅水墨画铺陈纸上，如松如鹤般的气质，令人只看他精致的眉眼，便能想到许多美好写意的事物。

"你醒了啊。"戚寸心忙走到床前，伸手要去触碰他的额头，却又忽然间缩回了手指。因为这时她才意识到满手的雨水只这么一会儿便浸得她手掌冰凉，她忙着用一旁干净的布巾擦手，全然没注意到少年骤然绷紧的手指。

于谢绍而言，只差那么一点，她伸手触碰到了他，他也许就要拧断她的脖子。可她却突然收回去了。

戚寸心擦了手，却也没再伸手去试探他额头的温度，或因他此刻睁着眼，正打量她，她没再好意思那么做，只能坐在床前问他："你可还发热？"

他似乎有些怯生生的，听见她的话，他只抿唇摇头。

"那就好。"戚寸心终于松了一口气，"你连着几日高热不退，我还以为你熬不过来了……"

少年不出声，只静静盯着她，脑海里终于有了点印象，想起那个日光极盛的午后，一只手伸入栏杆内挡住了那碗贴着他唇要生灌进去的药汤。

原来，是她……

"你买了我？"戚寸心才将一盏冷茶喝进嘴里，却忽然听见少年无力的声音。茶水呛了喉，她咳嗽了好几声，有些狼狈地抬头对上那少年清澈漂亮的眼睛。她清了清嗓子，才"嗯"了一声。

她有些不忍去想自己交到颜娘手里的那一匣子银钱，幸而这少年醒过来了，不然她这些日子忙前忙后便都是白费工夫了。

少年沉默起来更像是一幅画，戚寸心怎么看都仍觉惊艳，但她到底没好意思多看他。

"你叫什么名字？"她问。

他堪堪抬眸，波光静谧的眼瞳浅浅地映出她模糊的影子，片刻后，他才开口道："谢绋。"

"你姓谢？"戚寸心乍一听他的名字，便蹙了蹙眉，随即思量了会儿，便道，"现下姓谢的都忙着改姓，生怕麟都的火烧到我们这儿来……以后你可千万不要再同旁人说你姓谢。"

"为何？"少年睁着一双干净的眼，近乎懵懂地望着她。

"南边的黎国皇族就是谢氏，麟都那边下了令，要除谢姓。"她说。

这些事闹得沸沸扬扬，据说魏国的皇帝早年间便已有了要除谢姓的打算，是因这天下在三十年前还是大黎的天下，只是当时大黎连着三任天子昏聩无能，没能守住北边的国门，所以才有外族入侵中原，生生将这大好河山一分为二。魏国的天子并不希望百姓惦记已经被赶去南边的旧黎，除谢姓才只是其中一步。

谢绋低首不语，一缕乌发落于肩前，更衬出他侧脸的苍白。纤长的睫毛微垂，在窗外透进来的不甚明亮的天光里，于眼睑下铺了浅淡的阴影，使他看来更有几分脆弱易碎的美感。戚寸心到这会儿看他也还是难免会晃神。

"你是哪里人？"她侧过脸，有些不太自在地问了声。

谢绋静默地观察她的眉眼，片刻后才摇头，轻声道："不记得了。"他的声音低沉，平添了几分似有若无的迷惘。

戚寸心没见他头上有什么伤口，自然不可能是被磕坏了脑子真的失忆，或是有什么难言的苦楚，又或是颠沛流离太久早忘了自己的来处……她见少年垂眸沉默的样子，也不好再问。

"谢……"谢字是个禁忌，她顿了一下，改了口，"绋绋，这些天我都只喂你喝了些稀粥，你应该饿了吧？"

"绋绋"二字出口，少年不由得抬头，目光落在她清丽的脸上。半晌，他才轻轻点了点头。

戚寸心伸手拉了拉盖在他身上的被子，并替他掖好被角。他显得乖巧又安静，她有点儿不太敢看他的眼睛，收回来的手也不知道该往哪里放才好。

"我很快回来。"她说着转身跑了出去，还不忘合上房门。

外头仍然是淅淅沥沥的雨声，风偶尔也能拂过他的眉眼，吹着他乌黑的发，而他静静地听她的脚步声远去，一双眼瞳郁郁沉沉的。

府里已经过了生火的时候，戚寸心只得自己开了后头的角门溜出去，在南巷口摆摊的老婆婆那儿买了一碗用香菇鸡汤熬的小米粥。

雨珠不断打在伞上，她提着小食盒匆匆回去。在推开门的刹那，躺在床榻上的谢绉便骤然睁开了眼。

纸伞搁在廊上，戚寸心进了屋子便先擦了擦手上的水渍，她走到床前，小声问他："我扶你起来吧？"

"谢谢。"谢绉颔首，小声说道。

见他同意，戚寸心这才伸手扶着他坐起来，又将软枕垫在他背后。他身上似乎有种冷得像雪一样的味道，凉沁沁的。戚寸心对上他那双眼睛时，她才回过神，匆匆收回手，取了食盒里的热粥，舀了一勺凑到他唇边，少年却抬眼看她。

"你先喝些热的。"热粥的雾气飘过他漂亮的眉眼，戚寸心对上他的目光说，"喝吧，很好喝的。"

她朝他笑，一双眼睛弯得像月亮，浅发湿漉漉地贴在侧脸，她鼻梁上那颗殷红的小痣有点儿惹眼。而他也终于低头，依言喝了几口。戚寸心又喂了他小半碗粥，然后才小心翼翼地扶他躺下。

檐外雨势仍未减，她收拾了碗筷，见少年已经阖上双眼，便轻手轻脚地撑起伞出了门。

"戚寸心，我看你真是猪油蒙了心，那人要是死了，你也就只损失你那一匣子家底儿，可现如今他活了，那你不就更要养着他了？"戚寸心在廊内洗衣裳，小九便坐在廊椅上数落她，"被人牙子卖来卖去的家伙能有什么正经的来路？"

"再说了，你现今是在知府的府里做工，你将他也带进府里住着，要是被发现了可怎么办？"他压低了些声音，干脆蹲到她身边。

"那日院子只有我一个人住，只要他不出去，没人会发现他的，"戚寸心知道小九是在担心她，就冲他笑了笑说道，"我会小心的。"

"那以后呢？难不成你还真打算养他一辈子？"小九没好气地说。

戚寸心那日只想着不能让他死在这儿，倒也没细想其他的事情，小九的话她一时答不上来，想了好一会儿她才说："不急，等他好了，他应该会有自己的打算的。"

小九闻言哼了一声，故意揶揄道："我看你就是看上他那副好皮相了，不然你这小守财奴，怎么会舍得你那些钱。"

"小九。"戚寸心瞪他一眼，不想再搭理他，但低头洗衣裳时，却不由得想起今日那少年看向她的一双眼睛，可真漂亮啊！

廊外的雨滴滴答答个没完，做惯了浣衣烧火这些活计的姑娘动作利落，在颜娘那儿结钱时，她瞧见颜娘手里把玩着一块如细竹节般的白玉。那白玉中间比两头要更纤细些，其上镂刻着繁复精美的花纹，底下坠着浅色的穗子，看起来像是个腰间的配饰。

"行了，去吧。"颜娘随手在妆奁底下抓了一把铜子儿给她，挥手打发。

"谢谢颜娘。"戚寸心笑得灿烂，将铜子儿小心收在手里，跑到楼下正瞧见了小九，便数了一半铜子儿塞入他的手里。这几日的药钱都是小九替她垫付的，她一直记着。

雨丝细密，但到底不像之前那样大了，戚寸心也没撑伞，在巷口买了热食装进食盒。才进到院里，她便见那原本应该躺在床榻上的少年只穿着一身单薄的雪白衣袍，靠在掉了漆的门框上。他似乎没什么精神，半睁着眼睛，也不知道在看院子里的哪一处。鸦青的长发被风吹着，腰腹已隐隐有殷红的血沁出，可他却像是毫无察觉。

戚寸心匆匆跑上木廊，随手将食盒放到廊椅上。她伸出手要扶他，却又怕碰到他的伤口，便缩了手冲进屋里拿了件自己的披风，踮起脚披在他身上。她站在他的身前替他系披风的系带，而谢绍一手扶着门框，垂着眼似乎是在打量她的眉眼。

"你出来做什么？你这样走动，伤口又裂开了。"她系好系带，边说边抬头望他，仿佛此刻她才意识到，原来这少年站直身体时竟要比她高出一个头。

可少年看着她，半晌也不说话。

"你扶着我，这样我也不会碰到你的伤口。"被他那样漂亮的眼睛注视着，戚寸心忍不住错开视线，她轻轻拉起他的手，放到自己的肩头。她认真地注意着他稍显迟缓的步履，全然没有意识到他此时正瞥着她纤细的脖颈，幽深的眸子里带着几分探究。

但当谢绲被她扶着坐在床榻上，她的手指极自然地触碰到他腰侧的衣带时，他却忽然攥住了她的手腕。

一时四目相对。

"你的伤口裂开了，需要再上一次药，"被他这样看着，戚寸心的声音变得小小的，"我也找不到旁的人替你上药，所以才……"

"绲绲，我没想占你便宜。"她抿了一下唇，见少年警惕的模样，她也有点脸红。

戚寸心买回来的美少年不爱说话，常一个人坐着发呆。只用了小半月的时间，他身上大大小小的伤口已经开始愈合，人也精神了些，至少能自己扶着门框出来走动。

夏日黄昏，余晖刺眼，穿过枝叶缝隙投向廊上，身着白色衣袍的少年才到门口，便被那余晖刺得半眯起眼睛。后知后觉般，他伸手挡了挡这光线，自他指缝间漏过来的光，照在他尚有些苍白的面庞上和那双带着些琥珀色的眼睛里。

廊下传来些响动，他放下手，看了一眼放置在门框旁的木棍便拿过来挂着。才走到廊椅旁，底下忽然冒出来一个脑袋，让他微怔。

戚寸心满手是泥，也不知什么时候蹭到了脸上，她转头过来，谢绲便看清了她的那张花脸。

"在做什么？"他轻声问。

"南院虽荒了，但也能在废墟里头拣出来些还能用的物件。"戚寸心不知道自己脸上沾着泥，她又蹲下去，"你病还没好，这几日喝冷茶，夜里总是咳嗽，有了这个风炉，便能时时添炭，煮上茶汤了。"

说到这里，戚寸心又想起他夜里咳嗽起来，自己也总睡不好。

风炉？谢绲随即在廊椅坐下，隔着栏杆间的缝隙，看到底下那个沾着泥土的风炉。样子有点儿丑，黑乎乎的。

戚寸心再抬头看他，他看起来好像跟这里的一切格格不入。脱了漆老旧不堪的廊椅栏杆，散发着霉味的简陋屋子，还有……她捡来的这个风炉。

"可能有点儿丑，你别介意。"她垂着脑袋，用帕子仔细擦拭风炉。

"不会，已经很好了。"

听到他的声音，她又抬起头望他。他的一双眼睛看起来水灵灵的，那样认真的神情似乎不会作假。

"你别看它黑乎乎的，我再往上面画点儿花样就好看了，画几只兔子！"她弯起眼睛笑起来，有点儿开心。

寡言的少年像一幅不会动的画，但此刻却眉目生动，朝她轻轻颔首，耐心地再应一声。随即他不动声色地打量她，那双清澈的眸子底下藏着些冷淡。

天色暗下来的时候，府尊用过了晚饭，厨房里的人大都已经习惯戚寸心饭量陡增这件事，莫氏甚至还事先帮她留好了饭。

"寸心，你还回屋吃啊？"莫氏满脸笑容，伸手递上戚寸心的小食盒。

"我自己来就好，莫大娘。"戚寸心点了点头。

"你方才不是忙着别的活儿吗？我顺手的事。"莫氏殷勤地将食盒塞到她手里，"明儿还要早起，快回吧，厨房也要落锁了。"

戚寸心转身出门时，那身形臃肿的林氏才将灶台擦拭干净，她轻抬一双吊梢眼，阴阳怪气道："巴结个丫头，也不嫌臊得慌。"

戚寸心一走，莫氏一改那副笑盈盈的模样，斜眼对上那林氏："人家的姑母，那是苏姨娘跟前儿的红人，她即便是进府里来做工的，那也比我们强啊。"

正夫人前年就去世了，如今府里只有一位苏姨娘，颇为受宠，谁也说不准她什么时候会被府尊扶为正室，想巴结苏姨娘身边人的也不在少数。这厨房里头人多眼杂，多是看人下菜碟的主儿，知道戚寸心和那戚氏关系匪浅，她们自当要对戚寸心殷勤些。

戚寸心却只装不知她们的心思，也从不收她们的东西，谨慎得很，这便令厨房里那几个厨娘心气不顺，不知道怎么使力才好。

院里已经点上了灯，各处守门的轻敲梆子，提醒府中家仆将院门逐一落锁，戚寸心匆匆忙忙跑过月洞门，却听有人唤："寸心。"

她停下来，抬头瞧见不远处提着灯笼的妇人，那人的身后还跟了两个总角的小丫鬟。

"姑母。"戚寸心提起裙摆，忙跑过去。

戚氏将灯笼递给身后的丫鬟，随即掏出来一块手帕。她向来严肃的眉眼里流露出几分温和的笑意，边替戚寸心擦汗边说："每晚下值都跑得这样急，可怪我将你安排到厨房去？"

戚寸心忙摇头道："在厨房挺好的，姑母。"

戚氏替她擦过汗，又轻柔地拂开她鬓边的发："寸心，你如今只在厨房做个烧火的丫头，这府里无论哪儿的火都烧不到你身上去，但外头的事，你是再做不得了。"

一听戚氏说"外头的事"，戚寸心怔了一下，随即抿起唇，片刻才小声问："您知道了？姑母对不起，我……"

"我给你那角门的钥匙，不是让你去外头胡来的。"她的话被戚氏打断。

即便戚氏此时的语气比平日待旁人时温和得多，但也令戚寸心颇感压力，她耷拉下脑袋，有点儿不敢开口说话了。

"寸心，姑母知道你是个好孩子，你想多赚些钱回澧阳去，是不是？"戚氏轻叹了口气，抬手抚摸她的发顶，"可是寸心，如今朝廷时不时地就跟南边的旧朝打仗，眼下兵荒马乱的，便是这东陵都不太平，一时半会儿，你是回不去的。再说了，回去又能如何？"戚氏想起那满是血泪的往事，却仍十分平静。

戚寸心垂着头不说话，握着食盒的手指却紧了又紧。

"你一个还未出阁的清白姑娘，怎么能出入花楼，给那些烟花女子洗衣裳呢？"戚氏探身对戚寸心低声耳语，随即又轻拍她的手，"这府里人多口杂，若被发现，难免落人口实。"

"知道了，姑母。"戚寸心终于出声，她没抬头看戚氏，只轻声说，"我不会再去了。"

"好孩子，去吧。"戚氏听到满意的回答便颔首，再将身后人递来的一盒酥饼塞入戚寸心手里。

因有戚氏的吩咐，北院的几道门过了时辰还未落锁，守门的家仆见戚寸心出来才将门锁上。

世道乱，而当今东陵的葛府尊家财万贯，不但买了个知府的官，连昔日大黎旧朝受封在此处的齐王的旧王府也被他买下，做了自己的府邸。

当初魏国皇室带兵入中原，曾在这东陵有过一仗，齐王府内南边拱月桥尽头的水榭亭台都被一把火烧得差不多了，齐王府的兵士与魏国的兵士更是在那儿血战过。谁也不知道那底下埋了多少尸骨，才能夜夜燃起磷火，犹如死后亡魂般经久不散。即便知晓这里埋了不少人，葛府尊也仍一掷千金，将其买下，只是拱月桥以南残损的亭台院落却未再修缮，干脆就弃置不用。

这葛府虽只有一半的宅院可用，但府中奴仆没有一千，也有几百之数。他们大多是签了卖身契的家奴，人数有严格的控制。如戚寸心这般来做短工的并不多，她本不应住在府里，但因着戚氏的这层关系，便也住了下来。只是到她这儿下人房便不够住了，原也有长工在拱月桥那边的荒院里短住过，但都是些男人，平日府里的丫头们是没一个敢去的，戚寸心不想再麻烦戚氏，她也图一个人住着清净，也就大着胆子去住了。

戚寸心紧赶慢赶回了荒院，塌了的半边院墙下面也不知是什么东西死了，尸骨埋在那底下，时有磷火燃烧，夜里看起来是有些吓人。

唯一能住的那间房里亮着灯，戚寸心踩上木廊，年久失修的木板咯吱作响。她推门进去，便见那少年靠坐在榻上，借着一旁的烛火在看一卷书。

书？

戚寸心还没放下食盒，那少年已侧过脸来看她，她忙上前将那本书夺了过来藏到身后。

"你……怎么看这个呀？"她的脸有点儿红，藏在身后的手都快把书给捏成了卷儿。

那是之前小九送她的，写书生和小姐的酸话本子。

"就在这底下，无意间看到的。"少年坐直身体用手指了一下枕头，看她时有几分歉意。

戚寸心想起自己还没买他回来的某天夜里"挑灯夜读"的事了……又见少年苍白的面容，她到嘴边的话咽下，只应了声，也没打算再怪他。

"你识字？"谢绑瞥了一眼那被她搁到柜子上的书，轻声问。

"嗯，小的时候学过一些，"戚寸心将食盒放到桌子上，一层层打开来，随口道，"只是字写得不好。"

饭菜尚有些温热，两人坐在一处吃饭，戚寸心偶尔偷看对面的少年，见他执筷用饭竟也文雅，像是受过极为苛刻的教养，才有这样的姿仪。

谢绥才一抬眼，对面的姑娘便迅速垂下脑袋，她匆忙扒饭的样子谈不上文雅，但……可能有些下饭。或因她吃饭吃得太香，不知不觉间谢绥倒也比平日多吃了几口。

收拾了碗筷，又洗漱完毕，戚寸心在窗边坐着擦头发，可擦着擦着，她又拿出衣兜里的银钱数来数去，寂静的夜里铜钱碰撞的声音很清晰。

其实那么几个钱也没什么好数的，她叹了口气，回头正好对上谢绥的眼睛。她抿了一下唇，欲言又止。

"你有话要说？"谢绥点破。

"我想去榻上睡。"她也没多犹豫。

这些天她总趴在桌上睡，要么便是在翘了边儿的木地板上铺一床被子躺下睡，但被子薄，地板又硬，她常常睡不好，白天总忍不住打瞌睡。

"好。"谢绥轻应一声，垂首时一缕发轻拂他的侧脸。

少年乖巧又有礼，马上伸手拿了被子。戚寸心看他弯腰铺好被子，底下翘了边儿的木板将薄被弄得并不平整，她抿着唇却有些犹豫了。他好不容易结痂的伤口要是不小心被那些翘边儿的木板弄破了，不但她之前的钱要白花，后头指不定还要花更多……

夜渐深，烛芯已经剪过。谢绥躺在床榻里侧，垂眼看着中间多出来的那个枕头，而挨着床沿，缩成一团的姑娘盖着另一床薄被，只露出一双杏眼。

"这样隔着就好了。"她安慰自己道。

长夜寂寂，残烛也将要燃尽。

事实上谢绥并不习惯身旁有人，即便那姑娘十分谨慎地缩在床沿，听见她平稳的呼吸声，闭着眼的谢绥仍迟迟不能入睡。他下意识地要去摸一样东西，却想起它早已不在了。

毫无预兆地，睡梦中的姑娘一个翻身滚到了他的身侧，温热的气息拂过谢绥脖颈的刹那，他骤然睁眼，下意识地伸手扼住她的脖颈。力道之大，令原本睡着的人一下子惊醒。

烛火将熄未熄，闪烁不定。戚寸心还没来得及看清他的脸，便觉颈间一痛，随即失去了意识。

烛火燃尽，谢绶松开了掐住戚寸心脖颈的手。他坐起身来，借着窗外的月光，细细地打量她的脸。随即他轻飘飘地移开视线，活动了一下略微僵硬的手指关节。

月华散漫如霜般落于檐角屋顶，少年如雪的衣袖被夜风吹得猎猎作响。他赤着一双脚，慢悠悠地走在屋脊之上，睨着底下的灯火。那些灯火，照着这曾经的齐王府、如今的知府私邸。月辉与灯光在他身上交织成冷暖两种光影，他那一双眼明明是冷淡的，但那少了些血色的唇却忽然弯了弯。

第二章

寻个好人家

滴答……滴答。

戚寸心蒙眬中似乎听到了水声，并不清晰，断断续续的，像是被一只调皮的手漫不经心地拨弄着，无端地令人汗毛倒竖、脊背发寒。她骤然睁开眼，冷汗不知何时已湿了后颈。

窗外天光初露，她坐起身来，却并未在床榻里侧瞧见谢绲的身影。床头叠放整齐、不见一丝褶皱的，是他昨夜盖过的薄被。待呼吸顺了些，她匆匆穿上衣服，便见靠近门口木架子上的铜盆里已盛了清水。

少年坐在廊椅上，或是没什么可打发时间的，他一手撑在栏杆上，宽大的衣袖往后褪了些，露出一截漂亮的手腕。此刻他正百无聊赖地打量着荒院里的一草一木。

洗漱完毕，戚寸心走出门去。她看见少年似乎是将一截白色纤细的东西随手揣入怀里，接着站起身来，拿起靠在廊椅上的木棍拄着。

戚寸心看了一眼他手里拄着的木棍，想到今晨铜盆里打好的水，说："你行动不便，其实不用帮忙做事的。"

少年闻声，却轻轻摇头。

"那日我隐约听到，你为我，好像花光了积蓄。"他抬起眼睛看她，眉眼带了几分歉意。

戚寸心没料到他忽然这么说，不由得一愣。

"你于我有恩，"少年垂下眼睛，或因失了气血，他的唇色稍淡，"而今我所能做的虽不多，但也总该尽力偿还一些。"

晨风吹着他宽大的衣袍，让他那清瘦的身子看起来显得孱弱了些，连他的声音也温温柔柔的，更添了脆弱易碎的美感。

戚寸心最不想直视他的那双眼睛，尤其是在这样雾蒙蒙的晨光里。她瞥见他那双琉璃般的眼瞳里带着认真，就有点儿移不开眼。

"知道了。"她侧过脸，含糊应了声，随后也没再看他，"我得去厨房了，桌上有一盒酥饼，你若是饿了，就吃那个吧。"

戚寸心踩着木廊上咯吱作响的木板匆匆跑下去，才跑出几步，她却忽然回过头。谢绍仍然静立在木廊上，他看起来依旧和这里的一切格格不入，却偏偏站在那儿。见她回头，他便微弯眼睛笑着朝她轻轻颔首。

"你昨晚……"她颈间还有一丝隐痛，但昨夜半梦半醒，她又说不准究竟是真是假。

"什么？"少年轻声问。

戚寸心打量他的脸，他看起来虚弱又无辜，她一时更吃不准昨晚的事，最终抿了一下唇，咽下满腹疑虑道："算了，没什么。"便匆忙回头，跑了出去。

院子里静下来，廊上的少年睨着老旧院门，那双微弯的笑眼渐渐没了弧度，纤长的眼睫微垂，苍白的脸上神情冷淡。

府尊虽不用早饭，但厨房也要早一些开始准备午饭。在厨房里匆匆喝了一碗粥，戚寸心就忙着烧火，或帮掌勺的厨娘打下手。府里的开支用度一向奢侈，府尊的每一顿饭都很是铺张。戚寸心在灶台后头守了许久的灶火，一手添着柴的同时，她又不自觉地摸了摸自己的脖颈。

昨夜半梦半醒间，她实在分不清那被人扼住喉咙的感觉究竟是真还是假，她只记得朦胧晦暗的烛火一闪，就那么一瞬，很快，随即她就什么也不知道了。但那种可怕的，让人喘不过气来的窒息感却令她头皮发麻，若真的是梦，会有那样真实的感觉吗？

"寸心，添柴！"厨娘的一声唤让戚寸心回过神来。她忙应一声，赶紧给灶里添了一把柴。

午时府尊用过饭,吃剩的残羹撤下来,厨房里又好一通忙活。洗干净杯盏碗筷,再将灶台都收拾完毕,他们这些下人才有工夫用饭。碗里的肉虽不多,但好歹是有的,在这样的大户人家里做下人,吃穿用度也比外头的清贫人家要好上几倍。戚寸心把饭分成两份,打算趁着还未开始备晚饭的空当回拱月桥那边一趟,但她才出了厨房,便听到一声唤。

"寸心姑娘。"

她抬头,看见一个穿着樱草色夏衫的女婢,似乎是常跟在姑母身边的。

"姑娘,戚嬷嬷叫我来请你去呢。"女婢笑盈盈地走上前,显出几分亲昵,"姨娘想见见你。"

苏姨娘?戚寸心不明所以,却也点头说道:"好。"

女婢带着戚寸心往苏姨娘的皎霜院去,路上两人说着话,戚寸心才知道她名唤照影。

戚寸心当初入府时走的是小侧门,不但没去过前院,府中贵人居住的内院也没去过。要去皎霜院,必是要路过府中花园的,戚寸心记着姑母的话,没有东张西望四处乱看,只管跟着照影往长廊上去。

木廊上的脚步声越发清晰,照影一看是刘管家领了个年轻娇俏的姑娘来,便立即拉了拉戚寸心的衣袖,低头想往一旁躲开些。但那姑娘忙着打量园子里的风景,自是目不暇接,也不看路,在照影拽戚寸心的衣袖时,正好撞上了照影。姑娘"哎哟"一声,戚寸心还未抬头便瞧见自己白粉缎面裙摆的底下,她的脚踩着一只绣鞋。

"什么丫头这般冒失?"娇柔的嗓音带着几分薄怒。

戚寸心瞧见她那张施了脂粉的年轻脸庞,鬓边的步摇晃晃荡荡,捏着绣帕的手正扶着自己的腰,纤细的黛眉微微蹙着。

"萍姑娘……"照影才一开口,就见那女子柳眉皱得紧了。她有些慌了神,忙扯着戚寸心伏低身子。

日光斜斜地照进廊内,那姑娘一身杏子红衣衫衬得肌肤更是白里透红。

她瞥一眼照影和戚寸心,又看向一旁沉默的刘管家,轻飘飘地说:"都到太阳底下跪着去。"

她这话一出,照影身子一僵,却抬眼看向刘管家。而刘管家花白的胡须都没动一下，他面无表情，显然并不打算阻止那位萍姑娘。

午后日头更大，戚寸心与照影就跪在花园里头，那位萍姑娘已经走了，却留了个女婢在那儿盯着，不跪足一个时辰是不行的。

"照影姐姐，她是府里的小姐吗？"戚寸心偏头看向跪在她身边的照影。

"她？她哪里是什么千金小姐……"照影摇了摇头，偷偷瞧了一眼在廊下乘凉的女婢，见她没注意这边才压低声音道，"她叫春萍，原是主院茶房里的，和咱们一样，都是女婢。"

"那她怎么敢这样行事？"戚寸心有些惊诧，她想起那位萍姑娘一身的绫罗绸缎，头上的金步摇更是惹眼，还以为是府里的贵人呢。

"她也算是飞上枝头了。"照影冷哼了一声，回头瞥一眼那在廊内悠闲扇扇子的女婢，"有些人惯会巴结。我们姨娘早看出她心思不正，之前敲打过她，将她从茶房打发出去做洒扫了，没想到她还不死心，前些天爬上了府尊的床，这几日正得意着呢。"

"她认得我，也记着姨娘的仇，这回撞上了，就急着扬眉吐气了。刘管家在边儿上由着她，我们不跪也得跪，"照影撇撇嘴，回过头来，看向戚寸心时她面露几分歉意，"是我连累你了。"

戚寸心跪得腿麻，听见照影的话，便摇了摇头，手指不小心碰到地面，她嘶了声一下蜷起手指，这样毒的日头，连鹅卵石地面都被炙烤得发烫。

皎霜院里早收到消息，但苏姨娘也没急着让人去将照影和戚寸心带回来，而是等她们跪够了时辰，才唤了两个丫头去将她们扶回来。

"明贞，不怪我吧？"苏姨娘懒懒地靠在美人榻上，喝了一口女婢递来的清茶，一双妙目微抬，看向递来绣帕的中年妇人。

"她正好撞上了，能怪谁呢？"戚氏一边扶着苏姨娘坐起身来，一边说道。

"这个春萍，就这么急着给我下马威。"旁边的女婢打扇，送来徐徐凉风，苏姨娘鬓边的发微动，她面带笑意，嗓音轻柔，"才十七呢，当真年轻得很。对了，你那侄女如今几岁了？"

"回主子，十六了。"戚氏道。

"十六？"苏姨娘美目一转，"是可以成亲的年纪了。"

"姨娘，照影和寸心姑娘来了。"外头有个身穿水绿襦裙的丫头掀了门帘子，道了声。

"快叫她们进来。"苏姨娘坐直身体。

"姨娘……"照影一见苏姨娘，便是一副委委屈屈的模样。

"先下去歇着吧。"苏姨娘却只看了一眼，便轻抬下颌吩咐。

照影应了一声，便一瘸一拐地被人扶着出了屋子。

在鹅卵石路面上跪着，膝盖痛得厉害，戚寸心这会儿站着，也难受得很，但她也只能强忍着痛给美人榻上的苏姨娘行礼："姨娘。"

"冰蕊，快拿个凳子给她坐，垫上个软垫。"苏姨娘摆摆手，随即吩咐身边的女婢。

冰蕊应了声，忙拿了凳子和软垫来，摆在戚寸心后头。

"坐吧。"苏姨娘笑着说。

戚寸心偷偷望了一眼站在边儿上的戚氏，见她点了头，她才低头轻声道："谢谢姨娘。"

"明贞，你这小侄女儿模样生得这样好，何愁找不到合心意的郎君啊？"苏姨娘兀自打量起戚寸心来，脸儿生得白嫩，一双杏眼圆圆的，鼻梁上一颗小小的红痣，嘴唇正有些不安地抿起来，是一副讨喜惹人怜的好相貌。

郎君？戚寸心不知苏姨娘为何一见她便提起这个，她也没敢多讲话，只是低下了头。

戚氏适时扶着苏姨娘站起来，缓步走到戚寸心身前。沁人的香气随着苏姨娘摆动的裙袂散开，她瞧见苏姨娘绣鞋尖儿上浑圆莹润的两颗珍珠。

"那春萍罚你们，原是想给我脸色瞧，"苏姨娘白皙纤细的手指捏了颗冰蕊递来的葡萄，却将它给了戚寸心，"她是记恨我。"

"姨娘……"戚寸心想站起来回话，却被苏姨娘轻轻按下，话也被她打断。

"不过你也别怨她。"苏姨娘那副风韵犹存的面容上带着几分意味深长的笑意，一双眼睛暗暗沉沉的，"她啊……反正是个福薄的。"

她嗓音柔和，带着些南地的温软语调，轻轻慢慢的，但不知为何，戚寸心却觉得有一丝凉意顺着脊背爬上来。

苏姨娘赏了戚寸心一盒擦膝盖的药膏并许她休息半天，今日都不必再去厨房，戚寸心被戚氏扶着走出皎霜院时，才知晓今日叫她来的缘由。

"说亲？"戚寸心一双杏眸瞪大了些，她惊诧地望着戚氏。

戚氏拍了拍她的手道："寸心，姨娘有个远房亲戚也在东陵，家里虽不是什么大富户，却也开了个不大不小的酒肆，他们家那儿子是个秀才。我看过了，人长得周正，脾气也温和。今日姨娘叫你来，便是想相看相看，眼下看，姨娘是满意的，那边自然也……"

"姑母。"戚寸心打断她。

她才要说些什么，却见戚氏收敛神情，变得严肃许多，只静静盯着她。戚寸心便不自觉地又抿起了唇，耷拉下脑袋。

"寸心，"戚氏轻叹一声，伸手摸了摸她的脑袋，语重心长道，"这府里不是好待的，如今要你和我一块儿在这深宅里，我夜夜都难眠。你十六了，该是寻个好人家的时候了，也好有个依靠。"

戚氏向来说一不二，而戚寸心早年丧父丧母，姑母于她有养育大恩，她向来是不敢顶撞姑母的，可是成亲……

"姑母，您不用送，我自己回。"沉默了一会儿，她才怏怏抬头道。

戚氏站在原地，看她深一脚浅一脚地往前走，看她的背影在这日头底下逐渐消失。若不在这东陵安个家，她这个侄女儿怕是这辈子都忘不了南边的澧阳。可她得忘啊！忘得干净些才好。

膝盖大概是被鹅卵石地面磨破了，戚寸心走得有些艰难，但她没打算直接回院子里，而是用钥匙开了拱月桥后头的角门，出了府。

在外头做工赚钱的事已经被姑母发现，是不能再做了，她自然是要去和颜娘说一声。好不容易走到晴光楼外，戚寸心却见紧闭的大门上竟贴上了封条，外头还守着几个官兵。

周遭许多过路的人指着这一处，"作孽""七八条人命"之类的字眼传入耳中，戚寸心正要找人问一声，却听有人唤她："戚寸心！"

她一回头，正见人群里朝她招手的小九。

"寸心，出事了！"小九将她拉到一旁，急急地说道，"颜娘死了，还有她请的那些护院，全都死了！"

死了？戚寸心不敢相信，不由得回头去看那座晴光楼。

"尸体，尸体还是我发现的。颜娘迟迟不起，我便上楼去唤，可怎么拍，门里头都没个动静。我把门撞开之后，就看见颜娘……"小九从未见过那样血腥的场面，此刻再回忆起来，他脸色煞白，浑身打战，"她脖颈上好细一条口子，但那血却流了一地。"

"还有那些护院，残肢断臂的，都被锁在一间屋子里头，全都是血啊……"

黄昏时，护城河水漾起一片金色波纹，河岸旁有几个人似在话别。

"怎么，颜娘那样的人，你还要为她可惜？"年轻的女子手持素纱幕篱，望向眼前的姑娘，往日她总是皮笑肉不笑的，一双美目带霜，但此刻却笑意满盈，连说话都轻快许多。

"我只是在想，是谁杀了她。"戚寸心摇头道。

"谁知道呢？"女子可没什么兴致多想这事儿，她神色淡淡的，"她往日买回来，又逼死了的人可不少，只当她偿命去了。"

"姐姐此时便要走吗？"戚寸心看她身后的丫鬟身上挂了两个包袱。

"鸟笼已经开了，鸟儿还会待在笼子里吗？"女子瞥一眼河对岸的重楼瓦舍，"我是一刻也不想在这儿多待。"

女子唤了声那小丫鬟，丫鬟当即将一个木匣子塞入戚寸心的手里。

木匣子沉甸甸的，戚寸心认出那是她之前交给颜娘的。她不解地抬头，却见女子已戴上幕篱，再看不清她的神情。

"你也不必再送我了，我们之间，本也没有多少情分可言。"说完这话，女子转过身便走，那小丫鬟忙不迭地跟上去。

戚寸心抱着木匣子，看着她纤瘦袅娜的背影，唤了声："绿筠姐姐，保重！"绿筠才是她的本名，离开了晴光楼，她就不再是风月地的绿云了。

绿筠也许听到了，但她并未转身。这时红霞满天，她们主仆二人走入那暖融融又金灿灿的光里，慢慢变得模糊。

"我瞧见那颜娘的死状，吓得瘫软在门槛外头，可绿筠来了，却先烧了楼里那些姑娘的卖身契。"小九瞧着那两道走远的身影，感叹道。

绿筠不但烧了卖身契，还仔细翻找出了颜娘藏在各处的所有钱财。她也没留，全贿赂了官府来查案的官差，结果她不但没被叫去官衙问话，还摇身一变，成了自由身。毕竟外头正是战乱之际，如今的官府是认钱不认人的。

"可见她平日里是将颜娘这个人琢磨透了，不然她怎么把颜娘藏的银子全都找了出来？"小九自顾自说着，却忽然想起来，"只有一样，似乎漏算了。"

"什么？"戚寸心看向他。

"颜娘这些日子身上常戴着一枚配饰，跟一小截竹子似的，白玉做的，中间比两头稍微纤细些，上头还刻着好多花纹呢。"小九描述起那东西，随即道，"我听说，那原本是你买回去的那个人的东西。"

"他的东西？"戚寸心有些诧异。

"看颜娘那宝贝的样子，应该是个好东西。"小九摸着下巴猜测道，"可惜就是没找着，不然用那东西怎么说也能抵了你买他的钱。"

戚寸心听他说着，也有了点儿印象，她好像也见过一眼。但此刻她却低头看了看手上的木匣子，轻轻摇头："不用抵了，我的钱都回来了。"

小九搀扶着她走了一段路，见她在路边的摊子上买了热食，便知是给谁买的，他不由得劝道："要我说，你就赶紧让他离开，那儿再怎么样也是府尊的家宅，若是被发现了可怎么好？你难不成还真要养着他一辈子？"

戚寸心垂着头没什么反应，小九有些恨铁不成钢："你倒是说话啊。"

"我只是在想，"她终于抬头看向他，"你说得有些道理。"

那是府尊的家宅，又不是她的家。今日入内院见了位萍姑娘，又见了苏姨娘，她才真正明白这样的大户人家里水有多深。膝盖还在隐隐作痛，她觉得自己应该为姑母着想，她再不会找外面的事做，也再不该将谢绖留在府里。否则一旦引火烧身，烧的，绝不只是她一人，她或许还会连累姑母。

抱着这样的想法，戚寸心回到了府里，彼时天刚擦黑，荒废的半边宅院也没人点灯，幸而小九送了她一盏灯笼照路。

院门陈旧，推开时吱呀作响，她进了院子，抬头便瞧见檐下站着一道颀长清瘦的身影。

少年提着灯笼立在廊内，夜风吹着他宽大的衣袖，连浓密的发丝也被吹起几缕，暖黄的灯火照在他漂亮的侧脸上。他对上她的目光，微微一笑。

戚寸心当下便提着灯笼朝他走去。此时，夜风有些凉，这一路走回来，戚寸心却被吹得太阳穴生疼。

"你站在外头做什么？"她定了定神仰头问他。

"等你。"谢绺轻声道。

简短两字，却令戚寸心微微晃神，她有些不太自在地低下头说："其实你不用等的……"

说着她就要往屋里走，可才迈出一步，话还没说完，一阵眩晕袭来，她下意识地扶住门框。

谢绺站直身体，将自己手里的和她手里的灯笼搁下，随即扶住她的手臂。

"桌上的饭菜，你自己记得吃……"

被扶回屋子在床上躺下来，戚寸心裹着被子，蜷缩成小小的一团，只迷迷糊糊嘱咐了一句，便昏昏沉沉地睡了过去。

谢绺立在边上，低头瞥了她那张泛着不正常红晕的脸片刻，脸上一丝笑意也没有，神情淡淡的。

这一夜戚寸心睡得并不舒服。她迷迷糊糊被热醒，发现额头上有个湿湿的帕子。她皱着眉睁眼，却瞧见坐在榻旁的谢绺。他一身雪白的单袍不知什么时候沾了不少脏污，一张脸却如玉般无瑕，此刻正靠着床柱闭目养神，或听见些窸窣的声音，他才睁眼回头看她。

"你这是做什么？"戚寸心的声音有点哑，她费了些力气才将手肘从盖在自己身上的三层被子里抽出来，拿开了自己额头上热乎乎的帕子。

"我在发热，帕子该用冷的。"她说着，又指了一下自己身上的被子，"被子也不用盖这么多。"

"是吗？"谢绺那清澈漂亮的眼眸里露出几分迷茫，"可我以前也是这样照顾乌雪的。"

"那他真是万幸还能活下来。"也不知他是怎么掖的被角，戚寸心要从里面挣脱出来还很费力。

"死了。"少年清脆的嗓音不轻不重落在耳畔。

戚寸心一顿，她原只是随口调侃。却瞧见少年的神情并没有什么变化，仿佛只是一件再平常不过的事。

"对不起。"戚寸心轻声道。

少年神色如常，端了一碗热茶来递给她。戚寸心喝了两口，靠在枕上，目光流连在他变黑了的衣袖上。

"生火弄的？"她说。

"嗯。"少年轻应一声，用手拧干在冷水里浸过的帕子叠整齐，才回身放到她的额头上。如同完成什么重要事般，一丝不苟，还摆正了帕子在她额头上的位置，方才坐下，弯起眼睛笑着看她。

戚寸心下意识地屏了屏呼吸，因他忽然的靠近，某种冷淡的沁香拂来，也让她这样近地看清了烛火照着他纤长的睫毛，在眼睑下投了浅淡的影。

"我只是低热，你不做这些，我睡一觉也就好了。"戚寸心小声说。

"那你膝盖的伤呢？"他的目光落在被子上。

她愣了一下，此刻才意识到自己的膝盖上凉凉的，也没有特别痛，似乎已经上过药了。

"你很奇怪。"少年忽然说。

"什么？"戚寸心恍然回神道。

"我身无分文，是个没有来处，也没有去处的人，"他认真地打量她，"而你拮据度日，却花光积蓄救我。"

"我只是不想你死在那儿。"戚寸心十分不自在地偏头躲过他的视线。

隔了会儿，她抿了一下有些干涩的唇，说："你其实不是觉得我奇怪，是觉得我傻吧？"

少年闻言，双眸微弯。而她正好回头撞见他这样笑，于是她噌地一下转过身，背对着他红了面颊。

"好心没好报。"戚寸心小声嘟囔道。

"我只是觉得你和乌雪很像。"他辩解道。

"乌雪是个姑娘吗？是你的青梅竹马？"戚寸心有些昏昏欲睡了，她半睁着眼睛，也没转身。

"不是。"他答。

"那就一定是个男子了，是你的朋友吧？"她打个哈欠闭起眼睛，声音越来越小。

"是一只小狗。"他的声音再度落在戚寸心的耳畔，迷迷糊糊的她好一会儿才反应过来。

小狗。

小狗？

她一瞬睁开眼睛，清醒了不少。

"你才是小狗！"她回头瞪他。

是夜。

刘管家领着一名驿兵匆匆来到主院，院子里的阑珊灯火照着地面蜿蜒的血迹，他掀起眼皮瞥见被家仆拖去侧门的女子动也不动，一身杏子红的衣衫被血染得更为殷红，那金步摇在她的乱发里摇摇欲坠。女子很快被家仆拖去廊柱拐角后，再不得见。他收回目光，仿佛早已见怪不怪，只等那蓄了胡须，手握一把折扇的中年男人从门内出来。

"赵师爷，这是从涂州来的驿兵，他有东西要上呈府尊。"他低头道。

"交给我吧。"赵子恒站在台阶上伸出手。

驿兵闻言，赶紧将身后背了一路的竹筒呈上去。

"管家，带他下去休息休息，再弄些好酒好菜。"赵子恒就着檐下的灯火，看了看竹筒封口处的红蜡，随口说了句，便转身往屋里去了。

身穿赭色五蝠捧寿纹大襟袍，身形臃肿的老者正细细地用帕子擦拭手上残留的血迹。他松弛的眼皮耷拉着，那双浑浊的眼却仍然锐利。

"大人，涂州送来的。"赵子恒进了门，便将竹筒奉上。

"打开。"葛照荣只瞧了一眼便随口说道。

嵌着颗蓝宝石的戒指上有些血迹迟迟擦拭不掉，葛照荣将其摘下，随手扔进满是血水的银盆里。只听当的一声，那戒指便沉到了盆底。

赵子恒抬头看了一眼，随即便将竹筒里的信件与一幅画像取了出来。葛照荣借着灯火，将玳瑁圈儿的水晶镜凑到眼前，才拿来赵子恒手里已经拆开的信件，觑起眼睛看了会儿。

或是见葛照荣皱起了眉，赵子恒便道："大人，可是发生什么事了？"

"怪不得……"葛照荣低头思索了片刻，"怪不得金鳞卫会跑到东陵来。"

赵子恒接过葛照荣递来的信看了后，面色凝重了些："五皇子和福嘉公主的死，竟不是意外？"

一个多月前，五皇子与福嘉公主在皇家围猎场发生意外，大魏同一日便为两位天家子女发丧。

　　"想不到南边旧朝送来的一枚弃子，竟能在麟都搅出这样的风浪……"葛照荣将那画像徐徐铺于木案之上，细细打量着。

　　"这位星危郡王一日连杀两个天家血脉，又能逃出生天，绝非临时起意，"赵子恒瞧着那画像上的轮廓，摸了摸胡须，"他早不逃，晚不逃，为何偏偏选择这个时候？也许，是他等的时机到了。"

　　可究竟是什么时机？赵子恒一时也想不明白。

　　"涂州、东陵、析县等接近南黎边界的地方均收到了密旨，要我们暗中搜寻这个谢繁青，可天家受此丧子丧女的奇耻大辱，又为何要隐瞒下来，打落牙齿和血吞？"葛照荣皱着眉摘下水晶镜，怎么也想不清楚其中的缘由。

　　"而且看巡抚大人信中的意思，这画像并不可信。"他说着，看向赵子恒。

　　"此事已过去一个多月，这消息才传到咱们东陵来，大约是一开始这事原只交给了金鳞卫，而金鳞卫至今一无所获，上面才下了密旨要咱们这些靠近边界的州府配合。但按理来说，金鳞卫是天家的禁卫，他们的能力有目共睹，却至今没找到这小郡王的下落，问题，或许便出在这画像上。"赵子恒轻摇折扇，徐徐说道，"看来麟都仍有人念着南黎旧朝，这画像也许未出麟都之时便已经不是原来那幅了。"

　　"说起来，我的这个宅子原来还是那小郡王的老子谢敏朝的王府，那时的齐王谢敏朝还只是个十几岁的毛头小子，"葛照荣戴满金玉戒指的手拿起茶碗却迟迟没动，他神色颇有几分复杂，"这小郡王谢繁青若真来了东陵，那岂不是也算回了老家？"

　　赵子恒思索片刻，却也想不起一点儿有关星危郡王的传闻，可见往日里这枚被南黎亲手送到北魏来的"弃子"是多么的不起眼。

　　谢繁青现今不过才十七岁，却一日之内连杀两个天家血脉，搅得麟都风云四起，不但狠狠地打了北魏皇室的脸，更是逼得南黎与北魏再无法维持最后的安宁。他这是釜底抽薪，给了南黎那些主和派致命的一击，似乎也打乱了北魏皇室的部署。画像之事已能说明问题，麟都想瞒，怕是瞒不住的。

　　想到这里，赵子恒不知何时已出了一身冷汗——这位星危郡王，可真是极会演，也极会算。

　　翌日天明，戚寸心才到厨房便听到厨娘们议论纷纷。

　　"还真以为她能被府尊收房呢，想不到命这样薄，怎么就忽然得急症了？"莫氏一边忙着手上的事，一边同身边人说道。

　　"什么得急症，"姓周的厨娘压低了声音，"我听昨儿晚上守门的人说，尸体被人用草席子裹着，从院门过的时候席子里头还淌了不少血出来……"

　　哪是什么急症，若不是受了外伤，怎么会那样血淋淋的？

　　"哎哟……可真吓人哪。"林氏拍了拍胸口，这事不对劲得很，但几人也不敢再多往下说，这内院里的事，她们哪里敢多嘴多舌。

　　坐在灶前烧火的戚寸心听了会儿，便知她们说的是春萍。她忽然想起那日苏姨娘说的话，当日脊背的冷，远不如此刻她听闻春萍死讯时来得阴冷。灶火烧得正旺，但戚寸心却半点感受不到里头的温度。待府尊的午饭准备妥当，她照例装了食盒要往拱月桥那边去，才出了厨房，便见戚氏已不知何时等在外头。

　　"姑母。"戚寸心上前唤了一声。

　　"要回那边去？"戚氏看了一眼她提着的食盒，又伸手拂开她侧脸的发。

　　"嗯。"戚寸心垂下眼睛，有些心虚，不敢让戚氏发现端倪。

　　"姨娘和柳家定了个日子，五日后，就在柳家的潮云酒肆，你去和柳家公子见上一面。"戚氏露出些笑意。

　　"姑母，"戚寸心没想到见面的日子这么快就定了，她忙说，"我身上还有契，还要一年才能出府。"

　　"府里是姨娘管家……"戚氏握住她的手，轻轻地拍了拍，"你与柳家的事若是成了，你便以姨娘义女的身份嫁过去，那活契姨娘自然也就替你废了，不再作数。"

　　"姑母……"戚寸心皱了皱眉，但见戚氏睨着她，她张了张嘴却没吭声。

　　"这件事就这么定了，寸心，哥哥嫂子在天上，怕是也盼着你早些找个依靠才好，我是你姑母，你便听我的吧。"这么多年来，她一向将戚寸心当作自己的亲生女儿教养，她兀自敲定了这件事，又软下些声音哄，"寸心，姑母也是盼着你过上好日子，不要像我，这辈子漂泊无定的，能有个什么？"

戚寸心低着头好一会儿，才轻声道："姑母，我听说春萍死了。"

戚氏闻言，倒也神色如常，仿佛她早料到春萍会是这般下场。她瞥了眼身后的丫鬟，凑近了戚寸心，压低声音道："府尊喜怒无常，这种事只会多不会少，所以我让你早些出府成亲，也是为你好。"

葛家原是东陵的富户，葛府尊是葛家嫡子，他少年时葛府有个丫鬟爬上了他父亲的床，此后好多年他母亲失宠，连带他这个嫡子也时常被那丫鬟出身的姨娘欺负，也是那些事让他成了个面上不显、内里暴虐的性子。像春萍那样起了歪心思，想被收房的原也有好些个，无一例外都被葛府尊折磨死了。春萍来府里没多久，内院里也没人敢议论过往的事，她自是什么也不知晓，还以为能飞上枝头，却不知自己死期将至。

回去的路上，戚寸心想起那日刘管家站在一旁，冷眼瞧着那春萍对她二人颐指气使，并不阻拦。到此刻她才明白，原来那不是纵容，是给一只将要被碾死的蚂蚁最后的晚餐。

后颈被冷汗浸湿，戚寸心回到拱月桥后面的院子里时还有些魂不守舍。廊上传来杯盏碎裂的脆声将她唤回神，一抬首，她便见廊上散了些碎瓷片，那少年盯着自己的手背，迷茫地站在那儿。

戚寸心匆匆跑过去，见他的手背已经被烫红了。她忙去打了凉水来，浸了帕子敷在他手背上。

"你又折腾这些做什么？"她的声音有气无力，带了几分无奈和疲惫。

"我想煮南黎的茶汤给你喝。"少年或许是察觉到她的情绪不太好，声音低沉了些，有些怯生生的，"可是这里的汤瓶好像和南黎的不太一样。"

戚寸心手一顿，想起自己昨夜同他说起过她原本也是南黎人，只是她很小的时候就来北魏了，也不知道南边是什么样子。她不由得抬头看他的脸，难道是因为这个，他才要煮南黎的茶汤给她喝吗？

"要是能有机会，"戚寸心用竹片挖了药膏涂到他的手背上，"我想自己回去，喝南黎的茶汤，吃南黎的饭，看看南黎到底是什么样子。"

谢纾的目光停在她乌黑的发髻上，神色淡淡的，语气变得散漫了些："南黎有什么好的？"

心里装着事的戚寸心却没察觉到他的试探，只是道："我爹埋在南黎的澧阳。可是绺绺……"

她替他涂好药，松开手，坐在廊椅上想起那会儿戚氏对她说的话，有些失落地抬头郑重道："我也许回不去了。"

"为什么？"他在她身边坐下来。

戚寸心憋了一肚子的事，这会儿看着他那双清澈漂亮的眼睛，就没忍住都跟他说了，末了，她叹了口气，耷拉下脑袋，看起来烦恼极了。

"我姑母这回是铁了心要把我嫁给那个柳公子。我知道姑母的意思，她就是不想让我回澧阳，才急着要让我在东陵成亲。"她扯下栏杆外树枝上的一片叶子，声音有些蔫蔫的，"我娘去世之后，就是她在照顾我，她的话我不能不听，但我又不想就这么跟一个生人成亲……"

"若他死了呢？"少年的声音落在她耳畔。

戚寸心闻言偏头，看着他这样一张纯善无害的脸，丝毫没有察觉出他这么轻飘飘的一句话里带着些什么其他意味，她只是摇头。

"我姑母说，那位柳公子今年才二十岁，再说……姑母也不可能给我相看个病秧子。"

"就算没了个柳公子，也还会有什么张公子、李公子、王公子的……我姑母她才不会放弃。"

想起戚氏说苏姨娘要认她做义女的话，她更愁了。

"我也不想做姨娘的义女，我只做我爹娘的女儿就够了，我想带着我娘的骨灰回澧阳去和我爹葬在一起，让他们在天上重逢。"

戚寸心思来想去，忽然站起身跑到屋子里去翻找。

谢绺仍坐在廊椅上，静静地听着她在屋子里翻找东西的声音，又看着她从里头跑出来，然后将一块只剩半边的砚台放到桌上，她磨了几下墨，铺开一张纸，提起笔。谢绺站起身，走到她身后，见她字迹歪歪扭扭，一个字足足越过了信纸三行竖线，他不由得弯起眼睛。

戚寸心正在默默措辞，却听身后一声轻笑，她有点儿窘迫，一下挡住了笔下的字，回头瞪他。

"你笑什么？"娇俏的声音响起。

"你这是做什么？"谢绺却问。

"我打算给柳公子写一封信，告诉他我们不合适。"戚寸心说着，转身垂眼打量起自己写的字，越看越丑。

"你一定会写字吧？"她又转头望向他，"你可以帮我写吗？"

他一点儿也不像是生在普通人家的，寻常人家的生活常识他是半点儿也不知道，许多琐事他都不会，但行走坐卧却总有一种刻在骨子里的端方姿态，这绝非小门小户里能教养得出来的。也许，他是因家道中落才从南黎流落至此，戚寸心想着，也更加肯定了自己的猜测。

"你要是帮我写，我今晚就请你吃八宝肉。"她站起身来，拉着他在凳子上坐下，"绷绷，八宝肉可好吃了，我难得吃一回，你不吃要后悔的！"

戚寸心认定谢绷会写字，却未料他不但会写，且字写得极好，一笔一画，尽是飘逸风骨，十分赏心悦目。谢绷依她的话字字写下，回头却看见她正望着纸上的字。

"绷绷，你的字真好看，是我见过最好看的了。"她语气里还透着些艳羡。紧接着，戚寸心在他身边坐下来，又铺上一张纸，然后用那双圆圆的、亮晶晶的眼睛，一眨不眨地、满怀期盼地看着他。

"你可以教教我吗？"她说。

少年被她的夸赞弄得有些发怔，捏着笔的手指微松，他侧过脸，稍稍错开她的视线。随后他的眼睫眨了一下，唇畔带了点笑意，却摇头说："不要。"

"为什么？"戚寸心没想到他这样果断地拒绝了。

廊外的阳光炽热，蝉声交织在树荫里，少年却在这般强烈的光线里瞧见不知何时吹落在她发鬓间的叶片。他朝她伸出修长的手指，轻轻摘下那片叶子，复而垂眼与她对望。

"手疼。"少年的唇瓣轻启。

距离也许有些近了，戚寸心甚至隐约嗅到他身上的淡香。也许是午后的日光太厉害，她的脸颊忽然变得有些热，她眨了眨眼，匆匆将目光从他那张无瑕的脸上移开，嘟囔了声："娇气鬼。"

"既然手疼，那你为什么还肯替我写信？"她看了眼他涂了药膏的手背。

"因为你好像很想吃八宝肉。"少年眼睛弯弯的，声音清亮。

戚寸心愣愣地看着他。

他对八宝肉好像并没有什么兴趣，反是看出了她的馋虫。她平日里定是舍不得自己买来吃的，这回请他替自己写信，答谢他一顿八宝肉，她想着自己应该也能吃上一点儿。

这下好了，她倒闹了个脸红，却不知是为被戳中心事而羞恼，还是别的……

第三章

我有想成亲的人了

老槐树下小摊儿的主人将松子和核桃仁敲碎，揉入加了冰糖屑和猪油的面里，那面团雪白雪白的，揉的时候还加了奶酥，再把那团面放在锅里煎着，煎得两面金黄了，才往上头撒了把芝麻。

粗布麻衣的小九和穿着藕色裙衫的姑娘守在摊前，直愣愣地瞧着锅里的烧饼，不约而同地咽了咽口水。

老头抬头瞧了他们俩一眼，乐呵呵地把两个刚出锅的烧饼递给他们，烧饼烫得很，他们两个接过去就被烫得鼓起脸颊吹手指。但到底谁也没撒手，反倒忙不迭地先咬上一口。

"戚寸心付钱！"小九咋咋呼呼的。

戚寸心咬着烧饼，一只手抽空掏了几文钱来扔进摊子上的盒子里。

"小九，他怎么还不来？"戚寸心坐在树荫下的石头上，一边吃着烧饼，一边朝那学堂的前门张望着。

"都这个时候了，按理说他早该来了。"小九也觉得奇怪，皱着眉嘟囔了声，"难道他生病了？"

"你们找谁啊？"老头擦拭着摊子上的油渍，听到他们俩说的话，便侧过头来问了声。

"爷爷，我们找柳公子，"小九自来熟得很，"就是在这儿教小孩儿念书的柳希文，柳公子，您认得他吗？"

"那你们可来得不巧。"老头听见这么个名儿，便道，"他啊，昨儿将学堂里的一个娃儿打得进医馆了，以后他都不来了。"

"啊？"戚寸心瞪圆眼睛，烧饼差点儿掉了。

"先生教训顽劣的学生，这本不为过，但他昨儿好像打得狠了些，他们家里头还赔了些钱给人家。"老头常在这儿摆摊，不少孩童下学便在他这儿买烧饼吃，他也是听那些来接自家孩子的家长说的。

"把学生打得都进医馆了，这还叫脾气温和？"小九又咬了一口烧饼，看向坐在身边的戚寸心。

"是我姑母说的。"戚寸心对上他的视线。

两人一时无言，还是小九飞快地吃光了烧饼，站起来拍拍屁股说："你姑母还说他人长得周正，那我们何不瞧瞧去？"

戚寸心记得戚氏说过，柳家的潮云酒肆在城东的泗水街上。她与小九两个人找过去时，见潮云酒肆里人来人往，热闹极了。

"这柳家也算不错了，你还有什么不满意的？"小九只瞧了一眼酒肆里头的光景，便感叹了声。

戚寸心不搭理他，只犹豫了会儿，还是踏进了酒肆大门。

老板娘倚在柜台上懒洋洋地拨弄着算盘，涂了脂粉的面容难掩老态。她耷拉着眼皮，看起来心情并不好，听了跑堂的几句话，她眼睛一横，瞅着楼上的一个身影，想发作却又忍了下来，只挥挥手打发了跑堂，对身边那穿着一身枯黄衣袍的中年男人道："夫君，希文不吃不喝的，这可怎么好？你倒不如放了他回后院去，要他在这闹腾的地方念书，他又如何念得进去？"

柳掌柜冷着脸回道："不让他在眼皮子底下待着，难不成让他再去惹祸？"

"夫君，昨儿的事你还在怪希文？他往日里如何这样过？还不是因为你逼他娶个丫鬟！"老板娘将声音压低了些，不想酒肆里的客人听了去，但戚寸心与小九自门口走进去，还是隐约听见了。

小九好奇地想转过身去瞧瞧，却被戚寸心抓住衣袖，拽着坐了离柜台近些的桌子前。

"要我同你说多少遍？她做了月容的义女，那便不是什么丫鬟了，月容说了会多照管她的义女，言下之意就是咱们儿子娶了她，月容自然也会跟咱们亲上加亲，再照顾咱们些。"柳掌柜皱着眉头同妻子说。

跑堂的来了，小九拍了拍她，小声问："请我吃碗面？"

"两碗阳春面。"戚寸心抬头说道。

见跑堂的走了，小九才小声说："戚寸心，阳春面里有肉吗？"

"没有。"

"那你要阳春面做什么？"

"便宜。"

"守财奴。"小九撇撇嘴。

两碗阳春面很快端上桌，戚寸心才吃了一半，小九的碗就已经见底了。

他往四周瞟了瞟，道："寸心，上头都是雅座，也不好上去，看来咱们今天是见不到他了。"

戚寸心吃面时一直注意着掌柜夫妇，楼上下来不少人，也没见他们有什么多余的举动，这就说明下来的人里并没有柳希文。

"小九，我们走吧。"面吃完了，戚寸心叹了口气，站起身。

跨过门时，她却听见里头老板娘喊了声："希文，你听话！"

她回头，便见老板娘上了楼，下来时扶着一个青年的肩膀，那青年同她站在一起，竟也只比她高出了一点儿。他五官生得还算周正，只是肤色要黑些。

"他都是你惯的！"柳掌柜黑着脸，斥了声妻子，"别以为我不知道，他平日里最听你的话，这回哪是他不愿娶那丫头，分明是你不满意人家！"

"儿子孝顺我有什么错？"老板娘正忙着哄儿子，听丈夫发难，她便皱起眉头反驳。

眼看他们就要闹得满堂皆知，戚寸心也没再看，转过身走下了阶梯。

"长得是不难看，但是也没多好看啊，还有那身量……怎么看着也跟我差不多？"小九双手抱臂，跟在戚寸心身边走着，"我才十五，肯定还要长高的，但他还长不长就说不定了。"

"而且这人……"小九或许是想起方才老板娘哄他的，还有那柳掌柜的一番话，他不由得皱起眉头，"他好像什么都听他娘的欤，要是你嫁过去了，他娘有心为难你，他怕是也不会帮你吧？"

戚寸心耷拉着脑袋，不说话。

"你那封信呢？方才为什么不送出去？"小九忽然想起来。

戚寸心脚下一顿，随即摸了摸口袋，信还好好地装在里头。

"我忘了。"

"那你还去吗？"小九问。

戚寸心回头望了一眼那家酒肆，摇头道："算了。"

或是知道她心情不好，小九一路上再没说什么话，他买了两串糖葫芦，分给她一串，两人坐在护城河畔的树荫底下。

"那个人，你还没让他走吗？"小九忽然问。

戚寸心咬一口红红的糖衣，摇头叹气道："没有。"

"我好多次都想跟他说的，"她说起这些就有点儿懊恼，"但是每次我一看他，就不知道怎么开口了。"

"你那是为色所迷。"小九哼了一声，拖长声音。

"我回去了。"戚寸心不想同他多说些什么了，她站起来转身便走，只是卖糖葫芦的从她身边走过时，她又买了一串。

今日轮休，她不用去厨房做事，但回了府里她也没急着去拱月桥后头的院子，而是去了皎霜院找戚氏。在皎霜院外头的亭子里，戚寸心将今天的事都同戚氏说了。末了，她小心地偷看了一眼戚氏的脸，又添一句："姑母，他长得也不是很周正……"

"你才见过几个男子，"戚氏皱着眉，闻言抬头，摸了摸她的鬓发，"知道什么周正不周正的？他那模样虽不算出挑，但也不算差。"

明明见过的……她已经见过最出挑、最好看的人。但戚寸心低着脑袋憋了会儿，也没跟戚氏透露半分，更没反驳。

"他还打小孩，还只听他娘的话。"她小声说。

戚氏闻言，神色便也有些复杂。其实她心里清楚柳家人答应这门亲事，怕也只是想要和苏姨娘再亲近些。她原想着，若是这样，柳家人应该也会待戚寸心好一些的。

"我原先见他时，瞧着他识文知礼的，说话也温柔，还以为他是个脾气好的，这次是姑母看错了人。"当日她随苏姨娘去柳家时，那柳希文也不是这样的做派，可谁知私下里，又是另外一个模样。

戚氏是真心想给戚寸心找个好人家，哪知这柳希文是个惯会由着母亲的，她不难想戚寸心若真的嫁了过去，那明里暗里，要受多少委屈。

这事是苏姨娘牵的线，自是不能驳了苏姨娘的面子，可戚氏自然也不可能就这么将戚寸心送到火坑里去。

"这件事作罢。"她拍了拍戚寸心的手拿定了主意。

"可姨娘那儿怎么办？"戚寸心望着她。

"姨娘那儿你不用担心，"戚氏朝她笑了笑，宽慰道，"我在姨娘身边好些年了，她待我自是不同的。"

话虽是这么说，但戚氏并不想同苏姨娘直说，她思忖着戚寸心方才说的那番话，打算从柳希文的母亲那儿着手。

"这事儿我也不听你一面之词，免得是你哄我，"她松开戚寸心的手，正了正神色，"我自个儿叫人查去，若是真的，这事便作罢，若是假的，"戚氏瞧着自家的侄女儿，用手指戳了一下她的脑门儿，"你可记着，即便没了一个柳希文，我也还是会给你相看其他男子。"

"你也别生姑母的气，"她轻叹着说，"寸心，我这辈子都是要跟在姨娘身边的，她与我是主仆，她在这深宅里，我便要在这里。但你不一样，我不希望你留在这儿，你要有个自己的家。"

"姑母……"戚寸心讷讷地唤了声。

"好了，天热，你回去吧。"戚氏站起来，转身便要往亭子外头走。

"姑母！"戚寸心却忽然叫住她。

戚氏只听她脆生生的声音传来："我已经有想成亲的人了。"

"你说什么？"戚氏以为自己听错了，她蓦地转身，瞧见戚寸心站在那儿，便往回走了几步，压低声音，"戚寸心，我没听错吧？"

戚寸心不说话了，她忐忑得很，不敢看姑母的眼睛。

"你真不是哄我？那你说，你瞧上的人是谁？住在哪儿？叫什么？"戚氏眯起眼睛打量她。

她这好一通盘问，令戚寸心更慌张了，她支支吾吾一会儿也没说出个名字来，最终只扔下一句："我还没问过他，我不能说！"

说罢，她转身提起裙摆便跑了。

戚氏在后头笑出了声："就知道你这丫头是哄我。"

戚寸心没听到戚氏的话，她只顾跑，一路跑回了拱月桥后面，打开那道隔绝废墟的木门，跑回那个荒芜的院落。

少年倚靠在栏杆上，手里握着一卷书，那是昨日戚寸心买回来给他打发时间的一本游记。他漫不经心地翻看着，当听到推门的声音时，他抬起头。

那个姑娘站在太阳底下，或因跑得太急，她白皙的脸颊添了些红晕，直到她喘着气跑上木廊来，他看清她鼻梁上的小痣似乎也更为殷红了些。

"谢绵。"她双手扶着膝盖，却在弯腰喘气的当口，忽然连名带姓地唤了他一声。

少年不禁抬眼看她，眼睫微动，有些惊诧。

"这个给你吃。"她把犹如琥珀般晶莹的糖葫芦递到他面前。

她拿了一路，糖衣被烤得有些化了，谢绵瞥了一眼才接过来，轻声问："你怎么了？"

"我今天去看柳公子了。"她扶着腰站直身体。

"我知道。"他拿着糖葫芦，迟迟没吃。

"可是他长得也没有很好看，身量也不算高，还把小孩打进医馆了，还只听他娘的话。"她说。

"嗯。"他应了一声，等她的下文。

"你说你没有家，那你还有什么别的打算吗？"她却忽然转了话题。

谢绵一顿，一双清澈的眸子望向她："你是想我走？"

"不是不是。"戚寸心连忙摇头。

她有些踌躇，在他的注视下，脸颊又热了些，好一会儿才鼓起勇气。

"绵绵，如果……我是说如果你没有别的打算，如果你愿意的话，可以和我成亲吗？

"我姑母她待我很好，她总想我能早些成亲，可是我又不想就这么跟生人成亲，即便今天搅黄了个柳公子，明天也不知道还会有谁。

"你不用考虑别的，不用考虑我救你的那件事。我知道成亲对一个姑娘很重要，对男子应该也很重要，所以我想问问你。如果你觉得我不够好，那么就不要答应我。"

　　说出这些话，戚寸心其实很不好意思，但此刻她也没什么退路了。她说得很真诚，且并不希望因为她救过他而影响了他的判断。但她等了片刻，四周却很安静。迟迟没等到他开口，这让她变得有点懊恼。

　　"你就当我没……"戚寸心想要收回自己的话。

　　"若你嫁给柳公子，你会死吗？"他忽然打断她。

　　"啊？"戚寸心不明白他为什么忽然问这个，但她也认真想了一下，想起那老板娘话里透露的嫌弃，想起那个被揍进医馆的小孩，还有柳希文那唯母是从的模样……她不由得郑重地点了点头，"可能会吧。"可能会憋屈死。

　　她又听到他轻声问："你觉得和我在一起，你就不会死吗？"

　　戚寸心又点了点头。

　　他又没有家人，当然也不可能有那些家长里短的糟心事折磨人。

　　谢绅看着她，一双眼睛弯起漂亮的弧度，里面却藏了几分耐人寻味的意味。

　　"那好啊。"他的声音很轻，被风一碾便消散在了风里。

　　"要不你再想想吧，不用这么快做决定。"戚寸心坐在木廊的台阶上，认真地说，"这个真的很重要的，不能草率。"

　　"有多重要？"谢绅坐在她身旁，将被太阳烤得微化的糖葫芦递到她眼前。

　　"你不吃吗？"戚寸心看着他。

　　谢绅摇头，将糖葫芦塞入她手中。

　　"成亲不能儿戏，想着骗过我姑母肯定是不行的，但若是真的成亲，那就是两个人一辈子的事了，"戚寸心咬了一口糖葫芦，又偏头看他，"绅绅，一辈子是很长的，成了亲，我们就要永远在一块儿的。"

　　她年纪还轻，本也说不清成亲到底是多重要的事，只能仅凭着些许印象对他郑重其事地解释。

　　"做夫妻，就要永远在一起？"他好似半点不通人情世故，听她说这样的话也觉得有趣。

　　"嗯，"戚寸心点了点头，随即有些疑惑地问他，"难道你父亲和母亲不是这样的吗？"

　　"他们？"他垂下眼，似乎也尽力翻找了某些久远的记忆。

母亲是什么模样他已经忘干净了，仅有的印象，不过是她临终前紧紧地抓着他的手腕，指甲嵌进他的皮肉里，嘶哑难听的声音里充满怜悯。

"我这一走，也不知你还能不能活……"

"他们从来不在一起。"他的声音冷淡了些。

戚寸心愣了一下。

"一辈子是很长的，"他却重复着她说过的这句话，于这般大盛的日光里回望她，他眸子清澈，声音温柔又天真，"那你知不知道'永远'是很可怕的。"

"为什么可怕？"十六岁的小姑娘不知畏惧，反问道。

他看着她，看她的眼睛，也看她鼻梁上那颗小小的红痣。但他又忽然摇头，眼眉含笑道："没什么可怕。"

她不知道他为什么笑。不知道他是在想象日后，或许某一天，她再也不能像此刻这样天真，她会害怕，会哭得满脸是泪，然后后悔今日对他所说的一切。那多有趣啊！

谢绡轻抬下颌，看向院子里被太阳照得泛着光的繁茂枝叶，疏影里的蝉鸣声渐疲，连风都带了些灼人的温度。

"他真的愿意？"

小九坐在自家的小院儿里，听了戚寸心的一番话，惊得目瞪口呆。

"嗯，真的，"戚寸心抓了一个炸果子喂进嘴里，"我和他说清楚了，不要记着我救他的事，我也不要他因为这个来还我的恩，我当时还特地问了好几遍，他都说好。"

"可你怎么就找上他了呢？"小九想起那日在笼子里锁着的少年，那张面庞上虽沾着些血污，但也不难看出对方过分出挑的五官，"他不就是长了一副好皮囊？戚寸心，你总不能看着他的脸过一辈子吧？"

"你前些天还和我说他生火差点烧了袖子，煮茶还摔了茶碗，他连那些个琐事也不会，活像个大户人家的少爷，偏他对你笑一笑，你就不心疼你那些摔碎的物件儿了。"

"那是我生病了，他也是为了照顾我呀。"戚寸心声音越来越小。

"他也不是什么都不会，他识文断字，很有学问，字也写得很好看，我可羡慕他的字了。"她说。

"是吗？"小九家里孩子多，他只在学堂里上过两三年的学便去外头找事做了，如今也只算认得字，并没读过多少书，听戚寸心这么说，他还有些意外，"他难不成还真是个家道中落的少爷？"

"不过就算他愿意，那你姑母那儿你怎么说？他总不能还住在府里头吧？"小九说着剥了颗花生吃。

"所以……我有事请你，不，是请你们家帮忙。"戚寸心有点儿不好意思。

"……"小九眉心一跳，看着桌子上已经被弟弟妹妹拿得不剩多少的炸果子，"我就知道，吃人嘴软。"

戚寸心是趁着午后厨房没事的时候出来的，也没在小九这儿多待，她匆匆赶回去在厨房忙了一下午，直到天擦黑，府尊用过了晚饭，厨房里也都收拾干净了，才又提着一盏灯，在院门落锁前回到了拱月桥后头的院子。

谢绯坐在桌前慢条斯理地吃饭，偶尔看一眼对面低头扒饭的姑娘，如果她也抬头看他，他便朝她笑笑。

他笑起来时眉眼生动，戚寸心有点儿晃神，闷头扒了几口饭，她才说："我让小九帮你找了个院子，离他们家不远。"

"他有个举人舅舅，早年入赘了通城的沈家，沈家原先是酿酒的，虽不算大富户，但家底也还算殷实，只是前两年遭了官司，家产也被官府收了，他舅舅重病死了，剩下舅母和表哥离开了通城，和他们断了联系，也不知道去哪儿了。我跟小九说好了，到时候就说你是他通城的表哥，来东陵投奔他们。"

"以后在外头，你就说你叫沈绯。"她说。

"你呢？"少年默默地听她说完，轻轻放下筷子，问了声。

"啊？"戚寸心抬头，对上他的目光。

"你还要在这儿？"他的眼睛清澈，带着几分疑惑。

"嗯。"戚寸心也放下筷子，认真说道，"我想，我们就先定亲好了，我身上的活契还有一年，我在府里做满一年多攒一些钱，然后跟你去南黎看看。"

谢绯未料到她会这么说，随即抬眼定定地看着她那张白皙的面庞道："你不是说，你姑母不许你回南黎吗？"

小姑娘听了他的话，有点儿烦恼地皱了皱鼻子："反正是一年后的事，到时候再说吧。"

　　他忽然不说话了，她看了他一会儿，说："我会常去看你的。"

　　"每天都来吗？"他回过神来，轻抬眼帘。

　　"嗯，"戚寸心忽然有点儿脸热，便没再看他小声答应道，"每天都来。"

　　他好像有点儿黏人，她心想。

　　夜里外头下起了雨，雨水拍打在木廊上，噼里啪啦的声音不绝于耳，屋子里烛火早灭了，但戚寸心迟迟睡不着，在黑暗里睁着眼，翻来覆去。

　　"绺绺？"她试探着唤了一声。

　　"嗯？"隔了一会儿，她听见少年轻应一声。

　　"明天学堂的温老先生就要考你了，你紧张吗？"她问道。

　　温老先生是东巷学堂的主人，日前辞了打小孩的柳希文，现如今学堂正缺教书先生，戚寸心和他说好，让谢绺明天去试试。

　　"还好。"他的声音带了几分朦胧的睡意，有点儿软乎乎的。

　　"绺绺，"但她还是一点儿睡意都没有，侧过身体，黑暗中她什么也看不到，何况他们之间还隔着枕头，"你是什么时候到北魏来的？"

　　"十一岁。"他简短地答。

　　"那你还想回南黎吗？"她好奇地问。

　　可他却不说想或不想，只是告诉她："我要回去。"

　　他要回去，要让一些人不高兴；要让一些人龌龊的想法落空；要去看那一双双恨不得要将他生吞活剥的眼睛，然后，挖了他们的眼睛……浓浓夜色里，谢绺唇角微弯，悄无声息地笑了。

　　戚寸心毫无察觉，兴冲冲地问他："那你也会带我回南黎吗？"

　　少年的呼吸声均匀，她听了会儿，以为他睡着了，便又默默地转过身去，却听身后传来他好轻好轻的一声"嗯"。

　　她一下又转回去："那我们说好了。"

　　这夜，戚寸心满心欢喜地闭上眼睛，好像出走的睡意又回来了，她不知不觉做了一个好长的梦。

　　梦里是茫茫长河，河畔生长着绿绿的水菖蒲。她成了好多年前那个小小的自己,在河面的一叶小舟上,被母亲紧紧地抱在怀里。母亲哭得厉害,她也跟着母亲一起哭,船桨击打着河水,她在那样冷冷的水声中仿佛看见岸上有一个人在朝她招着手。

那是父亲。浑身是血的父亲,乱发遮住了他的脸,他的身形是半透明的,像个无依无靠的游魂,他的声音却响彻她整个梦境:"寸心,回来。"

天光大亮,下了一夜的雨已经停了。

谢绍坐在榻上,在暗淡的晨光里细看身边那个似乎困在了什么梦境里,哭得满脸是泪的姑娘。她最初哭得很小声,但眼泪哗哗地流,没一会儿就湿了枕巾。他颇有兴致地打量了她片刻,见她越哭越厉害,便伸出手指捏住了她的脸。

哭声戛然而止,戚寸心睫毛抖了两下,懵懂地从梦里醒来,睁眼却被盈了满眶的泪水模糊了视线,她只能勉强看清面前的少年离她很近。

"为什么哭?"他松了手,用她的衣袖替她擦了一下眼泪。

她愣愣地望着他,过了会儿才吸吸鼻子,说:"我梦到我爹了。"

"你是不是揪我脸了?"她反应过来道。

"我是见你哭得厉害,想让你醒来。"谢绍闻言,那双眸子里适时流露出几分歉意,似是有些不好意思地抿了抿唇。

"那你为什么不叫我?"她揉了揉脸。

"叫过了。"他眼里映着她的影子。

"是吗?"戚寸心与他对视一眼,她随即坐起身来,皱着眉怀疑自己,"难道是我睡得太沉了?"

当然眼下这些也都不重要了。她匆匆起来将柜子里一件崭新的衣裳取出来递给谢绍,她洗漱完毕后,却见他用手指钩起那件衣裳上下打量着,迟迟没穿。

"你怎么不穿啊?"戚寸心走过去。

"蛮夷外族的衣裳,我不会穿。"他望着她,满眼迷茫。

"不会?可你不是十一岁就来魏国了吗?"戚寸心惊诧地瞪大眼睛,"你在魏国的这些年,也穿的是南黎的衣裳吗?"

在魏国,除了官员的官服和常服有些借鉴了南黎的衣衫制式之外,平民百姓是一律要摒弃南黎的衣裳样式的。现今,魏国百姓的衣衫样式,一律沿袭魏国皇族还未入中原前,在边关塞外的样子。

"谁又会在乎被关着的人穿的是南黎还是北魏的衣裳。"少年敛眸道。

被关着的人？戚寸心张了张嘴，但她望了他一眼，还是忍住了好奇心。

"那，我帮你吧。"她收回眼中的诧异，朝他伸出了手。

"你不问？"他却有些看不懂她。

"为什么要问？"她一边将那件衣裳拿过来，一边轻声道，"我没经历过你的苦，我问你，也只不过是听了一个关于你的故事，但你每回想一次，就会再疼一次。"

"就像你不问我爹的事一样，我也不问你。"她抬头，朝他笑道。

谢绉怎么都没料到，她竟会这样答。于是他怔怔地看着她，看她鼻梁上那颗殷红的小痣，红得有点儿惹眼。

"伸手，绉绉。"她说。

少年站在她面前，乖乖地伸直双臂。戚寸心展开衣裳，刚要替他穿上外衫，却见他雪白的里衣系带似乎松了，她便伸手先替他绑衣带。手指不小心隔着薄薄的衣服碰到了他的腰腹。

"对不起。"她一瞬抬头，杏眼圆圆地望着他，真诚道歉。

"没关系。"少年对上她的眼睛。

"小公子文章写得好，字也秀逸挺拔，"戴了深色幞头的老者将写满工整字迹的宣纸搁下，清癯的面容上露出和善的笑容，"只是你为何不去考个功名？在我这儿，倒算是屈才了。"

"功名非我所愿。"少年坐在他对面，一身竹青的衣袍质地虽有些粗糙，但穿在他身上，却也犹如清风绿叶般明净美好。

谢绉垂下眼帘，圆窗如月，映出一庭烟雨朦胧，而那样青灰暗淡的天光正照在他的侧脸。

温老先生随着他的目光侧过脸去，视线越过圆窗，瞧见了在大门口撑着一柄纸伞往门内张望的小姑娘。

"原来如此……"温老先生平日里不苟言笑，此刻瞧了坐在对面的少年，又望了一眼在大门处踌躇着没有进院的姑娘，他竟少有地露出几分笑意。

他只当这个"沈绉"是个不愿出仕的，从古至今虽是向往庙堂者众，但其中也不乏一些满腹才学，却或隐山林或隐市井的清高之辈，无论怎样，也都是各人的选择。何况如今在大魏，汉人比不得夺了旧朝半壁江山的伊赫人，即便是出仕，也无法获得跟伊赫人同等的地位。

"看来小公子和那位姑娘情意甚笃啊。"窗外的雨声淅淅沥沥，温老先生的声音夹杂其中，不甚清晰。

谢绡自屋内出来，还立在廊上便见大门外的姑娘在用力朝他招手，他抬脚才要走下阶梯，又见她匆忙朝他摇头。他尚有些不明所以，却发现她已经提起裙摆朝他跑了过来。

庭内的油松被雨水冲得如凝碧般，雨珠一颗颗坠在松针上，戚寸心的衣袖不经意拂过枝叶，霎时散落犹如碎玉般的雨珠，没入她的衣摆。站在几级阶梯下，她抬手将纸伞撑得更高些。

"结束了吗？"说着，她还往圆窗内偷瞥一眼，见温老先生在窗内看她，她便立即朝老先生行了礼。

温老先生笑了笑，也没说话，只是瞧着他们一个在廊上，一个在廊下，四目相对，那么年轻，教人艳羡。

"你其实不用来的。"走出学堂大门，谢绡垂眼瞥见她湿透的左肩，便伸手接过纸伞，往她那边偏了偏。

"哪知道突然又下雨，你没带伞，府里已经忙完了，我来接你也不耽误事。"戚寸心抬头望见他的侧脸，小心翼翼地问，"你怎么样？温老先生问的问题难吗？你答出来了吗？"

她抛出一连串的问题，谢绡却不紧不慢的，她有点儿着急，不由得拉了拉他的衣袖："绡绡，你说话呀。"

她只顾望他，也没看路，谢绡拉着她错开两三个步履匆匆、没撑伞的行人，他朝她笑了一下道："与温老先生已经说好，明日便能过来。"

闻言，戚寸心的眼睛一下亮起来："真的吗？"

"绡绡，你好厉害！"她笑得满脸灿烂。

谢绡避开她的目光，也抿唇笑了一下，只是纤长睫毛遮掩下的眸子总有几分平静散漫。

此时的小九家早就张罗了一桌好饭，准备今晚正式见见这位从通城来的表亲

"沈绉"。

小九的母亲前些年病逝了，只剩个父亲，叫贺勇，是个铁匠。人看着和善得很，看有客人在，也不抽他那味道极冲的叶子烟了，只是面对那位与这狭小旧院格格不入的年轻公子时便显得有些局促。

"还请见谅，我们家没什么好茶饭。"贺勇顿了顿道，"沈公子，如今公子在东巷学堂做了先生，不知可否抽空教我这三个孩子认些字？小九平日里总在外头做事，也没工夫教教他们。"

谢绉从头到尾只执筷，却并未真的吃些什么，他似乎是在出神，那张出挑的脸庞上表情极淡，直至周遭忽然静了下来，整个饭桌上的人都在看他时，他好像才回过神来，随即轻轻颔首："好。"

贺勇并未多想什么，只当他是在为了戚寸心姑母的事而烦忧，便笑着说道："那就多谢沈公子了，公子放心，你和寸心姑娘的事，我们一定帮忙。"

说着他又看了一眼坐在谢绉身边的戚寸心："像你这样大户人家的公子，为了寸心从柏城千里迢迢地跑到这儿来，什么都丢下了，可见公子对寸心的情意那是比金子还要珍贵啊！就冲公子对寸心的这份心，我们家也该帮忙。"他话音才落，戚寸心猛地抬头看向小九，满脸惊诧。

她没想到，小九居然是这么跟他父亲说的。

"是吗？"谢绉乍一听这些话，甚觉有趣。

或是觉察到身旁的姑娘在桌下扯了扯他的衣袖，他随即抬眼，对坐在对面的中年男人微微一笑："谢谢。"

天色渐渐黑透，雨早已经停了。

戚寸心跟在谢绉身侧，一直走到巷子深处的一道门前。他提着灯走上台阶，转身却见她站在底下，没有跟来。

"要走了？"她听到少年轻声问。

"嗯。"戚寸心点点头，昏黄的灯光下看不清他此刻的神情，见他不再说话，她便添了一句，"我明天会来的。"

少年仍是静默的，远处的灯火照着两个人的侧脸。戚寸心正不知道再说些什么的时候，却见他迈步走下石阶来，将灯笼塞入了她的手中。

"去吧。"少年低眉敛眸的样子过分明净美好，灯影在他的眼里好像浮于粼粼波光的星星。

戚寸心提着那盏灯笼往前走出一段距离，却又忽然停下。她回过头，在晦暗的光线里隐约看见那道仍立在门前的身影。就好像这一个多月来，她在府里，每每离开或回到南院时，总能看见他静默地立在那儿。

"谢绉！"谢绉正要转身，却听寂寂长巷里传来她的声音，他回头时，见那已经快要走出巷子的姑娘提着灯笼在往回跑。

"我有礼物送你！"隔着一段不远不近的距离她停下了，就在那里朝他笑。阑珊灯火里，她的笑容不甚明朗。

而谢绉只听见她说了一声什么"礼物"，便看那姑娘转身跑了。她的身影很快消失在巷子尽头，他也转身推开木门，走入狭小的院落里。或是许久疏于打理，清辉之下，这庭院内竟透着秋日才有的萧疏。踩着砖缝里探出的杂草，恍若踩碎那树荫里已聒噪了整夏的蝉鸣，他步上台阶，推开一道房门。

烛火亮起，照见这间已经被收拾得干净整洁的屋子，谢绉听见细微的呼噜声，他目光随之一移，正好看见床头矮几上放着的竹篾篮子里铺了厚厚的褥子，里头蜷缩着一只小小的、毛茸茸的小黑猫。它缩成一团，睡得正香。

谢绉走过去，在床沿坐下来，他面上几乎没有什么多余的表情，只是垂眼睨着篮子里的猫。半响，他伸出手指，试探般地戳了一下它的耳朵。

原来，这就是她的礼物。

第四章 涤神乡

戚氏原以为戚寸心先前说的那番话都是在哄骗她，哪知没过几天，她便又同自己提起这事。戚氏也不是非得自己给侄女儿找女婿，如若她真有了心仪的郎君，那也是再好不过的。

护城河畔的畅风亭里，戚氏乍见那少年从石阶底下往上走时，她便不由得吃了一惊。

稍宽的衣袖在他行走间犹如层叠的云般缥缈，他身形修长，绑了红色丝缘的腰身纤细，彼时日光照在他的衣衫上，犹如微融的冰雪。

戚氏只听戚寸心提起他相貌好，却未料这少年雪衣乌发，仪态端方，竟像是那画上的人物。

"戚夫人。"少年走上阶来，朝她轻轻颔首。

"啊，沈小公子吧？快坐。"戚氏回过神来，忙伸手示意。

谢绡应了一声，坐下时见戚寸心在看他，他便朝她笑了一下。

戚氏没错过两人间的细微动作，她清了一下嗓，戚寸心便低下头剥橘子吃，戚氏才又看向谢绡："我听寸心说，沈公子原是通城人，是家道中落，来东陵投奔表亲的？"

戚氏一向不听一面之词，戚寸心同她说了，她自个儿又叫人去贺家住的檀溪巷打听了，这才放下心。

"是。"谢绵点头。

"那沈公子还有回通城的打算吗？"这是戚氏最关心的。

戚寸心心不在焉地吃着橘子，偷偷看向谢绵。

"我已经决定留在东陵，不回去了。"他摇头，一双眸子清澈。

"那，公子你也真的愿意等寸心一年后出府再成亲？"戚氏点点头，或是觉得满意，她那张向来严肃的脸便柔和了几分。

"我会等她。"少年说着，看向身侧的姑娘。

戚寸心正往嘴里塞一瓣橘子，忽然对上他的眼睛，随即默默侧过脸，却又将一瓣橘子塞给他。少年便弯着眼睛笑着吃了那瓣橘子。

这般极自然的动作被戚氏看在眼里，倒也没觉得有什么不好，甚至面上也添了点儿笑意。这"沈绵"虽是家道中落，却也生得一副天人之姿，看得出来他从小受的也是极好的教养，又是做教书先生的，如今还亲口说了愿意等戚寸心一年，戚氏自然是越看越满意。要知道，现今又能有几个男子愿意这么干等着？

戚氏自然不可能真的任由戚寸心一年后出府再成亲，谁又晓得一年里会发生怎样的变故？还是尽早让她在这东陵安了家的好，心里多少有了牵挂，也许就不会不管不顾地要回南黎去了。

皎霜院里还有一堆事，戚氏也没留太久，只是嘱咐戚寸心要早些回去，便自己先行离开了。

"我姑母很少这么笑。"戚寸心仍和他坐在畅风亭里吃橘子，她把橘皮剥开，分给他一半的橘子，又冲他笑，"她应该很满意你。"

"是吗？"少年的声音里带着些懒散，他靠在亭子的廊椅上，吃了一瓣她给的橘子，去看水面的行船，"她若不满意，就只能和柳公子、张公子、李公子一块儿死了。"

戚寸心起初还愣了一下，没明白，随即想起那天她在南院跟他说的话，她只以为他是开玩笑，便一下坐到他身边去。

"那我就成了人见人怕的扫把星啦。"她歪着头嗔怒道。

少年侧过脸来，望见她的笑脸。

"你这儿……"戚寸心却忽然发现他靠近耳后的地方似乎有一点儿红，她伸手碰了一下，"蚊子包？"

她的手指有点儿凉，就那么一瞬的触碰，便令他眼睫细微地动了两下。

"怪我，"戚寸心没发现他的异样，她拍了一下额头，"我昨天忘记帮你熏艾草了……"

怪不得，她瞧见他今日眼睑下两片浅青，神情也总有些恹恹的，应该是昨夜没睡好吧。

"痒吗？"她问。

"不痒。"少年摇头，乖乖地答了一声。可下一瞬，他又没忍住抓了一下。

"你怎么骗人啊？"戚寸心凑过去笑他。

她离他这样近，日光照在她脸上，她的眼睛里映着他模糊的影子。他看见了，也不由得弯起眼睛跟着她笑。他这样笑，又乖又纯情，戚寸心晃了晃神，脸颊有点儿烫。

"我也得走了。"她往后退开些站起身说。

小姑娘匆匆忙忙跑下长长的石阶，却又忍不住停下来，回头去看上面的亭子。少年衣袖如雪，腰间殷红的丝绦从栏杆里垂下来随着清风晃荡，此刻一只手搭在栏杆上，一双眼睛也正在往下望她。他把下颌枕在臂上，乌黑的发丝在肩前飘荡。

"明天会来吗？"或见她回头，谢绡便随口问道。

"每天都来！"她朝他招手。

亭上倚靠栏杆的少年静静地看着那个姑娘转身跑上石拱桥，看她穿行在对面的人群里，慢慢不见。他不笑时，一双眸子也冷冷淡淡的。坐在这样的高处，他半睁着眼睛，也看清了石桥对面的酒肆檐下悬挂的灯笼，四四方方的，描出了一道朱红印记。

戚寸心赶着回府里，便抄了条近道。但今日菜市口的人出奇的多，她挤进人堆里还未弄清楚情况，转头便见高台之上几个彪形大汉手起刀落，当场鲜血四溅，从上头滚下几颗头颅来。沾满血的头颅被乱发遮挡着，看不清面容，滚落在尘埃里。人群里惊叫声起，众人仓皇后退。

"天子皇命，岂容尔等刁民亵渎？"这下头满目血腥，可监斩官却在上头慢饮着茶，他睁着眯眯眼，冷声道，"都听着，凡是不肯改姓的谢姓人，一律格杀勿论！”

监斩官一挥衣袖，迈着轻快的步伐离开，余下那些被杀了头的谢姓人的遗孀哭天抢地，颤抖着用一双手将夫家的尸首拼凑完整，卷入草席。

“就因为不肯改姓，所以将人都杀了？”

戚寸心恍惚间听见身旁有个老者颤颤巍巍地开口。

“作孽啊……”

“改姓虽是对祖宗不敬，但哪有自个儿的性命重要啊？”

“糊涂啊……”

“真可怜。”

耳畔又添了好多声音。

戚寸心紧赶慢赶，回到府里的后厨时，还是迟了些。莫氏没说什么，倒是林氏嘟嘟囔囔地抱怨了两声，或念着戚寸心的姑母是内院的管事嬷嬷，林氏也没敢多说。

天擦黑时，戚寸心刚吃了一口碗里的红烧肉，却又没由来地想起午后菜市口那血淋淋的一幕，害得她放下碗，出门吐了个干净。夜里回到南院，戚寸心匆匆洗漱过后，头发也没擦干，就裹着被子睡下了。

夏夜，凉风习习。石拱桥两边的长街清净寂寥，不见灯火。悬挂在酒肆檐下的灯笼不知何时已没了那道朱红的颜色。而在酒肆内院，衣袍雪白的少年靠坐在廊椅上，神情恹恹地朝繁茂枝叶里扔去一颗石子。一只死了的蝉落下来，扰了满树的热闹。

月华与灯火交织之下，身着玄黑衣服的人影自飞檐掠下，犹如轻飘飘的蝶一般，不一会儿院里便立了十数人。

“郡王。”为首的青年收剑入鞘，拱手行跪礼，“涤神乡程寺云，拜见星危郡王。”他身后数人也随之下跪。

“涤神乡？”少年闻言抬眸，静看那程寺云片刻，“舅舅的人啊。”

“是，郡王在麟都的事一出，裴太傅便命我等潜入北魏接郡王回南黎，只是还是来得迟了些，害郡王遇险，流落至此。”从麟都跑到乾州的几十个金鳞卫没留下一个活口，程寺云半月前追到乾州，便知那是郡王的手笔。

"郡王的随侍丹玉还在涂州搜寻郡王的下落，现今郡王无恙，臣便尽快传信给他，只等丹玉等人一到，臣等便护送郡王回南黎。"

可谢绡听了，却垂下眼帘道："不着急。"

程寺云闻言，不由得抬首小心问道："可麟都那边已知道画像有误，北魏的皇帝不会放过您，也许再有半月，您的画像便会重新送至边界州府。"

"那就再待半月。"谢绡却没什么所谓，语气懒散，"我若回去得早了，有些事，我父王会失了考量。"

"再有，"他一手撑着下巴，衣袖往上撸了撸，露出一截白皙腕骨，他的眼睛弯起些弧度，"我在这里定了一门亲事。这件事，你可以告诉舅舅。"

"郡王……"程寺云一脸惊诧，宗室子弟的婚姻之事皆由父母或君主裁定，何况是星危郡王这般金尊玉贵的身份，他的郡王妃是要上敕封金册的，故而人选必是世家大族、高门贵女，自然不能擅自私定。

谢绡却不再开口，夜愈深，他眼下添了几分疲倦，兀自起身走入满庭月辉疏影之间。或是忽然想起些什么，他脚下一顿，回头看向仍恭敬垂首立在那儿的程寺云。

"我隐约记得，你是苗疆出来的？"他问道。

"是。"程寺云一惊，未料六年前匆匆一面，这位小郡王竟还记得他。

"带着蛊吗？"小郡王走到他面前来，眼底露出了点儿兴致。

"带了。"程寺云一直有随身携带蛊虫的习惯，虽不明白郡王问这个做什么，他也还是颔首应了一声。

谢绡的心情似乎好了些，他面上带了几分笑意，随即又朝程寺云伸手："你身上的钱给我。"

"是。"程寺云愣了愣，随即将身上的钱袋拱手奉上。

"我出去一趟，不必跟着！"

长夜无边，更漏声重。

谢绡孤身一人走在清净的长街上，他修长漂亮的手指钩着个钱袋子，步履轻缓地朝前走去。但在檀溪巷口，他骤然停下脚步。深巷内的灯影下，有一个姑娘正立在那道门前，也不知是什么时候来的。

打量片刻，谢绌随即悄无声息地掠到檐上，转眼落在了巷子最里侧的院墙内。他轻轻推开内室门，手指解开衣带，脱去外袍，随手扔到屏风上。点起灯烛的刹那，小黑猫从他那凌乱的被子里钻出来，摇着尾巴喵喵地叫，转眼又爬上了他的肩。

戚寸心在外头站了一会儿，也没伸手去敲门上的铜扣。她刚一转身，便听到身后传来开门的吱呀声。戚寸心蓦地回头，灯火之下，第一眼便看清门内的少年。他穿着一身单薄里衣，乌发披散，睡眼惺忪，那只小黑猫乖乖地趴在他的肩头，毛茸茸的尾巴偶尔扫过他的后颈。

夏夜的风拂过人的面颊带着难得的凉爽，圆圆的灯笼被搁在廊上。昏黄的灯火照着坐在廊椅上的姑娘的侧脸，她正用一只竹片从小小的瓷瓶里挖出点儿冰绿的药膏来，接着又凑上前去，动作轻柔地涂在少年的颈间。他皮肤很白，于是被蚊子咬过的地方就显得更红了些。

"午时我见你，你这里才一个，现在都有一小片了。"她一边给他涂药，一边说。

"它们总咬我。"少年的声音也有些发闷。

"明天我用艾草水擦一擦地板，再用小罐子烧些艾草叶熏一熏，蚊子就不敢靠近屋子了，现在涂了这个药膏，蚊子也不会再近你的身了。"知道他对这些生活琐事一概不知，她耐心地同他解释。

谢绌静静地听她说完，才偏头看她道："你睡不着，所以才来的吗？"

"嗯，我今天回府的路上见着砍头了。"戚寸心将小瓷瓶封好放到一旁。

她抬起头又紧接着说了一句："那些都是谢姓人，他们不肯改姓。"

菜市口那一地的血，沾满尘土的头颅，还有几位遗孀凄厉的哭声太清晰，以至于她夜里躺在床上闭起眼睛，就是满眼的血。

"绌绌，这个世上总是有一些很倔强的人，拥有宁折不弯的脊梁，却保不住项上的人头。"她感叹道。

其实她也说不清，那些人究竟是糊涂的人，还是清醒的人。

"你是在说他们，还是你父亲？"谢绌看出端倪。

戚寸心愣了一下，随即下巴抵在膝盖上，半晌没说话。

"绌绌，你千万要小心。"过了会儿，她才出声。

"你怕我像他们一样。"她没抬头，不知道少年此时正在看她乌黑的发髻，他的神情是冷漠的。

"嗯。"她应了一声，双膝落地，俯身将在底下来回打转的小黑猫抱进怀里，又转头看他，"绑绑，我想着你一个人住可能会觉得冷清，所以就从小九家抱了这只小猫给你，你有给它取名字吗？"

谢绑看了一眼那只黑乎乎的小猫，它两只眼睛在这样昏暗的灯光下像两颗极亮的琉璃珠，他摇头："没有。"

"可你都给你的小狗取名字了。"戚寸心望着他。

"它死之后我才取的。"他或是想起了那只小狗，它生得其实一点儿也不好看，雪白和乌黑的毛发杂乱无章地遍布全身，"它只在我身边待了三个月。"然后就被人弄死了。

"它们活得比我短暂，也不能陪我很久。"少年的一双眼睛仿佛笼了茫茫雾气，沉静又迷蒙。

"世上哪有那么多的事是长久的？坏一些一时，好一些一世，不管怎么样，最重要的还是当下。"她的声音忽然落在他的耳畔。

谢绑闻言抬眼，正好对上她的一双眼睛。

戚寸心侧过脸，避开他的视线，看着怀里的小黑猫，又闷头想了一下，说："它就叫芝麻吧。"

"戚寸心。"他却忽然唤了她的名字。

戚寸心偏头看向他，却见他下颌轻抬，正在看檐外那一轮浑圆银白的月亮。他的眼睛弯起漂亮的弧度，任风吹着他鬓边的几缕发。

"你不要忘记今天说过的话。"他的语气轻快，好像很开心。

夜深了，戚寸心到底不能久留，明日府里的厨房一早就要忙，她将猫和旁边的小药瓶都塞进了少年的怀里，嘱咐了两句，便提起灯笼离开了。

少年看她走到庭院，看她开门出去，听到门吱呀一声合上。他慢慢收回目光去看怀里的小黑猫，屋子里的灯火透出来，周遭仍是黑的，他怀里的猫好像与这夜色融为一体，只要它闭上眼睛，就再也找不见。提起小猫的后脖颈，少年将它放进屋内矮几上的篮子里，自己也掀了薄被躺上床榻。他闭上眼睛不一会儿，又坐起身掀开被子，原来小猫偷偷趴回了他的枕边，呼噜呼噜的声音好近。他看着它，半晌后才伸手抓着它的后颈，将它扔到铺了软垫的篮子里。

　　每月初十，是府尊府里的奴仆领月钱的日子，也是戚寸心最开心的日子。一大早天还没亮透，她就赶去了内院。戚氏手下的张管事会在内院旁边的小花园里给一众奴仆发月钱。

　　林氏和莫氏在戚寸心前头说着话，赶来领月钱的奴仆也越来越多。对面廊上的灯火星星点点，忽而照见一行奴仆拥着一锦衣华冠的青年匆匆从廊上走过，要穿过那月洞门。

　　"是少爷回来了吧？"莫氏远远瞧见了背影，不由得出声。

　　"瞧着应该是少爷。"林氏也往月洞门那边张望了一下，灯火远了，人也瞧不见了。

　　自从葛照荣做了东陵的知府，葛家的生意便都交到了葛照荣的儿子——葛影虹的手里，因葛家大部分的产业都在涂州和其他几个地方，所以葛影虹是不常回东陵的。

　　戚寸心看着廊内的灯笼，想的却是方才那青年匆匆路过时，那一袭锦袍柔亮润泽，漂亮得很。那样的缎子，要是穿在谢绵身上，一定很好看吧？

　　领过月钱后，戚寸心便回到厨房里忙了一上午。葛影虹回来了，葛府尊那边送来的菜品单子又添了好些菜，比往日还要更铺张。这一忙，就忙得不可开交。等到天擦黑，她拖着疲惫的身子回到南院时，又悄悄开了角门出了府。

　　立在檀溪巷最里侧的那道门前，戚寸心还未站上台阶去叩门，就听见一道清脆的声音传来："戚寸心。"

　　她一转头，便见那少年穿着一身玉色衣袍，身形清瘦挺拔。他提着一盏灯，身后是若有若无的雾气，那漆黑天幕里，点缀着几颗疏星。

　　"你这是去哪儿了？"戚寸心问他。

　　"和温老先生下棋，忘了时辰。"少年走近她，伸手推开院门。两人进了屋子，点亮灯烛。小黑猫一下跳上桌，当着两人的面，喵喵叫个不停。戚寸心在桌前坐下来，喂小猫吃了个小鱼干，抬头冲他笑。

　　"它喵喵叫的声音就好像在叫你似的。"她说。

　　少年也和她坐在一处，闻言只是笑，也不说话。

"我有一样东西给你。"隔了一会儿,他忽然开口。

"什么?"戚寸心忙问。

谢缈从腰间拿出一条银质的手串,这手串由一颗颗镂空的银珠串成,其间还坠了个小巧的银铃铛。他将她的手拉过来,把手串戴在她的手腕上,又用红丝一圈一圈在末端缠紧。绑好之后,谢缈打量片刻,他的眉眼添了浅浅的笑意。铃铛的声音清脆,一直随着她手腕的晃动而发出响声。

"缈缈,你买这个,是不是把学堂发的月钱都用光了?"戚寸心不满道。

冷不丁听见她的话,谢缈却见小姑娘一边摸着那手串,一边将脸上惊喜的笑容收敛,睁着那双圆溜溜的大眼睛急急问道:"你是不是还借钱了?"

少年愣了一下。

戚寸心只当他是默认,她明明想说些什么的,但见他那样一双无辜明澈的眼睛,憋了一会儿,还是把自己布兜里的钱袋递到他手里,蔫蔫地说:"是问温老先生借的吗?先用这些还了吧。"

"你不喜欢吗?"少年却问她。

戚寸心看着手腕上缠着红丝的银珠手串,摇摇头道:"没有,我很喜欢。"

或是听到铃铛声响,但她的手又没动,她"咦"了一声,抓过他的手,掀起宽袖。只见红丝编织成一条手绳绑在他的腕上,上头也坠着个同她那个一模一样的小铃铛。

"你也有啊。"她的眼睛亮晶晶的。

好像因为两颗一模一样的小铃铛,她一下又变得开心许多。

"这里面住着两只虫子。"他静静地看她片刻,忽然说。

"虫子?"戚寸心吃了一惊,可她怎么细看也无法透过铃铛的缝隙看到里面的情形。

"它们生来就是嗜睡的,两只离得近了,身躯就会在铃铛里缩小,所以铃铛才能发出声音,要是离得远了,它们的身躯就会变大,铃铛就不会响了。"

"好神奇啊……那它们不用吃东西吗?"

"你常用的香膏,偶尔往缝隙里涂一些就好。"

"吃香膏的虫子,我还从来没听说过呢。"戚寸心不由得抬起手腕,在灯下细看那个小铃铛。

"可是为什么还要缠红丝？"她好奇地问。

"这样你才轻易摘不下来。"少年垂眸，声音温和又平静。

戚寸心以为绑在她手腕上的，只是一串小小的铃铛手链，却不知道，那本该是一道锁住她的枷锁。

清晨的阳光不够炽热，落在枝叶里投下来散碎的浮金色影子，只穿了一身单袍的少年此刻却睡眼惺忪地坐在廊下，仿佛是才从睡梦中醒来。只见他身边站着的人展开一幅画像，那画中人的眉眼与他极为相似，而他只瞥了一眼，便侧过脸去看院子里被绳索捆住的青年，他似乎颇觉有趣。

"是南黎的人送到昆先手里的？"少年问。

那人的双眼直瞪着廊上闲坐的少年，他绷着脸，似乎已经做好了决不开口的打算。

"小郡王，金鳞卫嘴硬得很，臣这一路都没撬开他的嘴。"一旁抱着一柄剑，扎了满头小辫子，又用紫绳缀了不少银饰的青年踢了那人一脚，说道。

"是吗？"少年弯唇，一手撑着廊椅站起身，宽大的衣袖散下来，他步下阶梯时，晨风吹着他的衣袂，犹如层云一般。

"六年不在南黎，却有人记得我的样貌。"他的语气轻缓，走近那被按着跪在地上的金鳞卫时，他顺手便抽出了身边人的长剑，冰凉的剑刃轻轻拍了一下那名金鳞卫的脖颈，"月童城里，到底有多少人怕我回去？"

那名金鳞卫脖颈上青筋微鼓，即便冰冷的刀刃紧贴着他的皮肉，他也仍然抿紧嘴唇，一言不发。

少年眼底笑意收敛，似乎转瞬间失了兴趣，下一瞬，那金鳞卫的胸口就被尖锐的剑锋刺穿。可他却轻瞥一眼伤口，双眸微弯，语气遗憾道："好像偏了点，恐怕不能如你所愿，死个痛快。"

扎了满头辫子的青年似乎已对这样的情形见怪不怪，他忙递上干净的锦帕。

少年松开了仍在那名金鳞卫身上的剑柄，接过帕子慢条斯理地擦了擦手，随即将帕子扔给身边人，又唤一声："程寺云。"

程寺云立在一旁许久，他身在南黎，这六年都不曾见过这位小郡王，如今见他这般行事，一时有些惊诧。听见谢绵唤他，他当即回过神来，拱手行礼道：

"郡王。"

"把你那贪食血肉的蛊虫拿来，"谢绅扬起眉眼，"他既想做个哑巴，那就成全他。"他说得轻描淡写，却听得人心下骇然。

便是那将死的金鳞卫听了，也不由得睁大双眼，满脸惊惧，更不等程寺云真的拿出什么蛊虫，他便自己奋力往地上一扑，剑柄触地的刹那，剑刃几乎在血肉里穿过，他当场气绝身亡。

谢绅似乎并不意外，反而轻笑了一声，此时那扎着小辫儿的青年送上来一盏茶，他接来慢饮一口，目光落在青年身上："丹玉，葛影虹回东陵了？"

"是，如郡王所料，葛家父子和昆先之间早有了嫌隙，此次赈灾银不翼而飞，他们互相怀疑是对方私吞，臣便在中间使了些手段，顺水推舟让葛影虹杀了昆先，想来那把钥匙应该已经被他带回东陵。"丹玉一垂首，发间的银饰便碰撞出清脆的响声。

"那你就去取钥匙吧。"谢绅的声音轻快。

"是！"丹玉一笑，露出一口整齐雪白的牙齿。

程寺云在一旁默默地听了一会儿，到此刻他才恍然发觉，为何丹玉收到书信却迟迟不来东陵，为何这位星危郡王要冒着风险滞留东陵。是为一把钥匙，也是为一道门，还有锁在门内的秘密。而那也是他们涤神乡的任务。

思及此处，程寺云不由得抬首去看那衣袖如云的俊美少年。不知为何，他握着刀柄的手已满是汗水。明明他仙姿侠貌，看似不染纤尘，实则却手段极狠，心计极深。

"程乡使，郡王妃来了！"忽地，一直隐在檐上暗中观察外面动静的一名侍卫说道。

"郡王妃？"丹玉乍一听这三字，还以为自己听错了。

"地上的血迹收拾干净，你们赶紧走。"谢绅晃了一下手腕上的铃铛，果然响了，他看也不看院子里的众人，只随口说了一句。

"是。"程寺云当即唤人来料理地上的血迹，并将那金鳞卫的尸体带着掠上房檐，其他人也紧跟着飞身上去。

丹玉还一头雾水："小郡王……"

"你也走。"谢绅抬眼睨他。

"是。"丹玉一个激灵，顿时什么也不敢问了，转眼便消失在了这间狭小的院落里。

院内静下来，外头铃铛清脆的声音便显得更加清晰一些。谢绲立在原地静静地听着那声音越来越近，他转身走进屋子躺上床，没理会趴在里侧的小黑猫，兀自扯过被子盖在身上。

小黑猫歪着脑袋看了他一会儿，喵喵叫了两声，一下跑到他这里。谢绲眉头微皱，而小猫一双圆圆的眼睛和他对视，还坐在他的身上将尾巴摇来摇去。

戚寸心才敲了一下门，门就很轻松地开了，她进门时正好看见这一人一猫对视的一幕。小猫或许是见她抱着好几个包袱，便跳了下来，围在她脚边打转，喵喵叫个不停。

谢绲坐起来，薄被滑落下去，堆在他纤细的腰间。他的眼睛里似乎仍有些未消的睡意，有点雾蒙蒙的。然后他看见她抱在怀里的几个包袱，便问了声："那些是什么？"

戚寸心却抱着包袱走到他的床前，此刻的她既迷茫又落寞。

"绲绲，我姑母要走了。"她说。

"走？她要去哪儿？"谢绲一怔，随即道。

"姨娘忽然要回柏城娘家去，我看姑母的意思，好像姨娘要在柏城长住了，我姑母是她身边的人，也要跟着她走。"戚寸心垂下脑袋，有点儿压不住眼泪，"我原以为，我可以给姑母养老的。"

多年前，在她还很小的时候，爷爷出事之后，姑母先离开了南黎，而她和母亲是在父亲死后才来的北魏。六年前母亲在衍嘉病死，姑母又忽然出现，带着她来到了东陵。迫于生计，姑母将自己卖入府尊府里做奴婢，但姑母并不同意她入府尊府做工，是她自己一年前偷偷签了活契进府。

可今日一早，戚寸心出了厨房，便见暗淡的天光下，戚氏孤零零地站在那儿朝她招手，又拉着她坐到了拱月桥边，还对她说了许多奇奇怪怪的话。

"我早就说过不让你进府里来，你这丫头倒好，瞒着我自己签了活契……你啊，到底是咱戚家的人，都是一样的倔。如今也是大姑娘了，该有自己的日子过了，你身上的契，姨娘那儿已经替你废了，往后啊，你就不用待在府里了。"

想到这里，戚寸心抹了一下眼睛："我努力存钱，并不只是因为我想回南黎。我姑母一生没有成亲，也没有子女，她只有我，我想就算她一辈子都不能离开府尊府，我也想给她养老。可是她却不让我跟着去柏城。"

回南黎，并不是就不回来了。她只是想带母亲的骨灰回去同父亲葬在一起，她知道她终究还是要回东陵的。

谢绲乍听苏姨娘忽然要去柏城的消息便垂下眼眸，又听戚寸心说戚明贞这一生都没成过亲，他面上不动声色，却敏锐地觉察出了些什么。

"不要哭了。"他将她手里的包袱都拿过来放下，随即看着她，"只是去柏城，又不是千里万里那么远，她可以再回来，你也可以去看她。"

戚寸心也知道，只是这么多年没跟姑母分开过，她心里还是有些难受，她捂着脸缓了一会儿，鼻子也没那么酸了才抬头。

"可姑母要我们马上成亲……她说后日，你愿意吗？"她问。

少年抬起手，腕上的铃铛发出清脆悦耳的响声，他用衣袖擦了一下她的脸，或许觉得好奇，他还用手指碰了一下她的眼睫毛。她不受控制地眨了一下眼睛，却见他是那样认真地在看她。

"嗯。"他漂亮的面容带着笑，羞怯而又纯情。

戚寸心害羞地移开视线，却蓦地盯住他的衣袖。雪白的袖口，残存了几点猩红的血迹。少年随着她的目光下移，藏在衣袖底下的手微不可见地在腰间尖锐的饰物上狠狠一划。戚寸心没注意到，只将手一伸，拉住了谢绲的衣袖，细看之下，连带着自己的手指上竟也沾了些红。

她抬眼问他："这……是血？"

少年瞥一眼她指间的红，随即眉眼微扬，将带了一道血痕的手指给她看："芝麻抓的。"

芝麻？戚寸心不由得转头去看在地上转圈玩尾巴的小黑猫。他手指的划痕有点过重了，这真是猫抓的？戚寸心总觉得哪里有些不太对劲。但此时，谢绲已握住她的手，用帕子将她指腹上残留的血抹去，抬首正见她在疑惑地望着他。

"脏。"他的声音带了几分轻描淡写。

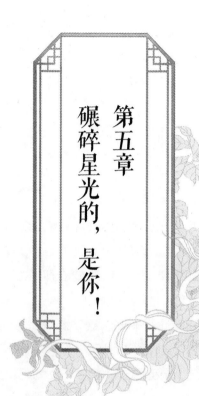

第五章

碾碎星光的，是你！

衍嘉发大水淹了大片良田，北魏丞相乌落宗德上了几次书才拨下的赈灾银子
又不翼而飞。随后涂州巡抚昆先遇刺身亡，城内大乱。衍嘉和涂州的难民纷纷向
东陵涌来，全被葛府尊拦在城门之外了。葛影虹赶回东陵府尊府里之后，在府尊
葛照荣的书房待了一天也不见出来。

　　"爹，昆先已经死了，谁也不知道这事儿跟我们家有关，钥匙如今也拿到
了，我们只要找到昆先放财宝的密室就好了……"

　　书房内，葛影虹看着父亲稍显佝偻的背影，说着便要起身，却被转过脸来的
葛照荣瞪了一眼："跪好！"

　　"父亲，"葛影虹只好重新跪下，却仍不死心道，"昆先当初升任巡抚时，
与父亲您说好，您接手这旧朝齐王府，替他守好藏在王府密室里的宝藏，只等时
机一到，就与您平分，可是这么些年过去了，他只字不提，您也一直没找到府内
的密室究竟在哪儿。

　　"这次咱们家在衍嘉的生意损失极大，他明知道却还独吞了那笔赈灾银，父
亲，我们何必还要在他手底下忍气吞声！"

　　葛照荣一脸阴沉："那你也不该贸然行事！"

　　"父亲，这件事孩儿已经做了，朝廷也不会发现昆先的死跟我们有关，"葛
影虹有些愤愤不平，"我不明白，您为何不赶紧找出密室，反要将钥匙交给那个

女人，要她带走。"

"少爷，现今已不是朝廷那边的麻烦了，"赵子恒立在门外许久，到此刻才踏进门来，"现今最棘手的，是南黎。"

"南黎？"葛影虹皱起眉，"赵师爷，您这话是什么意思？"

赵子恒抬首看了一眼背对着他二人的葛照荣，见他并没阻拦的意思，便道："那密室里不只有当初黎国南迁时仓皇遗落的一批珍宝，还有昆先的父亲昆息戎的几封密信。"

葛影虹不由得问："什么密信？"

赵子恒答道："昆息戎三十多年前做过大黎的文官，后来北魏皇室入关，夺了大黎半壁江山，他便降了北魏，这投降，自然需要纳投名状，这昆息戎或游说或威胁，联合当时衍嘉及周边几个州府的官员一同献上《拜呼延皇庭书》。"

葛影虹自然也听说过那封《拜呼延皇庭书》，近百位大黎地方官共同向北魏皇室进献一封痛斥大黎皇族谢氏，又赞誉呼延皇室受命于天统御中原的文书。洋洋洒洒数千字，大挫南黎士气，于甘源之战后，丢了缇阳以北的半壁江山。那是南黎至今难忘的"仕人之耻"。

"昆息戎之所以能以汉人的身份在北魏身居高位，凭的可不只是这一封令南黎耻辱万分的《拜呼延皇庭书》，多年来，他还与一位南黎身居高位的官员来往密切。只是昆息戎六年前被人暗杀，他儿子昆先也并不想沾上这件事，与南黎那边也就断了联系，"赵子恒晃了晃扇子，眼睛微眯，"可南黎又怎么会忘了那藏在自己朝廷里的毒瘤？钥匙在这儿，不就给了南黎机会？"

葛影虹还在出神，背对着他们许久不出声的葛照荣摸了摸指间硕大的宝石戒指，他拧起眉，一双眼睛阴沉锐利："往年月容也是这几日回柏城省亲，这一走也不算突兀，再等不得了，让月容走，天一亮就走！"

仍是这般漆黑的夏夜，但窗外却少了聒噪的蝉声。戚寸心拥着被子，翻来覆去也没有什么睡意，她闭着眼睛，满脑子都是清晨姑母同她说的那些话——

"再有个三五日，我就要跟着姨娘走了，"那时戚氏面上带着些难得的温柔，"你也知道姨娘每年这个时候都要回柏城一趟，但这次，姨娘怕是要在那边久住，我是她身边的人，自然也是要跟着去的。"

"久住？"戚寸心忙追问，"久住是多久？姨娘为什么不回府里了？"

"都是府尊的意思，我们做下人的哪里会知道。"戚氏轻叹一声，又打量起她，"寸心，我是卖了身的奴婢，死契一辈子都攥在主子的手里，而你如今也大了，该过自己的日子了，你就在东陵，跟沈小公子好好过。"

"我看后天是个好日子，你们便在那天成亲吧。"戚氏摸了摸她的鬓发语重心长道，"你就听我的话，好歹让我走前看着你成亲。"

晚间洗漱过后，她在包袱里翻找衣服的时候，才发现戚氏塞了一袋银子在里面，足有二三百两。思及此处，戚寸心伸手探入枕头底下，指尖触到布兜里包裹的硬块，她便忍不住蜷缩起身体，眼眶有点儿湿。那是姑母存了多久的啊！

戚寸心越想越鼻酸，她忍不住抹了下眼泪。

后半夜也不知什么时候睡着的，戚寸心没做什么梦，晨间的阳光洒入室内，她才睁开眼睛。坐起身后手腕上铃铛的声音让她清醒许多，她才发觉自己已经不在府里了，也不用赶着去厨房了。

走出屋子，戚寸心便见少年坐在廊上，他面前置一风炉，那风炉黑乎乎的，上面画的那两只形态不显的兔子，正是她之前的杰作。

炉上煮着茶汤，他用竹提勺舀起一勺冲入茶碗，而他腕上的铃铛便也随之晃荡着发出声响。他似乎并不觉得声音吵闹，眉眼带着几分慵懒闲适。抬头见她立在另一端，便朝她笑。

"今天不用去学堂吗？"戚寸心走到他身边坐下，接过他递来的一碗热茶。

少年摇头："和温老先生告过假了，说要准备成亲的事。"

"哦……"提起成亲，戚寸心也有点儿不好意思，她抿了一口茶，竟出人意料的甘香，明明是热水里煮过的，却还有种说不出的清冽味道。她还从来没尝过这样的茶。

"好喝吗？"少年的声音传来，戚寸心便撞见他那一双写满期盼的眼睛。

"嗯，很好喝。"戚寸心诚实地点头。

少年闻言，面上更添几分明快的笑意，他微抬下颌，对她说："这是我最喜欢的茶，我就知道你也会喜欢。"

"寸心，"他唤她的名字又认真问道，"成亲之前，都要准备些什么？"

看他兴致很高，戚寸心想了一会儿，说："应该是喜服吧？现在也来不及做，只能去成衣店看看有没有做好的了。"

"那我们现在就去。"

他话音才落，戚寸心手里的茶碗便被他拿过去放到桌上，他牵起她的手，拉着她走下木廊。

原本寂静的长巷里，添了银铃清脆的声响。

戚寸心一路都有些恍惚，她在看他牵住她的那只手；也看他腕上的红丝银铃；又去看晨光薄雾里，他完美的侧脸。

成衣店里倒是有两套做成的喜服，只是新娘的喜服她穿着要略宽松些，不是太合身，老板娘量了她的尺寸，答应尽快给她改好。

出了成衣店后，天色愈亮，雾气也散了，街上就更热闹了些。戚寸心拉着谢缈逛了好些地方，累了便和他坐在护城河边看桥下的行船。她怀里有好多油纸包，里面装着谢缈在街上买给她的干果蜜饯，她拿了一颗蜜饯放进嘴里，望着日光投在河面犹如细鳞般的影子。

"缈缈，你以后也会陪我去柏城看我姑母吗？"

"嗯。"谢缈应了一声。

戚寸心又转头看向他，阳光透过枝叶，在他身上落下明暗不一的碎影，她看了会儿，忽然又问："你真的不会后悔吗？"

谢缈闻言，却不知为何笑了一下。他那双眼睛好像湖面的波光般明亮漂亮，纤长的睫毛微垂下去，他的声音更轻许多："我只怕你会后悔。"

"我不会的。"小姑娘凑近他，认真地说。

或是觉得她天真，他抬起眼盯着她鼻梁上那颗殷红的小痣看了会儿，最终只回了简短两字："但愿。"

他好像忽然变得有点儿不一样了，是那双眼睛，又或是他的语气，但也仅一瞬，戚寸心再看，他依旧是他。

可她却不知为何，忽然想起昨日他衣袖上沾染的血。

日暮时分，西行的官道上，一队车马已走了多时。

"也不知老爷为何突然变卦，让我今日便走，"苏姨娘坐在宽敞舒适的马车里，蹙着柳眉向身边的戚氏抱怨，"我平常要用的物件，这才只来得及带上两车……明贞，也害得你没跟侄女儿好生告别吧？"

"该说的话我昨儿都已经跟她说了，也没什么多嘱咐的了。"戚氏坐在一旁，垂首笑道。但她随后稍稍抬头，目光似不经意地落在苏姨娘苍白的面容上。

风吹得帘子掀起来，天边是一片烧红的云霞，车夫在外头唤了声："姨娘，再走一段儿，就到歇脚的客栈了！"

苏姨娘似乎一路上都不太舒服，手指搅帕子搅了几百个来回，但她这般娇气惯了的主子，一路上却并没有说自己哪里不适，不吃东西，连口茶也不喝。

戚氏听了车夫的话，便掀起帘子看外头的情形，后头的侍卫跟了一路，随行的还有两辆马车。她转过头，瞧见苏姨娘靠在软垫上已是昏昏欲睡，她不再犹豫，从衣袖里滑出一把匕首。她探身出去，刹那间便抹了车夫的脖子。车夫来不及喊叫一声，身子便跌落下去，而戚氏迅速挽住缰绳，使马车转向右侧的野径。

"明贞？"马车内传来苏姨娘的惊呼声，"明贞你这是做什么？"

戚氏回过头见苏姨娘缩在马车一角，正满脸惊诧地望着她，而在苏姨娘眼里，这个戚明贞陌生得可怕。她再无平日里的谨慎恭顺，只是冷冷地望着她，犹如一尾蛰伏的蛇。

苏姨娘眼见戚明贞一刀刺在马背上，那马便立即嘶叫了一声，发了狂似的往前跑，后面侍卫的喊叫声隐约可闻。而戚明贞则转身又将那带血的刀刃抵在了她的脖颈上。

"明贞……"苏姨娘吓得不轻，她惊惶失措地喊，"明贞你要做什么?!"

戚明贞那张已添了些风霜的脸上露出来一个笑，她不加收敛，一只手狠狠捏住苏姨娘的下巴，迫使她张开嘴。苏姨娘睁大双眼，奋力挣扎，却始终挣脱不开。而戚明贞则在她齿缝间细细看过一番，才伸手探入，摸出那极细的丝线后，她便按住苏姨娘的脖颈，将丝线往外抽。悬在肚子里的东西被扯了出来，苏姨娘又咳嗽又干呕，妆容全被泪水弄花了。

"明贞，你……"苏姨娘挣扎着开口，说了一半又是一阵猛烈咳嗽，她颤颤巍巍地指着戚明贞，声音变得嘶哑难听，"你骗我……都是因为你当初救了我，我才，我才……"

戚明贞却再度扼住她的脖颈，按下她没说完的话。她冷眼瞧着仍在挣扎的女人，终于开口："姨娘，还好他信你，这些年在你身边，我也不算白忙。"

说完这些，刀刺穿了女人的胸膛，鲜血迸溅在戚明贞的侧脸上。她回过头，在被风吹开的帘子外，看清马车已逼近前面的悬崖。

婚事筹备得匆忙，戚寸心在东陵认识的人不多，只打算晚上请小九一家来吃一顿饭。喜服改小了些，好歹合身了，戚寸心从匣子里翻找出母亲留给她的金钗戴上，又簪了一朵殷红的绢花。她平日里并不上妆，也没什么妆粉胭脂可用，但昨夜小九送了一盒唇脂来。她用指腹抹了点儿，又盯着铜镜里的自己看，颜色好像有点儿红。她不太习惯，才要抹去，却见镜子里出现了殷红的衣袂，她目光上移，看清少年纤细的腰身，稍稍收窄的衣袖。喜服的料子质地一般，但穿在他的身上却也叫人移不开眼，戚寸心从没见他穿这样浓烈颜色的衣服。

"绸绸，你穿红的真好看。"戚寸心转头说。

少年眉眼微扬，走到她身边，又看镜子里她的脸，他的目光停在她的唇上："不要擦，很好看。"

镜子里的那张脸，只略微描过眉，涂了唇脂，但她天生一双神光清澈的杏眼，眼睑微垂时便能看清她的睫毛密而纤长，鼻梁上一颗殷红的小痣正同她的唇色一致，肤白唇红，更比平日里多添几分鲜妍明艳。

"真的吗？"被他这样看，戚寸心有点儿脸红，她稍稍侧过脸，又说，"颜色不会太红了吗？"

谢绸摇头说："不会。"

或见戚寸心手里捏着一对耳坠，他不由得看向她的耳垂，和许多女子不同，那里并没有穿耳的痕迹。

"我儿时怕痛不肯穿耳，那时又撞上父亲出事，我和母亲来到北魏，母亲也没再提让我穿耳的事，"戚寸心主动和他谈及往事，她有点不好意思地笑了一下，"昨晚我本想穿的，但还是没能下得去手……"

用针刺穿耳垂，想想都好痛。戚寸心怕痛，所以下不了手。

谢绸闻言，忽然伸手碰了一下她的耳垂。极轻的触碰，只那么一下。戚寸心眨了一下眼睛，仿佛冰凉指腹轻触耳垂的微痒感仍在，她的脸颊绯红，却听少年轻轻地说了一句："我帮你。"

啊？戚寸心愣了一下，见他双指捏起那枚尖细锐利的针，还真就在烛火上烤了一下。她立马闭起眼睛，五官都皱起来，俨然一副英勇就义的模样。可等了会儿，却没等到他用针刺穿她的耳垂，她不由得迷茫地睁开了眼，发现他正坐在她面前，弯起眼睛笑。

谢缈将那根针扔进匣子里，嗓音清亮地道："既然怕疼，那就不穿。"

戚寸心侧过脸，想起他的捉弄，气鼓鼓地不想理他了。

戚明贞送戚寸心出府时便同她说好，会在今天一早来檀溪巷，可眼见着日头越发炽烈，她却迟迟没有出现。戚寸心抱着姑母之前塞进她包袱里的那几百两银子，只等她一来，便将银子都还给她。可戚寸心在屋里等，在廊上等，又站在太阳底下等，也仍没见那道门被人推开。

谢缈递了一碗茶汤给她，状似不经意般瞥一眼檐上浓密的枝叶，微不可见地皱了一下眉。丹玉去追苏月容的车马，到此时竟没回来。

黄昏时分，小九去府尊府外头问了一遭才跑回来，迈进门槛就朝院里喊："寸心！我好不容易找到了个出府来的下人问了声，她说你姑母昨天就跟着姨娘走了！"

"走了？"戚寸心一脸惊愕。

"是一大早走的，说是走得急。"小九擦了一把额头上的汗。

可是走得再急，姑母会连叫人来跟她说一声的工夫都没有吗？戚寸心总觉得有哪里不太对劲，但她又说不上来。

小九回家去了，院子里只剩戚寸心和谢缈两人。小黑猫戴着一个绣了忍冬花的项圈儿，正在廊上挠来挠去，喵喵叫个不停。戚寸心过了好一会儿才回过神来，去看一直立在她身边的少年。

此时天边的霞光绮丽，裹在云层里灼烧出大片大片的浮光流金。戚寸心和她从晴光楼里捡回来的少年郎在廊上相对，一拜天地，再拜空门。无人唱声，无人观礼，更无人祝福。

狭小的院子里冷冷清清的，连往日聒噪的蝉鸣都不剩，只有一只小黑猫趴在廊椅上，歪着脑袋看着他们相对而立，看着他们弯腰行礼，也看着他们在这个晚夏黄昏，成为一对少年夫妻。

最后，年轻的姑娘悄悄抬头，却正撞见他也抬头。明明因为姑母的不辞而别还有些伤心，但迎上他的目光，她还是朝他笑了一下。

"本也不是做给姑母看的，既然已经准备了，我们就不挑日子了。"她说。

"这样，就是夫妻了吗？"少年一双眼犹如带着碾碎了的星子波光，清澈明亮，盛满了天真。

"嗯。"小姑娘朝他郑重点头。

少年闻言，嘴角刚刚弯起些弧度，就听到门外有了什么动静。他霎时偏头，看向那扇院门。

下一瞬，院门忽然被推开，一行人鱼贯而入。他们穿着北魏最寻常式样的衣裳，有中年人，也有年轻人。他们一个个风尘仆仆，不一会儿便站满了小院。谢绯看清其中有个发髻梳得整整齐齐的老者，提着衣摆踏上阶梯来，于是他面上的笑意淡了许多。

"寸心，"院子里来了陌生人，戚寸心正要开口问些什么，却听身边的谢绯忽然唤了她一声，"即便是成了亲，做了夫妻，我们也不一定能永远在一起。"

谢绯说这话时，没有看她，反定定地盯着那老者一步步靠近。

"为什么？"戚寸心望着他的脸。

这一瞬，他面上不带笑，神情也教人看不真切，让人有些陌生。

谢绯还未答，那老者已上前来拱手行礼："小主子，您兄长病危，老爷让我寻小主子回去。"

小主子？戚寸心听清了这老者口中的"兄长""老爷"等字眼，她一时忘了反应。

谢绯却不理他，只牵起戚寸心的手，转身走进了屋子里。房门合上，室内光线暗淡。

戚寸心坐在桌前，过了好一会儿才找回自己的声音："你还有家？"

"没有。"少年答得干脆。

"可你明明有兄长，还有父亲。"戚寸心抬眼看他。

"是兄长病危，我才有资格回去。"他微弯唇角，云淡风轻。

"什么……意思？"戚寸心一头雾水，她并不明白他明明父兄仍在，却并不愿承认自己原本有家，更不明白为什么他兄长病重，他才能回家。

谢绯却忽然不说话了。他只是看着她，像是在细细打量她的眉眼神情，过了好一会儿，她才听见他开口道："我父亲的人已经找来了，我必须回去一趟，可那里现在有点儿乱，我还不能带你回去。"

他敛眸，声音有点儿闷。但只片刻，他又抬首，望向她时一双眼睛里带了几分期盼，像个孩童一样小心翼翼的："寸心，你会等我吗？就等我一个月，一个月之后，我回来接你，接你回南黎，好不好？"

乍听他说回南黎，戚寸心有一瞬恍惚。

云霞在天边还未燃尽，巷内树梢底下全是散乱的影。谢绷仍未脱去那一身殷红的喜袍，他立在门口，有风拂过他的衣袂，他乌黑发髻后的发带随之晃动。

"你在这里等我，哪儿都不会去吗？"从院子里走到门外，这已经是他问的第三遍了。

"我会等你的，"戚寸心收拾好心绪，也不嫌他问得烦，"兄长病重，你是该回去看看的。"

少年像是终于安心了一些，从怀里取出被锦帕裹住的一样东西，递到她手里，却又忽然握住她想要打开那帕子的手。他的力道有点儿大，戚寸心抬头，正好望见他那双幽深的眼瞳，里面有她的影子，却莫名有点儿冷冰冰的。

"这东西，就留给你防身。"他的睫毛在眼睑下留下浅浅的阴影，"记得不要将没坠着流苏的那一端对着自己，若遇危险，你便按一下那颗圆珠。"

戚寸心捏起帕子里裹着的东西，点了点头："我知道了。"

可少年仍有些依依不舍，他才随那行人走出几步，又回头看站在石阶上的她。霞光落在他肩上，逆着光线，戚寸心有些看不太清他的脸。他转过身，最终还是朝着长巷的尽头走去。

"绷绷！"忽然听到一道声音，脆生生的，在寂静长巷里显得极为清晰。

谢绷脚一顿，转过身，见石阶上的姑娘已经跑下来，如一团颜色浓烈的焰火，转瞬扑进他的怀里。他愣了一下，低头看见了她乌黑的发髻和鬓边的绢花。

"你要快点儿回来。"她依偎在他怀里，声音听起来也闷闷的。

风吹着少年的衣袖，他隔了半晌才试探般地伸出手回抱她，而后他稍稍低下身，下颌靠在她肩后，应了一声，那声音好轻好轻。

"寸心，但愿你不会让我失望。"他说。

天色越发暗，戚寸心站在原地，看着少年挺拔清瘦的身影随着那一行人渐行渐远，直至在巷口消失不见。长巷空寂，她在那儿立了许久才转过身走上阶梯。但走进院子时，她忽然站定，看向手里被锦帕裹得严严实实的那个东西。

落日余晖里，她一点一点地展开锦帕，犹如剥开层层云雾一般，终见裹在其中的那东西的真容。

一截竹似的，凝润微凉的白玉镂刻着繁复神秘的纹饰，中间比两头还要略微纤细些，上头坠着流苏穗子。

犹如被惊雷劈中，戚寸心手一抖，她险些没握住手里的东西。锦帕落在地上，被风卷到树荫里，她颤抖着手，用指腹在那细竹般的白玉上摩挲。摸到那颗镶嵌在上面的透明小圆珠，她用力一按。

刹那间，犹如柳叶般纤薄的剑刃便在嚓的一声响中，从另一端的窄缝里骤然显现。一片叶子落下来，只轻轻划过剑锋，便成了两半。

戚寸心手指微松，长剑落地，她脸色煞白，愣愣地去看地上那柄漂亮的剑，却又在砖缝里隐约看到了些什么。

一股寒意顺着脊背慢慢爬上来，戚寸心慢慢蹲下，伸手从砖缝的杂草上蹭下了一些干涸的东西——那是已经泛黑的血。

河畔上百盏灯火，行船如织。一艘商船在渡口停泊已久，船舱内衣着整齐的老者躬身屈膝，朝坐在桌前的红衣少年恭敬行礼："臣董成禄参见小郡王。"

可少年却只是瞥他一眼，反唤一声："徐允嘉。"

寡言的青年便从门外走进来，拱手朝谢绵行礼："臣在。"

除了丹玉，徐允嘉便是谢绵入北魏麟都时，明面上带的第二个随侍。

"你就留在东陵守着她，"谢绵一手撑着下颌，拨弄着手腕上的铃铛，却没听到一声响，"不到万不得已，不要露面。"

"是。"即便他不说，徐允嘉也知道"她"是谁，他当即颔首。但在他转身要踏出门外去时，却又被谢绵叫住，他回头便见谢绵的目光落在那仍跪在地上的老者身上。

"董大人，"少年的一双眸子格外清亮，他面上带了浅浅的笑意，"你带银子了吗？"

"臣带了。"董成禄低首答道，随即将怀里的一沓银票递上去。

谢绯只看了眼那一沓厚厚的银票，随手便都给了身边的徐允嘉，他语气轻快："你都给她。"但他随即又皱了一下眉，"这些够吗？"

董成禄额角已有些薄汗，他递出去的银票加起来已有万两之数，他小心瞧了一眼谢绯的神色，又从衣袖里掏出来一沓银票双手奉上。

待徐允嘉接过银票转身离开，谢绯好似才终于有空用正眼去瞧董成禄，他眉眼弯弯，漫不经心道："董大人怎么还跪着？"

董成禄用衣袖擦了擦额角的汗，才颤颤巍巍地站起身来，却仍微弓着身子，小心翼翼道："郡王，您娶妻乃是宗室的大事，本不该避过祖宗礼法草率行事，您在东陵娶的这位妻子，只怕您父亲不会答应，皇室更不会承认……"

"他们承不承认，与我何干？"谢绯轻笑一声，满不在乎。

董成禄霎时噤声，凡是宗室子弟，婚姻大事又有谁能够自己做主？这小郡王到底年纪轻，尚有几分天真。

船行至半夜，天上下起了倾盆大雨，茫茫长河之上，有几只乌篷小船从远处驶来，在靠近商船时，小船上的人便一个个飞身上去。

丹玉身上带着水汽，他的辫子湿漉漉地搭在肩上，发间的银饰在月辉灯影之下闪着凛冽的光。他悄无声息地潜入谢绯的舱房内，那穿着一身殷红喜袍的少年仍坐在桌前，临着一盏灯，漫不经心地翻看着一本游记。

"小郡王，密信已到手并交给程寺云了，他会走陆路回南黎带给太傅。"丹玉垂首行礼，刻意压低了些声音。

"戚明贞呢？"谢绯没抬头，只淡淡地问。

"臣奉郡王之命，去追葛照荣的小妾苏月容的马车，但臣带人追去时，苏月容的马车已经坠下山崖了。"

"戚明贞也在里面？"谢绯终于抬首。

丹玉抹了一把脸上的水，不由得感叹："臣一开始也以为是的，可崖下只有苏月容的尸体，臣也没有在她身上找到钥匙，但臣赶回东陵城时，程寺云传消息来说有人将钥匙送到了悦人客栈。"

他抬首看了一眼谢绯："送钥匙的，正是戚明贞。"

葛照荣的私宅曾是齐王府邸，葛家父子住了好些年也没找到昆先藏宝的密室，但谢绹身为齐王谢敏朝的嫡次子，虽然当初谢敏朝在东陵时谢绹还未出生，可他要拿到东陵齐王府的建造图纸却比葛家父子容易得多，只怕他们无论如何也想不到，密室就在拱月桥后那片荒废的南院之下。何况谢绹是裴寄清的亲侄儿，涤神乡又是裴寄清一手创建，程寺云自然不会瞒着谢绹。

　　"她果然是涤神乡的人。"谢绹似乎并不意外，自前日戚寸心同他说起戚明贞先于她离开南黎，不知所终，六年前却突然出现将她带至东陵，再听她说戚明贞一生未嫁，他便已经察觉到了一些异样。

　　凡是入涤神乡的人，三十岁之前，不得嫁娶。而执行任务未归者，无论年岁几何，在外嫁娶皆是死罪。

　　"身份呢，查清了吗？"谢绹合上书，随手搁在桌上。

　　丹玉摇头："如果她真是出来执行任务一直未归的涤神乡归乡人，那她的身份一定是机密，程寺云说，等回到南黎查看了卷宗，再与郡王明说。"

　　"她将钥匙给了程寺云之后呢？"谢绹神色如常。

　　"回了旧王府，杀了葛家父子和师爷赵子恒，臣等去时，她已不知所终。"丹玉看着谢绹殷红的衣袖，"她这么做，应该是怕葛家父子查出她杀了苏月容并夺了钥匙的事，牵连戚……牵连郡王妃。"

　　谢绹闻言，却垂着眸，半晌没出声。饶是丹玉这六年来一直跟在他身边，此时也看不出他内心所想。

　　丹玉憋了好一会儿，才忍不住开口道："小郡王，臣听说您将钩霜留给郡王妃了？"

　　名剑钩霜，薄如柳叶，削铁如泥。那本是郡王的师父送给他的宝物。

　　"嗯。"谢绹轻应一声。

　　"以往您可是从不离身的……"丹玉的声音小下去，仅仅只是一个多月的时间，小郡王不但自己定了门亲事，娶了一位郡王妃，竟还将自己随身携带的钩霜也送了出去。

　　"她是我妻子，"谢绹随手拿起剪刀剪去过长的烛芯，火焰在冰冷的金剪间跳跃闪烁，照得他的脸时暗时明，映出他眼底带着几分玩味似的笑意，"有什么是我不能给她的？"

谢绾侧过脸时，他的目光落在窗外，羽毛银白的鸟被人放飞，双翅拍打着，很快消失在茫茫雨幕中。他的手指触摸着腕上的银铃铛，里面有一只蛊虫本能地蜷缩起身体。

入夜时分下的一场雨，已将院子里砖缝间残留的血迹冲刷了个干净，穿了一身殷红衣裙的姑娘已在廊上呆坐许久。

她再按那圆珠，薄薄的剑刃便收了回去，此时只余一截看起来就像是腰饰的白玉剑柄被她搁在廊椅上。她就那么怔怔地望着那剑柄，在这深夜人倦之时却没有丝毫睡意。

她想起第一次见到那剑柄，是在晴光楼颜娘的手里。颜娘和那几个护院死后，小九对她说过，颜娘那几日常佩在腰间的那截白玉，原是谢绾的东西。她记得自己曾问过谢绾那白玉腰饰的事，那时他也说过，那的确是他的东西。

她想起那个夜晚，她半梦半醒间隐约察觉自己被一只手狠狠地扼住了喉咙。

她想起那个清晨她将醒未醒时听到手拨弄着水的声音……

如果，那些不是错觉，那么在那夜扼住她喉咙的是他，杀了颜娘和那些护院的，也是他。

戚寸心蜷缩着蹲在廊上，一只手紧紧地揪住衣襟，她无法克制地去想象，想象那个清晨她听到的水声，也许是他在冲洗满是鲜血的双手，也许是在清洗那剑刃上残留的血迹。

她浑身的血液几乎冷透，身体也无意识地出现细微的颤抖。再度看向那白玉剑柄，戚寸心脸色苍白，唇上鲜红的唇脂也早已被她抹了个干净，她的眼眶发红，浑身都透着寒意。

他是故意的。他知道她见过他的这枚白玉剑柄，所以才会在离开的时候，亲手交给她这样东西。他就是要告诉她，颜娘死在他的手里，而他也并非她以为的模样。

"即便是成了亲，做了夫妻，我们也不一定能永远在一起。

"寸心，但愿你不会让我失望。"

漫天绮丽的霞光里，红衣少年就在那道门外回抱她，下颔抵在她肩上对她说了这样的话。她终于明白他那句话隐含的深意。他亲手戳破谎言，又在离开的时候主动撕下伪装，是要等她什么样的反应？

她又该如何反应？

后背冒出冷汗，戚寸心本能地要去拽掉手腕上的手串，那颗铃铛早不会响了，可无论她怎么用力，即便拿来剪刀，竟还是铰不断缠在尾端的红丝。

"这样你才轻易摘不下来。"她蓦地想起那日他替她戴上这银珠手串时说过的话。

迎着扑面而来的湿冷水汽，戚寸心呆呆地坐在廊上，雨声掩盖不了外头越来越嘈杂的声响，仿佛这座城今夜没有人可以安眠。直到一阵急促的敲门声响起，戚寸心才回过神来。

她冒雨跑下去开门，一双眼还什么都没看清，便有一只带血的手撑在她的肩膀上，推着她往门内去。

院门骤然合上，推她进门的人倒在了地上。檐下昏暗的灯火照出那人的面容，戚寸心只看了一眼，便失声喊道："姑母！"

她匆忙将戚明贞扶起，却看见她腰腹间已经被鲜血濡湿一片，她满脸惊慌："姑母，您这是怎么了？"

她用尽力气想要将戚明贞扶去廊上，却被戚明贞按住手臂，她低头便见戚明贞朝她摇头。

戚明贞打量着她那一身殷红的喜服，向来严肃的面容上竟露出了最为温柔和煦的笑容，她点了点头，勉强开口："我好歹是瞧见了你穿这身衣服的样子，真好看……"

"姑母……"戚寸心眼里流出的眼泪混合着脸上的雨水滑下去，"姑母我这就去给您请大夫！"

"没用了寸心，我伤得太重，"戚明贞用力抓着她的手臂，朝她摇头，"外面太乱，城外的难民杀了守门的官差，都涌进来了。"

"到底发生什么事了，姑母？"她将戚明贞紧紧抱着，哭得上气不接下气。

戚明贞闻声，却只朝她笑。

"寸心，你可以回南黎了。"她伸出手，伤口沁出的血沾在小侄女苍白的面颊上，她用手指擦了两下，却又沾了更多的血，她眼里流出泪来，但被雨水冲刷了去，"回去，带着你母亲，我嫂嫂的骨灰，也带着我的，回澧阳去，将你母亲和我，都葬在你祖父和你父亲的旁边。"

她嘴唇颤抖着，不舍地看着眼前这个才十六岁的小姑娘："我不知道死后还能不能见到我的父亲和兄长，托你给他们带句话，告诉他们，戚家蒙受的冤屈，明贞……都替他们洗干净了。"

她笑起来："他们活着是干干净净的，死了，他们也是干净的。"

"什么冤屈？什么洗干净？"戚寸心握住戚明贞的手，她哽咽着喊，"姑母，您在说什么？您和母亲瞒了我什么？"

戚明贞神情变得异常平静，仿佛这一生坎坷，终于有了解脱，嘴角淌出鲜血，她用足了力气唤道："寸心……以后，你要和沈小公子好好过。"

她眼里的光逐渐变得涣散，仿佛雨水已经模糊了她的视线，即便戚寸心一声又一声地哭着喊她，她仍旧只盯着檐下那一盏灯火。而这灯火在她的眸子里成了最绚烂的影子，她的脑海里全是那条隔断南黎和北魏的长河，河边是青翠的蒲草，江河之上是茫茫的白雾。

多年前，她怀着家仇，背着国恨，撑竿行舟，远渡他乡。那年她二十三岁，身无长物，唯有一腔爱恨，支撑她度过无数个长夜。到如今，总算是——求仁得仁，死而无憾。

第六章
星危郡王

北魏皇都是麟都，而南黎的皇城名为月童。月童的前身是蒙城，因三十年前甘源兵败，大黎丢失半壁江山退守缇阳以南时，当时大黎昌宗皇帝的嫡子，年仅九岁的太子谢长明当夜在被攻陷的大黎旧都城的城楼上一跃而下，以身殉国。昌宗皇帝痛失爱子，迁都蒙城两年后，改蒙城之名为"月童"，意指在满月之夜殉国的小太子，要整个南黎记得南迁之耻，要谢氏记得丢失半壁江山之痛。

　　月童是一座水城，城中架桥无数，半数街巷依水而建，随处可见清渠湖波，潋滟动人。

　　星危郡王的车马进城，随行的军士骑马跟在后头，长戟在烈日下散发出森冷的寒光，街道两旁站满了百姓，他们打量着车马外镶嵌的狰兽纹，低头谈论着。

　　丹玉在车上捧着镶嵌了玉片的皮革鞶带，等着谢绱一颗颗扣起黛紫圆领锦袍上的猫眼石衣扣，才见他拿起鞶带收束衣袍，显出少年纤细的腰身。他乌黑的长发半束成规整的发髻，戴着狰纹金冠，剩余的乌发披散在肩后，白皙俊美的脸上没有什么表情。

　　马车在齐王府大门外停下，门房赶紧搬了石马凳摆上去，早就等在大门处的王府管家见帘子后那一抹黛紫的衣袖，便忙带着一众人躬身行礼："恭迎小郡王回府！"

　　众人见那位星危郡王下了车，缓步走上石阶，黛紫的衣袂在他们眼前晃，谢绷几乎不做任何停留，径自往大门内去。

管家忙朝奴仆们摆手，随即抹了把汗弓着身子跟上去，小心翼翼道："王爷今晨入了宫，至今还未归，不过王爷早已有了吩咐，小郡王的院子已经收拾出来，今夜也备了宴席，为小郡王接风洗尘……"

谢绷的脚一顿，管家还未说完的话顿时咽下，他抬头，却见这位六年未见的小郡王正用一双眼睛缓缓打量四周，忽然问："兄长在哪儿？"

管家愣了一下，随即又赶忙答："世子仍住在听涛院。"

听涛院内的丫鬟在廊下煎药，院子里奴仆来去匆匆，每个人脸上也没个笑容。有两个丫鬟在廊下扫水，听见一阵脚步声，她们回头便见一行人走来，老管家正躬着身跟在那身着黛紫锦袍的少年身后，他的眉眼极漂亮惹眼，身姿挺拔，自有一种如松如鹤般的明净气质，几乎教人移不开眼。

待看清他金冠与衣袖边缘的金线狰纹，丫鬟们便立即躬身行礼，齐唤："小郡王。"

房内缠绵病榻已久的世子谢宜澄才从噩梦中惊醒，听到门外的动静，他半睁着的一双眼瞪大了些，看见守在房内的侍女掀了珠帘要出去拦，他便唤了声："冬霜。"

侍女回头，见病榻上面容清癯的青年朝她摇头，她便微抿嘴唇，摸了摸腰间的匕首，又退了回来。丹玉推开门，谢绷立在门槛外边瞧见了那内室晃着的珠帘，他面上添了几分笑意，抬脚走了进去。

谢宜澄见那少年掀帘进来，看到少年的眉眼，他仿佛有一瞬回到了多年前，那时他这个同父异母的弟弟谢繁青，才十一岁。

"想不到，你时隔六年回来，竟会先来看我。"谢宜澄看他走近，少年衣袖上的金线泛着光，一身风光霁月，全然不像个从敌国归来的质子。反观谢宜澄自己，他如今病入膏肓，已经无法下地行走了。

丹玉拿来一把椅子，谢绷一撩衣摆坐下，又将病榻上的兄长打量片刻："他们说你快死了。"

若是早几个月听了谢绷这话，谢宜澄指不定会如何的癫狂发疯，但如今他没那个力气，也不太在意了。他甚至还扯了扯唇角："你能活着从北魏回来，的确很令我惊讶，但是你以为你回来，又能比在北魏时好多少？"

"你以为我死了，你做齐王府的世子，又能做多久？"谢宜澄嘶哑的声音带着阴郁苍凉，"繁青，我们的父王，是在为旁人铺路呢……"

"今日的我，便是明日的你。"谢宜澄看着少年那张脸庞，他嘲讽的语气，不知是在嘲笑谢绉，还是他自己。

"是吗？"谢绉似乎失了些兴致，他站起身来，一双眼睛弯起，笑道，"我还以为当初兄长费尽心力让我成为被送往北魏的弃子，是极有自信斗得过栖霞院的那位。"

剩余的话他没再说，只轻飘飘地瞥一眼榻上形容枯槁的谢宜澄，说了句："真可惜。"他的语气，没有丝毫的怜悯。

谢绉转身掀了帘子出去，少年来去如风，黛紫的衣袂很快消失不见，而谢宜澄躺在榻上一言不发，只盯着那晃动的珠帘，冬霜唤了他半晌，他才堪堪回神道："冬霜，我还是心有不甘。"

"可惜，什么都晚了……"眼角沁出泪来，他突然咳起来，咳得心肺生疼，只能笑着叹息。

谢绉才回琼山院，丹玉便从底下人手里拿来了程寺云的手书，他粗略看过一遍就忙转身进了屋。

"戚明贞的父亲戚永熙是平昌年间的进士，大黎南迁之前，戚永熙就在澧阳做知府，他的儿子戚明恪在南迁之后入仕为官，弘德三年，朝中党争不断，以张友为首的宦党与以李适成为首的清渠党，斗倒了以何凤行为首的抱朴党。戚氏父子被指与抱朴党何凤行为伍，大理寺派人搜查戚家，在府中查出与昆息戎来往的书信，戚氏父子于弘德六年先后被斩。"

丹玉读信读了一半，抬头看了眼坐在书案后的谢绉，又接着读道："戚明贞于弘德六年入涤神乡，十二年前她与涤神乡四十九名归乡人潜伏北魏麟都，六年前涤神乡下令刺杀昆息戎，并追查南黎朝中与昆息戎有来往的高官，除戚明贞外的四十九人俱死，此后戚明贞失踪六年，与涤神乡失去联系。"

"小郡王，看来这戚明贞失踪的六年里都在东陵，"丹玉不由得有些感叹，"臣听程寺云说，戚氏父子性子刚直，党争之下，他们不偏不倚不肯站队，想来当年从戚家查出来的书信，应是清渠党或宦党栽赃的。"

谢缈回想起当日在畅风亭里见过的那位面容严肃的妇人，他合上书卷道："戚明贞蛰伏东陵六年，也算如愿以偿。"

为揪出那个真正通敌叛国之人，这个女子终身未嫁，终生隐忍，也终究得到了她想要的圆满。铁证已经握在裴寄清的手里，真正的叛国者——掌印太监张友如今已经下狱。这样看来，戚家人的清白，是戚明贞自己争回来的。

门外忽有振翅的声音响起，谢缈抬眼见一只羽毛银白的鸟落于窗台上，他面上露出些笑容，唤了声："丹玉。"

丹玉应了一声，忙上前去取下那鸟足上的细竹管来，将里头纤薄半透却异常柔韧的纸一点点展开来，递到谢缈面前。

谢缈抬手要接，但手指却在半空微屈，他最终又收回了手，侧过脸轻声道："你来看。"

丹玉有些摸不着头脑，却还是收回手来，才看了几行字，他便猛地抬头："小郡王……"

"说。"谢缈没看他。

"徐允嘉说，郡王妃她……走了，去缇阳了。"丹玉小心翼翼地看着谢缈。

谢缈翻开那本游记，听他此言，触碰书页的手一顿。他面上仍看不出太多的情绪变化，唯一双眸子如深不可测的潭水。

"但是，"丹玉看到后面的内容，便连忙说道，"但是徐允嘉说郡王妃给您留了封书信，说东陵知府葛照荣死了，东陵城里涌进许多难民，各处都很乱，她说她去缇阳等你。"

缇阳？谢缈一怔，丹玉适时将第二张春膏笺搁到案上，他随即低头去看信，一时间，屋子里静悄悄的。

丹玉等了会儿，才听谢缈忽然开口："她发现徐允嘉了？"

"没有，徐允嘉没有露面，是郡王妃依照您之前同她说的在南黎的住址，花了二百两叫驿卒送，徐允嘉悄悄截了下来。"丹玉看了一眼自己手上的那张春膏笺，说道。

"二百两？"

"是，南黎和北魏已在打仗，要仍是以往的价钱，谁愿意送这一趟？"

谢缈垂着眼，目光从春膏笺移到那本游记上，那上面有一个姑娘笨拙的笔迹，勾画批注了每一个她想去的地方。

"她为我，真舍得花大价钱。"他忽然说。

"二百两……很多吗？"丹玉挠了挠后脑勺。

"对我娘子来说，已经很多了，比她买我的时候，花得还要多。"谢缈抬眼，认真地说。

他看起来很开心，脸上带着动人的神采，声音很轻："丹玉，我真想快点儿去缇阳。"

谢缈走后不久，南黎和北魏正式在仙翁江以东的绥离平原交战，距绥离不远的东陵也未能幸免。战火纷飞中，葛府不知发生了什么，葛家父子先后暴毙，城中开始大乱。被拦在城外的难民们趁此机会纷纷入城，守城的官兵与难民闹起来，难民里头几个有手段的鼓动各处来逃难的人，最终把东陵占了，城里顿时乱得不像话。

小九一家盘算着要离开东陵，去靠近麟都的丰城躲避这边的战乱，戚寸心同他们告了别，带着戚明贞和她母亲的骨灰还有那只小黑猫往缇阳去。

一夕之间再逢巨变，戚寸心也仅在戚明贞死在她面前的那个雨夜哭过。在一个人处理完戚明贞的后事，决心要走的当夜，她在灯下坐了一夜，还是决定给谢缈寄去一封信，告知他不用再回东陵，她会在缇阳等他。

缇阳是北魏的边城，缇阳城以及周边的州府都有衣衫褴褛的难民一路蹒跚而来，要朝更北边的麟都去，而她却是唯一一个偏要往缇阳去的人。这样一条逃亡路上，她是逆行的异类。

"小姑娘，听我一句劝，绥离那边的战火不知道什么时候就烧到缇阳了……"灰头土脸的老太婆才吃了一口戚寸心给的馒头，听她要往缇阳去，便拉着她的手朝她摇头，"可去不得！"

"打起仗来，没有哪儿是不乱的。"戚寸心将竹筒里的水递给老太婆的儿媳妇，"我有些事一定要去缇阳办。"

"你一个小姑娘家的，是真不怕啊……"那儿媳妇接过来道了声谢，又不由得再将这个裹着麻布斗篷，把自己弄得灰扑扑的小姑娘打量一番。

"我夫君会去缇阳找我的。"戚寸心朝她们笑了笑。

"姑娘看着年纪还小，就成亲了？"即便是在逃难的路上，老太婆听见这消息，也还是不由得啃着馒头笑眯眯地问，"你模样儿生得这么好，你找的郎君相貌又如何？"

戚寸心咬了口饼，想也不想就说："他是我见过的最好看的人了。"

晚夏的风并不大，但结伴而行的难民还是捡了干柴来燃起了火，如此他们这些老弱妇孺才能在这林子里安睡。

戚寸心靠着树干迷迷糊糊地睡了会儿，半梦半醒间似有那夜的雨声，还有姑母带血的手掌，不知不觉便泪流满面。她睁开眼睛，抹了一把脸上的眼泪，又低头看了会儿抱在怀里的包袱，从里头摸出来一个玉牌。那是替姑母换衣服，在她身上发现的。同时还发现了一封信，十二年前缇阳的一个叫作郑凭澜的人写给在澧阳的姑母的。信纸已经有些泛黄，但姑母却保存得很好，没有褶皱，没有损毁，可见她是如此珍视这封信。而她写在信笺背面的只言片语，也印证了她这一生，并非没有心爱之人。

戚寸心想起在衍嘉时，她曾听母亲不经意提过，祖父原给姑母说过一门亲事，是在缇阳经商的郑家。只是后来祖父和父亲接连出事，戚明贞不知所终，所以这门亲事也就不了了之。母亲本就极少同她提及祖父和父亲的事，后来姑母更是只字不提，所以她这些年来，也根本不清楚姑母身上究竟发生了什么，又背负了什么。

这一趟，她去缇阳是为寻郑凭澜，将戚明贞写在那封信件背后的话带给他，再越过缇阳回南黎。

林子里忽然有了声响，脚踩在草地上发出的声音令戚寸心一瞬抬头，她隐约瞧见一道瘦削的身影正从底下的官道往上跑。只片刻的工夫，官道上便多了些举着火把的兵士，他们用剑刺穿了一个面容不清的男子的腰腹，围着他的兵士骂着："逃啊，你们能往哪儿逃？"

那道瘦弱的身影跑上来时，戚寸心同他四目相对。

只有十二三岁的小少年看起来手足无措，满脸惊惶，许多难民被惊醒，瞧见了底下的动静，也看见了他。眼看底下的兵士就要循着火光跑上来，戚寸心想也不想，一把拽过那少年的手腕，将自己身上的斗篷裹在他身上，又迅速拆散他的发髻，往他脸上抹了些土。

长着络腮胡子，看起来凶神恶煞的兵士提着带血的刀，带着人上来。他眯起眼睛，打量着这些蜷缩在火堆边的老弱妇孺，扯着粗哑的嗓子道："你们可见过一个十二三岁的少年？"

所有人压低身体，七嘴八舌地说着"没看见"。

那些兵士冰冷的目光在他们身上来回巡视，戚寸心察觉到缩在她身边低着头的少年的身体在细微地颤抖，在一名兵士盯住她这边的时候，她努力保持着镇定，不乱看，也不说话。

少年披着她的斗篷，身形瘦弱，头发披散着只露出来一双眼睛，看起来倒也像个柔弱的小姑娘，那些个兵士的目光也仅在他身上停留片刻，便懒得再看，转身举着火把又往底下官道上去了。

盔甲碰撞的声音仿佛撞击着所有人的心脏，此时的林子里静悄悄的，不少妇人看着那些兵士的背影，或许是想起自己被抓去打仗的儿子或丈夫，忽然就开始擦眼泪。

谁也没问戚寸心身边那个孩子是哪儿来的，这样乱的世道，官差都成了吃人的鬼，连个孩子也要被抓壮丁。

天微亮时，难民陆陆续续离开，戚寸心又在脸上抹了点儿土，也打算赶路，但那个披头散发的小少年亦步亦趋地跟着她。她回头看他片刻，将自己衣兜里的烧饼分给他两个，然后郑重地对他说道："我要去的地方，是你好不容易才逃出来的地方，你别跟着我了，和他们一起往北边去吧。"

小少年果然停下，拿着两个烧饼，就站在原地看着她逆着人潮往官道上走。

戚寸心没回头看，边走边盘算着自己这样走路还要几日才能到缇阳，谢缈留的银票被她缝在了衣衫内衬里，她没打算动用，但自己剩的银钱也已经不多，现在各处都很乱，雇车夫和马车要花的钱肯定不在少数。想起那花出去的二百两银子，才咬了一口饼的戚寸心不由得耷拉下脑袋叹了口气，也不知道这个时候，谢缈有没有收到她寄出去的信。

走出一段路，待天光大亮时，戚寸心便看见一辆马车停在官道中央，一位戴着幞头，看着有些书卷气的老者正与赶车的妇人理论。

"不是说好将老夫送到缇阳？我可是赶着去送信啊！"

"我可没说，您老的钱不够，我的马自然跑不到缇阳。"那妇人扬着下巴，横了他一眼又说道，"要是您能找着人再出五钱银子，我就将你们一块儿送到缇阳去。"

"这荒山野岭，你让老夫上哪儿去找……"老者话说到一半，忽然瞧见正咬着饼打算从一旁路过的戚寸心，他不由得唤一声，"小姑娘，你……"

"我没钱。"戚寸心不等他说完，便加快脚步，从他们旁边过去了。

"……"

"……"

妇人和老者看着她迅速跑远的背影，面面相觑。

山崖之上一道颀长的身影飞身而来，老者擦了擦额头上的汗，朝他摇头，叹了口气道："徐大人，这小姑娘可谨慎着呢！"

徐允嘉提着剑，抬眼望了一眼晨光里，几乎已经要看不清的那道纤瘦背影，一言不发。

月童城，裴府。

入夜时分，月光融融，羽毛银白的鸟落于丹玉肩上，他取了竹管里的春膏笺，转身走入屋内。

"小郡王，这两日徐允嘉连着安排了三四次车驾，但郡王妃每次都十分警惕，她既不肯花更多的钱雇马车，又不贪便宜。徐允嘉什么方法都想尽了，可郡王妃就是不上当……就连徐允嘉偷偷送到她身边的烧鸡，她也只吞口水，一口不吃。"丹玉将信笺上徐允嘉提及的事全都转述给了谢绷。

"是吗？"谢绷接了信笺，垂眼扫过几行字。

"小郡王，您为什么不直接让徐允嘉露面，干脆跟在郡王妃身边，也不用这样拐弯抹角地替她找车驾，送吃的。"丹玉实在有些费解。

"我先送了她钩霜，要是此时又向她坦白身份，她会生我的气的。"谢绷小声说道。

这也是为何当日交给徐允嘉的那万两银票，他后来也只让徐允嘉给了她千两的原因，剩下的，都让徐允嘉先保存着。纤长的眼睫遮掩了谢绷那双眼瞳里更多的神采，他漫不经心地打量着信笺。

"郡王妃为什么会生气？"丹玉听得云里雾里，南黎星危郡王的身份尊贵，而郡王妃出身穷苦，她若知道了，不是应该高兴吗？

"戚家的女儿，的确有可能生你的气。"忽地，门外传来一个苍老的声音，紧接着是一位身着藏青圆领锦袍的老者拄着拐杖走了进来，他须发皆白，却精神矍铄，一双眼睛炯炯有神。

"太傅大人。"丹玉站直身体，恭敬地行了礼。

来人正是这裴府的主人，太傅裴寄清。

丹玉退出去，并将房门合上。裴寄清在软榻上坐下来，见矮几上摆了一盘棋，他摸了摸花白的胡须："在麟都，没少跟自己下棋吧？"

谢绷应了一声，将信笺放到一旁，摸了颗棋筒里的黑子。

"这六年你把你们谢家的礼法都忘了？你在外头娶妻，你父王答应了没有？"裴寄清落了颗白子，明知故问。

"为什么要他答应？"谢绷扣下一颗黑子，语气散漫。

裴寄清闻言，抬眼瞧了一眼坐在对面的少年，那眉眼确乎有几分神似他已逝的小妹。

他笑起来，眼尾的褶痕明显："你倒是不怕告诉我。"

"舅舅觉得她不好吗？"谢绷抬首，对上他的目光。

"好，"裴寄清几乎没什么犹豫，"怎么不好？她祖父戚永熙，父亲戚明恪，姑母戚明贞，哪个不好？"

"戚家是满门忠烈啊……单说这戚明贞，一个女儿家，半生为家为国，蛰伏多年，客死东陵，就她的这勇气毅力，世间又有几个男儿能与之相比？"

"那戚家小姑娘，想来也遗传了她父亲和姑母的倔强劲儿，她这样的姑娘怎么不好？"裴寄清说着，再度看向谢绷，"可你想好了吗？你兄长一死，你就是齐王府的世子，你娶了她，你父王那一关，可不好过。"

这话本说得有些沉重，裴寄清却见谢绷忽然弯起唇，拈了颗棋子在手里，随后说道："舅舅，他不让我好过，我难道就不能以牙还牙？"

"你是说你父王的吴侧妃？"裴寄清瞬间了然，他随即笑着摇头，"我看你回来，就是给你父王找不痛快的。"

"也好啊……咱们两个，就别让他太好过。"裴寄清那苍老的面容上笑意收敛许多，一边落子，一边说道，"今晨小皇上的旨意下来，让你领兵去攻缇阳，这应该是你父王的意思，阔别六年，你们父子之间没有联系，他这是在试你的斤两呢。"

谢缈站起身，将一粒黑子扣上棋盘，一双漂亮的眸子神采奕奕。

"正好去接我娘子。"少年月白色的衣袂飘动，步履轻快地走出门去。

夜幕低垂，齐王府内无数盏石灯同燃，照亮竹林之间的鹅卵石小径，也照得那月洞门的影子投在地面。

丹玉提着灯笼跟在谢缈身后，才到琼山院，便瞧见书房内一人的影子映在纱窗上。

"小郡王……"丹玉停下来，忙唤一声。

谢缈瞥了一眼纱窗上映出的人影，他倒也没觉得有多意外："你下去吧。"

"是。"丹玉垂首应了一声，转身便走。

谢缈走上阶梯，单手推开雕花木门。他面无表情地抬头，望见那临着灯，坐在他书案后的那一道高大的身影。

中年人一身玄黑色织锦圆领袍，梳得尤为规整的发髻上戴着狰纹金冠，眉眼英气坚毅，即便眼尾添了些许皱纹，也不难看出他年轻时的俊朗风姿。

"放下。"谢缈看清他手里握着的正是那本游记，便淡声道。

"你就是这么跟我说话的？"男人翻书的手一顿，微掀眼帘看他。虽说着这样的话，但他看起来倒也没有半分生气。

"昨夜的家宴是为你准备的，你倒好，天擦黑就跑去了裴府，到今日才回来。"男人将手中的书随手搁到案上，衣袖处的金线浪涛绲边在灯下闪着细微的光泽。

谢缈迈着轻缓的步伐，走到一旁的罗汉榻上坐着。黑乎乎的风炉上煮着一壶茶汤，他慢慢用竹提勺将茶汤舀进玉盏。

"都快办丧事了，父王您还有心替我准备家宴？"

谢敏朝站起来走到他面前，顺势夺了他手里的玉盏，一撩衣摆在他旁边坐下，抿了口茶，接着评价道："有些苦了。"

随后，他瞟了一眼那简陋风炉上形状不明的两团颜色："去麟都的这么些年，你怎么学了些捡破烂的习惯？"

谢绲微微一笑："是在东陵您的旧王府里捡的。"

"是吗？"谢敏朝挑了一下眉，"这么说这东西还是我的了？那一会儿我得带走啊。"

"您带不走了。"谢绲慢饮一口茶。

"当年就是在东陵，宜澄的母亲生他时难产死了，后来南迁到月童，我才娶了你母亲，"谢敏朝手肘撑在矮几上，另一只手端着玉盏又喝了一口苦茶，"宜澄再怎么说也是你的兄长，你那些话可不要在外头说，不然，你星危郡王才回月童，就要被人诟病。"

谢敏朝一生迎娶过两位王妃，第一任妻子是他十七岁时娶的都御史的女儿江月芳，他们也算是少年夫妻，只是江月芳命薄，在生谢宜澄时难产去世。

他的第二任妻子，是世家大族裴家最小的女儿裴柔康，也是裴寄清的小妹，在谢绲九岁时，因病去世。

"那应该也比不上父王您克妻的名声。"谢绲眼睛弯起些弧度。

谢敏朝却仍不气恼，反而笑了一声，一双锐利的眼睛打量着身边这个六年不见的小儿子："今晨，你舅舅上奏小皇上，替死在东陵的戚明贞和当年枉死的戚家父子请封，小皇上金口玉言，封了戚明贞一个玉真夫人的谥号，又给戚家父子追加了品级……你在外头娶的那个小姑娘，是戚家的女儿吧？"

见谢绲看向他，他便摸了摸下巴的胡楂道："你舅舅这是想让她的身份能够得着你的身份。"

"可繁青啊，戚明贞用命挣来的这份忠烈之门的名声，可远不到他们家的女儿能嫁进齐王府，做你正妻的程度，"说着，谢敏朝点了点头，"当然了，若只是个侧妃，倒也可以。"

"忠烈之门配不上齐王府，那谁才配得上？朝里那些身居高位，斗来斗去的文人言官？"谢绲定定地看着他，微微弯唇，"他们又算什么东西。"

谢敏朝静默地看他片刻，随后忽然开怀大笑，仿佛许久没这么神清气爽过，但末了，他又收敛了些笑意说道："看来我儿在群狼环伺的北魏，也没被那些个蛮夷外族折断了谢氏的脊梁。"

他眉眼张扬，抚掌感叹："好啊……"

"小皇上的圣旨你收到了吧？"他忽然又问了声，见谢绷并不理他，他自顾自地接着道，"繁青啊，不管你如何看我这个父王，这趟缇阳之行，是你回南黎的第一仗，你若打得响最好，你若打不响，"谢敏朝停顿了一下，随即又笑着朝他摆手，"那也没关系，只管回来，为父定不会让任何人为难你。想来此前在北魏你应该受了诸多委屈，相信你杀北魏五皇子和那位福嘉公主也并非出于你和你舅舅的谋划，他们应该没少折辱你，你杀得好。"

谢敏朝站起身来，顺手理了理衣袍上的褶皱，轻快地说道："夜深了，你早些歇着吧。"

谢绷坐在榻上，静静地看着他父王负手迈出门槛，他神情淡漠，眼底一片郁郁沉沉。

郑家早年间的家业还算大，但戚寸心抵达缇阳后一连打听了好几天也没找到郑家。她花了好些工夫，才知道郑家那偌大的家业，在五六年前就已经败了，因缇阳成了边城，常是不太平的；也因缇阳的官府层层盘剥，几年就将郑家的家产蚕食干净了。

天色暗下来，趴在戚寸心肩上打瞌睡的小黑猫好像终于精神了些，睁着一双圆圆的眼睛，在夜色里好像两颗悬在半空的明珠。它不肯吃戚寸心的饼，除了吃些她喂的小鱼干，来缇阳的这一路上，它已习惯自己夜里跑出去找吃的，这些天看着变圆了点儿。就连戚寸心带着它躲开那些巡夜的兵士时，它也乖乖地趴在她肩上，一声不叫。

在城西破败的窄巷里，戚寸心伸手叩响面前门上的铜扣。里面迟迟没有什么动静，她连叩了好几下，也没听见有人出声。她皱了一下眉，抓着布兜带子的手紧了紧，不由得怀疑自己花出去的钱又打了水漂。为了找到郑家如今的住处，她足足花了一两银子。

戚寸心耷拉着脑袋，转身下了一级阶梯，却听门内传来一个女声："谁？"

戚寸心的一双眼睛一瞬亮起来，她忙转身上去问道："请问这里是郑凭澜的家吗？"

门内没答，她便又道："我姑母是戚明贞，我替她来送一封信。"

但里面还是没有什么声响，戚寸心正疑惑着，却听里面那道女声的语气似乎更冷硬了一点："你等着。"

戚寸心等了会儿也没见里头的人开门，她便索性蹲下来，又从布兜里拿出一个小鱼干喂给肩上的小黑猫。小猫吃完一个小鱼干的工夫，戚寸心身后的木门终于被人打开，她一回头，就望见了门内的一位中年妇人。她发髻间有许多漂亮的银饰，眼尾微微上挑，带着几分凌厉，双手抱臂地睨着戚寸心。

"蹲在那儿做什么？进来吧。"她说。

戚寸心应了一声，忙站起来跟进去。狭小的院子里也没几间房，正房一道门开着。戚寸心跟着那妇人踏进门，便瞧见地上堆放着好多书籍画卷，将这屋子衬得更加凌乱。

穿着青布衣袍的中年男人坐在安置了两个滚轮的木椅上，在她一进门时，他的目光便停在了她的身上。

"你说，戚明贞是你姑母？"他开口，那声音虚弱无力。

戚寸心点头，暗自打量这青袍男人。他看起来清瘦得很，脸上透着病中的苍白，却自有一种儒雅文秀的气质。

"她……"郑凭澜才开口，又蓦地停住，也许是想起了某些往事，他的眼里笼上了一层雾，隔了会儿才问，"她死了？"

戚寸心一脸惊诧，并不知郑凭澜是如何得知的，只能愣愣地站在那里。

郑凭澜朝她微微一笑，唤了那中年妇人一声"阿瑜"，叫她拿了凳子来给戚寸心坐着，又送上一碗热汤面。

戚寸心的确饿了，趴在桌前吃了几口面，便听他忽然道："当年她同我说过，一入涤神乡，便与我老死不相往来。"

戚寸心一顿，咬断了面条。

"她性子倔，人又傲，若是她还活着，必不会让你来送信给我。"郑凭澜说着，便朝她伸出手。

戚寸心忙放下筷子，将信从布兜里掏出来递给他。

郑凭澜或是没想到，这小姑娘送来的，竟是多年前他满怀希冀，渴盼能挽留心爱之人的那一封。取出信纸时，他的手还有些发颤。当年的字迹如此清晰，他甚至还能想起给她写信的那个夜晚。

翻过信纸另一面，是另一个人的娟秀字迹："我期我愿，同赴来生。"

他愣愣地盯着那朱红字迹，半晌，捂住脸泪淌满手。

"出来吧。"叫作萧瑜的妇人拍了一下戚寸心的肩，示意道。

戚寸心在院子里同萧瑜坐着，同看一轮皎洁的月，又同在打量身边的彼此。

"你姑母，比我漂亮吗？"萧瑜忽然问。

"啊？"戚寸心愣了一下，随即想了想，认真地说，"你们是不一样的漂亮，是不能比较的。"

萧瑜或是没想到这个小姑娘会这么说，她扯了一下唇角，仍是皮笑肉不笑。

戚寸心摸了摸怀里小猫的脑袋，说："对不起，我是听人说郑叔叔还没成亲，我才来的。送这封信并不是我姑母的意思，她生前也没跟我提过。"

"我和他的确没成亲，是我赖在他身边的。"萧瑜轻抬下颌，她脸上没什么表情，"南黎的涤神乡我是听过的，进了那儿的人，名字要丢掉，未来也要丢掉，我以前不知道你姑母是那儿的人，还以为她是嫁了别人。"

"虽然一样是负了凭澜的心，但我佩服她。"萧瑜说着，看向身侧的戚寸心，"你们戚家的人都这样吗？你只为送一封十几年前的信，就敢孤身往这缇阳城里来？你可知现下的缇阳城，是只许进不许出？"

"我不回东陵了，等绥离的战事平定些，我就直接去南黎。"戚寸心说道。

"你一个小姑娘，还想渡仙翁江回南黎？"萧瑜笑了一下，觉得她这是在痴人说梦。

"我夫君会来接我的。"戚寸心摸了一下手腕上的银珠手串说。

"夫君？"萧瑜低头瞥她手串上的那颗银铃铛，面上的笑意更深了，"原来这蛊，是你的夫君给你下的？"

"下蛊？"戚寸心一顿，随即她的目光落在那银铃铛上，"您是说这颗铃铛里的虫子？"

"那可不是普通的虫子呀小姑娘，寄香蛊虫香味独特，是银霜鸟最喜欢的食物，"萧瑜翘起一只脚，脚腕上的银饰叮当作响，她伸手指向高檐，"你看，它们都跟着你呢。"

戚寸心下意识地抬头，果然看见不远处的房檐上有两只羽毛洁白的鸟，在月辉之下，它们白得像雪，眼睛亮得出奇，身上闪着寒光。

"寄香蛊虫是双生，要是雄的那只被捏死，雌的这只就会钻进你的血肉里，咬断你的筋脉，知道吗？凭澜的腿，就是这么废的。"

萧瑜的声音莫名带着些森冷的意味，那股子寒意便顺着银珠手串涌入了戚寸心的四肢百骸。

恍惚间她又听见萧瑜说："这红丝里头缠着极坚韧的冰丝呢，看来你的好郎君是怕你摘下来。

"小姑娘，你的郎君心好狠啊，莫非他也是我们南疆的人？"

第七章

双生蛊

临近初秋，绥离战事未止，南黎又出兵缇阳。守缇阳城的将领是伊赫人苏合哲，他是出了名的骁勇善战，奈何绥离的大战抽调了大批的兵马，北魏朝廷又未曾想到南黎竟还藏着奇兵来偷袭绥离后方的缇阳，苏合哲带兵守城十日，北边的援兵还未到，粮草却要耗尽了。

萧瑜说，郑凭澜的腿是他为了不被抓去服兵役才问她要了寄香蛊，自己弄断的。郑家虽是经商的人家，但也都是知书明理的，父辈尚是大黎子民，如今却要被迫服役去同南黎的士兵相互残杀，他不愿意。

"若我真的服了北魏的兵役，那你姑母在地下，又该如何看我？"郑凭澜平静地对戚寸心说道。

可缇阳眼看是守不住了，被困在城里的人谁也不知道外头领兵来攻缇阳的是谁，也不知南黎的兵会不会如当初北魏蛮夷入关时一般烧杀劫掠。有几个官差便在后方年久失修的旧城墙底下凿了个洞，又找了条船，打算送自己的亲人渡瀛水去东面的平洲避难。

戚寸心将自己缝在衣衫内衬里的银票都取了出来，大部分都给了那几个官差，他们才勉强同意带萧瑜和郑凭澜离开。

"你给了他们几千两，他们才同意带两个人走，那你呢？"本已经交给那几个官差的银票，竟又出现在了萧瑜的手里，她冷哼一声，将那一沓银票都塞进了戚寸心的手中，"我们要离开，还用不着你这个小姑娘花钱。"

"我给他们下了蛊，说好了，等天黑透，你就跟着我们一块儿走。"萧瑜说这话时，神情仍是冷淡的，或见戚寸心握着银票还在发愣，她眼一横，"怎么，还要等你那好郎君来接你？你可别忘了你那铃铛里的蛊虫。"

戚寸心不由得回过神来，抬头问道："那如果我捏死这只虫子呢？他的那只也会钻进他的血肉里，咬断他的筋脉吗？"

萧瑜愣住。她定定地盯着戚寸心看了会儿，随即扑哧一声笑出来："你这小姑娘还真不好骗。"

她双手抱臂，点了点头说："不错，这双生的蛊虫，没有雄的天生就掌控雌的生死的道理，男人女人之间也一样：他可以捏死雄的那只，弄断你的双腿；你也同样可以捏死雌的这只，让他成为一个废人。"

"我那日是耍你呢，你的这只蛊虫被封在铃铛里，即便他捏死他的那只，你这只也不可能从铃铛那么窄小的缝隙里跑出来，再钻进你的血肉里。所以这种寄香蛊，我们苗疆人是不常用的，但也有一些为了印证自己与心爱之人情比金坚的，会给彼此下这种蛊，谁要是背叛了对方，谁就成了废人。"

萧瑜再瞥一眼她那手串间坠着的铃铛："蛊虫不在人的身上，那还叫什么下蛊？你的郎君这么做，也许算是个警告。"

萧瑜抬首，果然在不远处的房檐上发现了那两只正在洗翅的银霜鸟，她的语气里带了几分深意："是警告你，不要乱跑，它们会盯着你呢。"

戚寸心也不由得去看那檐上羽毛洁白的鸟，落日余晖照在她的后背，她浑身却是冷的。

"在我们南疆，下蛊，尤其是给心爱之人下蛊，那可是常有的事，我还以为你会怕得厉害呢，没想到你竟如此冷静，能想到这一层。"萧瑜发现这个小姑娘不但有股韧劲儿，也还算聪明。她再未多说什么话，只转身走入屋子里去，继续收拾郑凭澜的行装。

城外战事正酣，军鼓声与军号声接连响起，拼杀的吼声隐约可闻，空气里仿佛都弥漫着血腥味。反观这城内，萧索一片，死气沉沉。

待天色渐渐暗了下来，戚寸心和萧瑜带着郑凭澜来到了那可以出城的洞口处，小黑猫乖乖趴在戚寸心的肩上，歪着脑袋蹭她的脖子。那些官差先扶着自己的亲人上了船，而她则站在河畔，回望阑珊灯火里的平常人家。河边萤火烂漫，她却在想，如果她的那封信已经到了谢绁的手里，那么他会来吗？

"寸心姑娘，你还是跟我们走吧。"郑凭澜唤了一声。

"我先给他写了信，我怕他真的找到这儿来了，我却走了。"戚寸心转过身，朝他摇头。

"你们中原人不是一向对我们南疆的蛊怕得厉害吗，怎么你还要等他？"萧瑜有些看不懂这个小姑娘了。

"就像萧姨您说的，蛊虫不在人的身上，就不算是下蛊，"这段时间以来，她已经想过许多，她朝萧瑜笑了笑，"在东陵的时候，他从来也没伤害过我，我觉得，我还是要见见他，至少要听一听他怎么说。"

"你会在这里等我，哪儿都不去吗？"她想起成亲即离别的那日，红衣少年从院子里到门外拉着她的衣袖把这句话问了好多遍。也许有些事，她的确应该听他亲口说出来才好。

"有那两只鸟在，你还怕你那郎君找不到你？还是先跟我们走吧。"萧瑜抬眼，却只在树梢上瞧见了一只银霜鸟。

此时轮到萧瑜扶着郑凭澜上船了，众人却听见凌乱的脚步声，随后便有好几道影子出现在了不远处的山坡上。他们渐渐近了，船上的灯火照出他们那一张张带着血迹的脸，还有他们手中沾了血的刀。

是守城的北魏兵士。他们十几人迅速冲了过来，将这些偷渡的百姓们包围了起来，那为首的人拉下船上的一名官差来砍了一刀扔进河里，随后他吼道："都给老子下来！看谁敢坐老子的船！"

才上了船的几人惊慌失措，他们忙从船上下来，却转眼就被抹了脖子。

"哼！老子在前头拼命，你们这些贱民却只想着逃？"为首的兵士眼神凶狠地说道。

随后这兵士不由分说将手里的刀挥舞起来，似是要大开杀戒。萧瑜见状一伸手，蛊虫便钻进了他的手臂里，顿时痛得他龇牙咧嘴。可她身上带的蛊虫并不多，杀人也不能立即见效，剩下的十几个兵士便抛下船绳，一个个提了刀向她围了过来。

打斗中，萧瑜不慎被人一脚踢到腰腹，顿时倒在了地上。郑凭澜忙唤她一声，想去拉她，却从椅子上摔了下去。眼看着他们俩即将惨遭不测，一个女声大喝道："别过来！"

已经在战场上杀红眼的逃兵一抬头，就看见月辉灯影之下，那个肩头趴着一只黑猫穿着粗布麻衣的年轻姑娘，她一双手里捏着一截白玉似的东西，而她的猫正用一双圆眼盯着他们，嘴里也不断发出威胁似的声音。

一名兵士率先往前几步，却见她手里那截白玉噌的一声冒出剑刃，那剑锋微微晃动，凛凛生寒，沾染了月影波光。

"王忠，咱们快走！南黎的星危郡王很快就要破城了！"正忍受着蛊虫蚀骨之痛的兵士在船上喊了一声。那唤作王忠的兵士贪恋般地瞥了一眼戚寸心手里的那柄白玉柳叶剑。

就在戚寸心仓皇自卫时，一柄破空而来的剑一瞬间刺穿了那个正朝她举刀而来的兵士的胸口。温热的鲜血迸溅在她的脸颊。她僵在原地，看着那个兵士瞪着一双眼睛倒了下去。

山坡上数十人飞身而来，手中的剑闪着寒光，顷刻间便割断了那些兵士的喉咙。就连船上见势不妙要撑竿逃跑的那两个，也都被轻松跃上船去的玄衣青年刺穿胸口，摔入水里。

河面雾气微荡，戚寸心握着白玉剑柄的手止不住地颤抖。

不远处马蹄声、人的吼声接连不断，一簇又一簇的火光将那片天照得透亮。那些火光渐渐近了，戚寸心无意识地眨了一下眼睛，沾在眼睫上的血珠有些重，却让她在越发清晰的盔甲碰撞声中，看见许多举着火把，或提着刀剑，或拿着长戟的南黎兵士从山坡上跑下来。他们迅速将河岸围得水泄不通，河面上映着火把，幸存的几个妇孺老者满面惊惶地缩成一团。

一道修长的身影出现。他未穿盔甲，着一身殷红的锦衣，金冠玉带，长发乌黑，手中提着一柄沾血的长剑，分明仙姿侠貌，脸上却沾了星星点点的血迹，更有一种诡秘危险的风情。

清脆的铃铛声一阵又一阵。戚寸心就那么看着谢绁，看他从山坡上下来，也看着那玄衣青年如风一般掠上前去，躬身行礼，唤他："郡王。"

江面的雾气随风飘来岸上，南黎士兵手中的火把熊熊燃烧，照出他衣袖上沾染的大片颜色更深的血渍。而他还在朝她走近，带着血腥味。

戚寸心望着谢绵那双漂亮清澈的眼睛，又在其中隐约发现自己渺小又模糊的影子。随后他抬起手，冰凉的指腹轻轻抹去她眼皮上、脸颊上沾染的血，就像在东陵的那个清晨，他认真地抹去她在他衣袖上沾染的未干的血迹一般。如此熟悉，又如此陌生。

小黑猫从她身上一下子跳到他肩上去，用它那圆圆的小脑袋蹭他的脖颈，喵喵地叫着。他却只看她，又如从前那般，眼睛弯起漂亮的弧度，清脆悦耳的声音落在她的耳畔：

"娘子，你要走吗？"

七月二十五日，星危郡王谢繁青领兵攻破北魏缇阳城，北魏守城将军苏合哲战死，守城军全军覆没。

当夜城中火光冲天，亮如白昼，南黎军入城时欢呼声震天价响，有某些忘乎所以的兵士破开百姓家门翻找财物，或纠缠躲在家中的良家女子，丹玉便遣人将他们捆了，才去寻郡王禀报。

彼时谢绵正在擦拭重新回到他手里的钩霜，他眼也不抬只淡声道："都杀了吧，当着那些百姓的面。"

"是。"丹玉正好奇地看谢绵肩上趴着的小黑猫，听他此言，便当即垂首应了一声。

军法当如此，不按军法行事的兵，不但要处置，还要让那些百姓看着他们被处置，这样缇阳城的百姓才能安下心。

丹玉才转身出门，徐允嘉便抬脚走了进来。他拱手行礼，交代起方才在河畔发生的事。

"郡王，郡王妃并没有要坐船离开缇阳，她只是为郑凭澜送行。"他最后忍不住说道。

"真的？"谢绵轻抬眼帘看向他。

"臣不敢欺瞒郡王。"徐允嘉垂首道。

谢绵看清那薄薄的剑刃上映出他的一双眼睛，隔了会儿，他皱了一下眉，面上带着几分迷惘道："徐允嘉，她看起来明明胆子一点儿也不大。"

他想起雾霭微荡的河畔，明亮的火光之间，肩头趴着一只小黑猫的那个姑娘，她苍白的面颊上沾着血，握着钩霜的手都是抖的。夜风吹着她鬓边的乱发，她的眼眶红红的，眼底满是惊惶。她看起来那么可怜，又脆弱不堪。

"不过，即便她那个时候还不觉得害怕，现在也该知道怕了。"谢缈忽而轻轻地叹了口气，有点儿烦恼。

谢缈随手将帕子扔到案上，指腹稍稍用力按下剑柄上的圆珠，那薄薄的剑刃骤然收入剑柄中。他站起身来，步履轻快地说道："你不用跟着我。"

南黎军入缇阳城后，缇阳府尊的官邸就成了星危郡王暂时落脚的地方。府尊夫人和几个侍女战战兢兢地服侍着被送入内宅的郡王妃脱下一身粗布麻衣，洗去这一路沾染的尘土血腥，又在星危郡王的侍卫搬过来的箱子里挑好了衣裳替王妃换上。

戚寸心坐在铜镜前时，人还是蒙的。缇阳府尊的夫人站在她身后小心翼翼地替她擦头发，她早就十分不自在，但无论是沐浴还是擦发，只要她开口说一个"不"字，她们这些人就软了膝盖，在她面前跪成一片。

天边已有一缕天光即将穿过暗淡的云层，天要亮了。

戚寸心没有丝毫睡意，抱着个枕头坐在床上发呆，只到清脆的铃铛声近了，开门声忽然传来。她十分警惕地抬起头，听着那轻缓的脚步声渐近，随后便有一只骨节分明的手掀开了内室的珠帘。

少年早脱了那身满是血污的殷红锦袍，只穿了单薄的雪白衣袍。他除了金冠，发髻也散了下来，乌黑的发丝尽数披在肩头。

灯影之下，他的眉眼漂亮得不像话。有一瞬，戚寸心觉得他仿佛又成了那个被自己偷偷养在东陵府尊府里的柔弱美少年。

无论是这陌生的府邸，还是这忽然加身的锦衣华服，抑或此刻正朝她走来的这个已经和她成亲的少年，这一切都让戚寸心感到无所适从。

发现她骤然绷直脊背，少年眉眼未动，只拍了一下肩上的小黑猫。这只小猫便迅速从他肩上跑下去，窜进了戚寸心的怀里。

谢缈一言不发，一撩衣袍在床沿坐下，随后便准确地攥住戚寸心戴了银珠手串的那只手。她下意识地想挣脱，却抬眼对上他的目光，她顿了一下，抿起嘴唇，没再动了。随后，他用手挽起她的宽袖，便见她腕上红了一片，破了皮，还添了一道结痂的口子，可见她之前应该是想了许多办法想将它摘下来的。但他好像一点儿也不意外，只是单手开了绿玉瓶的瓶塞，用竹片挖了药膏慢条斯理地涂抹在她腕上。

"我记得之前就跟你说过，这手串摘不下来的。"他垂着眼，轻声说道。

戚寸心低头看向那银珠手串，她忽然想起萧瑜对她说的那些话，还有她看见的那两只停在檐上的银霜鸟。

"是你说的，"他的声音有点闷闷的，"成了亲，我们就要永远在一起的，可是寸心，这世上许多人都是健忘的，我怕你也忘了。"

"所以你是为了警告我？"戚寸心终于找回自己的声音。

"不是警告，"少年迎上她的目光，认真地说，"是承诺。"

"它不会跑出来的，也不会咬你。"他拨了一下她手腕上坠着的那颗银铃铛，清脆的声音随之响起，"娘子，这世道乱，我只是怕有一天找不到你。"

他又是这样，望向她的一双眼睛无辜又天真。戚寸心已经是第二次听他唤她"娘子"，她有点儿脸红，还有点儿不太自在。躲开他的目光，她不禁摸了几下怀里的小黑猫。

"我有点儿困。"他忽然说。

戚寸心闻言，瞧见他眼睑下淡淡的一片青，想来与苏合哲血战的这些天，他应该也没睡过什么安稳觉。

房内的蜡烛燃尽了，窗外晨光渐盛，可戚寸心躺在床榻里侧，始终没有睡意，因为她只要闭上眼睛，就会想起在东陵的那个夜晚，他忽然扼住她的脖颈。室内静悄悄的，衬得睡在她和他中间的小黑猫的呼噜声更清晰，她偏过头，望着身侧少年的面容。

"绯绯。"她忽然唤了一声。

少年闭着眼睛，呼吸均匀，但只是片刻，戚寸心还是听到他轻应了一声。

"我以前也想过的，"戚寸心又望向头顶的素色承尘，"我想过你也许是家道中落的少爷，因为你有学问，字也写得那么好。

"我们成亲那天，你家里的人找来的时候，我也想过，你们家也许还有什么大家业。我想过很多，但就像我们之前说好的，你不问我，我也不问你。

"你故意留给我那个白玉剑柄,是要我发现颜娘是死在你手里的,那个时候,你就在等我的反应是吗?

"颜娘手上沾了许多无辜女子的血,所以我不可怜她,寄香蛊没有下在我身上,只是被封在铃铛里,所以我相信你从没有想过要伤害我,所以我愿意留在这里等你来。

"但是缈缈,我怎么也没想过,你会是南黎的郡王。"

谢缈静静地听她说到这里,睁开一双眼睛定定地看着她,语气平静而温柔地问道:"你后悔了,是吗?"

戚寸心抿唇,半晌,竟也说不出一个"是"字。她一点儿也不想后悔。但时至今日,他向她展露了太多她不曾知道的,这令她本能地有些惧怕,加之身份之间的巨大差距,更令她一时不知道如何面对。

"你要后悔吗?"少年好固执,他支撑起身体,伸手轻轻触碰她的手指,同时,银铃铛发出声响,他微凉的发丝轻拂她的脸,有点儿痒。

她愣愣地望着他那双清澈的眼瞳,犹如受到什么蛊惑般,她反应过来的时候,才发觉自己好像摇头了。只这一瞬,少年便眼眉舒展,朝她露出了微笑。

"你已经不能后悔了。"他的语气带了几分意味深长。

戚寸心还没反应过来,他便已经翻身下了床,伸手掀了珠帘出去。她也赤着脚下床,掀开珠帘想去拉他,可只来得及看见他雪白的衣袂掠过门槛,刹那间两扇木门就被守门的侍卫骤然关上。直到此时,她才察觉有些不对,连忙拍门喊道:"缈缈!"

"娘子,离开缇阳之前,你就待在里面。"清晨薄雾笼罩,谢缈立在门外淡淡说道。

"我方才明明摇头了!"戚寸心一下就明白是因为什么。

雕花木门外,风吹着谢缈乌黑的发,也吹着他雪白的衣袖,他听见她委屈慌张的声音,不由得眯起眼睛:"可我不信你。"

一连几日,戚寸心都没再见到谢缈。她被锁在缇阳府尊的深宅里,听不到外面的动静,也不知现下的缇阳究竟是怎样的光景。

夜里落了雨,她总睡不安稳。外头有细微的响动,她便赤足下了床,伸手推开轩窗。这是今年的第一场秋雨，夜风吹来的雨丝覆在她的脸上。

雨幕里，有人撑了一柄纸伞于浮动的雾气中缓慢走上石阶，伞檐坠落的雨水打湿了他绛紫的衣袖。

他在雾蒙蒙的灯影里，身姿模糊。坠了玉片的绛紫发带随风微晃，玉片碰撞的声音与他手腕铃铛的声音相合。

谢缈提着个食盒，站在廊上抬眼看她。

有一瞬，她觉得他好像又成了那个曾经被她偷偷养在东陵府尊府的少年，不爱说话，只用一双怯生生的眸子，像此刻这样望着她。戚寸心每每见到这样一双眼睛，就总免不了晃神，但淅沥的雨声在耳畔连成串拉回她的神志，她伸手啪的一下将窗关上。

廊上的少年盯着那骤然合上的窗，无声地弯了弯唇，随即他将纸伞扔给身边人，守在门口的侍卫便立即开了门上的铜锁。

少年携带一身水汽，绛紫的衣袂扫过门槛，他走入屋内，伸手掀开珠帘进了内室。小黑猫缩成一团在锦被上呼呼大睡，方才还在窗边立着的姑娘此时已背对着他躺在床上，即便听见珠帘掀起的声音，她也没有转身。他把食盒放到桌上，慢条斯理地将酒菜取出。随后他缓步走到床前，却只是盯着她的背影不说话，也没有动作。

戚寸心还生着闷气，已经做好打算不理他，但她背着身子好一会儿，也没听到什么动静。她没忍住，小幅度地转过头，却正好对上他的眼睛。他眼底压着笑，戚寸心一下子转过头，气呼呼地闭起眼睛。

却未料，谢缈竟双指捏了小黑猫的脖颈，将它挪到枕头上，随即他俯身掀开被子，一下将她横抱起来。戚寸心不防，下意识地抓住他的衣襟，她脸颊发烫，忙喊："谢缈！"

谢缈不理她，抱着她转身走到桌前，才将她放到凳子上坐着。

"既然睡不着，那就吃点儿东西吧。"谢缈一撩衣摆，在她对面坐下来，随即将一双玉筷塞入她手中。

戚寸心抿着唇不说话，垂眼看桌上的几道菜。虽说这几日被关着，她也是顿顿不落地好好吃饭，但此刻已是深夜，不看这些还好，一见着了，她还真有些饿了。她梗着脖子犹豫着下不下筷，但小黑猫闻到香味一下跳上桌，伸出毛茸茸的爪子快狠准地叼走了一块鹅肉。

"娘子，你不要生我的气。"谢绋倒了一杯酒递给她，他温温柔柔的，在这烛光中，他的眼睛，他的脸，还有他的语气，令人看不出其中有几分是真，又有几分是假。

"那你放我出去。"戚寸心捏着酒杯说。

谢绋抿了一口酒，慢吞吞地说："不要。"

"绋绋……"

"我送你钩霜时，你没有后悔，你得知铃铛里的虫子是寄香蛊时，你也没有后悔，可是寸心，为什么偏偏知道我是南黎郡王时，你就要逃，就要后悔？"他打断她道。

戚寸心愣了一瞬，反应了一会儿，才说："我没有要逃……"

"是吗？"烛光闪烁间，少年盯着手中的酒盏，"这世上，只要是个人，就必定有惧怕、退缩的时候。娘子，你终究也不能免俗。"

"无论我杀过人，抑或借寄香蛊掌握你的行踪，你都能如你当初承诺的那样，向着我而来，不会退缩，但唯有一样，你迟疑了。"他轻抬眼帘，平静地说，"因为我的身份，因为你的内心抵触谢氏皇族。"

他如此轻易地戳破了某些她尚不能言说的心事，也如此敏锐地察觉到她内心的诸般挣扎。

室内安静下来，唯有小黑猫吃肉时偶尔发出呜呜声。戚寸心捏紧玉盏的手指半晌才松了些，她知道自己该面对的终究需要面对。

"我姑母临终前说，我祖父和父亲是冤死的。

"从前我只听我母亲说过，我祖父和父亲是死在了一个'直'字上，我一直不太明白，以为是他们做错了事，直到来了缇阳，听凭澜叔叔说起早年姑母与他通信的内容。

"我姑母用命给他们换来了清白，可人都死了，清白又能怎样？若祖父和父亲是为国而死，我尚能跟自己说，他们是死得其所。可是绋绋，他们偏偏是死于南黎朝廷里那些文人言官的党争……为什么？谢家三代天子昏聩，才给了伊赫人入关侵占半壁江山的机会，可朝廷里那些人还要内斗，他们不是读书人吗？他们为什么就不知道，若国不成国，又还有什么权力可争？"

她的眼圈儿已经红了，强忍着鼻尖的酸意，她将玉盏里的酒一口喝光，却被犹如烈火灼喉一般的酒液呛得咳嗽不止。推开谢绵朝她伸来的手，她吸了吸鼻子道："我是南黎人，永远是南黎人，但我无法认同谢家那几任放任党争，从不作为的天子。"

当着一个谢家人的面，说出如此大逆不道的话，戚寸心觉得自己大约是疯了。但坐在她对面的少年始终神情平静，只是静静地盯着她因一杯烈酒而微微泛红的面颊，半晌才一手撑着下颌，认真地说："有道理。"

戚寸心抹了一下眼睛，一听到他这句话，便蒙了！过了会儿，她才又说："你都不生气吗？我在骂你们家。"

"你说错了，"谢绵漫不经心地伸出手指，为她擦去面颊上的泪珠，轻声道"我没有家。"

也许一杯烈酒便令她的神思迟钝了些，她怔怔地望着他的脸，后知后觉地想起来，他是星危郡王，是在十一岁就被南黎送去北魏的一枚弃子。也许南黎从来没有人期盼过他有朝一日能够活着回来，也许皇室宗亲里的许多人，早在那六年里，将他忘得干干净净。他回来了，才能做南黎的郡王。他回不来，就只能做一颗被遗忘、被舍弃的棋子。

"你也好惨啊。"她忽然说。

这也许就是戚寸心无法将对南黎朝廷，对几代昏聩无能、只知享乐的谢家皇室的满腔怨愤迁怒于谢绵的原因。他一定受过诸多常人难以忍受的苦难，才能于死局里，开辟出一条活路。

谢绵听了并不说话，只是微弯唇角，露出浅浅微笑，并斟满一杯酒，轻轻碰了一下她的杯盏，然后一口饮尽。

戚寸心只喝了一杯酒就有点儿晕乎乎的，她站起来，跑到床上掀开被子把自己裹起来。她太困了，半睁着眼睛瞧见那少年仍坐在桌前，迷迷糊糊地竟也忘了生气，便随口说道："绵绵，你不困吗？"

谢绵抬眼，见那个用被子将自己裹紧的小姑娘打着哈欠，忽然伸出一只手，十分大方地掀开一边的被角，似是在邀请着自己。然而当他走过去时，她却已经闭上了眼睛。

夜深了，窗外的雨还在下。光线昏暗的室内，他静立在床沿盯着她的脸看了一会儿。

"缈缈，放我出去好不好？"她忽然说。

她可能不知道，她带着睡意的声音有多软。谢缈眼睫微动，亦是轻柔地回道："不好。"

听到这句话，戚寸心并没睁眼，只背过身去，不再搭理他了。而谢缈把她所有的举动都看在眼里，轻笑了一声，随后帮她重新掖好被角，转身走了出去。

翌日清晨，戚寸心被侍女唤醒，她还睡眼惺忪，那些侍女便已捧了盛满清水的铜盆来，浸湿布巾替她擦脸。

侍女替她换上织就鱼鳞暗纹的莹白缎衣，再套上紫棠色的圆领补服。胸前的补子是金丝银线勾勒而成的狰兽纹样，底下浅色织金的裙摆上是一片浪涛云纹交织的天水一色，衣袖冰凉丝滑。这样好的锦缎衣裳，便是从前在东陵府尊府，戚寸心也没见府里的哪位贵人穿过。而这样的衣服样式，也是南黎才有的。

戚寸心不知道为什么忽然要做这样的打扮，她一头雾水地坐在铜镜前，抬头想问，却见侍女们都低下头去。有位侍女将镶嵌了一枚白玉的金项圈戴在她颈上，她低头一看，那白玉上镌刻了金色的文字，是她的名字。

站在戚寸心身后替她梳好发髻的侍女拿来錾了狰纹的鲛珠金步摇簪在她乌黑的发间，再要拿耳饰，却见她耳垂完好，便愣了一下，随即只好收了起来。待一切收拾停当，侍女掀起珠帘，戚寸心转头，见那道紧闭多日的房门，到今日才算打开。

晨光洒进来，带着些草木清香的湿润气息一刹涌来，随即外头传来清晰的铃铛声响，而那些侍女纷纷低首，并迅速离开。

身着紫棠圆领锦袍的少年走进来，他发髻上的金冠錾刻的狰纹与她身上的别无二致，衣衫上的浪涛云纹更是一样。他那被晨雾浸润过的冷白面庞润泽如玉，明净无瑕的眉眼很难令人移开目光。他朝她走来，径自抓住她的一只手，将绞了冰丝的金线穿过她腕上的银珠手串，同自己腕上的银铃手绳系在一起。

"你没想放我出去？"戚寸心用力也没能挣脱开他的手。

"嗯。"他眼睑下带着一片浅青，神情恹恹的，像是昨夜没有睡好。

谢缈如此近距离打量着她的眉眼，微怔了一瞬。她只略施粉黛，唇上涂了色泽微红的口脂，反倒更令人无法忽视她鼻梁上那颗小小的红痣，整个人漂亮得不像话。

"等回了月童，我就让他们给你多做几身衣裳。"他看了会儿，看得她脸颊泛红，他才忽然说。

戚寸心思忖了一下，随即问："要回南黎了？"

"我兄长死了，昨夜圣旨传来缇阳，要我先回月童。"谢绺轻应一声，声音没有多少起伏，仿佛只是在说一件旁人家的事而已。

丹玉等在大门外，百无聊赖中看见郡王牵了那年轻姑娘走出来。他明显怔了一下。或因当夜进缇阳城时，那姑娘一身粗布麻衣，看着还像个小乞丐，此时却已经大不一样了。

齐王谢敏朝少时，昌宗皇帝御赐狰兽纹为齐王家徽，狰为上古异兽，古书曾言："日形于型，尾羽，腰生翅，首四角，琉璃眼，赤皮，生黑络。"而她那一身用金丝银线绣了狰纹的紫棠衣裳，便是齐王府的郡王妃服。此时她穿在身上，竟也没有丝毫违和，反倒多了与以往不同的威仪，比起南黎月童城的世家贵女，竟也丝毫不落下风。

"小郡王、郡王妃。"丹玉见二人走下阶梯，当即笑呵呵地迎上去行礼。

那青年笑得眼睛跟月牙儿似的。戚寸心突然被他唤了声"郡王妃"，还有些不知所措，只生疏地朝他点了一下头。她衣着烦琐，步子只稍微迈得大一些，发髻间的金步摇便晃个没完，因而她比平时要拘谨，而宽袖下的一根金线更让她只能亦步亦趋地跟着身边的谢绺。

丹玉见谢绺要同戚寸心上马车，没憋住开口道："小郡王，要不臣还是先送您回月童，然后我再回……"

"不用。"谢绺打断他。

"可是那边让您先于崇英军回去，这路上怕是不会太平。"这是丹玉最为担心的事。

"我知道。"谢绺微微一笑，语气轻快。

丹玉还想说些什么，却见谢绺转身扶着戚寸心上了马车，满头的小辫子好像耷拉着的小尾巴，他什么话也没敢多说了。

"郡王怎会不知道月童城里有人在下棋？"徐允嘉抱着剑走过来，看了丹玉一眼，平日寡言的他竟忽然开口。

"小郡王怎么要这个节骨眼回去？还这么……大张旗鼓的。"丹玉实在有点儿费解。

"一是皇命，二为破局。"徐允嘉只简短留下这么一句话，随即便翻身上马，追随马车而去。

"你那话什么意思啊，徐允嘉？欸，你可要好好保护郡王和郡王妃，要有闪失老子铁定揍死你！"丹玉在后头喊，却吃了一嘴马蹄扬起的灰。

跟着谢绹上了一辆马车的戚寸心，掀了帘子想往后看，却并没有看到自己想见的人。

"凭澜叔叔和萧姨呢？"她终于开口道。

"他们不能与我们一起走。"谢绹拎着爬上他肩的小黑猫的脖颈，将它扔到戚寸心的怀里，朝她说道。

戚寸心摸了摸毛茸茸的猫脑袋，想起刚刚丹玉说的话，便抬眼看他道："路上……会很危险吗？"

谢绹将底下柜子里的朱漆描金八宝盒放到桌上，语气轻松地说："娘子，你不要怕。是我父王在跟我下棋呢。"

下棋？戚寸心一头雾水，却见谢绹按了一下那八宝盒中间的金漆花，一瞬间所有的匣子便打开了，而这匣子里的每一格都放着精致小巧的点心。

"娘子，你好像最喜欢这个。"说完他就从里面挑出一块绿色的、花瓣状的点心递给了她。

戚寸心接过来，先躲开小猫的爪子咬了一口，却冷不防身旁的他忽然偏头靠在了她的肩上。她被吓到了，不免呛到咳嗽了几声。

谢绹侧头看她，一只手轻轻地拍了拍她的后背，用一种软乎乎的困倦声音说道："娘子，我好困。"

他好像又成了在东陵时，那个有点儿黏人的少年。只要他这样，戚寸心就什么办法也没有了，就好像此刻她如此近距离地看他的面庞，看他浓密的睫毛，她一时什么话也说不出了。

马车平稳地行驶在路上，而他靠着她的肩膀，他始终闭着眼，轻浅的呼吸犹如微凉的风时不时地拂过戚寸心的脖颈，令她始终僵直着脊背，动也不动。

"娘子。"她以为他睡着了，却忽然听见他犹如梦呓般的轻唤。

"你不要生我的气。"他没有睁眼，只是隔了一会儿忽然又说，"等回到月童，我请你吃很多八宝肉，我也可以教你练字，多久都可以。"

也许，他是想起在东陵府尊府的南院里，那个蝉鸣喧嚣的午后，想起她鬼画符般的字。他弯起唇角，又轻轻地说："你的字，真的好丑。"

她也想起那日他拒绝教她习字的理由，闷闷地回了句："娇气鬼，不用你说，我自己知道。"

他无声地笑了，凌乱的呼吸扫过她的脖颈，直至他再度安静下来，呼吸又变得轻缓许多，也许这一次，他是真的睡着了。

戚寸心没忍住稍稍侧过脸去看他。睡着的谢绉显得过分乖巧，靠在她的肩上，偶尔风吹开帘子漏进来一点儿光，照见他眼睑下倦怠的浅青。她看了会儿，便伸出手用衣袖替他挡下窗外漏进来的光。

第八章

诛心

车行两日，便要坐船渡仙翁江。那曾隔断南黎和北魏的仙翁江，如今也因缇阳城破而成了南黎境内的江河。

此夜无月，唯有疏星点缀。江上白雾茫茫，船上的灯在湿润的雾气里罩上了一层毛茸茸的光晕，守夜的将士一个个站得笔直，他们一声不吭，唯有冷冷的水声不断传来。

"徐大人，江面上有些不对劲。"一名侍卫轻敲一道舱门，满脸严肃。

徐允嘉当即抱剑而出，立在甲板上望向那雾气笼罩的江面，一双眼瞳里带着森森寒意。

"果然是在水路动手。"说完他当即下令，"所有人都打起精神，若有异动，誓死保护郡王和郡王妃的安危！"

漆黑的夜色掩盖了水面上越发接近楼船的竹管，破水而出的身影很快将系了绳子的飞爪抛上船，随即刀刃闪着寒光，数道人影顺着绳索攀船而上。

戚寸心是被外面的打斗声惊醒的，她一下坐起身，却见谢缈正靠在床沿，把玩着手里的那枚白玉剑。

"缈缈……"戚寸心开口唤了一声，却听破门声响，浑身是血的侍卫被踢倒在散架的门板上，当场气绝身亡。

做北魏兵士打扮的魁梧男人提着刀冲了进来。谢缈反应极为迅速，当即伸手将戚寸心从床上拉下来。他按下白玉剑柄上的圆珠，薄如柳叶般的剑刃骤然显现，与那陌生男人扬起的刀刃相接，撞擦出几道火星子。

戚寸心被他握着手腕挡在身后，她只听见了谢绱手中的剑敲在那男人身上发出的铮然声，随即看见他一脚重重地踢在那男人的腹部，趁男人踉跄后退的刹那，他又握着她的手迅速往前，用剑精准地割破了男人的喉咙。只见那极细的伤口里殷红的血液涌了出来，男人手中的刀落了地，他还来不及伸手去捂脖子，便重重地倒下。

戚寸心来不及多看一眼地上的尸体，便被动地跟着谢绱出去了。

"郡王！"徐允嘉匆匆赶来，见谢绱与戚寸心无恙才松了一口气，又忙道，"郡王，来的人足有上百之数。"

"怪不得这么热闹。"谢绱边用指腹擦去脸颊沾的血迹边说道。

忽然江面有一条乌篷小船逐渐靠近，那船上挂着一盏灯，而灯下的那道身影看不分明。对方忽然一跃而起，飞身落于楼船桅杆之上，徐允嘉隐约瞧见那须发皆白的老者背后一闪而过的双刀，他的神色陡然变得凝重起来。

"郡王，没想到这栖霞院竟请得动他？"他惊诧道。

那老者背后的双刀古朴精巧，只看那两柄刀，徐允嘉便知此人应是江湖之内颇有声名的双刀侠客——叶天英。

桅杆上的叶天英抽出双刀，俯身跃下，朝谢绱而来。徐允嘉想上前去拦，却被叶天英一刀挡开，那刀刃震颤，把他震得摔了出去。叶天英锐利的眸子盯住谢绱，双刀划破空气往前，而谢绱带着戚寸心迅速后退躲开，随即握着钩霜旋身刺向叶天英。

叶天英的刀法老辣，招式又狠又快，但谢绱每每接招也游刃有余。他手腕一转，纤薄的剑刃快如电，那剑招竟比叶天英还要狠。

"星危郡王这一手钩霜使得漂亮，竟比你师父还要出色些！"叶天英双足钩住桅杆，悬在半空，举着双刀，笑了两声。

谢绱扯了扯唇，却在叶天英再次举刀而来的刹那，剑锋擦过厚重的刀刃，貌似不慎卸了些力道，只一瞬，那闪着寒光的刀锋便刺入了他的腰腹。

"郡王！"徐允嘉才杀了一个人，转头便瞧见了这一幕。

"绱绱！"戚寸心也慌了。

但叶天英像是丝毫不意外似的，他花白的胡须在江风中飘着，手中的刀却控制得极好，没再刺得更深。随即他凌厉的掌打在谢绲身上，让谢绲连带着戚寸心也坠入了仙翁江。

初秋的河水已经很冰凉，戚寸心重重地坠入水中，河水瞬间淹没她的口鼻，而她的视线越发不清晰。

在意识模糊前，她感觉似乎有一只手揽住了她的腰。

滴答，滴答。

时断时续的水滴声充斥了戚寸心的整个梦境，那种被水淹没口鼻的窒息感犹如一只手掐住她的脖颈般，令她皱着眉在睡梦里不断挣扎，却又始终无力发出一点儿声音。

当终于挣脱噩梦的桎梏时，戚寸心骤然睁开眼睛，犹如窒息濒死的人忽然得到解脱般，大口大口地呼吸。

也是在此时，她才发现自己身在阴暗潮湿的山洞里，而靠在她肩上的少年衣衫带血，腹部的伤口血肉模糊。

"绲绲！"她惊慌失措地唤他。

戚寸心发髻间金步摇上镶嵌的鲛珠散发着柔亮的华光，隐约照见少年苍白的面庞，但无论她怎么唤他，他都始终没有睁开眼睛。他腹部的伤口还在流血，以至于她伸手便沾了满手的血，她眼圈儿都急得红透了，却忽然瞧见自己手腕上的金丝不见了。

她愣了一下，毫不犹豫地拔下发间的金步摇，跟跄着站起身跑出去。

铃铛的声音一点一点地远了。

昏暗的山洞里，少年忽然睁开了眼睛。他的眼瞳暗沉沉的，仿佛散尽了所有的光影。原本戴在腕上的金丝连同铃铛此刻被少年捏在了手里，他另一只手提着那柄带血的长剑，迈着极轻极缓的步伐朝那姑娘消失的方向走去。

陌生的山野草木丰茂，林间萤火闪烁，夜风吹着草叶发出簌簌的响声。凌乱的碎发轻拂过谢绲苍白的脸，他踩着月华的柔光，就那么默默地远远地跟在那捧着鲛珠，头也不回地往前去的姑娘身后。

他那双冷淡的眸子里夹杂几分嘲讽，几分失望，他苍白的手指稍稍屈起，似要捏碎手里的铃铛。

可不远处那姑娘忽然站定，随即蹲下身去。她摸了摸纤细的嫩绿草叶，胡乱抓下一把，就站起来转身要往回跑。但只走出几步，她便忽然站定。

鲛珠柔和的光芒隐约照见他的身影，她愣愣地望着他，忽然抬手去看手腕上的银珠手串，才意识到她的铃铛响了一路。 或因情急，她一时竟忘记了，只有两人离得近，这铃铛才会响。

戚寸心后背发凉，她就那么看着他，不由得后退了两步。但下一瞬，少年忽然失去支撑摔倒在地，她下意识地跑过去扶他。这时他抬头看向她，她刚想松手，他却忽然靠在了她的身上。

"我以为你会走。"他垂着眼，看不清表情，声音也是虚弱无力的， "所以，我刚刚在想，我是不是就应该将寄香蛊的蛊虫放在你的身上。"

"我真的很失望，"他的声音极轻， "可你又总是做出许多出乎我意料的事情，你和很多人都不一样。"

钩霜和铃铛落地，碰撞出清晰的响声。

他忽然抱紧她的腰，红了眼眶。

他的声音透着委屈和迷惘：

"戚寸心，你在玩弄我。"

徐允嘉带人跟着一只银霜鸟赶到仙翁江下游的山上找到他们二人时，已经是翌日的清晨。

在靠近村落的山林里花钱租了一个小院子，徐允嘉替重伤昏迷的谢绶清理了伤口上附着的青绿草药和血污后，又替他重新上了更好的伤药，再缠上纱布。

戚寸心换了身棉布裙，裹着披风坐在一旁捧着一碗热汤。看见徐允嘉那满手的血，还有另一名侍卫端出去的一盆血水，她的目光再度落到了那昏迷的少年苍白的面容上，满脑子都是昨夜萤火弥漫的山野。

衣衫染血的少年手提那柄寒光凛凛的钩霜剑，用一双阴郁的眼睛静默地望她，后来那双眼睛又罩上水雾，在她面前展现出极具欺骗性的委屈。

山洞的阴冷好像现在还停留在她的骨头缝里，戚寸心不由得将身上的披风再裹紧些。

她恍惚间听见徐允嘉唤了一名侍卫进来，这才回过神来。

"拿这个去澧阳城中取药，快些。"徐允嘉将写下的药方递给那名侍卫。

"是。"穿着一身粗布衣，做寻常百姓打扮的侍卫当即领命，转身匆匆走了出去。

徐允嘉洗净手，见戚寸心裹着厚厚的披风却还有些颤抖，他便又唤了个人去找汤婆子。

"郡王妃放心，郡王未伤及要害，现今性命无虞。"徐允嘉走上前，恭敬地行了一礼。

戚寸心闻言，抬头望了一眼榻上仍昏迷的人，她抿着发白的唇，片刻，才轻轻点头道："那就好。"

屋子里有两张对着的竹床，戚寸心在谢绍对面的床榻上蜷缩着睡了一会儿，半梦半醒间，她隐约闻到了熬煮出的药味，或有人说话的声音，但她的眼皮很重，意识模模糊糊，根本清醒不过来。

"郡王，叶天英那一刀真是控制得极好，若是再偏一点儿……"徐允嘉立在谢绍的床前，话说了一半，便没了声音。

谢绍刚醒来不久，他靠在床柱上半睁着眼睛，神情恹恹的："月童城里可有消息？"

"没有，"徐允嘉皱起眉回答道，"无论是齐王府，抑或裴府，臣一只信鸽也没见到。"

谢绍听了，没多少血色的唇微弯："老东西要动手了。"

徐允嘉沉默不语，他自然知晓谢绍说的，便是他的父王谢敏朝。

"先不着急回月童，等我舅舅的消息。"

"是。"即便谢绍不说，月童那边，徐允嘉也能隐约嗅到些不同以往的信号，大约，是真的有大事要发生了。

"她怎么了？"谢绍偏头，望向对面靠窗的竹床上，蜷缩在被子里，只露出一张带着些不正常红晕的脸的戚寸心，皱了一下眉。

"因在山洞受了寒，郡王妃发热了。"徐允嘉答了一声，门外便有侍卫端了一碗药进来。

"她的？"谢绍盯着那青瓷小碗，侍卫颔首应了一声。

谢缈再将目光移到那睡梦中也皱着眉的姑娘身上，他忽然掀开被子，语气轻快地说："给我。"

"郡王，您的伤口……"徐允嘉刚想开口劝诫，望见谢缈的脸时，他又忽然噤了声。

戚寸心做了个梦，梦到她和小九站在东陵城里东巷学堂外面的烧饼摊前，终于等到那个热气腾腾，加足了奶酥的烧饼，拿到手里来一口咬下去，那味道却苦得像药。

她睁开眼见床沿坐着一个人，谢缈只穿了一身单薄的雪白衣袍，面容苍白得厉害，而那双亮亮的眼瞳此刻正一瞬不瞬地盯着她。他手里端着一只小小的瓷碗，碗沿边正有热气不断上浮，那热气更衬得他眉眼清俊。

"松口。"他任由她呆愣愣地打量，隔了会儿，才微弯起苍白的唇。

这一瞬，戚寸心才意识到原来梦里那么苦又那么硬的烧饼，是她此刻咬住的一只瓷白的汤匙。

"是不是很苦？"他轻轻舀了一勺汤药，喂到她嘴边。

戚寸心下意识地往后缩了一下，她抿着唇只看他，也不说话。谢缈却轻抬下颌，示意她去看旁边的矮几。

"有糖。"他仿佛看不到她眼底的害怕似的，只当她是真觉得苦，甚至还认真地哄她。

戚寸心略微偏头，便瞧见矮几上放着几个小小的瓷碟，里面除了方方正正的糖块，还有各式各样的点心。这点心竟然每一样都是她喜欢的。

她愣了一下，又将目光移到他的身上。她发现，他和她曾以为的样子有点儿不太一样，但无论是在东陵，还是在缇阳，他始终都没有真正伤害过她。他其实完全可以不用将她这个在东陵时草率娶的妻子当一回事，但他却一直认真地遵守着对她的承诺。

"你昨晚说，要把寄香蛊虫放到我身上？"铃铛的声音响啊响，她终于试探着开了口。

谢缈闻言，用汤匙搅弄药汤的手一顿。他双眼微弯，不说是与不是，只道："骗你的。"

"骗我的？"

戚寸心不由得又想起昨夜他那样一双完全陌生的眼睛，而谢绡趁她不注意，将温热苦涩的一勺药汤喂进了她的嘴里。这药汤苦得令人有点儿难以忍受，她忍不住皱起脸。

他似乎对喂药这件事颇有兴致，又舀了一勺喂到她唇边时，她却抿紧嘴唇，撇过脸不肯喝了。她生气的样子十分明显，连看他也不愿看了。

谢绡面上的笑意减少许多，他将汤匙随手扔进碗里，汤匙与碗相撞发出清晰的声响，随后他又带着几分困惑地控诉道："寸心，是你说的，成了亲我们就要永远在一起，这是你和我说好的，可你总让我觉得不安，我希望你遵守承诺，可你总是在骗我。"

"谁骗你了？"戚寸心一下转过头来，或是心底那点儿未知的惧怕消失了，她越想越生气，一下坐起身来，"难道不是你一开始就在骗我吗？

"谢绡，我们之前说好的，我的事你不问我，你的事，我也可以不问你。你用白玉剑柄来试探我，我没有怪你；你又用了寄香蛊虫，我也没有怪你。可昨夜呢？昨天夜里你故意断开金丝，就是想看我会不会跑？"

"这已经是第三次了。"她的杏眼瞪着他。

"是你在背叛我与留在我身边之间摇摆不定，"谢绡定定地看着她，"戚寸心，我不明白，做我的妻子，究竟哪里不好？"

"我犹豫一下也不行吗？"她梗着脖子委屈地喊。

"不行。"谢绡答得果断。

他们二人的影子被烛光映在窗上，外头的天已经黑透了，守在门外的徐允嘉站得笔直，仿佛从头至尾都不曾听到窗内的那对少年夫妻的争论。

屋内双方僵持不下，谢绡始终平静地盯着那个姑娘白皙的面容，忽见她那双圆圆的眼睛里顷刻间氤氲起水雾，很快就有眼泪一颗颗从眼眶里掉下来，好似断了线的珠子一般，没个休止。

谢绡一下怔住了。

"那你也不能用那个虫子吓我啊，你知不知道它咬人多疼？我凭澜叔叔的腿就是被它咬的，你那么说，我肯定很害怕啊……"更多委屈的情绪涌上来，她开始哭得上气不接下气，"我都分不清你什么时候是在骗我……"

她一边哭，一边还含糊不清地说了好多话，而谢绡则静静地听她哭诉，也在认真分辨她说的每一个字。

也许是哭得有点儿累了，她的声音渐渐小了下去。

谢绵放下手里已经有些凉的药汤，用一方锦帕轻柔地擦去她脸上的泪痕，专注又认真。他伸出手时，雪白的衣袖便自然后褪了些，露出了腕上红绳所系的银铃铛，铃铛的声音清脆。

她的眼睛红红的，仍有泪残留，看他的脸也看不分明。

"戚寸心，你在玩弄我。"不知为何，耳畔仿佛又响起他昨夜在山林间说过的那句话。

玩弄？到底是他接二连三的试探是玩弄，还是她的犹豫是玩弄？

视线清晰了些，她又偷偷地打量他，脑海里是他昨夜抱着她时的神态。他为什么可以是那样一副委屈的模样？还很会倒打一耙。

谢绵终于替她擦完脸，眼底露出几分淡淡的笑意，面前的姑娘却忽然伸出一双手捧住了他的脸。

窗外是夜风吹过枝叶发出的声响，屋内一时静悄悄的。

烛光照着她秀丽的面庞，她那双眼睛里浸润着漂亮的光，她的睫毛还是湿润的，看起来可怜又可爱。

可她忽然凑近了，距离咫尺，谢绵几乎能清晰地感受到她迎面而来的呼吸，是温热的，像盛夏最炽热的风。他的眼睫颤了一下，脊背僵硬，竟少有地流露出了些茫然无措。

或是没控制好手上的力道，她的鼻尖无意识地轻蹭过他的鼻尖，一瞬间的痒意令两个人俱是一僵。随即她忙松开手，脸烫得厉害，却还是故作镇定地对上他那双眼睛。

"谢绵，这才是玩弄。"

仙翁江的下游正好是南黎的澧阳，而当年以戴罪之身被处决的戚永熙与戚明恪父子不被戚家长房所容，父子二人并未葬入戚家祖坟，戚寸心的母亲何氏只能将他们葬在了澧阳的青屏山上。

时隔多年，戚寸心终于渡过梦里那条隔断两方世界的茫茫江水，回到了故土澧阳。

她让徐允嘉去城中买了些祭品和纸钱，将母亲当年为祖父和父亲立的简陋木牌换成石碑，请了人来将荒草掩盖的两座孤坟重新修缮，又将母亲和姑母的骨灰坛放入棺内，入土安葬。

她终于带母亲和姑母回了家。

点上香烛，纸钱燃烧的火光灼得人脸颊有些疼，做寻常人打扮的几个侍卫就站在一旁静静地看着戚寸心将纸钱一一投入火堆。他们的耳力一向比常人要敏锐，或是察觉到些许动静，他们的眼睛都不由得看向戚寸心身后不远处的那条山野小径。

"郡王妃，有人来了。"为首的侍卫韩章出声提醒。

戚寸心闻言回头，只见山风吹着野径两旁丰茂的草叶，却不见什么人影，依稀有凌乱的脚步声越来越近。不一会儿，她便看见那一行人的身影。

走在最前面的，是一个穿了绸布袍子，身形臃肿的中年男人。他这一路上山，气都喘不匀，此刻满头都是汗。他抹了一把额头上的汗珠，抬头瞧见不远处跪在四座坟前的年轻姑娘，那双眼睛便瞬间亮了起来，他忙招手："寸心？是咱们家寸心吗？"

他急匆匆地往前跑，险些被石子绊倒，后头的人忙来扶他，他才勉强稳住身形，又快步朝戚寸心走去。

戚寸心站起身，打量着这个中年男人，却并没有什么印象。

"寸心啊，我是你堂叔。"中年男人指着自己，朝她笑。

堂叔？伯祖父戚永旭的儿子戚茂德？戚寸心皱起眉。

"你伯祖父前两日还念叨你呢，"戚茂德自顾自地打量她，满脸都是笑，"现如今我二叔和明恪的冤屈都已经得到了伸张，你伯祖父还在想，你们娘儿俩现在在哪儿呢……"

他说着又往后头望了一眼，瞧见那两座新坟前的墓碑，面上便添了些沉重："那是你母亲和姑母？我只听说你姑母去世，却不知你母亲是何时走的？"

"您到底想说什么？"戚寸心的语气还算平静。

"寸心，"戚茂德又擦了一下脸上的汗，接着道，"原本这两日我们就打算将你祖父和父亲的坟迁到咱们戚家的墓园里去，现在牌位都已经刻好了，就等着奉入祠堂了，你姑母啊还受了个'玉真夫人'的封号，圣旨都下到咱们家了，她还有块'国士碑'呢，我今早听说有人在这儿祭拜二叔和明恪，就猜到是你，这不就赶紧来寻你了嘛。"

"国士碑"是南黎朝廷为为国捐躯的忠烈之士所颁发的石碑。戚明贞先入涤神乡，再蛰伏北魏多年，一举扳倒掌印太监张友这个卖国贼，她自然配得一块"国士碑"。

"我记得当初好像是伯祖父严词拒绝我祖父和父亲入戚家的祖坟，我母亲无奈之下才将他们草草葬在这里，"戚寸心听他说完才回复道，"怎么现如今，你们又要重新将他们迁回去？"

戚茂德闻言，面上不由得浮现出一丝尴尬的神情，他沉默片刻，又冲她笑了笑："寸心，那时候你伯祖父也实属无奈，他有他的考量……"

"什么考量？"戚寸心丝毫不打算给这位忽然出现的堂叔留什么脸面，"既然当初我们家遭难，伯祖父选择落井下石，那么现在我们家的事，和你们也没有关系。"

戚寸心蹲下身收拾了篮子里的东西："也不用你们迁坟，这里风景挺好的，我祖父和父亲这么多年在这里，应该也不想换地方了。"

她祖父是戚家的庶子，原本就不受长房待见。后来祖父和父亲相继做了官，戚家那些人才变了许多。不想那一场劫难后，他们又显露出本来凉薄的面目。

"寸心……"见戚寸心要走，戚茂德和身后的那些人想上去拦，可一直安静地待在一旁观察的几名粗布麻衣的青年忽然上前，将他们挡住。

戚寸心才走出几步，却忽然想起什么似的，又回头道："我姑母的'国士碑'，还请堂叔送到这儿来，那本也不是你们家的东西。"

戚茂德的目光在那几个年轻人之间来回扫视，他心中生出些怪异之感，面上却并不显，也不再拦着戚寸心，更没再多说什么，只是目送着他们一行人离开。

"找几个人悄悄跟着。"脸上没了笑容，戚茂德半眯起眼睛，对身边人说了一声，随即迈开步子，匆匆往来的路上去。

日暮时分，天边云蒸霞蔚，勾连出大片大片如火焰般的云彩。

澧阳城戚家的祖宅内，老态龙钟的戚永旭靠坐在铺了软垫的椅子上。他眼窝深陷，脸颊的皮肉松弛，一副行将就木的模样。

灿烂的夕阳照着院内那块披着明黄绸布的石碑，他耷拉的眼皮半遮着浑浊的眼睛，那么久久地盯着看。

戚茂德从青屏山上下来，身上的衣袍已经被汗湿透，手上擦汗的帕子已换了两块。即便在山下坐了马车回城，他也已经累得不轻。

"爹！"戚茂德叫道。

"见到了？"戚永旭摸着椅子扶手的手指动了一下，他慢慢将目光从那石碑移到自己这个儿子身上，开口时，他的声音苍老又嘶哑。

作为戚家的长子，他比庶子戚永熙要大十多岁，现今已老得难以动弹了。

戚茂德在椅子上坐下，喝了口茶便忙说道："见到了，是她！"

"可是爹，她对我可没什么好脸色，就跟我那二叔似的，神情还真像，"戚茂德回想起青屏山上那姑娘的眉眼神态，又接着道，"她母亲已经死了，现如今就她一个人。"

戚永旭摸着手上的佛珠，说话十分缓慢："那你不把她带回来？"

"不行啊爹，"戚茂德想起那几个年轻人，他皱起眉头，总觉得哪里不太对劲，"她身边还跟了几个年轻人，那些人虽是寻常百姓的打扮，但我总觉得他们有些怪。"

"爹，你说这丫头这么多年和她娘是去了哪儿？瞧着也不像是发迹了的样子，可是……"戚茂德话说了一半，摸着下巴也始终想不出个所以然来。

戚永旭不知心里在想些什么，隔了会儿才问："你差人跟着了？"

"都悄悄跟着呢。"戚茂德答了一声，又说，"爹，她不让咱们迁坟。"

"算算年月，她今年应该十六了吧？"戚永旭抿了一口茶，胸腔里浑浊的杂音细微震动，他低低的笑声更嘶哑难听，"这小女娃还不明白进祠堂对家族中人的重要性。"

说话间，戚茂德差去跟踪戚寸心的几个护院回来了。

"怎么样？人住在哪儿？"戚茂德连忙询问。

那几人面面相觑，脸上的神情都有些怪异，其中一人鼓起勇气上前道："回老太爷、家主，那姑娘身边跟着的那几个人身手很好，没走一段路他们就发现我们，把我们……绑起来了。"

若不是路过的农夫帮忙，他们到现在还在树上挂着。

"什么？"戚茂德重重地放下茶碗，站起身一脚踢在那人身上，又拿过身边小厮手上的鞭子狠打他们，"老子养你们是干什么吃的！"

戚永旭并没有要阻止的意思，或是觉得他们太过吵闹，他才慢慢地唤了声："茂德。"

戚茂德扔了鞭子，喘着气又回身坐下，他看向自己的父亲说："爹，这可怎么办？"

"活人能跑，死人总不会跑，"戚永旭咳嗽了几声，茶碗都有些端不稳，他的精神不是太好，"今晚，你去青屏山找找看。"

戚茂德自然知道他父亲要找什么东西，但他瞧了一眼被放置在院中的那一块盖着明黄绸布的石碑，一时有些犹豫："父亲，戚明贞毕竟是陛下亲封的玉真夫人，我这么做……"

"怕什么？"戚永旭掀起眼皮，满是皱纹的脸上没有一丁点儿笑意，"给我们戚家人迁坟，不是理所应当的事吗？谁又会说我们的不是？"

"爹说的是。"戚茂德点头应了一声。

昨夜那碗汤药又热了一遍，戚寸心喝下去睡了一觉，今日便已好了许多，但谢绸半夜又发起了高烧，她回到山间的小院时，谢绸才醒来不久。

他靠在床柱上，脸色苍白得很，听见脚步声他下意识地抬头，便正好看见她进门。

她那一身青棉布裙沾了些泥，鬓发已经被汗湿，那双还有些肿的眼睛，让他不由得想起昨天夜里，她哭得满脸是泪的模样。

而戚寸心对上他的眼睛，多多少少也有点儿不太自在，但她还是一如昨夜那样故作镇定地将篮子搁下，走进屋子里倒了杯水喝。

"遇到人了？"谢绸忽然开口。

戚寸心坐在桌前，听他开口问了，便点了点头："是我堂叔，他想将我父亲他们的坟迁去戚家墓园里。"

"你不愿意？"

"不只是我不愿意，我祖父和父亲其实早就跟我伯祖父他们不合。当年我们家落难，伯祖父落井下石，现今我祖父和父亲的冤屈伸张了，我姑母也得了一块

'国士碑'，他们就要把坟迁回去，哪有这样的道理？"

戚寸心说话时，听他在咳嗽，便止住了话头。此时徐允嘉端了一碗药进来，谢绷也不要汤匙，接过瓷碗便很快饮尽。他眉头也没皱一下，像是根本尝不到那药的苦涩似的。

盯着他看了会儿，戚寸心还是从旁边的油纸包里拿了一颗糖递到他面前，见他不做反应，她便又将那糖凑到他的嘴边。他抬眼望她，含下了那颗糖。

天色渐渐黑透，戚寸心洗漱完毕换了身衣服从浴房里出来，她的长发尚未干透。还未进屋子，便听里面传来韩章的声音："郡王，那个戚茂德趁着天黑，带人上了青屏山，怕是有什么动作。"

"嗯？"谢绷抬头。

"掘墓。"韩章简短道出两字。

戚寸心一惊，也顾不上擦头发了，连忙跑了进去。

"着急忙慌的做什么？"谢绷听见脚步声，看她进来，便朝她勾了勾手指。

待戚寸心走近，他便掀开被子坐起了身，苍白的脸上带着些笑意："刚才的话你都听见了？"

她点点头，忙问："绷绷，他们是不是要迁坟？我得去一趟！"

"不是迁坟，是找东西。"谢绷站起身，轻轻拂开她的鬓发。

"找什么东西？埋进棺材里的只有姑母生前的几件衣服，还有她的骨灰，并没有什么其他的东西。"

"不知道。"谢绷语气轻缓，显然他对这件事也颇有兴致，"不过娘子若是想知道的话，我们就去看看。"

青屏山上，十数人举着火把，将那一小片天地照得十分明亮。

"家主，这棺椁里除了几件旧衣裳和一坛子骨灰，就没什么东西了。"土坑下将棺椁打开的男人仔细查看了里头的东西之后，便朝等在上头已然不耐烦的戚茂德大喊道。

"没东西？"戚茂德眼珠一转，他来回走了几步，眉头皱得死紧，"难不成，在戚寸心那个丫头的身上？"

"老子熬夜上山，算是白来了！"他暗自啐了一口，一脸气恼。

思来想去，他还是唤来了管家："得尽快找到那个丫头，如果东西不在戚明贞的棺材里，那就一定在她身上！"

"戚茂德！"他话音才落，却听见一个脆生生的女声传来。

他一转身，便瞧见山野径上，那个穿着棉布裙的年轻姑娘。她一头乌黑的长发还湿漉漉的，手里提着个灯笼，那火光照着她，有一瞬看起来像个面容不清的长发女鬼。

戚茂德起初有点儿被吓到，但见她长发被风吹散，露出那张白皙的面庞时，他才把心放回肚子，面上浮起一个笑："是寸心啊。"

"你这是做什么？"戚寸心提着灯笼跑上前去，指着那被掘开的坟墓，已经有些发红的眼睛里满是愤怒。

"自然是迁坟啊，"此时的戚茂德也不像白日里那样满脸和善了，"我们戚家'国士碑'的主人，自然不能就这么简单地葬在这里。"

"我们家跟你们早就没有关系了，你忘了吗，堂叔？是你父亲亲手把我们这一家从戚家族谱上画掉的。"戚寸心定定地看着他，"看来你们做惯了亏心的事，连迁坟也只敢在晚上偷偷摸摸的。"

戚茂德却已经没那个耐心同她多说些什么了，这一日下来他已经累极，脸上一丝笑意也没有："寸心，既然回来了，那就该去见一见你的伯祖父，他老人家，可等着你呢。"

说罢，他便抬起下巴示意旁边的两个护院。那两人对视一眼，便上前去抓戚寸心的手臂。但破空而来的暗器转瞬之间就将那两人的手掌穿透，随后二人便痛得惨叫起来。

戚茂德看了一眼他们那血肉模糊的手掌，当即想要转身逃走，却发现那小径上不知何时已立着一行人。

灯笼光照见那衣袖雪白的少年的身影，他迈着轻缓的步子走来，直到近了些，戚茂德才看清他的面容。

"你是何人？"不知为何，戚茂德只瞧见那少年的眼睛，后背竟开始发凉。

"既然是我妻子的伯祖父，那也就是我的了。"

少年走到戚寸心身侧，牵起她的手，两人腕上的铃铛都在响，他抬首看向那肥胖的中年男人，微微一笑："堂叔说得是，我们理应上门拜访。"

妻子？我们？戚茂德一时还有些反应不过来，他不由得看向戚寸心：她难道已经成亲了？

　　月明星稀，秋夜的风已经有些凉。徐允嘉送到马车里的披风却被谢绡盖在了戚寸心的身上。

　　"还是你披着吧……"戚寸心看了看他苍白的面庞，想要伸手掀开披风，却被他按住了手。紧接着，他咳嗽了两声，偏头靠在了她的肩上，似乎没有什么说话的欲望。

　　戚寸心看他半闭着眼，神情恹恹的，便抿着唇也没动了，只由着他靠着，但见他的腰间隐隐浸出血来，她便有些急了，忙道："绡绡，你的伤口裂开了？"

　　她忙推他的手臂："我不去见伯祖父了，我们快回去吧！"

　　"不想知道你伯祖父在找什么了？"谢绡浓密的眼睫微抬，望向她那张焦急的脸。

　　"我们先回去，我早跟你说了，不要你来的……"戚寸心说着，便想唤一声外头骑马跟着的徐允嘉，却忽然被他的手捂住嘴巴。

　　这个动作，有点儿出乎两人的意料。或许他是没料到他手指触碰到的嘴唇那么柔软，而她也呆愣愣地望着他，一双圆圆的眼睛眨了又眨。

　　谢绡蓦地收回手，又靠在她的肩上："娘子，咱们总要把你堂叔送回去，我们既是小辈，当然要懂些礼数的。"

　　"礼数"二字咬得略重，莫名带了几分阴鸷意味。他说得很认真，如果戚寸心不知道后面那辆车里的戚茂德被五花大绑着，嘴里塞了布条，她可能还真的会相信他很有礼貌。

　　手指仿佛还残留着某种触感，谢绡轻轻摩挲着手指，便听外头传来徐允嘉的声音："郡王，戚家的祖宅就在前面了。"

　　夜幕之下，城中少有行人，两辆马车停在戚家祖宅大门前，守夜的门房瞧见自家家主的马车，便忙叫门内的人打开大门。

　　他虽有些奇怪为何多了一辆，却也还是走到后面那辆马车前，搭了马凳，掀了帘子要请家主下车，却见自家家主臃肿的身子被绳子捆着倒在马车里，嘴里还塞了一块布。

　　马车后的人上前来制住他时，他才看清隐在夜色里的这些随行的人，根本不是家主带出去的那些。他要喊已是来不及了，而无论是守在大门内外的两拨人，还是他，都迅速被打晕。

待戚寸心扶着谢绹下车走进去后，徐允嘉便命人关上了大门。

戚家的祖宅在澧阳已经算较大的家宅，徐允嘉带着人一路利落地将那些涌上来的护院打趴下。直至进了主院，他率先狠踢了戚茂德一脚，对方身形不稳从石阶上摔下去，而他也顺势拉着绳子，拖着戚茂德往里走。

戚永旭应该是听到了动静，被身边人服侍着起身，外袍还没来得及穿，便拄着拐杖，颤颤巍巍地从屋子里走出来。

院子里亮着的灯火，照见那来的一行人。他瞧见自己的儿子正被人拖行过来，便沉下了脸，在清晰的铃铛声中，看向那一对少年男女。

"你们是何人？"此时他并未慌张。

徐允嘉寻了两把椅子来，谢绹便顺势拉着戚寸心坐下，他眉眼微扬，迎着那檐下老者的目光。

"老太爷的儿子掘人坟墓，我们上门来讨个说法。"谢绹道。

戚永旭听了这话，目光便移到他身边的那个年轻姑娘身上，半晌才开口道："你是寸心？"

"他是你堂叔，你怎么能这么做？"也不等戚寸心说话，他便伸手指向地上那个狼狈的中年男人。

"我上门来，不是跟你论亲戚辈分的，"戚寸心看向他那张苍老的脸，"我是想问问你，为什么要挖开我姑母的坟？"

"迁坟。"戚永旭答得毫不犹豫，他眯起眼睛似乎是想将她看得清楚些，"都是我们戚家的人，我们迁坟，什么时候迁，都是我们一家人的事。"

"一家人？"戚寸心腰背挺直，她皱着眉，丝毫不愿意给这位老者留面子，"我们家的事，你管不着。"

可戚永旭闻言却笑了一下，转而将目光停在她身边的那个少年身上，转了话题："寸心，你跟我说说，这位公子是谁？到底是我们戚家的家事，不相干的人还是不要留在这儿的好。"

"他是我夫君，不是什么不相干的人。"她答得干脆。

谢绹手肘撑在椅子扶手上，闻言便偏头看她，院内灯火照着她的侧脸，把她的眼睫照得分明，他亦轻弯了眼睛。

"我从未听过晚上迁坟的，今日倒是长了见识，也不知老太爷迁的到底是坟里的骨，还是物呢？"谢绡一手撑着下颌，讥讽道。

徐允嘉已经逼问过戚茂德，但戚茂德也只知他父亲在找一样东西，却不知到底是什么。戚永旭只跟他说，让他将棺材里的东西悉数带回。他竟连自己的儿子都瞒着。

戚永旭拄着拐杖，眼见徐允嘉与韩章的剑已经贴在戚茂德的脖颈上，而他那个儿子满脸惊惧，却被堵了嘴，只能发出些模糊的声音，他的面上才添了几分焦躁："公子可知我戚家如今在澧阳的地位？你若杀了我儿，怕是自己也会惹来杀身之祸。"

"是吗？"谢绡以拳抵唇轻咳一声，漫不经心地瞥他一眼，"我竟不知，你们这没落的门庭在澧阳还有什么了不得的？"

"戚明贞用命换来的'国士碑'，好像也不是你们家的荣耀。"他嗤笑道，戚永旭脸上一阵红一阵白。

见这老者始终不开口，谢绡便也没了兴致，他触摸到腰间的白玉，又看了一眼身侧的戚寸心。突然想起昨夜她哭得那么厉害，却只因为惧怕一只小小的寄香蛊虫。

"既然你儿子这么喜欢掘他人坟墓，不如我就送他一程，也让他住进去，可好啊？"

他松了手，刚要唤徐允嘉，却听戚永旭忽然道："当年戚明贞离开南黎之前，从我这里偷走了一样东西。"

"只怕也不是你的东西吧？"谢绡语带讥诮。

戚永旭瞬间抬首，他已隐隐觉得这少年似乎猜到了什么，而这种被洞悉的感觉，令他十分骇然。

谢绡眼眉带笑，他突然站起身来对身边的姑娘说："娘子，我伤口疼，我们回去吧。"

戚寸心正一头雾水，听他这么一说便目光下移，果然在他腰间看到更为殷红的一片。

"走？事到如今，你们还想走？"戚永旭嘶哑的冷笑声莫名让人胆寒，他扔了拐杖，拽了拽檐下的铜铃。

转眼之间，诸多身影迅速从四方涌来，将他们团团围住。

谢绡停步，瞥了徐允嘉一眼。徐允嘉反应极快，上前抽出长剑抹了其中两人的脖子，其他那些护院一见那两人倒地气绝身亡，便吓得连连后退。

戚永旭瞪大双眼，一脸不敢置信："你竟真的敢在我这里杀人？你们到底是什么人，竟连王法也不放在眼里了吗？"

谢绡睨他一眼，随即拉着戚寸心转身往外走。

徐允嘉看那老家伙还在叫嚣，就从腰间取出一枚金环来。灯火照着其上镌刻的栩栩如生的狰纹，待戚永旭看清那些纹路时，他便骤然间没了声音。他猛地抬头看向主院大门，那少年与姑娘的身影已经不见。

他一瞬失了支撑，摔倒在地，浑身抖如筛糠，嘴唇颤抖了半晌，才模模糊糊说出"星危"二字。

坐在马车上，谢绡仍靠在戚寸心的肩上。他垂着眼，呼吸很轻。

戚寸心见他闭起眼睛，有些不放心地唤了一声："绡绡？"

"嗯？"少年轻应一声，声音有点儿绵软。

"你不要睡哟。"她叮嘱了一句。

他却笑了一下，眼睫轻轻地擦过了她的脖颈。他倒是毫无察觉，而她却一瞬僵了脊背。

"娘子，你可还留着你姑母的什么东西？"他的声音那么近地落在她的耳侧，"我是说，她死后，你除了在她身上发现一封信之外，还发现了什么吗？"

戚寸心经他这么一提醒，只略微一回想，便答："还有一枚玉牌。"

她恍然大悟："你的意思是，伯祖父在找那枚玉牌？"

"应该是。"谢绡陷入了沉思，隔了会儿才说，"娘子，只怕这件事没那么简单。"

其实不用他说，戚寸心在见到戚茂德的时候，内心便已经不平静了。

戚永旭应该不会只是为了争"国士碑"，他应该还有更大的目的。也许，就是她姑母留下的那枚玉牌。

戚寸心还在闷着头苦苦思索，而谢绡却忽然往她的脸凑近了些。当微凉的气息拂面时，戚寸心下意识地偏头，这样的距离虽没有昨夜她捧住他的脸时那样近，但也逼着她垂下了眼，不敢去看他的眼睛。

她僵着脊背，脸颊红得发烫，一时连呼吸也不敢了。下一瞬只得撇过脸去，她才敢偷偷地长舒一口气，却忽然听到他轻轻地笑了一声，那笑意味难明。

第九章
一枚玉符惹的祸

从戚家祖宅回来之后，徐允嘉便立即给谢绲换药，重新包扎。戚寸心用帕子擦了擦谢绲额头上细密的汗珠，让本有些意识模糊的他睁开了眼睛。

"娘子，你姑母的玉牌可以让我看一看吗？"他的声音虚浮无力，面容苍白，看起来脆弱极了。

"好。"戚寸心应了一声，随即去对面的竹床上翻找自己的包袱。找到之后，她便立即跑过来递到他的眼前。

那玉牌通体雪白，手指触之顿感冰凉润泽，玉牌之上无太多繁复的纹饰，唯有其中镶嵌的一颗浑圆的金珠十分特别，金珠中间是一个楼阁的轮廓，手指摩挲还可以使之转动。

"这个还挺奇怪的。"戚寸心用手指戳了一下那颗金珠，又问他，"你有看出什么吗？"

谢绲默默地打量着玉牌中间的那颗金珠，他总觉得那楼阁有几分熟悉，却又一时间想不起来，片刻后，他才开口："戚永旭当年做官时深陷贪墨案，有人将他捞了出来，只削了官职，保住了一条命。"

"那时是弘德六年，正是你祖父被斩首，你姑母入涤神乡的那一年，但奇怪的是，将他捞出来后，那人并未再做戚永旭的靠山，正因如此戚家长房才会逐渐门庭败落。"

他手指有一搭没一搭地拨弄着那颗金珠："娘子，也许他那个靠山正是因为这东西才帮了他，可他不够争气啊，到手的东西却被你姑母拿走了。"

"可这东西是做什么用的？我姑母又为什么拿它？"戚寸心接过那玉牌又来回看了看。

"不知道。"谢绁摇头，他的语气轻快，"也许等我们回月童，就什么都清楚了。"

夜渐深，院子里静悄悄的，屋里的蜡烛快要燃尽。

戚寸心拢着被子躺在竹床上，却翻来覆去都睡不着。也不知过了多久，她偏头去看对面竹床上闭起眼的少年，小声地唤："绁绁？"

少年的呼吸很浅，她探头望了他片刻才听他极轻地应了一声。

"你也睡不着吗？"戚寸心一个激灵便坐起身来，"你是不是伤口疼？"

少年不答，睁眼看她："睡不着的话，要一起看书吗？"

"好啊。"戚寸心忙点头，掀开被子下了床，又点上了几盏烛灯放到他床前的矮几上。她还要搬来一个凳子坐在他床沿，却听他说："夜里凉，你上来和我一起。"

戚寸心抬头，对上他的一双眼睛。

"哦……"她应了一声，转身跑到自己的床前将被子拿过来，脱了鞋子小心地绕过他，去了床榻里侧。

屋里点了数盏烛灯，一时光线明亮了许多，而这对少年夫妻正靠在枕上，一同翻看着一本游记。

"你怎么还带着我这本书啊？你是不是都看过了？"戚寸心见他从枕下拿出这本书时便愣了一下，他翻到的那页上还有她以前在东陵府尊府里做丫鬟时留下的字，这让她一时有点儿窘迫。

"嗯。"少年认真颔首，修长的手指向其间一处，"新络的恒山。"

他又翻几页，准确地找出另一处："鹤洲的腕夕泉。"

他抿唇笑了一下，又连着翻了十几页："江通的千寨洞，还有麟都的九皇山，这些都是你最想去的地方。"

戚寸心听着他的声音，又见他每一次都精准地翻到提及那些名胜的书页，不由得将目光从书页移到了他的脸上。

"我听说，江通的樱桃肉最好，色泽鲜红，肉质酥烂，咸甜的味道，皮特别软。麟都的油煎猪肉最好，油煎有两种，一种是油煎猪肋排，另一种是用精肉切块抹上蜜再下锅煎……"

　　她数起自己在这本游记上看到的美食来，一双圆圆的眼睛都是亮的："还有新络的酒烹鸡、鹤洲的富贵饼，我之前看书的时候就特别想吃。"

　　从前在东陵府尊府里的日子平静且枯燥，小九有时会给她些书看，她自己有闲钱时也会买书看，除了那些酸话本子、鬼神志怪故事，还有此刻被谢绵拿在手里的这本游记。

　　她其实最喜欢的还是这本游记，所以在上面留了好些笔记。

　　少年恍然大悟道："原来你是惦记它们。"

　　她标注出地名，原来是馋那些地方的美食。

　　"也不是，"戚寸心有点儿不好意思，"都是很有名的地方，如果日后有机会，我也想去看看它们是什么样的。"

　　"你一个人去吗？"少年翻动书页，好似漫不经心地问了声。

　　"我……"戚寸心才要回答，却蓦地抬头盯住他的脸，她哼了一声，伸手去捧他的脸，"你是不是就在这儿等着我呢？要是我答一声是，你是不是又要用那个虫子吓我？"

　　她变得比以往警惕灵敏多了。

　　少年被她捧住脸，听见她的这句话，也没看她。他的视线仍落在书页上，却弯起了一双眼睛，轻笑出声。

　　"我就知道。"戚寸心觉得自己猜中了他的心事，于是将他的脸转过来，"绵绵，你以后不可以这样。"

　　少年抬眼看她："那你会一个人去吗？"话题又转回来了。

　　他的眸子是那样无辜清澈，戚寸心被他注视着，突然有点儿泄了气，揉了一下他的脸，她说："我会跟你一起去，行了吧？"

　　"一个人去有什么意思，"她松开他，靠在枕上去瞧他手里的书，"我们一起去，才最开心。"

　　夜深了，翻动书页的声音也许有些催眠，戚寸心渐渐困了，她打了个哈欠，却有点儿不想挪窝。于是，她将枕头挡在中间，和他说："我怕我夜里会碰到你的伤口，就用这个挡着吧。"

她像是自说自话，话音才落就闭上双眼，没一会儿就睡着了。

而谢缈将那本游记放到一旁，躺下去时，却被那枕头挡住了视线，屋子里静悄悄的，只有睡在对面竹床角落里的小黑猫发出呼噜呼噜的声音。

他忽然伸手将挡在他们之间的枕头挪开。她熟睡的面庞映入他的眼帘，他只看了一眼，便也闭上了眼睛。在他蒙蒙眬眬快要睡着时，原本躺在他身边的姑娘无意识地靠了过来，她的手臂随之搭在他身上。他又睁开了眼睛，只感觉她的呼吸声离他很近很近。然后就像在东陵时那样，没一会儿她就翻身到了他的怀里。

矮几上的蜡烛还未燃尽，他在昏暗的光线里愣愣地盯着她鼻梁上的那颗小痣，忽然，他伸手碰了一下。也许是他的指腹有点儿凉，她在睡梦里皱了皱眉，呓语了几句，惹得他无声地弯唇而笑。

翌日清晨，敲门声将屋内的两人唤醒。戚寸心睁开眼睛，意识到自己在谢缈怀里时，她还愣了片刻。见他睁开眼睛看自己，她便红了脸颊，一下坐起身来，又忙去掀他的被子。

"娘子，做什么？"他睡眼惺忪，声音尚有几分茫然。

"我有没有碰到你的伤口？"见他衣衫没有血浸出，她才松了口气。

"没有。"少年支撑着身体坐起来，他摸了一下她的头发，迷迷糊糊地添一句，"你很乖。"

他下了床，顶着一副困倦模样，洗漱后才开门走了出去。此时的戚寸心竟还呆愣愣地坐在床上，满脸通红。

"郡王。"徐允嘉已在门外等了许久，见谢缈走出来，他便立即迎上去递上一封信。

"你说。"谢缈却懒得接。

"这是戚永旭昨夜差人要送去月童给李成元的消息。"徐允嘉简短地道。

"果然是李成元。"谢缈觉得无趣。

"这信上提到'九重天'三字，臣猜测，他说的应该是南黎禁宫之中的那座紫垣九重楼。"

天下人皆知南黎皇宫的紫垣九重楼，但这楼十分神秘，它虽在南黎皇宫，却并不属于南黎的皇帝，它有它自己的主人，除了这个主人，天下无人可入这九重楼。便是徐允嘉曾经有幸跟随齐王进宫，他也未能得见紫垣湖对岸的那座九重楼的真容。

谢绯原本还有些散漫的神情此时蓦地一滞，他忽然将徐允嘉手里的信件夺过来。逐字看完后，他的面色变得凝重，手紧紧地攥住了信纸。

徐允嘉忙道："臣已将这信截下，想来这玉符如今在郡王妃手里的消息不会传到月童。"

"戚永旭的消息送不到月童，也会有其他人的送到。"谢绯忽而冷笑道，"想不到，那老东西在月童城里争那个位置，竟还有空分心来算计我的妻子？"

徐允嘉还未来得及开口说些什么，就听急促的脚步声渐近。他一回头，便见韩章快步跑来，手里还捏着一张春膏笺。

"郡王！"韩章顾不上擦满头的汗，拱手行礼道，"月童城里有消息了！"

"绥离之战我南黎失利的消息才送至月童，王爷便于前夜领兵逼宫，逼小皇帝退了位，如今，齐王……已成南黎天子！"

他说着，忽然跪下去，抬头看向谢绯，朗声道："新皇登基下的第一道诏书，是封您为南黎太子！"

绥离战败的阴云还未从南黎的上空消散，月童神英阊之变又令南黎一夜之间改天换地，齐王谢敏朝以绥离战败乃太后辅政、一意孤行之恶果为由，领兵逼宫，将年仅十二岁的小皇帝从皇位上赶了下来，自此，谢敏朝成了南黎的新天子，改年号为延光。

新皇即位的第一道诏书，便是立太子。长子谢宜澄已逝，嫡次子谢繁青入主东宫也算顺理成章，何况谢繁青前不久才攻下缇阳城，更令天下人看清这位卧薪尝胆、自北魏回到南黎的星危郡王的确是有些本事的。

只是仙翁江的刺杀闹得沸沸扬扬，谢繁青下落不明，朝中有人担心这新立的太子还能不能回来。不承想，不过几日，这位太子殿下便回来了。

戚寸心一路都是蒙的，她也不知道谢绯的父王为什么忽然就成了南黎的新帝，他又为什么突然之间就成了南黎的太子。先前他一个郡王的身份她也才将将消化，现如今他却又成了东宫太子。

入月童城时天刚蒙蒙亮，戚寸心被谢绯牵着手下了马车，入目便是一座高大的府门。她看了眼府门前那两座威风凛凛的石狮子，又仰头看那高悬的牌匾，上书"裴府"二字。

"娘子，"乍听谢缈唤她，戚寸心转过脸，便听他道，"这里是我舅舅的府邸，你暂时在这里休息，我午时过来。"

此时有人从里面开了大门，那老管家一见谢缈，便忙迎上来躬身行礼："太子殿下。"

"太子妃。"老管家瞧见谢缈牵着那姑娘的手，便颇有眼色地也朝戚寸心行了一礼道。

戚寸心明显有些无所适从，却仍对谢缈点了点头说："你去吧。"

"徐允嘉，你留在这儿。"谢缈摸了一下她的鬓发，随即对身旁的青年道。

"是。"徐允嘉低首应声。

晨雾弥漫，穿破云层的天光显得有些暗淡。戚寸心随着老管家走上台阶，但她又忽然停下，转头去看那骑上马已经走出一段路的少年。他在马车上换了身殷红的锦衣，秋日的风吹着他的衣袂，还有他金冠后坠在乌黑长发之间的殷红发带，她发现他竟也回头在看她。

或见她转头，他朝她招了招手，雾气这样重的清晨，戚寸心并看不清他的面容，却也知道他一定在朝她笑。她有一瞬像是回到了东陵，他们拜堂成亲那日，他要跟那些人走，却在巷子里回头看她的那个时候。于是，戚寸心亦扬起笑脸，也朝他招手。

一旁的老管家瞧见这对少年夫妻的举动，笑得眼睛眯成了一条缝儿。他这会儿也算开了眼界，毕竟当初的小郡王可从未显露过这样的少年稚气与纯真。

清晨路上行人甚少，红衣少年打马御街，如风一般从人群中掠去，而他身后则跟着几十名骑马的玄衣侍卫。

禁宫大门处的守军听见马蹄声打眼一看，他们还从未见过这般嚣张，敢骑马朝宫门来的人。为首的人拧起眉，握紧手中长戟，正要怒喝，却忽然看见那骑马而来的红衣少年金冠上錾的狰纹，而他身后的侍卫全都利落地翻身下马，其中有一人快步走上前亮出那枚狰纹金环。

"是太子！"

"太子回来了！"后头有禁军守卫喊。

"参见太子殿下！"那人迅速反应过来，立即下跪，其他守军也都连忙下跪，随即转头朝紧闭的宫门内喊，"快开门！迎太子回宫！"

沉重的宫门才上过新漆，盖住了宫变时沾的血迹，已是焕然一新，此时它缓缓被人从里面推开，吱呀声慢慢悠悠。

谢纱没有下马，待宫门大开，便策马从中穿过。韩章等人将身上的刀剑除去，也忙快跑跟了上去。

九璋殿内，才登上皇位不久的延光帝谢敏朝还在龙床上安睡，太监总管刘松便在帐幔后小心翼翼地轻唤："陛下，太子殿下回来了。"

他久等不到谢敏朝的回复，不由得擦了擦额角的汗，又开口："陛下，宫门处的人传话来，太子有违祖制，骑马入宫。"

刘松仍不见谢敏朝有何反应，犹豫着要不要再唤一声，却听里头的新帝懒懒地打了个哈欠："我……朕连小皇帝都撵了，若说有违祖制，那是朕这个老子先违的祖制，儿子像老子，挺好。"

这话听得刘松愣住了，隔着帐幔，瞧见里头的延光帝已经掀了被子。他忙唤了小太监捧了龙纹外袍上前去。

谢敏朝却摆了摆手："不必了，就这么见他吧。"

岂知话音才落，门外便传来一个年轻太监焦急的声音："刘总管。"

刘松下意识地瞧了一眼面前的陛下，见他轻抬下颌，刘松才躬着身走到殿门处，低声问："什么事？"

听那太监近前说了句话，刘松便脸色大变，当即转身走入殿内："陛下，陛下不好了，太子殿下并没有朝九璋殿来，他去了后宫！"

谢敏朝闻言，面上的笑意微滞，抬眼时目光变得锐利，他脱口问道："去贵妃那儿了？"

刘松额角又有了冷汗，垂首应声："是。"

"钩霜在他身上？"

"是。"

阳春宫内，殿门大开，晨雾飘散进来。宫人捧着极尽奢华精美的琼花珍珠冠、绫罗华服和镶嵌珠玉的绣花鞋履鱼贯而入。

　　浅色的床幔内一道曼妙的身影若隐若现，宫人捧着东西安静立在一侧，静待那床榻上的女人起身。她一头乌黑的长发披散着，未施粉黛的芙蓉脸竟看不出老态。她的眼尾微微上挑，眼波流转尽显清冷风姿。可惜那女人面上没有多少表情，才从榻上起身，一旁的宫娥正要上前来扶，却听到殿门外忽然添了许多嘈杂的声音。

　　"都在闹什么？"女人秀眉一蹙。

　　捧着衣裙饰物的宫人当即垂首，而那立在床榻旁的宫娥抬头往殿门望了一下，忙转身朝女人行礼道："娘娘，奴婢这就去看看。"

　　那宫娥还未走出几步，便见殷红的身影闪过殿门，而后一柄带血的长剑划破空气。众人只听一声响，就见床榻边那女人的长发断了一缕，轻飘飘地落在她的手背，那剑锋则稳稳地嵌在她身后的金漆纹饰上。

　　"娘娘！"宫娥惊慌失措。

　　门外右肩受伤，又被夺了剑的女侍卫捂着流血不止的伤口跑上阶梯来，正看到她的剑嵌入墙壁中。此刻，一袭白衣端坐床榻上的吴贵妃鬓边断了一缕发，而她一双眼紧紧地盯着那踏进殿门的红衣少年。

　　她眼中满是惊惧，还夹杂着愤怒，脸色煞白。

　　"太子这是想做什么？"她半晌才找回自己的声音。

　　少年把玩着腰侧坠着的白玉剑柄，将晨光与浮雾都甩在身后，俊美的面庞上此刻带着张扬的笑："若非是贵妃在仙翁江送我一份大礼，我未必有这个机会入主东宫。"

　　他这样一番话，无疑刺痛了吴贵妃的心。她洞悉了谢敏朝的打算，一时心急，在谢绵回南黎渡仙翁江时，谋划了那场刺杀，为此，她甚至请来了双刀叶天英。可她却不知，她走的这一步棋，原本就在谢敏朝的棋局里。

　　缇阳一战，仙翁江遇袭，是谢敏朝对他这个阔别六年的小儿子谢绵的试探。

　　也许谢绵早知谢敏朝蛰伏多年从未放弃过要争那个位置，他也早料到绥离一战失利本就是谢敏朝的算计，谢敏朝想要的只是一个理由，一个可以激起南黎民愤，并顺理成章逼小皇帝退位的理由。

　　明明她早已想好此事该推到北魏伊赫人的身上，若这星危郡王死在仙翁江，她这一计也算值得。但偏偏"太子仙翁江遇袭身负重伤"一事比她所造之传言抢先一步传播开来，在南黎闹得沸沸扬扬。

悠悠众口如何堵得住？南黎又人人皆知谢敏朝为齐王时，独爱府中侧妃吴氏。一时掀起诸多猜测，有言她暗害嫡次子谢绯，为她的儿子铺路的，更有流言怀疑谢敏朝的长子谢宜澄之死并不简单。

而谢敏朝才刚刚登基，他需要向南黎百姓显示自己的仁德，若非为堵百官之口，为让天下归心，只怕他决不会这么快就立嫡次子为太子。

是谢绯，看穿了她的这一步棋，也破了谢敏朝的局，令谢敏朝不得不将这太子之位送到他的手上。吴贵妃也是到如今才慢慢想明白这些事。

"太子在说什么？"吴贵妃仍坐在榻上，她攥紧手指，仿佛在极力压抑心头的怒气，"本宫听不明白。"

"贵妃既送了我大礼，我今日理当回敬。"谢绯伸手指了指吴贵妃背后那嵌入墙壁的长剑，面上的笑意转瞬消失，眼底唯剩一片阴沉，"若还有别的账，我们就日后慢慢算。"

他的语气轻缓，可那目光却莫名令人脊背生寒。说完这些，少年衣袖翻飞，转身迈着轻快的步子走出了殿门。

出了阳春宫，谢绯慢慢悠悠地打着马走在宫巷里，不一会儿，那朱红宫巷尽头便有一行人簇拥着天子御辇匆匆赶来。谢绯便停在那儿，静等着那金龙御辇停在他面前。

"繁青，上来。"谢敏朝打量他一眼，倒也什么都不问，只朝谢绯招手。

御辇未至阳春宫门前便掉了个头，他们父子俩共乘一辇又往宫巷尽头去。

"父王如此着急，怎么又过门而不入？"谢绯倚靠在金龙扶手上，语气散漫地问道。

"该改口了，儿子。"谢敏朝倒也未见气恼，像个寻常父亲一样问道，"我这一趟，本也是来寻你的。"

父子交谈，他显得随性："你从澧阳回来，怎么不先来见我？"

听他如此随意地提起"澧阳"二字，谢绯轻笑一声："我猜，我才出澧阳城，戚永旭一家老小就应该都死了吧？"

"戚永旭？"谢敏朝挑眉，摸了摸下巴，"此人是谁啊？"

"也是，"谢绋语气平淡，"于您而言，一颗棋子，他可以没有名字。"

谢敏朝摆了摆手："我在月童忙得很，手还伸到澧阳去，那我不是吃饱了撑的？那戚永旭一家老小的死，关我什么事？"

谢绋随意地理了理衣袖说道："人也许是李成元杀的，为的是遮掩他当年寻一样东西的旧事，可那样东西如今在我妻子手中的消息散了满城，这难道不是您的手笔？"

"难道不在她手里？"谢敏朝对上他的目光。

"您明知道朝堂上，甚至江湖上，多少双眼睛都在盯着紫垣湖对面的九重楼。"谢绋面上的笑意收敛殆尽，"您这是要将她放到火上烤啊？"

"我这是给她机会。"谢敏朝定定地盯着他，"繁青，去缇阳前你还是星危郡王，回来后，你就成了南黎的太子，这位置，难道不是你自己赢的？可那戚家的女儿要做郡王妃尚且不够格，如今又怎能担得太子妃之位？"

穿过长长的宫巷，前边豁然开朗。谢敏朝忽然抬手，指向重楼俊宇高掩的西南方向："但若她能借紫垣玉符，入那河岸对面的九重楼，那么她的身份，配你已是足够。"

晨风吹着谢敏朝的衣袖，他遥遥一望："繁青，莫说是朝廷里的那些官员，便是江湖侠客，谁不向往九重楼？它在我南黎皇宫，却也不在，天下人为它争来抢去多少年，可最终，它却与戚家那姑娘最有缘。"

少年闻言，冷笑一声，随即翻身一跃，便轻飘飘地落在地上。

"去哪儿？"谢敏朝低头去看他的背影。

少年回过头，在稍显暗淡的晨光之下，他的脸透着几分凉薄："父王，今日所赐，我就记在您的贵妃吴鹤月身上了。"

御辇停在原地，两侧的宫人皆压低身子，不敢抬头。谢敏朝见谢绋面上露出一个笑，随即转身便走。他坐在上头静静地盯着那少年殷红的身影逐渐走远，有风迎面拂来。

谢敏朝那凌厉的眸子却最终露出了点笑意，随后，他又摇头轻叹道："回九璋殿。"

天光大亮时分，戚寸心还在裴府老管家安排的厢房内睡觉，这一路舟车劳顿，她已经好几天没睡过一个好觉。若不是小黑猫的尾巴有一搭没一搭地打在她脸上，生生将她打醒，她可能要睡到午后去。怕小猫饿了，戚寸心下了床先从包袱里翻找出专门装鱼干的布兜，拿出几条小鱼干来喂给它。蹲着摸了一会儿猫，戚寸心才起身去开门。

"太子妃。"守在阶下的徐允嘉听见开门声，回头朝她垂首行礼。

适逢老管家从短廊那头走来，他那张枯瘦的面庞上带着笑，亦朝戚寸心行礼道："老爷正让老奴来瞧瞧太子妃，说若您醒了，便请您去前厅用饭。"

前厅的桌上摆了一大桌的好菜，但坐在那儿的却只有裴寄清一人，他的妻子已逝，唯一的儿子裴南亭正是绥离一战的战败将军，如今尚且关押在牢里。裴南亭的妻女也不在月童，她们前两月才去了新络。

他一人饮茶，一人独坐，背影稍有些佝偻，却仍透着一种文雅风骨。戚寸心进门时，瞧见他一手摸着茶碗，好像在发呆。听见脚步声，他回过神来，转头瞧见戚寸心，便要站起身来，但她反应很快，快步走过去先朝他行礼。

裴寄清倒是愣了一下，又见这小姑娘有些局促地抬起头，朝他笑了一下，唤了声："舅舅。"

"好。"裴寄清不由得也笑，花白的胡须一颤一颤的，他又将她上下打量了一番，随即点点头，道，"戚家的女儿，是不一般。"

两人在饭桌前坐下，便有婢女递上来一杯茶，戚寸心只喝了一口，却迟迟不好意思拿起筷子。

"繁青是我最小的妹妹柔康的儿子，我和柔康差了二十岁，所以我虽是他舅舅，看着却像他祖父那辈的。"

裴寄清或见小姑娘不肯动筷，他便执起筷子夹了菜吃，又同她说话。

戚寸心见他动了筷，便也跟着拿起筷子，她似想起些什么又问道："舅舅唤他作繁青，那'缈'这个字，又是谁取的？"

"是他师父，一个离经叛道的家伙。"裴寄清说起此人，便有些不大痛快，"他啊，惹人厌。"

听裴寄清这么说，戚寸心觉得自己也不好再问了，只能默默地吃菜。

"你姑母的事儿，她生前没告诉你吧？"裴寄清却忽然提起戚明贞。

戚寸心顿了一下，随即点头。

"当初我受昌宗皇帝的皇命，创立涤神乡，乃是取'涤荡神州万里乡'之意，入涤神乡之人，都称归乡人，他们去往北魏终要归来南黎，于暗中助我大黎夺回当年丢失的半壁江山。"

裴寄清老虽老，但一双眼睛却很有神："你姑母入涤神乡，是为你祖父和父亲翻案，也是为我大黎社稷，她在北魏这么些年，只为一把钥匙，她忍得，也死得其所，国士之名，她担得起。"

戚寸心听了他这番话，脑海里不禁又浮现出姑母那严肃的面容，她隔了会儿，轻声说："我以她为傲，也以我祖父和父亲为傲。"

两人正说着话，却听外头传来一阵脚步声。只见谢绵迈上阶梯，走入门内。他的脸色不算好，还似乎有点儿不高兴。

待他一撩衣摆到身边坐下，戚寸心便小声问他："你怎么了？"

谢绵摇头，朝她露出笑容。见桌上有一道她喜欢吃的菜，便在婢女端来茶碗与碗筷时，夹了一筷子给她："娘子，你吃。"

裴寄清在一旁清了清嗓子，谢绵也不理他，只顾一筷子又一筷子地将戚寸心碗里的食物堆成小山，好像这才是他此刻唯一有兴致做的事。

"绵绵……"戚寸心小心地看了一眼裴寄清，伸手拉了拉谢绵的衣袖，又小声问，"你怎么不理舅舅？"

谢绵似乎仍有些不情愿，但好歹看了裴寄清一眼，随即他凑到戚寸心的耳边，声音却并没刻意压低："因为他做坏事了。"

做什么坏事了？戚寸心听得一头雾水。

裴寄清却笑了几声，喝了碗茶就起身："寸心啊，我老人家吃得少，既然繁青来了，你们就一块儿吃吧。"

说罢，他背着手往前走了几步，又回过头来朝那还在往戚寸心碗里堆小山的少年道："繁青，吃完来书房手谈一局吧。"

少年仍不理他，他也不恼，只是摇摇头，转过身走了。

"你不要再堆了……我吃不下了。"

"可你昨晚说你想吃肉的。"少年认真地说。

"那这也太多了吧……"小姑娘的声音带着点儿苦恼。

裴寄清迈出门槛时还听得到他俩的声音，他走到旁边的木廊上，却又停下来去望庭内油绿的松枝。

　　此时，他满面的笑意变得有些沉重，或许是他忽然想起多年前站在那松枝旁，也曾这样年轻天真过的小妹。只是后来嫁了个不爱的人，又生了个好像天生不会爱人的孩子。

　　但如今这个孩子，好像也未必学不会爱了……

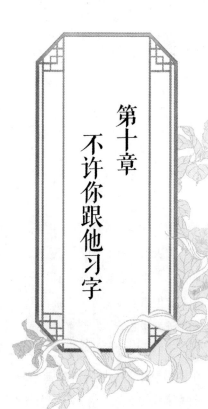

第十章
不许你跟他习字

书房内燃了一盏香炉，缕缕烟雾从香炉镂空的缝隙里缭绕而出，罗汉榻上身着蟹壳青色大襟袍的老者与锦衣少年对坐手谈。

"繁青，怎么发现的？"裴寄清在玉棋盘上扣下一颗白子，慢悠悠地问。

"吴鹤月请不来叶天英，但您可以。"少年随后落下一子。

"好小子，我就知道你连我也要查。"裴寄清闻言，苍老的面容浮起笑意，他摇头微叹，若是换了个人，只怕还查不出他与叶天英之间的交情。

"所以你才故意受了他那一刀？"他拈着棋笥里的白子说道。

"您让叶天英被吴鹤月请到仙翁江上，不就是想让我演这一出吗？"少年仍在看他落下的棋子。

"嗯，演得好。"裴寄清落下一子，"若非如此，你父皇怕是不会这么快将太子之位交给你，他这一局是败给你了。"

谢绸扯了扯唇："我去缇阳前，舅舅才说我们两个要让他不好过，可我竟不知，您何时又跟他是一丘之貉了？"

"一丘之貉"着实有些刺耳，但裴寄清并不生气，他端起茶碗喝了口茶才道："繁青，你我都清楚，那张太后和小皇上守不住这大黎仅剩的江山。"

"所以绥离之战，您便与他共谋。连您的儿子，我的表哥裴南亭，您都舍得让他去做那个受南黎百姓唾骂的战败将军，要一个将军不打胜仗，偏打败仗。"

谢绡笑了声，抬眼看他，"舅舅，这不荒诞吗？"

裴寄清面上的笑意收敛殆尽，想起自己那个受万千人指摘，如今正身在囹圄的儿子，他心中浮起酸涩，沉默片刻道："繁青，这是我与你父皇的交易。"

"当年，依照德宗皇帝，也就是你伯父的意思，去北魏的本该是齐王府的世子，你的兄长谢宜澄。但你兄长与吴侧妃合谋，硬是用了法子，让才继位不久的德宗皇帝改了口，要送你去北魏。

"比起你兄长，吴侧妃更忌惮你，只因你兄长的母族在麟都，那儿早已是伊赫人的天下，他的母族已不剩多少人，而你身后，则有我裴家。在月童城还不叫月童的时候，裴家便已是此地大族，昌宗皇帝南迁月童，更越发倚重裴家，所以吴侧妃才千方百计让你去做那个质子。"

裴寄清叹了口气："君恩在上，其时党争甚嚣尘上，裴家若多说一个不字，在那些言官口中，便成了藐视皇恩，不尊社稷。"

"你父皇一生有你们三个儿子，但我小妹柔康，却只有你这一个血脉。"裴寄清的语气添了些年深日久积压在心的沉重情绪，"他谢敏朝不是柔康的好丈夫，亦不算是你的好父亲。但是繁青，他甘为一个位置等这么多年，心里头也常有诸多算计，最重要的，他有他的能力与手段，更有与北魏决战的雄心。"

"那皇位上坐的是他，总比坐着你皇伯父的儿子，那一心玩乐、诸事不管的小皇上要强上百倍。"裴寄清望着对面的少年，"何况他这么些年，无论是在朝堂，或是在军中，都积累了极大的威望，他要争那个位置，那也是你我早知的事，裴家若不顺应时局，你父皇可不会答应。"

"所以舅舅是为了裴家？"谢绡看着他。

"不为裴家，是为你，为我大黎。"裴寄清摇头道，"我裴家没有一个怕死的，我早见惯了朝堂之上那些没有硝烟的争斗。我裴家人可以背骂名，可以去死，却只能为国而死。当初的大黎成了如今世人口中的南黎，南黎北魏，共分一个天下。而在北魏，我汉人始终是奴，是不如伊赫人的草芥，但他们也曾是我大黎子民，乃我汉家同胞。而那被北魏占据的半壁江山，也曾是我大黎国土，我这么多年汲汲营营为了什么？创立涤神乡又是为什么？只要能收复国土，我裴寄清，就是献出生命，也在所不辞。"

裴寄清是经历过三十多年前那场惨烈国战的人，他看到了征伐之下的遍野哀鸿。可若不争不战，北魏的汉人终究要做伊赫人的奴，而伊赫人，也决不会甘心与南黎平分天下。

"你父皇钟爱吴鹤月，可我不能让他们的儿子谢詹泽越过你去，我答应与你父皇共谋，是为你造势。你父皇早年参与国战受了重伤，如今旧疾已经颇多，他若不能将伊赫人赶出中原，"裴寄清屈起指节，扣下一颗白子，神情肃正地看着他，"那么繁青，这件事，就该你去做。"

谢绵与他对视片刻，又去看那玉棋盘上纵横的棋路，忽然问："那我妻子呢？舅舅，您明知我今日不是为这个。"

"不错，让天下人皆知紫垣玉符在她手里，有你父皇一份儿，也有我一份儿。"提起戚寸心，裴寄清便不由得想起那个小姑娘怯生生唤他一声"舅舅"的模样，面上凝重的神情褪了些，甚至露出了点儿笑意。的确，若他有心阻拦，这消息绝不会散播得如此快。

谢绵听到他肯定的回答，思忖片刻，手掌落于棋盘却顷刻间推散了整局棋："舅舅，我并不想让她参与到这些事里来。"

"好好一局棋，你怎么就给推了？真生气了？"裴寄清瞧着谢绵，不由得摇头笑了声，"你其实也清楚，她在你身边，就不可能置身事外。"

他还故意添了一句："你不让她搅进来也行，那你们就和离了，早些放人家离开吧。"

"她现在还有机会离开吗？"谢绵冷笑。

"好了，跟我置什么气？"裴寄清从风炉上的茶壶里舀了一碗茶汤放到他面前，"她还可以选择，只是她若不入九重楼，那么朝堂里李适成、李成元，还有窦海芳之流，或是那些江湖中人，决计会为了她手里的紫垣玉符使出浑身解数，并且要了她的命。当然她若入了九重楼，这些人明里暗里还是不会放过她。但是繁青，那九重楼的主人是谁啊？那老家伙等了这么多年，也在外头看人斗了这么多年，这下紫垣玉符现世，他还能不回来履约？有他在，寸心的命，可保。"

"可他要保我娘子的命，前提是我娘子必须过他的关。"谢绵面上一丝笑意也没有，"舅舅，您不会忘了吧？即便紫垣玉符在她的手上，她也未必能入得了九重楼。"

"怎么，你还不信你那小妻子？"裴寄清神情轻松地将棋盘上的白子一颗颗拈回棋笥，"你父皇想借她来挑起你的怒火，让你初登太子之位便与李适成等人为敌，毕竟李适成他们才拥立你父皇上位，他自然不可能亲自处理这些党争的首患，他是想让你替他除去这些人，而他又岂会不知九重楼的重要？只是他并不觉得寸心真能入得了九重楼，但是繁青，你舅舅我看人是极准的。

"寸心那小姑娘应该也遗传了她祖父和父亲那坚韧的脊梁，她啊，一定能凭她自己进九重楼！她进去了，便能得那老家伙庇佑，自然也死不了。"

裴寄清将最后一枚棋子收入棋笥："这些你明明都清楚，你只是不愿试，可这一局，只有她能打你父皇的脸。"

午后的阳光不算耀眼，老管家搭了个摇椅在廊下，戚寸心抱着小黑猫在上面摇来摇去晒太阳，迷迷糊糊又睡了一觉。半梦半醒间，她觉得眼前好像落了道阴影，也许是天色暗下来了，太阳钻进云层里了，但过了会儿她睁开眼睛，却看见少年殷红的衣袖。

谢绡不知何时已经坐在她身旁，用衣袖替她挡了一会儿阳光。铃铛原来被他捏在手里，不响了。见她睁开眼睛，正愣愣地望着他，他便眉眼微弯，说："那日在马车上，你也替我这样挡过。"

"那时候你没睡？"戚寸心思忖了会儿，抓住了重点。亏她当时动也没敢动，生怕把他惊醒，后来肩麻了，脖子也酸痛了好久。

少年只是笑，又不答她。

戚寸心哼了一声，伸手去捏他的脸："绡绡，你怎么总是喜欢骗人？"

谢绡却凑过来靠到她肩上，伸手抱她的时候，他殷红的衣袖覆在她的腰间，小黑猫在底下吓得抓了他衣袖一下，就跳出戚寸心怀里，自己玩儿去了。

而谢绡虽带着笑，但神情总有些怏怏的，他忽然开口："娘子，你知道九重天吗？"

"神仙在天上住的地方？"戚寸心以前看那些志怪小说时，曾见过有将神仙在天上住的地方称作九重天阙的。

"它不在天上，就在南黎，在月童皇宫。"谢绡半垂眼帘，语气里听不出多少情绪起伏。

戚寸心听得云里雾里的："什么意思？"

"南黎皇宫的紫垣湖对面，有一座九重楼阁，但它并不属于谢氏，它的主人，是周靖丰。"

周靖丰？戚寸心听到这个名字，总觉得有些熟悉。她思索片刻，恍然大悟："是当初救过昌宗皇帝，并在大黎正式南迁之后，几入北魏大营，连杀五个北魏将军的周靖丰吗？我以前听小九说，周靖丰文武双绝，既是天下第一的侠客，又是满腹才华、诗文策论无所不通的雅士。"

周靖丰当年入北魏大营连杀五个伊赫人将军，几乎是上任一个他就杀一个。后来他更是去了北魏麟都，多次潜入皇宫，最终刺死了刚刚上位成为北魏第二任帝王的呼延平度，大挫北魏锐气，促使北魏与南黎签订和平之盟约。

但因南黎昌宗皇帝离世，当时继位的德宗皇帝软弱昏庸，他轻易答应了北魏要一个南黎质子与大量财宝银钱的要求。周靖丰大失所望，指着德宗皇帝的鼻子，大骂南黎将断送在他手中。随后便拂袖而去，不知所终。

世人唤周靖丰为"天山明月"，天山便是他当初为救昌宗皇帝御驾而五次越过的杜明山，而他在遭伊赫人践踏残杀的南黎百姓眼中，便是朗照天山清辉落入北魏敌营的一轮明月。他在南黎人心中的地位，甚至远超南黎天子。

"天山明月周靖丰，我在小时候还看过他的传记，只是后来北魏将有关他的书籍视为禁书，我后来也再没听过他的传闻。"戚寸心说着，又问谢绲，"他不是走了吗，怎么又住在皇宫里？"

"他不在皇宫，"谢绲声音里带着几分困倦，大约是这一路赶回来，清晨又去了一趟宫里，到这会儿安安静静地靠了她一会儿，他才觉得有点儿困了，"九重楼里锁着他自创的武功绝学和天下读书人千金难求的各类古籍孤本，以及前数百年的大家画作。"

"听起来就值很多钱。"戚寸心露出憧憬的神情。

"嗯，值很多钱。"谢绲闻言，顺着她的话轻笑着应了一声，但下一瞬，他的神情又变得沉重许多，"他当初放言，若有人能找回他丢失的紫垣玉符，他便会重回九重楼，甚至迎持玉符者入楼。"

"是我姑母留的那个玉牌？"戚寸心反应过来。

谢绲坐直身体，正了正神色道："娘子，我说我舅舅做了坏事，是他与我父皇合谋，设了戚永旭的局在澧阳等你，再将你持紫垣玉符的消息散至月童，乃至整个南黎。"

他的语气平静，一双眼睛正一眨不眨地盯着戚寸心。戚寸心听了他的话，面上果然有一瞬怔忪。一座藏满天下学武之人和读书之人最为魂牵梦萦的宝藏的九重楼阁，一定会引来诸多的争斗与厮杀。也许那玉符落入戚永旭的手里时，早就沾过无数人的鲜血，只是多年来姑母藏着它，带着它一起消失在南黎，才换来了这些年的平静。可姑母为什么要藏着它？

"姑母带走那玉符，是舅舅的命令？"她蓦地抬眼，谢绹正静静地望着她。

因为姑母是戚家人，因为她可以顺理成章地出入戚家，并查出戚永旭夺到手、打算献给刑部尚书李成元的紫垣玉符藏在哪里。

"现在它在我的手里，如果我不入九重楼，就会有很多人来找我，对吗？"戚寸心接着道。

"你不用去，"谢绹的手指拂开落到她脸颊上的头发，"反正我也不想你去，你就在我身边，我守得住你。"

但戚寸心垂下脑袋想了一会儿，有些踌躇地抬头道："可是绹绹，我其实有点儿想去……"

谢绹或是从未料到她会这样说，他愣了一下。

"那可是周靖丰啊，我要是去了九重楼，可以认他做先生吗？我听说他那一手明月体特别漂亮，我……"

"你明明说过让我教你习字的。"谢绹打断她，声音闷闷的。

戚寸心看出他的不高兴，于是连忙改口："对哟，绹绹的字写得也很漂亮，一定比周先生的字还要漂亮，我还跟他学什么呀，我只跟你学。"

"可是……"她看了眼他，又小声说，"我还是想跟他学点儿别的。"

"学什么？"他问。

戚寸心想了想说："就算不能像我祖父、父亲和姑母那样，至少我跟着周先生多读一些书，多明白一些道理，眼界开阔些，也总是好的。"

谢绹看着她，却忽然想起在东陵那个长巷尽头的小院里，有一个夜晚，他们在廊上坐着，临着灯火月辉，她说的话——"这个世上总是有一些很倔强的人，拥有宁折不弯的脊梁，却保不住项上的人头。"

于是，他伸出手轻轻触碰她的后背，又慢慢停在她的脖颈："你和他们一样，也只想着脊梁不能弯，却没想过能不能保住项上的人头。"

他的指腹有点儿凉，戚寸心忍不住瑟缩了一下，她牵起他的手，腕上一阵铃铛响："你不是说，我不入九重楼，他们才会来抢我手里的玉符吗？"

"你去了，他们照样会来，只是看周靖丰会不会护你。"谢缈的声音听不出喜怒。

他用那样一双沉静的眼睛打量她："我以为你会害怕。"

"娘子，我有时候也看不懂你。我杀了人，你不怕我；我在铃铛里放寄香蛊，你也不怕我；但我只说要将虫子放到你身上，你就哭得好厉害。"少年的声音里充满迷茫，"可是这一次事关生死，你却又不怕。"

"我当然不怕，"戚寸心伸手去捧他的脸，认真地说，"因为我有缈缈。"

星子波光好像都在他那双眼睛里，有星芒点点，似乎更动人了，只因在这午后阳光之下，隐约映出她一张笑脸。

"我从东陵到缇阳的路上，看到很多汉人难民，他们不但要承受北魏官府苛捐杂税的剥削，还要被强行征兵来跟南黎的汉军自相残杀。当我知道我姑母这么多年都是为了一件事而付出青春，摒弃情爱，甚至抛却生死时，我所受到的震撼，至今难忘。缈缈，我总觉得，我若有些本事，也应该做点儿什么。"

"我觉得，这不是我的劫难，而是我的机会。"时隔许久，她又像当初在东陵成亲那日一般忽然拥抱他，"缈缈，我知道你也很难，我跟你做夫妻，就不可能过平静的日子，我早就想好了。"

"我要跟你在一块儿，我甚至想和你一起等到伊赫人被赶出中原的那一天。反正人的一生，总是要做一些值得的事。"

谢缈垂下眸，望着怀里这个小姑娘乌黑的发髻，她忽然的拥抱令他一时动也动不了。片刻后，他试探着伸手摸了一下她的脑袋。他好像此刻才明白，为什么舅舅会那样确定，她一定会选择入九重楼。戚家庶房的人，果然都是一样的。

"他还要考你的，若你没过他那关，你一样不能入九重楼。"他提醒她道。

"能过关最好，"戚寸心在他怀里抬起头，朝他笑，"要是不能，我不是还有缈缈。"

他抿起嘴，似乎不自觉想跟着她笑，但他忽然反应过来，又侧过脸："最好是不能。"

他的声音极轻，戚寸心没听清，探头问了声："什么？"

"若是过了关，你也不能让他教你习字。"他认真叮嘱。

"我肯定不会。"戚寸心忍不住笑了，然后她坐直身体，同他说，"我还是第一次来月童，缈缈，我们明天可以出门去玩吗？我听老管家说，月童也有很多好吃的，他还给我写了张单子，把那些地方都记下来了。"

她说到这个就显得很兴奋："我听说有一个地方是专门看杂耍的，里面有老虎，我还没见过真的老虎呢，缈缈，我们一块儿去看。"

"嗯。"他轻应一声，也不知垂着眼睛想了些什么，大约也被她的开心感染到了，他少了几分困倦，忽然站起来，转身就走。

"缈缈你去哪儿？"戚寸心不明所以，歪着脑袋喊了声。

"找舅舅要钱去。"少年回头，他的面容在此刻更显生动。

"为什么要找舅舅要？"戚寸心疑惑。

"他该。"少年不咸不淡地答一声。

谢缈果然从裴寄清那儿要来了很多钱，满满一袋银两还不够，还要了一沓厚厚的银票来。戚寸心数了一下，发现竟有几万两。她还从未见过这么多的钱。

下午谢缈顶不住困倦在屋内睡着了，戚寸心坐在廊上拿着银票，垂着脑袋想了会儿，还是站起来，往廊下去了。

裴寄清正在修剪院内的松枝，油绿的枝叶仿佛是这庭内最为鲜亮的存在。他佝偻着身体，修剪得十分仔细。听见脚步声，他转过脸，瞧见是戚寸心，便露出和煦的笑容。

"寸心，快过来。"他招着手说道。

戚寸心走过去时，他已将金剪放到一旁的栏杆上，随即邀她入书房。捋下衣袖，他用竹提勺舀了一勺茶汤到瓷白的茶碗里，又推到她面前："你来找我，是想问我为什么要算计你？"

"舅舅，您说。"戚寸心端着茶碗喝了一口，便定定地望着他。

"这件事虽然有我的推波助澜，但我和他父皇的目的不同。"裴寄清给自己添了杯茶，便一撩衣摆在她对面坐下。

"哪里不同？"戚寸心问。

"他父皇是为了让繁青因你而与朝中李适成之流作对，那李适成是清渠党的党首，当年也是他与宦党党首张友一起斗倒抱朴党，并牵连到了澧阳的戚家，寸心，你可想过，为什么是戚家？"

"因为我祖父和父亲做官太直。"戚寸心想起母亲曾跟她说的话。

"如莲花在莲塘里，中通外直，不蔓不枝，直有什么不好？"裴寄清一手撑在桌上，"你祖父和父亲都是少有的端方君子，可奈何莲塘之下都是淤泥，越是不争抢，越是品行端方，就越容易受构陷。"

裴寄清说着，便从一旁的匣子里取出来一封信递到她眼前。

戚寸心看他一眼，随后放下茶碗接了过来，从中抽出信纸来，上头不过寥寥数字："我伯祖父一家……都死了？"

"是刑部尚书李成元所为。"裴寄清指了指那匣子，"里头还有一封，是我派去的人在你伯祖父戚永旭家中搜出来的，是他当年写给李成元的书信。那时构陷你祖父和父亲，是他为掩盖自己早年与抱朴党党首有来往这件事，这是你姑母生前都不知道的。他留着信，原本是要威胁李成元的。若非此番你们在澧阳闹出的动静太大，他也不会慌里慌张地将藏了许多年的信拿出来意图焚毁。"

戚寸心捏着信纸的手指越收越紧。真相骤然显露在她眼前，犹如惊雷，让她半晌都回不过神。

无论是母亲，还是姑母，抑或曾经的她，怎么也没想到，当初最先将她祖父和父亲推入深渊的，原来就是伯祖父戚永旭。

"繁青的父皇偏又是靠李适成、李成元这些人登上皇位的。如今他父皇想除去这些人，却又不能自己动手，所以他这么做，是为了让繁青去和这些人斗。"裴寄清看着对面的小姑娘，又道，"而我，是为了让你得到庇护。"

戚寸心从恍惚中回过神来，再度看向他。

"九重天是周靖丰的，这个人对南黎皇室谢氏早已失望，他当然也不会成为任何一方的助力，即便你入九重天，成了他的学生，他也不会因为你去保繁青，但他一定会保你，这就已经足够了。"裴寄清说道。

"可是您为什么会觉得，我一定会选择入九重天？"戚寸心将揉皱的信纸放到桌上，她重新捧起那碗热茶，仿佛这样才能令掌心暖和些。

"戚家的女儿嘛，先有你姑母这么一个无双女国士，你又岂会不知，这于你本该是个机会。"裴寄清笑了笑。

戚寸心觉得对面的这位老人洞悉人心无比厉害，已经到了有些可怕的地步，她沉默了一会儿，从衣袖里拿出那沓银票放到裴寄清面前："我相信舅舅不是害我，但被您算计，其实我也还是有点儿生气，所以绵绵拿回来的那一大包银子，我们就不还给您了。"

裴寄清愣了一下，目光落在桌上那沓银票上。而后他摇摇头，笑着说："我也不是不情愿被他要走的，既都给了你们，你就收着，他要是知道你还我银票，还是会过来拿走的。他与我之间，一向算得很清楚。"

"您不是和他最亲近吗？"戚寸心不太明白。

裴寄清轻叹一声："他啊，不论是跟他父皇还是跟我，都不亲近。"

"寸心，我小妹柔康是我父亲在时，做主许给那时的齐王的，世家大族之联姻，必然牵连众多，即便我小妹不爱齐王，也还是嫁给了他。"

"繁青的父母尚且不曾爱过彼此，他这个孩子自然也缺失了诸多情感。后来他被送入北魏麟都的皇宫，我时常不敢看从那边递来的消息，但不必想也知道，他在那里一定深受蛮夷的折磨，所以他的性子，就更与旁人不同。"话至此处，裴寄清看向戚寸心的目光更添几分慈祥，"但我看他如今，好像很依赖你，寸心，这是一件好事。"

他说着抬头，透过圆窗看向庭内的松枝："至少，他变得开心了。"

一碗茶喝完，戚寸心起身准备要走时，迈过门槛又听身后的老者道："不用担心过不了周靖丰的关，我说你可以，你就一定可以。"

戚寸心才要问些什么，却听庭内一阵脚步声伴着铃铛声越来越近，她一回头，便见外袍也不穿，只着一身单薄白衣的少年抿着嘴唇在石阶底下站定。

"娘子，钱少了。"他眼底还带了几分睡意，肩上趴着一只小黑猫，一人一猫皆用一双雾蒙蒙的眼睛望着她。

戚寸心没想到他一睡醒就会去摸枕头底下的钱，她讪笑了一声，然后拿出袖子里的银票："都在这儿，我拿出来数着玩了。"

谢绵瞥了一眼，随即朝她伸手。戚寸心将银票递给他，却被他越过银票抓住了手腕，被动地从阶上跳了下去。铃铛的声音碰撞在一起，清脆悦耳。

"舅舅，这些好像还不够。"谢绵朝那正在门内看戏的老者微微笑道。

"嗯？"戚寸心反应过来，忙拉谢绵的衣袖，小声说，"够了够了。"

裴寄清却仍是笑眯眯的，走出门来时，竟真的又递了厚厚一沓银票到他手里："带寸心出去玩，这些钱是不太够。"

谢绵不理他，拉着戚寸心的手转身就走。回到暂住的院子里，戚寸心看着他走进屋内，将所有的银票都装进她那个绣着忍冬花的布兜，还有那一包银子也放了进去。

"你不用都放到我的布兜里吧？"戚寸心抱着小黑猫走进去。

"都是给你的。"谢绵放下布兜，然后又爬上床，他眼底的倦怠仍未消散，似乎还想再睡一觉。

"绵绵……"戚寸心在床沿坐下，却被谢绵拉住手腕。

铃铛响啊响，他慢慢闭上了眼睛，声音里带着点儿困意，道："娘子，我还是好困。"

戚寸心一下闭嘴，不说话了。小黑猫在她怀里也用一双圆圆的眼睛望着他，尾巴晃啊晃，打在他手臂上。戚寸心忙将它毛茸茸的尾巴收回来，准备起身去院子里，可他抓着她手腕的手却并不松开。

他半睁开眼睛道："娘子，一起睡。"

他可能长得有点儿过分好看了，戚寸心有点儿晃神，不知不觉就听了他的话，蹬掉鞋子到床榻里侧去了。小黑猫隔在他们两人中间，打了一个哈欠，小胡子颤啊颤，显然也准备好好睡一觉了。而他也牵着她的手，不知什么时候闭起了眼睛，呼吸很轻。

她偏着脑袋，在他的呼吸声与小猫呼噜呼噜的声音中，静静地看着他的侧脸许久，忽然思及裴寄清和自己说的那些话。他的父母是并不相爱的两个人，所以在东陵时，他才会问她"做夫妻，就要永远在一起？"，他才会说，他的父亲与母亲，从来不在一起。

这一觉睡到天擦黑，老管家来敲门时他们二人才清醒过来，两人带着一只猫去前厅用饭，裴寄清一边给了小猫一些鸭肉，一边随口问道："寸心，他是在生我的气给我脸子瞧，怎么你也这么晚才来？"

"我娘子很黏我。"戚寸心还没说话，谢绵抢先裴寄清一步将鸭腿夹走，放进戚寸心的碗里，慢条斯理地说道。

戚寸心抬起头看他，凑近了小声说："你怎么又骗人？"

"我没有骗人。"

"谁黏谁啊？"

"你黏我。"

这对少年夫妻又在窃窃私语了，姑娘的声音是压得很低，但少年的声音却很响亮，裴寄清举着筷子，但他平日里一定要吃的鸭腿却不在盘中了。

翌日清晨，戚寸心还在睡梦里就被人捏住了脸。

"娘子，该出门了。"她醒过来，正好望见少年那一双漂亮的眼睛，她还有点儿迷迷糊糊的。

"再睡一会儿好不好？"戚寸心有点儿想赖床，因为昨天下午睡太多，到了晚上她和他又半宿睡不着，两人在一块儿看了小半夜的书，这会儿她正困。

"不好。"谢绍松开她的脸，扯过昨日府里婢女送来的绯红衣裙，掀开被子握住她的手臂将她拉着坐起来。

戚寸心还有点儿蒙，而他已经开始给她套衣裳了。

"我自己穿……"她推开他的手，脸有点儿烫。

匆匆穿好衣裙洗漱过后，有婢女进来替戚寸心梳了发髻，又戴上漂亮的珍珠排簪和绢花。她白皙的面容被这样浓烈的红色衬得更添明艳，鼻梁上殷红的小痣也成了令人惊艳的点缀。只略微描过眉，涂了点儿唇脂，她的气色便更是不同。谢绍站在后面盯着铜镜看，惹得戚寸心不太好意思抬头。

也许是期待今天和她一起出门，谢绍早饭都没和裴寄清一块儿吃就拉着戚寸心直接出了裴府。徐允嘉等人跟在后面，看着那对少年夫妻手牵手在这薄雾里走入了一家早食摊。

"老管家说这里的鸡脆饼汤最好吃。"戚寸心望了一眼早食摊的名字，和谢绍坐在桌前，又回头去看那炉灶前忙活的老人。

剁碎的鸡肉与菌菇混以面粉搓成饼状下锅油煎，用米做成的米粉烫熟入碗，接着将熬好的鸡汤倒入碗中，最后加入油煎过的鸡脆饼，便成了一碗鸡脆饼汤。

戚寸心在那老人将鸡汤淋入碗内时，便已经嗅到香浓的味道。

老人将两碗鸡脆饼汤端来，又放下一只瓷碟，瓷碟里是研磨过的黑乎乎的酱料，她不由得问："这是什么？"

"是五辣酱。"老人笑眯眯的，他这摊子小，也不常来穿得这样好的贵人，虽不知是什么来头，但他仍显出几分局促，"是因有些客人口味重，这五辣酱辛辣微麻，姑娘可以加些在碗里，也可以蘸鸡脆饼。"

"好。"戚寸心点点头。

老人转身又到灶台前忙，戚寸心只咬了一口鸡脆饼，她的眼睛就亮了起来，忙问对面的少年："绷绷，好吃吗？"

"嗯。"他轻应一声，因他本就不重口腹之欲，也没什么情绪变化。可见对面的小姑娘闷头吃鸡脆饼吃得开心，他的胃口倒也随之好了些。

戚寸心总觉得有哪里不对，一抬头，发现那一行带着剑的侍卫在早食摊外站成一排，惹得早起的行人一时不敢靠近，她便开口道："绷绷，让徐大人他们也来吃吧？"

谢绷抬头，正见她从忍冬花布兜里掏出来一锭银子，豪气地放到桌子上："舅舅他老人家请客。"

"好。"他抬手唤了徐允嘉等人进来，让他们找位子坐下，又淡淡地添了一句，"每人多吃几碗，不用替裴太傅省钱。"

"啊？"正在吃粉的戚寸心抬起头。

"店家，你这儿有大点儿的碗吗？"听到这话，一个胃口本就大的侍卫不由得露出点儿笑容，跟老人比画出一个大概的尺寸。

"各位客官稍待片刻，老朽的家就在后头的巷子里，我这就去多取几个……盆来。"老人看着他比画的尺寸，最终断定那应该是只比洗脸的铜盆小两圈儿的饭盆。

"脆饼不够，还得叫人多送几只杀好的鸡来。"他嘟嘟囔囔地，闷着头就往后头去了。

月童城比北魏的东陵繁华百倍，毕竟当年昌宗皇帝迁都月童之前，这里已经是闻名天下的鱼米粮仓、富庶之地，更何况南黎皇室定都月童三十多年，这里比往昔便更加繁荣。

临水的屋舍鳞次栉比，翘角檐上坠着的铜铃于风中叮当作响，岸边一棵枝繁叶茂的大树满坠各色的绸带，飘飘荡荡如女子的袖衫。河畔浣衣的妇人已收拾好洗净的衣裳，抱着木盆往临水的长廊走去，拿着烟斗的算命先生在廊上摆摊，偶尔也哼两声不知名的调子。街上行人很多，熙熙攘攘的。

听说专看杂耍的地方叫作彩戏园，就在这条街上，从未见过的戚寸心直嚷着想去看看。和谢绑甫一进去，戚寸心便感受到这里的热闹，楼上楼下的看客众多，连里头那些跑堂的都忙得满头大汗。

在二楼的位子坐下后，跑堂的满脸带笑地送来新鲜的瓜果糕点和热茶。戚寸心目不转睛地看着楼下屏风后的一个身影，楼上楼下看客的声音小下去，那人惟妙惟肖的口技便被听得分明，不论是学鸟叫，还是模仿各类人说话的声音，他轻易就能将人带入那情境里去。

这边戚寸心听得出神，那边谢绑却侧过脸，听徐允嘉在后头低声说些什么，随即他好似无意地瞥了一眼右边隔着青纱帘的另一桌人。抬手之间，一根筷子握入手中，随即又被他抛出去穿破那层青纱，精准地戳破椅背刺入了那人的肩背。

青纱帘后有杯盏摔落，戚寸心下意识地偏过头去看，只见帘后一把木椅忽然散了架，有个朦胧的身影狼狈地跌下座位，而坐在另一把椅子上的人连忙拿了桌上的刀，扶着那人朝那边的楼梯步伐凌乱地去了。

"怎么椅子都坐塌了？"戚寸心吃了一惊。

谢绑一手撑着下颌，漫不经心地答："也许他太胖了。"

胖吗？虽隔着帘子，但戚寸心也隐约瞧见那人的身形虽然高大，却绝不至于胖，她一时有点儿摸不着头脑，但也没有多想，又转过脸瞧底下的热闹去了。

口技表演结束，看台上撤了屏风，那手持折扇的青年正朝看客行礼，楼里的鼓掌声、叫好声一阵接一阵吵得厉害，而谢绑却兴致缺缺，只看了徐允嘉一眼。

徐允嘉当即颔首，随后便唤了两名随行的侍卫掀开那已添了个洞的帘子，随着方才那两人下楼的方向去了。

堂上各类杂耍表演轮番上场，最终彩戏园的掌柜遣人拿了铜壶来，供看客投壶玩耍，还设了几等彩头。戚寸心看中了其中一个挂饰，但她跑进人堆里连着投了好几回，最终只捧回来一个小香包。

"为什么不让我替你？"离开彩戏园，走在路上，少年见她垂着脑袋捧着那个小香包不说话，便问她。

"你那么厉害，一定一投就中。"戚寸心知道他会武功，准头也一定很好。

"这个怎么说也是我自己赢的。"她小声地说了句，伸手把小香包塞入了他的手里。

他垂眸瞥一眼那个香包，药香的味道很淡，只怕里面也没装多少香料，怪不得是投中一支便能得的便宜彩头，但他还是将其收入掌中。

或听马蹄疾驰，盔甲碰撞之声渐渐清晰，谢绑一抬首，便看清迎面道上那骑马而来的青年的面容。烟尘滚滚之下，谢绑的一双眼睛冷淡许多，他看着那青年逐渐近了，开口对戚寸心道："娘子，我们不能回裴府了。"

那身着蓝灰圆领锦衣的俊逸青年翻身下马，徐徐走到他们二人面前，露出了温和的笑容。

"繁……"但才开口，他又忽然意识到眼前这少年已经成了当今太子，便改了口，"太子。"

他打量着眼前的少年："阔别六年，太子可还认得我这个二哥？我前些日子不在月童，不然我早就来见你了。"

二哥？戚寸心不由得看向他。

"原来是二哥。"谢绑扯唇，语气散漫。

"想必这位就是太子妃了吧？"谢詹泽的目光落在谢绑身旁的戚寸心身上，朝她露出一个笑。

"二哥是专程来找我的？"也不待戚寸心反应，谢绑便开口。

谢詹泽点了点头："父皇宣你回宫，说你既是太子，就没有一直住在外头的道理。"

说着，他抬首往这热闹街市一望，又压低些声音："这些天来月童的人很多，不说别处，只是眼前这般热闹繁华之下，便已有诸多暗流涌动，太子妃还是在宫里安全些。"

"那可真是劳烦二哥跑这一趟了。"谢绑轻抬眼帘，便见右侧楼上的窗棂间有一道身影闪过，他倒也不动声色，只慢悠悠道，"多谢二哥提醒。"

随后他牵起戚寸心的手，便率先往前走去。

谢詹泽顿了一下，转身去看那对少年夫妻的背影。天光之下，那少年微荡的宽袖边缘显露出腕上的红绳银铃，与那姑娘银珠手串上坠着的是同一种。铃铛声清脆，谢詹泽想起母妃今晨与他说的话，便抬眼望了一眼檐上，果然瞧见两只羽毛洁白的鸟。

谢繁青……竟然真的给自己的妻子下蛊？

戚寸心是第一次踏入南黎皇宫，琉璃瓦，朱红墙，这般华美巍峨的宫城，是整个南黎的至高至尊之处。

"在想什么？"谢緲牵着戚寸心走在朱红宫巷，见她许久不说话，不由得看向她，轻声问。

戚寸心过了会儿才说："只是觉得人在这样的地方，看起来好渺小。"

"你不喜欢这儿？"他似乎并不明白她的话。

"没有啊，"戚寸心摇头，又仰头打量宫墙之上探出的枝叶，稀稀落落的阳光洒向她白皙的面庞，"这里是我见过的最漂亮的地方了。"

"这里并不好。"铃铛声夹杂在簌簌的风声里，少年的衣袂微荡，他的声音冷静平淡，在她看向他时与她对望，"可是娘子，我要在这里。"

戚寸心愣愣地盯着他片刻，像是忽然明白了什么似的，她一下撇过脸说道："知道了。"

"你是在警告我不准跑，对不对？"她越来越能看清他的意图。

他那双眼睛弯起来，好似带着星子波光一般看着她，他还认真地反驳道："不是警告。"

戚寸心轻哼一声，懒得理他。

因他们在外面玩了一天，戚寸心原本就已经有些累了，加之这皇宫比她想象中的还要大，她逐渐有些跟不上他的步伐。

徐允嘉本要命人去准备步辇，却见谢緲摇头。

朱红宫巷里，身着浅色衣裳的宫娥躬身朝缓步走过她们身边的太子行礼，有人偷偷抬眼，便见太子殿下竟背着一个衣裙绯红的姑娘。

"你还生气吗？"少年的嗓音清脆。

"你承认你比较黏人，我就不生气了。"戚寸心趴在他的肩头，摘下一片落在他身上的银杏叶。

可他不说话了。

戚寸心抿着唇偷笑，可是笑着笑着，她又偏着脑袋望着他的侧脸，忍不住用手指碰了一下他纤长的睫毛。少年眨了一下眼睛，亦偏过了头。

"缈缈，你这么好，我才不会跑。"她忽然说。

即便是这样的重重宫阙，即便是世间传闻的最高、最冷处，她也一点儿都不害怕。

"舅舅说，我一定能进九重楼。"夕阳下，年轻的姑娘趴在少年的肩头，"可我还是有点儿害怕。"

云霞缠裹着天光在天边勾描出漂亮的画卷，余晖落在他们两个人的身上，显得有些耀眼。

"为什么？"他不解。

"你说过天下有很多人都想进九重楼，成为周先生的学生或朋友，可我没有念过书，字也写得歪歪扭扭。"她的声音有点儿闷闷的，"我一点儿也不好。"

"你哪里不好？"他却侧过脸来，看她。

戚寸心好像只小蜗牛，但对上他的目光，她愣了会儿，脸又红了，她低下头，趴在他背上不说话了。

风吹着他的发拂过她的脸颊，有点儿痒痒的，他们安静了许久，她忽然唤了声："缈缈。"

"嗯？"

"我要是真的进去了，你能每天都去接我吗？"她说。

"好。"他轻轻地应。

太子一入宫，九璋殿便收到了消息。

"陛下。"刘松听了底下人的禀报，抬脚迈入九璋殿，却又有些不敢明说。

"詹泽将他弟弟找回来了？"谢敏朝没抬头，兀自看着面前的奏折。

"是。"刘松恭敬地答。

"那戚家的小姑娘呢？"

"太子殿下也将她带回宫中了。"

谢敏朝丢开手中的朱笔，有宫娥上前奉茶，他便接过来慢饮一口。

"李成元还在外头？"

"是。"刘松应声。

"先将李成元叫进来，再去请太子过来。"谢敏朝淡淡下令。

刘松垂首称是，忙退至殿外。

谢绷将戚寸心带入东宫后，太监总管刘松便带着谢敏朝的口谕匆匆赶来。谢绷却不紧不慢，牵着戚寸心的手先入内殿，马上便有掌事女官带着几名宫娥捧着衣冠前来。谢绷换了身衣袍，才朝九璋殿去。

李成元在殿中多时，明明已是秋天，他鬓角却出了不少汗，那坐在御案后的帝王许久不曾开口，他立在一旁，也没敢用衣袖擦汗。

"陛下。"刘松迈入殿门，恭敬地唤了声。

谢敏朝见有人走入殿来，那是位身着绛紫银线四蟒纹圆领锦袍的少年，鞶带收束他纤细的腰身，坠在一侧的白玉流苏随着他的脚步在微晃。

"儿子，快过来。"谢敏朝一见他，便笑着朝他招手。

"李尚书也在啊。"谢绷面无表情，瞥一眼一侧的李成元。

"臣，拜见太子殿下。"李成元连忙下跪。

可等了片刻，他也没等到这位太子殿下再出声，便不由得抬起头，却见这紫衣少年正睨着他。

"繁青，李尚书是给你出主意来了。"谢敏朝仍在御案后坐得稳稳当当的，甚至还喝了口茶。

"是吗？"少年的声音听不出喜怒。

"太子殿下容禀，"李成元低首，顺着谢敏朝的话说了下去，"臣是听闻太子殿下流落北魏东陵时娶了位妻子，臣听说，她是戚明恪的女儿。"

说罢，他抬眼瞧了谢绷一下，见对方没反应，便又道："当年抱朴党何凤行诬陷戚永熙父子，致使父子俩先后含冤而亡，所幸玉真夫人终是为父兄洗清了冤屈……臣佩服戚永熙父子的品行，也敬佩玉真夫人这位国士，所以臣想将戚姑娘认作义女，有我李氏门庭之名，戚姑娘嫁与殿下，便会少去许多阻碍。"

"义女？"谢绷念出这两字，偏头看向御案后的谢敏朝，见谢敏朝一手执杯正在吹茶杯里的热茶汤，他的目光又重新落在李成元身上，突然他一脚狠踢在李成元肩上，致使李成元后仰倒地。

"我竟不知你们李家是什么了不得的门庭。"他嗤笑一声，一双眸子冰冷，

"我的妻子自有她自己的姓氏，你又算什么东西，也敢来妄认义女？"

阳春宫。

"听闻太子将那戚家的姑娘带入东宫了。"常在吴贵妃身边服侍的宫娥绣屏一边将茶盏奉上，一边说道。

"他还真打算让她做太子妃？"吴贵妃抿了口茶，清冷的眉目微扬，唇畔露出几分哂笑。

储君之正妻，本该是高门贵女，其中利益牵扯甚广，即便身为皇帝的谢敏朝肯应，只怕那满朝文武也决不会容忍太子娶一个父母俱亡，只剩空名的孤女。扎根南黎的世家大族与朝中势力盘根错节，多的是人想将自己的女儿送入东宫。

"谢繁青身后已有一个裴太傅，若他真与朝中哪位重臣或月童的世家大族结了亲，他的太子之位只怕就坐得更稳了。如今他偏要为那戚家的孤女要一个正妻之名，本宫本该作壁上观，"吴贵妃蹙起眉，将茶盏搁到一旁，"可天下人趋之若鹜的紫垣玉符又偏偏在她的手里。"

"不是说戚家那孤女在北魏时还是个丫鬟吗？"绣屏立在一旁，小心翼翼道，"奴婢听人说，要入九重楼可不容易，她又如何做得到？"

吴贵妃垂眸思忖：倒也是了，一个小丫头，谅她也不能有什么出息。

殿外金乌西沉，暮云四合。

"娘娘。"头戴漆纱笼冠的太监匆匆进殿来，朝吴贵妃行礼。他满头大汗，一看便是一路跑过来的。

"如何？"吴贵妃问道。

"太子殿下入九璋殿时，李尚书也在里头，奴才听人说，太子与李尚书似乎起了冲突。"太监一五一十地答。

"李成元心急了。"吴贵妃只略微一想，便明白了个大概。

"母妃。"殿外忽有声音传来，吴贵妃抬眼瞧见那个迈进殿门的锦衣青年。她向来冷淡的眉目柔和了几分，或因想起些什么，她的神情又冷了些。

默默地看那青年朝她行礼后，吴贵妃才缓缓开口道："你见过太子了？"

"儿臣奉父皇之命，去寻太子回宫。"谢詹泽在她身边坐下。

"儿臣……瞧见银霜鸟了。"他思及在热闹街市里，那檐上羽毛洁白的两只鸟，饮茶的动作一顿，"繁青他为此女与父皇作对，怎么偏又给她下蛊？"

"儿啊，"吴贵妃伸手轻拍他的肩，"你如今还不信母妃吗？你这个弟弟在去北魏的这六年里，早成了个疯子。"

"若那日他那一剑再准一些，我怕是没有机会在今日同你说这些了。"吴贵妃想起那个清晨，那纵马宫中，朝她扔出那柄带血的长剑的红衣少年，想起他放肆的笑，她的脸色便更阴沉了些。

"那是因为母妃您派人去仙翁江刺杀他在先，"谢詹泽皱着眉头，有些无奈，"母妃，儿臣不是早劝过您吗？无论他回不回来，做不做太子，都随他去，万事皆由父皇做主就好。您也知道我和谢繁青之间早已经不可能相安无事了。"

吴贵妃的脸色更加不好，她冷笑一声："詹泽，你心善，可你想过没有，他是个连枕边人都要用蛊拴着的疯子，如今他做了太子，日后他再成为南黎的天子，那他会放过我们母子吗？"

"谢詹泽，你如今倒是大度，倒是不争抢，你以为你凭的是什么？"吴贵妃似是恨铁不成钢地看着眼前的这个儿子，"是你父皇这么多年来对你的偏爱，你知道你父皇最疼你，那谢宜澄争不过你，谢繁青被送去北魏时，你怕是也没想到他能活着回来吧？"

"母妃……"也不知被戳中了心事还是怎的，谢詹泽隔了会儿才说，"父皇既立他为太子，一定有父皇的道理，我们就听父皇的吧。"

他似乎极不情愿听母亲说这些话，站起身来朝她又行了一礼，便道："儿臣还有些事要做，晚膳时再来陪母妃。"

吴贵妃冷着脸，看着谢詹泽的背影消失在殿门外，狠狠地说道："那戚家的孤女进不了九重楼，紫垣玉符绝不能落到别人手里。"

夜半时分下了一场急促的秋雨。谢绯一出九璋殿，徐允嘉便走上前去替他撑伞，只是雨势渐大，他这一路还是沾染了满身水汽。他先在浴房里沐浴，换了身衣裳才回寝殿。

谢绯推门进去时，殿内只零星燃着几盏灯，掀开帘子进了内殿，光线更暗。小黑猫最近常是昼伏夜出，今日大雨，便从半开的窗户爬进来，当时它几乎与夜色要融为一体，唯有圆圆的眼珠像两颗发光的珠子，浑身湿漉漉的，就要往床上去。谢绷发现后便提着它的脖颈，它张开嘴巴喵喵叫，却被他的手指捏着合上嘴巴，猫猫用湿漉漉的脑袋蹭他的手，他也不理会就那么提溜着它，将它扔到一旁的软榻上。他朝床榻走去，小黑猫突然打了个响亮的喷嚏，回过头却见它正歪着脑袋在看他。

床榻上的姑娘已经睡了，少年的目光落在那个熟睡的姑娘身上，他脑中闪过在澧阳的那间竹屋里，她哭得满脸是泪的样子。于是他想，要是这只猫死了，她也许又要哭了。

谢绷抿着唇，伸手拿了一旁屏风上挂着的干燥的布巾走过去，胡乱地擦去小黑猫身上的雨水，小黑猫像个小孩一样仰躺在柔软的榻上，浑身的毛发都被擦得乱糟糟的，像爹了毛一样。他又扯过软榻上的薄被盖到小黑猫身上，替它将被角压得严严实实的。

少年一双冷淡漂亮的眸子终于弯起满意的弧度，他转身迈着轻快的步伐走去床边，掀开被子躺在姑娘的身侧。见她腰下压着本书，他伸手轻轻地拽了出来，随手翻了两页，原本背对着他的姑娘却忽然转过身来。她的呼吸微热，轻轻喷洒在他的侧脸，他放下书，干脆偏头去看她的睡颜。窗外雨声淅沥，也不知道是在什么时候，他也闭上了眼。从没有睡得这样安稳过，连窗外热闹的雨声落在人的耳畔，也觉得好安宁。

待到翌日云销雨霁，潮湿的雾气携风潜入内殿，轻拂戚寸心的面颊，她动动眼皮，睁开了眼睛。又是在一个人的怀抱里，鼻间满是他身上不知名的冷香，她细细看他熟睡的面庞，少年的眉眼在薄雾晨光里明净无瑕，好看得不像话。她从被子里伸出手，将腕上的铃铛凑近他耳边晃荡出清脆的声响，他便皱了眉头，一下睁开了眼。

"娘子？"他起初还有点儿懵懂，但很快反应过来是她在故意地捉弄。他抿着唇，睁着一双雾蒙蒙的眼睛，伸出手去揪她的脸蛋。

"我错了。"戚寸心笑个不停。

"我真的很困。"他的声音有点儿闷闷的。

"对不起。"她真诚道歉。

"那你和我再睡一会儿。"他抱住她纤瘦的腰。

"我睡不着了。"被他忽然揽住腰，她的脸颊红透。而他的指腹却碰了一下她薄薄的眼皮，令她下意识地闭起眼睛。

"睡。"他还有些蒙眬睡意。

"我都说我睡不着了。"她嘟囔道。

"是你先捉弄我的。"

"你都捉弄我多少回了？"

"虫子爬出来了。"

"哪儿呢？"小姑娘慌里慌张的，隔了会儿，铃铛响了几下，她生气地喊，"谢绍你这个骗人精！"

东宫的掌事宫女柳絮才至殿外，便回身朝那几名宫娥做了个噤声的手势，几人一时立在外头静等着，只当不曾听见殿内的声音。

就这样闹了会儿，两人用过午膳，便去了玉昆门外的紫垣河，但到了那儿，谢绍又忽然来了兴致，命人去拿了鱼竿来和戚寸心在岸边钓起了鱼。

"李成元想认我做义女？"戚寸心只是随口问他昨日去九璋殿做了什么，却不想这么一个消息忽然砸在她耳边，害她差点儿扔了鱼竿，她神情激愤道，"他是不是真以为他杀了伯祖父，做的那些事就没人知道了？"

"气什么？"谢绍伸手在一旁的案上拿了块糕点递给她，"昨日当着父皇的面，我已经教训过他了。"

"你打他了吗？"戚寸心一脸惊诧，"你父皇没有生气吗？"

"谁管他生不生气？"谢绍看向河面上那仍未被秋阳蒸发的雾气，"我这么做，他应该最高兴。"

"你戚家的仇还不算完，李成元欠你们家的，都该还。"他忽而又侧过脸看向她，如此平淡的语气，却又好似隐含几分微不可察的阴冷意味。

戚寸心正想说些什么，却察觉到浮漂在动，她连忙站起身去拉线，一条鱼破水而出，让一直趴在案上的小黑猫来了精神，它忙跳下去围在她的脚边打转，喵喵叫个不停。小黑猫用爪子试探着去挠地上的鱼，又被忽然摆动的鱼尾巴吓了一跳，那可爱模样惹得她笑个不停。

不远处的楼阁之上，立在栏边的吴贵妃一身锦绣衣裙，她的举止极为端庄，头上的金钗步摇只有细微的晃动，眼尾微微上挑的丹凤眼睨着那对悠闲垂钓的少年与少女，那姑娘仰面笑得灿烂，头上的鲛珠步摇犹如乱颤的花枝，腰间的金镶玉禁步也未能阻止她散漫随意的举止。

"也不知她如何入了太子的眼。"宫娥绣屏立在她身后道。

吴贵妃闻言，瞥她一眼。绣屏便当即垂首，不说话了。

吴贵妃面上浮出一抹冷笑："她配一个疯子，如何配不得？"

突然，远处有铜铃声响起。犹如遭遇一阵强风般，杂乱的铜铃声接二连三冲破薄雾，带起河面阵阵涟漪。

吴贵妃的面色忽然一滞，她下意识地抬眼朝河对岸看去。

听到这铜铃声，戚寸心不由得抬头，而天光之下，河面的薄雾似乎减淡许多。似是有机关开启，对岸竟有整块地面开始下坠，引得翠竹间簌簌风起。忽而铜铃声越发急促，随后，地下缓缓升起了一座八角高楼。

八角檐上的每一个铜铃被风拉扯着发出凌乱的声音，河面万千波涛起伏，好似被剑气斩开的水波激荡，那九重高楼竟拔地而起，而戏完水的白鹤展开双翅盘旋于八角楼顶，落于顶端那雕刻得栩栩如生的镏金重明鸟的羽翅上，八角重楼上朱红漆金的神秘图腾便在此时熠熠生辉。

吴贵妃听着那胡乱作响的铜铃声，遥望那只巨大的，趴覆于整个八角楼顶端，作展翅回首状的金色重明鸟塑像，便不由得想起谢敏朝曾经同她说过的话。

"周靖丰……回来了？"半晌，她喃喃出声。

戚寸心的鬓发已被河面激荡起来的水珠打湿，她目瞪口呆地望着对岸那徐徐上升的八角高楼——楼是八角，却有九层。阳光洒在楼顶那巨大的金色重明鸟身上，晃了人的眼。

忽地，一道浑厚的声音破天而来：

"持我紫垣玉符者，何在？"

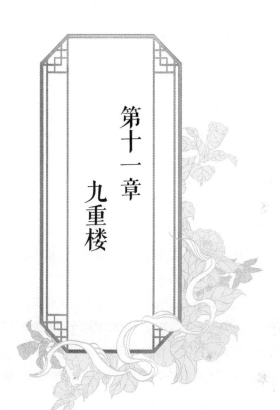

第十一章　九重楼

"适成爱卿，听说成元爱卿昨日回去之后便病了？"九璋殿内，端坐在御案之后的延光帝谢敏朝面上带了几分关切之意，"你也知道，太子年少，尚有几分少年人的轻狂，昨日之事，的确是太子冲动了。"

李适成垂首立在底下："陛下，此事不怪太子殿下，实在是臣的堂弟成元鲁莽，只因敬佩戚家满门忠烈，便想着将戚家孤女认在我李家门下，好让她顺顺当当地嫁与太子殿下，却忘了妄与天家攀亲，本是大错。"

他这话说得有趣，看似都是李成元的错，却又字字流露出几分好心未得好报的意味。

谢敏朝不动声色，隔了会儿，才又笑着说："朕自然知晓成元爱卿一片赤诚，本意是为太子解忧，可适成爱卿不知，朕在这个小儿子面前都有吃瘪的时候，他啊，为我南黎去北魏做质子这么多年还能活着回来，已是不易，朕又如何舍得苛责他？便是他要娶个门第不合适的戚家孤女，他若强求，朕怕是最终也只能随他。"

他说着，还叹了口气："让他在群狼环伺的北魏皇宫里待了六年，是朕亏欠他太多。"

天子开口说亏欠，又是一番太子为南黎社稷在北魏受苦受难的话，李适成一时竟也不知该说些什么了。他甚至无法找到弹劾太子轻狂无状的切入点，这话，已然不能再说下去了。

恰在这时，太监总管刘松匆匆从殿外走了进来，他神情激动，向坐在高位的谢敏朝行礼道："陛下，紫垣河对岸的九重楼现世了！"

"九重楼"三字一出口，御案后的谢敏朝便瞬间起身，而立在底下的李适成的神情也变了几变。

"天山明月……"谢敏朝喃喃自语，想起自己也曾有幸在金銮殿上瞧见那满身酒气，提名剑薄光于众目睽睽之下，怒斥他皇兄德宗皇帝的身影——那令天下文人侠客皆心向往之的天山明月周靖丰。

"让裘鹏抽调禁军前往紫垣河守着。"谢敏朝敏锐地察觉到这皇宫之中，将有许多陌生来客了。

"是。"刘松擦了擦汗，忙去殿外寻禁军统领裘鹏。

"适成爱卿，九重楼现世，不如随朕去看看？"谢敏朝看向那垂着头，神色不明的李适成。

"是。"李适成当即领命。

但在随天子走出殿外时，李适成悄无声息地将袖间的一枚羽令递给一名太监，然后才紧随谢敏朝而去。

紫垣河中激荡的波浪平静下来，雾气散去，那矗立在对岸的八角九重楼便更为清晰地展现在世人的眼前。

戚寸心手里的鱼竿不知何时已经掉了，小黑猫瑟瑟发抖地爬上她的肩，她于一片绚烂的天光之下仰望着那座高楼。

那道声音仿佛是幻听般已然飘远，对面只有檐角的铜铃在晃，那只白鹤在镏金重明鸟塑像上停驻洗翅，却不见人的身影。

"他来了。"谢绉站在她的身侧，示意徐允嘉。

"殿下。"徐允嘉忙上前来。

"将东宫的侍卫都带过来，再通知舅舅，让涤神乡的程寺云也带人过来。"谢绉下令。

"是。"徐允嘉领了命，转身便去叫韩章等人。

"绉绉，有只小船。"戚寸心抬手指向那河面缓缓而来的一只小船，船上挂着一盏鱼灯，却结满蛛网，不见灯芯。

谢绯看了一眼那河面上漂浮的船只，随即他的目光停留在重重高檐之上，忽然道："娘子，如果现在你告诉我，你不想去了，也可以。"

戚寸心回望他，片刻后问："今天会来很多人吗？"

"蛰伏于月童的江湖中人都在等这一日，能入南黎皇宫的，多是为达目的不择手段的亡命之徒，"他的一双眼睛定定地看着她，语气平静，"他们都在等你失败，你若失败，此后的万千日夜，他们都会想尽办法来取你的命。"

"我不去，他们就不会了吗？"

"依然会。"

戚寸心闻言，再度看向那已至岸边的小船，在淡淡的雾气中，那船在水面上显得渺小又朦胧。有一瞬，她的脑海里又出现了那条仙翁江，还有河畔的蒲草；随即又幻化成她想象中多年前姑母的模样，她是那样年轻，那样勇敢，孤身一人的她手握一根竹竿撑着小船，为一个使命，为一身家仇决然地走上一条荆棘之路，为一条已经选择的路，决不后悔。

"我会像我姑母一样的。"她轻轻地对身旁的少年说。

谢绯凝视她片刻，于飘荡的雾气中，他轻轻颔首："那就去吧。"

天子御辇驾临，随之而来的禁军很快将这玉昆门紫垣河畔围得水泄不通。谢敏朝摆手让要来扶他的刘松退下，自己下了御辇，走到那身着紫棠银线四蟒纹锦袍的少年身旁。他望着那个已经上了小船，撑竿往对岸去的姑娘的背影说："你还真由着她去闯九重楼。"

"她想去。"谢绯声音平静。

谢敏朝负手而立，目送着戚寸心道："她一无学识，二无武学根基，你说，她凭什么入九重楼？"

天下文人墨客想入九重楼，是向往那座楼里锁着的万金难求的古籍名画，更向往与诗文天下一绝的天山明月周靖丰切磋对弈，若能得他指点，或成为他的学生或朋友，也能因此得到一个响亮的名声。文人追逐声名，而江湖中人则追求武学造诣，他们向往的是周靖丰自创的武学，或者是一个与其比试切磋的机会。但偏偏无论是学识还是武功，那戚家的孤女都一窍不通。

"她进退两难，这局面都是父皇您一手造成的。"谢绯的目光仍旧停留在那河面的船只上。

"朕以为她这样的小姑娘，会怕得躲在你的身后。"瞧着那姑娘单薄的背影，这的确有些出乎谢敏朝的意料之外。

"她不会。"谢绡立在岸边，看着那个姑娘用手里的竹竿一次又一次划开水波，她从来也没有回头过。

阳光渐盛，照得他弯起来的一双眼睛晶亮如星，他偏头看向身旁的谢敏朝："父皇，您低估她了。"

紫垣河是南黎皇宫中的内河，并不像外头山川之间的江河那样广阔。戚寸心划船至对岸时，正好瞧见那只在八角楼顶端的白鹤展开双翅，盘旋而下。在还未散尽的雾气里，它好似从传说中的云阙天宫而来，令人有一种身处仙界的错觉。

戚寸心踏上河岸，放下竹竿，来到楼前，抬头便望见那九重楼门上镶嵌着一只金色重明鸟。它的羽翅都是镂空的，其中似乎有极为精妙的机关在转动，隐约还能听见其运作的细微声响。突然，咔嗒一声，戚寸心脚下的地砖忽然下陷，她没有防备，直接掉了下去。

那是一个潮湿的洞穴，有水滴的声音。嶙峋石壁上嵌着几盏灯，火苗虽燃烧着，但仍一片昏暗。戚寸心摔在一潭冷水里，她挣扎着站起身才发现那水已没过她的腰身。她一身衣裙湿透，而鬓发上的一颗颗水珠正掉在水面上。

也许是听到了什么不一样的响动，她十分警惕地转过身，恰巧望见什么东西正露出水面来。它有一身深绿色的鳞甲，头顶两侧的眼睛正盯着戚寸心，泛着森冷的光。

戚寸心惊叫出声，她转过身就要往岸边去，可衣裙浸了水重得不像话，她挣扎了半天才触碰到岸边的石壁，此时一道浑厚苍老的声音传来：

"玉符何在？"

戚寸心本想上岸，却忽然一顿，回头见那只鳄鱼仍在那里，半露着脑袋，始终没动。她的手止不住地颤抖，但当手指触摸到腰间的那枚玉符时，她深吸一口气，又落入了水中。因为她看到石潭中央矗立着一座石碑，石碑上有一块凹陷处，那形状似乎与玉符一样。

戚寸心一边朝石碑走去，一边紧紧地盯着那只鳄鱼，见它忽然张开满是尖利牙齿的嘴，她吓得双膝一软，险些摔倒。这时水激荡了起来，原来鳄鱼已经朝她游过来了。

戚寸心勉强稳住身形，眼睁睁地看它以极快的速度朝她游来，她的身体比脑子反应更快，转身奋力朝那中间的石碑游去。在鳄鱼张开血盆大口靠近时，她迅速抱住石碑，双脚也踩上了石碑四周雕刻的莲花状石刻。

待她回头时，才发现那鳄鱼的牙齿已经触碰到她的裙摆，惊得她双眼大睁，满脸恐惧，努力忍着的泪水也自眼眶滑落。眼看它一口下去，必将咬断她的脚踝，她本能地还要往石碑高处爬，却听砰的一声水波荡开。再睁开眼时，那鳄鱼已瞬间潜入莲花石刻之下，消失无踪。

洞穴里安静下来，戚寸心身上的水珠落于水面的声音清晰可闻，她剧烈的喘息渐渐平复下来，隔了会儿，她的目光才落在自己紧紧抱住的这个石碑上。

石碑上面镌刻了密密麻麻的名字，有许多都是伊赫人的名姓。戚寸心伸出早已经僵了的手，将玉符放入石碑上的凹陷处，刹那间，便见玉符上的那颗金珠开始飞快地转动，随即洞穴上方忽然垂下来一个秋千。

戚寸心望了一会儿，发现上面漆黑一片，她伸出手抓住秋千的绳索，脚踩莲花石刻用力一蹬，就坐上了秋千。这时，秋千的绳索骤然开始往上提，带着她迅速上升。戚寸心紧闭双眼，只觉得湿冷的风擦过她的脸颊，有些刺疼。

"小姑娘为何而来？"那声音问她。

戚寸心一下睁开眼睛，这里的光线太暗令她有些看不太清周遭的情况。但听见这个声音，她便从秋千上站起身来，定定地朝着一个方向，诚恳答道："为了见周先生。"

"你既无武学根基，那么便是为这楼内的藏书名画、奇珍异宝？"那道声音缥缈而沧桑。

戚寸心抹了一把脸上的水："我没学过武，也没念过多少书，我不为先生的独门武学，也不为楼内的藏书名画、奇珍异宝。"

"我持紫垣玉符而来，是因为所有人都知道它在我手里。我来，他们会取我性命；我不来，他们还是不会放过我。"

"姑娘有何可惧？你的夫君乃天潢贵胄、太子之尊。"那声音又轻飘飘地落在她耳畔。

"我知道。"戚寸心浑身冷得厉害，她的鼻音渐重了些，牙齿在打战，"若我没有玉符，我还有夫君。"

戚寸心的手指触碰到腕上的银珠铃铛，隔着一条紫垣河的距离，她知道它已经不会响了。

"可我有玉符，它是令一些人以刀剑向我的祸根，却也是我的机会。"

"我不会下棋，也不懂论道，我什么也没有，什么也不会，所以我想来问一问先生，我可不可以做先生您的学生，请您教我读书明理，知天下事。"

小姑娘虽已冻得声音发颤，却也坦诚。

或许是未曾料到她会这么说，那声音显露出了几分兴致："看你脚下。"

戚寸心闻言，下意识地低头，便见自己原来脚踩着一幅浮雕镏金画卷，此时却零碎地分成几块，混乱地堆放在一起。

"拼好它……失之毫厘，差之千里，若错一步，你就会重新落入底下的鳄鱼潭里。"那声音添了几分笑意。

戚寸心想起那只鳞甲坚硬、牙齿锋利的鳄鱼，仍旧怕得厉害，脸色也有些发白，她想也许这回掉下去，它正好饿了呢？

"后悔了？"那道声音慢悠悠的。

"不后悔。"她几乎是毫不犹豫。

"我会努力拼好它的，先生。"戚寸心仰面喊了一声，连忙蹲下去，伸手慢慢移动嵌在镏金池里的黄铜块。

紫垣河畔，高檐之上已暗藏诸多身影。

"陛下，来的江湖人士并不少。"禁军统领裘鹏立在谢敏朝身后，低声道。

"他们若只是好好待着，就不必管。"谢敏朝一扯鱼竿便是一条鱼上钩，见有只小黑猫跑过来抓两下鱼，他挑了一下眉，伸手就要将那猫捞过来。可紫棠衣袖一晃，那只猫便已被一只手拎着脖颈儿提了起来，随即小黑猫顺着那人的手臂爬上了他的肩，乖乖趴着不动了。

"儿子，你的猫？"谢敏朝颇有兴致地问了声。

"我娘子的。"谢纱嗓音冷淡。

"怎么，我摸一下也不行？"谢敏朝啧了一声。

"不行。"谢纱拒绝得干脆。

见他如此态度，谢敏朝竟也不生气，他面上甚至还带着笑。谢绡垂着眼在看腕上的铃铛，手指偶尔还拨弄一下。

谢敏朝端起茶碗抿了口茶汤："总是看铃铛做什么？"

"等我娘子。"谢绡那张俊美的面庞上露出一丝浅浅的笑意，神情却是沉静的，"等她的虫子死了，我就去对面找她。"

谢敏朝闻言一顿，迅速伸手去掀他的衣袖，只见那手臂上包裹着的白色细布已经渗出鲜血，更有血液顺着他的手臂流淌至腕上。

"你果然对她的蛊虫做了手脚。"谢敏朝抬首，对上少年那冷淡的眸子，他的语气暴露出他的惊异。

谢詹泽来时，正看见谢敏朝掀开谢绡的衣袖，露出他的手臂。听到谢敏朝那句话，他亦是满脸惊诧。

"繁青，周靖丰是不会让她死在里面的。"谢敏朝面上的笑容消失殆尽，他盯着坐在旁边的这个小儿子，发觉自己竟有些看不懂他了。

"我知道。"少年肩头趴着的小黑猫蹭了蹭他的脖颈，他也分毫没有反应，只径自整理着衣袖。

谢敏朝将茶碗放在案上："你既然知道，又何必给她那只蛊虫喂血？"

少年垂着眼，微微一笑，却并不说话。

昨夜雨声细密，谢绡半睡半醒间被细碎的铃铛声吵醒。坐起身时，身侧的姑娘还在熟睡，只是不知梦见了什么，眉头是皱的。他忽然想起日暮时分，朱红宫巷里，他背着她走，而她趴在他肩头说她害怕，还耷拉着脑袋蔫蔫地说自己一点儿也不好。坐在床上盯着她看了会儿，他才动作极轻地解开她的铃铛，在放出那只蛊虫之前，他割破了自己的手臂。

他还记得身体里的血液快流尽时，连呼吸都会变得急促起来，就像此时此地面对高高在上的那个人。

……

"绡绡，也不知道周先生什么时候回来，他要是回来了，我应该就要去闯九重楼了，不知道他会怎么考我，会不会很吓人啊？"今晨，小姑娘上一刻还在骂他骗人精，下一刻又在惴惴不安。

"你在里面要是害怕，就捏紧这颗铃铛。"少年满眼倦怠，却用手指碰了一下她腕上的那颗铃铛说道。

"那么远的距离，它又不会响。"她说。

"它会。"

"响了你能听到吗？"

"听得到的。"

……

他知道全天下都在等着一个结果，而那个结果会出现在自己的娘子身上。但她的娘子，其实也只是一个小姑娘，她也会怕！

寄香蛊虫若饮下满碗人血，它的躯体就会变得比以往还要大，只要她轻轻捏住铃铛，它就会死，而它一死，谢绲的这只蛊虫就会瞬间发狂，躯体也会骤然缩小。这样一来，他的铃铛就会响……

"父皇。"谢詹泽先朝谢敏朝行礼，随后看向谢绲，面上带了几分关切，"太子这是怎么了？到底因何受伤？"

"意外所致，多谢二哥关心。"谢绲抬眼看他，语气散漫。

"詹泽，你母妃在玉昆门的楼阁上已站了许久，她身子不好，你去瞧瞧她，别让她再受寒了。"谢敏朝眼底带着几分慈祥，又轻抬下颌去看右侧不远处那楼阁之上的正在眺望紫垣河岸的贵妃吴氏。

"是，儿臣这就去。"谢詹泽拱手应了一声，转身走出几步，又回头看了一眼坐在谢敏朝身边的紫衣少年，而后才朝玉昆门去了。

"儿子，你对自己够狠。"谢敏朝端起茶碗，看向身边少年苍白的脸。

时间一点一滴流逝，昏暗的光线里，戚寸心的发鬓间已不知是残留的水珠还是汗。这些黄铜块每一次移动都需要她用尽力气，也许这本不是为她这样的小姑娘准备的，却终究意外地等来了她这个最不合适的人。

她分毫不敢走神，每一块的拼接都严丝合缝，破碎的浮雕镏金画卷逐渐在她僵冷的手下显露出真容。是嶙峋的山壁，是汪洋江河，多少城阙残破，万千烽烟燃烧，是衣衫褴褛、面容枯瘦的百姓，曝尸荒野的汉人军，亦是倒毙在平原的战马，被伊赫兵士踩在地上的"黎"字旗帜。

黄铜冰冷，拼接起来的竟是令人触目惊心的破碎山河。是甘源之战，是仕人之耻。是那一年，边关被破，伊赫人的铁蹄踏过中原以北的土地，屠杀大黎百姓的血淋淋的画面。

戚寸心握住最后一块黄铜浮雕，用双手奋力将它移动到合适的位置。是一个身穿貂裘，手握弓弦，大半张脸蓄满胡须的伊赫人，他在隔断南北的一条河上，用一双眼睛看向对岸——那里是南黎。

机关咔嗒一声响，那个拼凑完整的伊赫人像忽然下陷，以北的半幅画卷随之陷落。要不是戚寸心及时抓住边缘的黄铜块，她整个人就又要落入底下那黑沉沉的，好像个漩涡一般的石洞里。底下正对着的，就是那个鳄鱼潭。

"我拼好它了，先生您这是做什么？"戚寸心的双手紧紧抓着拼图边缘的黄铜块，仰着脸朝上面喊。

"底下的鳄鱼不吃人，只要你松手掉下去，自有一道门向你敞开。"那道苍老的声音传来。

"我要是掉下去，就算失败了，对吗？"戚寸心几乎不敢看底下，她高声喊，"先生，我拼错了吗？"

"无一处错漏。"那声音里隐含几分笑意。

"既然我没有拼错，那先生又为何要我离开？"戚寸心的声音止不住颤抖。

"你是为你夫君而来。"那声音却说。

"先生为什么觉得我是为我夫君来的？"戚寸心已经冻得麻木，可她还是咬紧牙关，不肯松手。

"世间传道授业者众，若为知书明理，姑娘本有千万选择。"

他停顿片刻，话锋一转，故意道："你来这九重楼，无非是要为你夫君添一道助力吧？"

"就算我真的做了先生的学生，那您会帮他吗？"戚寸心反问道。

"谢家天下，与我无关。"那声音里不带丝毫情绪。

"您都说了不会，"戚寸心仰着头，却仍看不清上方的情形，"为什么就不能相信我是为我自己来的？"她话音才落，周遭忽然静了下来。

"先生？"她试探性地唤了一声，却始终无人应答。

双手的力气逐渐不够，眼看就要落到底下的水潭里，戚寸心却忽然感觉到有绳索缠住她的腰身，轻轻松松地将她带了上去。双足落于地面，她才发觉自己的腿已经麻了，于是一个不稳摔倒在地。那声音却重新响起："你的右侧有一方书案，接下来要做些什么，你一看便知。"

光线忽然亮了些，照出那一方书案，其上摆放着各类书籍、笔墨纸砚，还有一个棋盘、两只棋筒。

因为儿时被母亲带去东陵，此后多年一直没什么机会多读些书，更不必说什么论道辩题。但偏偏眼前的试题都避不开这些。所幸的是，她发现摆在一旁的书籍有几处竟是试题上提到的，她望了望四周，小心翼翼地问了声："先生，您放这些书在这儿，是允许我翻吗？"

"案上之物，你皆可取用。"

"谢谢先生。"戚寸心忙说一声。

虽有书籍在侧可供翻阅，可在那厚重的典籍里寻几个零星的答案，这无异于大海捞针。戚寸心在案上多点了一支蜡烛，静下心一点一点地努力去查找。她似乎已经沉浸在了书海试题里，却不知外面的天色已逐渐暗了下来。

写下最后一笔，戚寸心才舒了口气，转瞬间，她就被明亮的光线刺得闭起了眼。只听纸张微响，她慢慢睁开眼睛，发现自己原来已身在九重楼中，木梯犹如螺旋一般盘旋而上，勾连九重。墙壁镶嵌的木架上摆放着无数书籍，一层接一层，浩瀚如海。

楼顶悬挂的一颗浑圆的珠子散发出来的光充斥着整座楼，令人不敢直视，重明鸟的图腾在每一个柱身上刻画分明，它金漆闪耀，栩栩如生。

一白衣飘飘的老者仰躺在第二层楼的栏杆上，腰间悬挂一柄长剑，手中捏着几张宣纸。宣纸上分明写满了她歪歪扭扭的字。而在他身旁，还立着一个背着剑的年轻女子，那女子一袭青衣，乌黑发髻间只有一支银簪，面容清丽。

"姑娘这字，堪比稚儿。"楼上的老者忽然开口，正是她听到的那个声音。

"请先生见谅。"戚寸心有点儿不好意思地抿了一下嘴。

"答不出的，你都写'不知'二字。"老者的声音带了些明显的笑意。

戚寸心有些窘迫。

"竟还有自己答的题？"他颇感意外。

"我答对了吗？"戚寸心闻言，一双眼睛亮起来。

"都错了。"

"哦……"戚寸心耷拉下脑袋，"对不起，先生。"

"若来的是个满腹经纶的雅士，怕是也答不出其中一二，只是没想到来的是你这么个小姑娘，这些原也不是为你准备的。"

"那尽是些晦涩深奥的古籍，少有人知，"老者转过脸来，胡须花白，一双眼睛却明亮极了，身姿翩翩若真神下界，"但若来的是个雅士，恐怕也不会拉得下脸，去翻摆在手边的书。"

"为什么？"戚寸心有些发蒙。

老者闻言看向她，笑了声："面子里子，所谓文人风骨士人尊严，他们总有放不下的。"

"言语虽天真，却也看得出你的心性。"老者再度打量纸上的字，"只是这字，多看一会儿都觉得伤眼。"

她的字不但歪歪扭扭，而且还格外的大，试题本不算太多，但她却因为字太大而答了好多张纸。

"……"戚寸心又低下了头。

"若我不收你，你待如何？"老者却又发问。

"先生若不收我，我就回去。"戚寸心诚实地答。

老者打量着她："怎么不像那会儿那么倔了？"

"先生要收我，就一定会收我；先生如果铁了心不收我，我就是死缠烂打也没用的，"戚寸心打了个喷嚏，揉了一下鼻子，接着道，"刚刚我拼好了那幅图，所以我不放弃。现在先生给我的试题我答得不好，所以我不强求。"

老者闻言，面上又浮出一个笑："这本也不是你擅长的，你倒也敢硬着头皮一个人来。"

"我本来也没什么擅长的。"她小声说。

"怎么没有啊？为生计做烧火丫头，做些浣衣洒扫的琐事；为姑母于乱世间奔走缇阳，只为送一封信，那都叫本事。"或见小姑娘抬头望他，他便朗声笑道，"活下去，本也最难。"

"先生都知道？"戚寸心一脸惊愕。

"这天下闹得沸沸扬扬，说拿着我的紫垣玉符的，是个只有十六岁的小姑娘，"老者一手搭在栏杆上，纯白的衣袖随风微荡，"我自然很好奇，该是个什么样的姑娘，明明什么也不会，什么也不知，却敢闯我的九重楼。"

戚寸心还在出神，却听机关转动的声音响起，那镶嵌着金色重明鸟的楼门骤然大开，凉风拂来，外头竟已是漆黑一片。

"先生？"戚寸心看着那大门，又去望二楼的老者。停留在世间诸多文人雅士字里行间的天山明月，似乎比她想象的，还要仙风道骨。

"这是砚竹，由她送你出去吧。"老者轻抬下颌，示意她去看楼上的那个青衣女子。

"你虽不是我预料之中的人，但你这么一来，倒也去了我一块心病。"老者笑眯眯地看着她，"怪不得裴寄清那般笃定你一定会过我的关。"

"先生认识舅舅？"戚寸心呆愣愣地问。

老者却并不答她，只是笑着说道："先回去吧，你那一身湿衣服都要干了。记得给自己用些药，去去寒。"

戚寸心点点头，转身刚要走出楼门，却忽然跑回来，扑通一声跪下，对着楼上那白衣老者认认真真地磕了三个头，又说："谢谢先生！"

"砚竹，去吧。"老者笑了笑，朝那年轻女子招手。

戚寸心抬头，便见方才还一动不动站在楼上的女子已飞身落在了她的面前。她对上女子的眼睛，见她露出笑容。

"砚竹天生口不能言，但她骨骼清奇，实乃武学奇才，我的武学都已传授给了她。"楼上传来老者的声音，戚寸心才发现他不知何时拎着个酒壶正在悠闲地喝酒。

"师姐？"戚寸心试探地喊了声。

砚竹的笑容更灿烂，牵起她的手，开开心心地拽着她出了门。

"砚竹，他们盯着你师妹呢。"老者在楼内忽然又添一句。

戚寸心被砚竹拽出楼还没站定，砚竹却忽然松开她的手，随后一拍腰后的剑鞘，那长剑便擦着刀鞘发出噌的声音骤然飞出，被她接在手里。她一脸肃穆，刹那间斩出磅礴剑气，激得紫垣河上水波云荡，更将那些暗藏于楼阁高檐之间的每个身影击落。

"是周靖丰的剑术。"对岸的谢敏朝恰瞧见这令人胆寒的一幕，但水波下坠时，河畔的千灯映照出的是两道纤瘦的女子身影。而他身旁的紫衣少年已经施展轻功，朝对面去了。

"缈缈！"戚寸心看见了他，忍不住笑着朝他招手。

也许她不知道自己有多么狼狈，一身衣裳皱巴巴的，发髻也是乱的。她的脸苍白得厉害，但在看见他时好像什么都忘了，只顾朝他招手。

砚竹看了一眼那飞身前来还未落于岸上的少年，趁机摸了一把戚寸心的脑袋。戚寸心捂着更加凌乱的头发，有点蒙。但看向砚竹时，见她朝自己笑，便也不由得朝她笑了一下，又唤了声："师姐。"

砚竹似乎更高兴了，从自己怀里掏出个油纸包塞进她手里，随即扛着剑，便转身回楼里去了。油纸包里是只剩一半的酥糖，戚寸心才看了一眼，便见谢缈落在岸上，她也就朝他跑了过去。一如在东陵的某个黄昏日暮，她也是这样扑进他的怀里。

可是血腥味好浓，她的笑容骤然收起。她的目光落在他左边的衣袖上，斑斑血迹被两岸灯火照得分明，再往下看，甚至还有殷红的血液正顺着他的腕滴落。

这一夜，无数人看着这个既无武学根基，又无学识的小姑娘堂堂正正地从九重楼的大门走出来，而那酷似周靖丰的一道剑气激荡，便更向天下人说明，这个姑娘已经成了周靖丰的学生。

紫垣河畔逐渐安静下来，醉醺醺地倚在栏杆上喝酒的老者看了眼一旁的砚竹，他已有几分醉态，笑着又举起酒壶来说道："看来你也很喜欢她。这个小姑娘啊，就贵在一个'真'字。"

坦坦荡荡，看似弱小，实则倔强勇敢。有常人少有之恒心，即便再害怕，她也能沉得下心，专注手里的事情，不为外物所动。

"这倒好，也不必因他裴寄清的人情，硬给她开后门咯。"他又道。

戚寸心原本并不知道谢缈是因为什么而受的伤，直到他带她去到紫垣河对岸，听到谢敏朝说的一番话。

"繁青说得不错，"彼时岸上灯火通明，谢敏朝定定地望着那个满身狼狈，一双眼睛却仍然明亮干净的小姑娘，"朕果然是小瞧了你。"

他忽而又看向谢缈那血迹斑斑的衣袖："儿子，你到底还是白喂了她那只蛊虫一碗血。"

"朕金口玉言，戚姑娘既顺利入了九重楼，那她做你的太子妃，朕便允了。"谢敏朝面上不见笑意，似乎对这件事脱离了自己的掌控仍有些意外。

而谢绺闻言也只是轻笑一声，并未将谢敏朝的这番话放在心上，只自顾自地牵起戚寸心的手，顺势将椅子上的猫捞入怀里。他也不行礼，就径自去了。

谢敏朝面无表情地看着那少年与少女朝玉昆门走去，但在听身后的李适成唤了声"陛下"之后，他又忽然扬起笑容，回过头。

"太子他……"李适成皱了一下眉，才想说太子行止无状，抬眼却见谢敏朝面带笑容，眉眼之间并无丝毫怒色，他愣了一下，住了嘴。

"父子嘛，朕和他一向是这样的。"谢敏朝又笑着转身，背着手便往前走。

李适成什么话也没说，只是望着已经要走入玉昆门的那个姑娘的身影，半眯起眼睛，面色有些凝重。

"你为什么要用你的血喂我的虫子？"

戚寸心被他牵着走入长长的宫巷，她挣脱不开他的手，又见他沾染了不少血的衣袖，她也没敢太用力。少年沉默着，只牵着她的手往前走，却不说话。

戚寸心皱着眉唤他："绺绺，你说话啊。"

他肩头趴着的小黑猫似乎察觉到了气氛的不对劲，它歪着脑袋，一会儿看看他，一会儿又看看她。

"谢绺。"她站定，一双手抓着他的手腕不肯走，好像个闹别扭的小孩。

每当她像这样唤他谢绺的时候，少年便知她生气了。果然他停了下来，回头看向她。

"喝了血，它的躯体会变得更大，你只要轻轻一捏铃铛，它就会死。"少年终于开口了。

他只说这么一句，戚寸心便联想到之前在缇阳时，萧瑜曾跟她说过，一只蛊虫死了，另一只就会发狂。又想起今日清晨，少年脸色已有些苍白，她却并未察觉什么异样，那时他半眯着一双眼，用手指碰她的铃铛，同她说："你在里面要是害怕，就捏紧这颗铃铛。"

"怪不得……"戚寸心抬头望着他，"怪不得你跟我说，它一定会响，你也一定听得到。"

少年静静地看着她。

"要是铃铛响了，你会做什么？"她问他。

"去接你出来。"他说。

戚寸心盯着他的眼睛片刻，随即又去看他因伤口崩裂而再度流血的手腕："你为什么要这样？你不疼吗？"

她的眼圈有点发红："我不需要你这样啊，绺绺，你明明知道周先生不会要我的命的。"

"你在里面哭了吗？"他却忽然问。

戚寸心顿了一下，想起在鳄鱼潭里被吓得眼泪直掉的自己，她十分坚定地摇摇头道："我没有。"

可少年用一双漂亮的眼睛打量她，一字一顿："你骗人。"

戚寸心瞪着他片刻，然后就像一只被戳破伪装的小刺猬，绕过他气冲冲地往前跑了。

阳春宫。

吴贵妃收到紫垣河畔的消息，她那清冷的面容显得有些阴沉。

"那戚家女，竟然真的成了周靖丰的学生？"她一脸不敢相信，"还以为她是个天生的丫鬟命，倒是本宫看走了眼。"

"什么丫鬟命？"谢詹泽送上一碗驱寒汤药，一脸疑惑。

"那戚家女，原先在东陵的知府府里做烧火丫头，"吴贵妃根本不想去接那碗汤药，此刻她的面上带着几分焦躁，"詹泽，如今你父皇逼不得已要承认她太子妃的身份，这么一来，周靖丰和九重楼可都成了谢繁青那个小疯子的助力，你平日里万事不肯争，这下倒好，你我母子，怕是用不了多久，就会被那个疯子收拾了。"

吴贵妃言语带刺，听得谢詹泽眉头直皱："母妃，我没想跟繁青争什么，而且太子之位父皇已经定了，您又何苦再去做这些？"

"只要他一日未登帝位，你就还有机会！"吴贵妃推开他手里的药碗，药汤洒了一地，她显然气得不轻，"谢詹泽，我事事为你谋划，你却总是这样不争气！什么都听你父皇的，终有一日，他最疼爱的儿子不再是你，你又待如何？"

"母妃，父皇就要过来了，儿臣先告退。"谢詹泽朝吴贵妃行了一礼，转身便走。

殿内又是一阵瓷器摔碎的声音，谢詹泽充耳不闻，却在绣屏出来送他时，忽然停住脚步，问道："那戚家姑娘原先真是在东陵做丫鬟的？"

"是的。"绣屏低首，"也不知她哪来的本事，竟真能入了九重楼。"

"难怪父皇之前不愿松口，"谢詹泽思索片刻，随即叹了口气，"繁青这一回是真下了父皇的脸面，如今父皇怕是气得厉害。"

"殿下何必为太子担忧？"绣屏垂着头，有些愤愤不平，"他当日提剑闯宫，您是没见着，那架势，险些没将娘娘给……"

她停顿了一下，才道："陛下不也没怪罪他吗？"

"那时母妃正处在风口浪尖，父皇不让此事传出去，也是怕母妃暗害嫡子的流言加剧。"谢詹泽话说了一半，却不再继续了，他回头瞧了一眼殿门，嘱咐道，"好好照顾母妃，她受了寒，你再命人去煎一碗药来。"

说罢，他便走下阶梯，往阳春宫外去了。

夜渐深，秋风凉意更甚。

紫央殿内，掌事宫女柳絮有条不紊地指挥着宫娥太监们将御膳房送来的膳食摆上桌。戚寸心沐浴完，换了一身衣裙，乌黑的长发还微微有些湿，她往殿内张望了两下，没见到谢绱的身影。

柳絮扶着她的手臂，探头往殿外望了望道："殿下在外头呢。"

阶梯下，数盏石灯同燃，那光或照在檐下浓墨重彩的斗拱间，又或散碎地穿梭在枝叶浓荫里，好像从天上掉下来的一颗颗星子。

戚寸心顺着柳絮指的方向看去，却只瞧见檐下的灯笼。她提起裙摆走出去，下了阶梯，转身仰面才望见那个只穿了一身单薄白衣的少年。圆月在他身后，清辉洒在他的肩上。他坐在屋顶上，仰着头也不知在看些什么。

"绱绱！"戚寸心在底下唤了声。

少年闻声低首，瞥她一眼，却不说话，也不动。

"你在上面做什么？"戚寸心高声问。

他一手撑着下巴盯着她看了一会儿，随即如一道月辉从檐上落下来，又一手揽住她的腰，衣袂带风地飞了上去。

戚寸心就这样被他带到了檐上。

高处的风也许更凛冽些，吹得戚寸心的脸颊有种刺痛感，她下意识地抓着他的衣袖，在不经意间撞见他的一双眼。

"才上过药，你又跑到这里来吹风。"戚寸心掀开他的衣袖，见自己替他包扎的细布上没有血渗出，才放下心。

回到紫央殿时，戚寸心虽然有点儿生气，但到底惦记着他的伤口，所以还是给他处理了伤口，上了药。随后她便去浴房了。

"戚寸心。"她忽然听他唤了声自己的名字。

她看过去时，发现少年没在看她，一双眼睛兀自盯着高檐。夜幕之下，他的脸仍旧显得些苍白，长睫微动时，眼睑下方便有一片淡淡的阴影。戚寸心正有些晃神，却听他忽然问：

"你为什么要生我的气？"

她一下回过神，便见他侧过脸来，用一双犹如浸润过水汽的眸子盯着她问道："是我对你不好吗？"

他的嗓音清亮动人，却夹杂着几分迷茫。

戚寸心一下愣住……不好吗？她从前看过许多话本，多的是富家千金与穷书生的"求不得、不圆满"；多的是失约、毁诺，教人扼腕。

其实在东陵成亲那日，他走出那道门时，戚寸心就在心里偷偷地想，会不会他这一去，就不回来了？

她曾以为身份就是鸿沟，所以从缇阳到澧阳，她内心几经挣扎犹豫，他却始终如一，遵守承诺。

一个紫垣玉符，令她成为众矢之的。匹夫无罪，怀璧其罪。她稀里糊涂地被推入朝堂与江湖之间的这个旋涡，说不怕，那都是假的。明明他并不希望她入九重楼，可今天在紫垣河畔，他却并不阻拦她，只同她说"那就去吧"。

他用自己的血喂她的虫子，只是希望她若中途害怕了、后悔了，就如他们所约定的那样，捏住那颗铃铛，他就会来接她回家。铃铛不响，他决不闯楼，只是默默地支持她、由着她。

"已经很好了。"戚寸心摇摇头，眼眶发热，她情不自禁伸手抱住他，将脑袋枕在他肩头。

明明那个鳄鱼潭那么可怕，明明她紧抓着铜块，身体悬空的感觉到此时想起来还令人胆寒，可这一刻，她忽然发觉自己好像不是孤身一人去的。铃铛在她腕上，他在陪着她，默默地等着她，要做她的退路。明明他什么也不说，但好像在告诉她：不勇敢也没有关系，失败也没有关系，再糟糕也没有关系，反正，她还有退路，还有他。

"可你扔下我走了。"他提起那会儿她在宫巷里气呼呼绕过他跑了的事。

"十几步远也算扔下你走了吗？我不是又回来牵你了吗？"她吸了吸鼻子，从他怀里抬起头。

"上药的时候，我说疼，你也不理我。"他又补充。

"我动作明明很轻，你还说疼，一看你就是骗人啊，"她薄薄的眼皮有些发红，眼睛也带了雾，声音明明有点儿哽咽了，却还不忘争辩，"再说了，谁让你没事给自己一刀啊？"

听了这话，他便不说话了。他薄唇微抿，只用眼睛盯着她，看起来有点儿委屈，又有点儿可怜。

"算了。"戚寸心有点儿泄气。

她伸手捧起他的脸，认真地说："以后你不要这样了，知道吗？"

少年没有答她，只是这样近的距离，她的呼吸好近，好像很轻很轻的暖风，他忍不住眨了一下眼。

月光洒在他身上，他的眉眼漂亮得不像话，也许是受到了某种蛊惑，戚寸心恍恍惚惚向他靠近。一如在澧阳的夜，她捧着他的脸，近在咫尺。此刻的戚寸心鼓足了勇气，不似那夜故意的玩弄，庄重地亲了一下他的脸颊。

微微的痒意，犹如羽毛一般轻轻擦过谢绋的脸颊，钻到了他的心里，让他近乎失神地望着她。他的睫毛颤啊颤，薄红顺着脸颊蔓延至耳后。

隔了好一会儿，他目光迷离，嗓音极轻道："为什么……要这样？"

戚寸心脸烫得厉害，撇过脸去望檐后的圆月，支支吾吾好一会儿才憋出一句："我饿了。"

柳絮在底下等了许久，见太子殿下与太子妃还未从屋顶下来，便想着是不是该将晚膳撤了，不承想，她才进殿，便瞧见谢绋和戚寸心跟了进来。他们似乎有些奇怪，两人的脸颊都带了些不太正常的红晕，柳絮忙迎上去："殿下、太子妃，可是在上头受寒了？用不用奴婢去请太医？"

"不用了……"戚寸心小声地说了句，随即冲到桌边净手准备吃饭。

这一夜，两人各怀心事，却是同样难以入眠。

翌日，戚寸心迷迷糊糊地醒来，连睁眼都有些费劲，她偏头望见谢绦苍白的脸上带着薄红，想开口问他，却先连着咳嗽了好几声。

谢绦半睁开眼睛望着她，说话有气无力："娘子，我头疼。"

戚寸心有些虚弱地附和："我也头疼。"

第十二章

传闻中的太子妃

南黎太子谢繁青私定的太子妃勇闯九重楼，一夜之间，她便一跃成了天山明月周靖丰的弟子。

这消息传到北魏，更掀起几重浪涛。

九重天之名天下人皆知，伊赫人吾鲁图是北魏枢密院的掌权者，他的父亲吾鲁琮便是当初被北魏呼延皇室派去缇阳的几位大将军之一，上任不久，便死在了周靖丰的手里。

"东陵那些闹事的反民都杀了？"吾鲁图卷曲的头发上绑着几个金圈儿，没刮干净的青黑胡楂几乎占了半张脸，他魁梧高大，一坐下就用匕首割了一块烤羊肉扔进嘴里大嚼特嚼。

"都已经处理干净了，这是从东陵送来的那位南黎太子妃的消息，请大人过目。"一旁低着头的中年男人顺势送上那封从东陵来的书信。

吾鲁图扔下匕首，嘴里还嚼着烤羊肉，一手接过那信。

"一个在东陵知府府里做烧火丫头的小姑娘，谁能想得到，她原也是有些背景的，她这个姑母戚明贞真不愧是南黎涤神乡的人，为了一把钥匙，就这么跟在葛照荣那个小妾的身边做了那么多年的奴婢。"

吾鲁图笑了声，又说："多少年了，南黎和我北魏各路人马都为这枚紫垣玉符争来夺去，老子也没少下功夫，可最终却是这个戚寸心进了九重天，还成了他周靖丰的学生。"

吾鲁图想要紫垣玉符，当然不是想做那周靖丰的什么学生，他想要的，是楼中的武学秘籍，还有周靖丰的命。可如今，这一切都落空了。

吾鲁图将沾了油脂的信纸随手揉了扔下，重新拿起匕首割下一块肉塞进嘴里，他边吃边道："这对夫妻都是有意思的人，就说那谢繁青，在我大魏做质子时，谁又看出他什么本性了？"

谢繁青还在麟都皇宫里时，便深受五皇子与福嘉公主的折磨、欺辱。吾鲁图还记得有一年的大雪天，他在御花园中拜见天子，瞧见谢繁青被吊在那棵已活了一百多年的古树上，而底下的五皇子锦衣貂裘，笑得恶劣。那时谢繁青也不过十二三岁的年纪，吾鲁图唯记得他那双眼瞳，不惊不惧，不屈不折。天子在侧，慈眉善目地瞧着自己最疼爱的一双儿女，任由他们胡闹着，用鞭子抽打那个少年。那也仅是吾鲁图看到的，谢纱在麟都皇宫里所受折磨的万分之一。

"无论是言语侮辱，还是鞭打折磨，他都一声不吭，像只被南黎丢来我大魏的病猫似的，"吾鲁图看着手里油脂满溢，烤得金黄微焦的羊肉，他忽然叹息一声，"谁又晓得，那只哑巴似的病猫，一张嘴就恶狠狠地咬死了天家最疼爱的皇子和公主。到如今，人家不但逃出生天，而且还回到南黎。他老子一篡位，他就成了南黎的太子。"

"大人，天家是不会容许九重天为南黎谢氏所用的，您看，是不是得先想个办法，将那戚寸心给除了？"他身侧的中年男人开口道。

"想要那小姑娘性命的人多了，这件事，还是得找江湖上的人去做，"吾鲁图蓦地想起一个人，便露出笑来，"周靖丰销声匿迹的这些年来，属江通的丘林铎声名最盛，他不是一向想与周靖丰一较高下吗？"

天敬殿，早朝。

刑部尚书李成元似乎还对那日九璋殿的事心有余悸，此次太子初次上朝，他便缩着身子低着头，再不像平日里那样趾高气扬。

"裴南亭贻误战机，导致绥离之战我军战败，臣奏请陛下，治罪裴南亭！"兵部侍郎窦海芳手持笏板，高声说道。

谢敏朝像是没睡醒似的，揉了揉眼睛，在龙椅上坐得也不大端正，隔了会儿才示意立在底下的裴寄清："太傅。"

裴寄清闻言上前一步，稍稍垂首："南亭虽是臣之亲子，但臣也不敢徇私，此事，臣还是不插手的好。"

"那适成爱卿呢？"谢敏朝颔首，复又看向那立在右侧官员之首的李适成。

"臣以为，裴南亭所犯之罪，国法难容，我大黎百姓更难容，这本是株连重罪，可裴太傅一生清明，为我大黎付出良多，此事祸不及太傅，但裴南亭若不斩首，怕是难平众怒。"李适成低首道，他这一番话看似为裴寄清开脱，却又有几分耐人寻味的含义。

"陛下。"左都御史赵喜润上前几步。

"说。"谢敏朝瞥他一眼。

"裴将军贻误战机一事，臣以为，其中还有诸多疑点。"他从袖中掏出奏折来躬身递上，朗声道，"臣找到了绥离凤尾坡一役的活口，据他们所说，是有人持荣禄皇帝的圣旨，命裴将军退至凤尾坡，才导致我军落入北魏蛮夷的圈套！"

"刘松。"谢敏朝正了正神色。

太监总管刘松当即走下去接了赵喜润的折子，再递到谢敏朝的面前。

一时朝臣议论纷纷，李适成看向低着头的赵喜润时不由得皱起了眉头。

"堂兄……"李成元在后头唤了他一声，刚要说些什么，却见李适成转过脸来，朝他摇头，示意他不要多嘴。

谢敏朝只略微看了几眼折子，便将目光转向那一言不发的紫衣少年身上。

"繁青，"他唤了一声，又道，"你是怎么看的？"

谢缈自然知道谢敏朝在打什么算盘，他上前拱手行礼，语气平淡："请父皇将此事交与儿臣查明真相。"

此话一出，又引得朝臣窃窃私语，而裴寄清始终立在一侧，不言不语。

"裴南亭既是殿下表兄，那么此事又如何能交与殿下？"窦海芳开口道。

"依窦侍郎所言，裴南亭是裴太傅的儿子，是我的表兄，那么不单裴太傅有罪，我也有罪？"谢缈面上带笑，眼神却是冷的。

"臣不敢。"窦海芳连忙低头。

朝堂之上一时沸反盈天，谢敏朝却老神在在地坐在上头。或见李适成始终没有反应，他便站起身来，抖了抖衣袖："那便依太子所言，裴南亭斩首一事暂且搁置，待太子与大理寺彻查后，再做打算。"

他的目光落在谢绣身上："太子既是储君，那就应该明白不能徇私的道理，诸位爱卿还是把心放到肚子里吧。"

散了早朝，谢绣与裴寄清一起往长阶下走去。

"你父皇是什么意思，你应该知道吧？"裴寄清背着手，一边往下走，一边对身边的少年说道。

"他把救表哥的机会送到我面前，同时也递了把刀给我。"谢绣眸子里没什么情绪。

"李适成不但是右都御史，还是个正一品的瑾谦殿大学士，他赵喜润只一个左都御史，平日里像个闷葫芦，今日却跳出来了。"裴寄清面上带了点笑容，"只怕在你父皇还是齐王时，他就已经是你父皇的人了，今天闹这么一出，哪里是让你查什么真相，真相到底是什么，他与我该是最清楚的，所以他这么做，是让你找机会，将南亭身上的罪名扣到这些清渠党头上。"

"猜到了。"谢绣心不在焉地应了一声。

"欸，话还没说完，你这么着急到哪儿去？"裴寄清见他脚步轻快地下了几级阶梯，便喊了声。

"回去叫我娘子起床。"谢绣头也不回。

裴寄清在后头摇摇头，失笑道："到底还是个十几岁的少年。"

天刚亮，戚寸心就已经起床了。听柳絮说谢绣去了天敬殿上朝，她便也穿戴整齐去了紫垣河对岸的九重楼。她走到楼门前还未伸手敲门，却见什么东西落在了她脚边，仔细看才发现那是一颗浑圆硕大的珍珠。她一仰头，正望见楼上的窗内有一青衣女子在看她。

"师姐。"戚寸心扬起笑脸，朝她招手。

砚竹也朝她笑，示意她捡起那颗珍珠。戚寸心起初有点儿不明所以，待楼门一开，她便提着裙摆跑进去，抬头正见砚竹轻盈地施展着轻功，将一支又一支悬挂于顶端的金色重明鸟灯笼翅上的蜡烛点着。本来就有夜明珠照亮，再点上蜡烛，这楼内便更加明亮。

"吃饭了吗？"楼上传来周靖丰苍老的声音。

"吃了。"戚寸心一边答，一边顺着楼梯往上走。

砚竹立在二楼栏杆处看着她上来，见她将那捡的珍珠递给自己，便摇摇头，把她的手推回去。

"收着吧，砚竹给你的。"戚寸心才要开口，却听一旁传来周靖丰的声音。

周靖丰正坐在桌前用饭，看见她手上提着不少东西便问："这是做什么？"

"是给先生的束脩。"戚寸心将自己置办的束脩礼拿过去，"既然做了先生的学生，我理应有所奉赠。"

在民间，通常学生初见老师送的束脩便是肉干加美酒，戚寸心还另外带了些糕点和干果。

周靖丰见了酒，那双眼睛果然要亮些，他拿过来闻了闻，便满意地点点头："这酒不错。"

"对不起先生，我这几日受了风寒，所以迟迟没来见先生。"戚寸心跪在软垫上，有些不太好意思道。

周靖丰重新拿起筷子："东宫来人送信了，说你和你夫君一起病的。"

戚寸心有点儿尴尬，脸也有点儿红。

"年纪轻嘛，行事有些荒唐也正常。"周靖丰吃着酸豆角下粥，眉眼始终是舒展的。

戚寸心没明白他口中的"荒唐"是哪一种，还以为他也知道了她和谢缈在檐上吹风看月亮的事，一时间更窘迫了。

"今日就算了，明日起，你记得早些过来，"周靖丰接过砚竹递来的茶抿了一口，"这楼里的书，你都要去看。"

"啊？"戚寸心仰头望了一眼嵌在墙壁之间的木架上那些摆放整齐的书卷。

"这就怕了？"周靖丰放下茶碗，又拿了块糕点慢悠悠地吃，"小姑娘，除了看这些书，其他的，你还有的学呢。"

"我知道了，先生。"戚寸心点点头。

"你已错过了习武的最佳年纪，我这一身武学，你怕是无缘了。"周靖丰说着指向一旁正在喝粥的砚竹，"不过你也不用怕，你既是九重楼中人，你师姐砚竹自会护你周全。"

"再过两日，你师母也到月童了，她也会指派两个会武的侍女给你。"他又添了一句。

"师母？"戚寸心惊诧出声。

周靖丰抬眼瞧她："难不成你以为我是个单身的老鳏夫？"

戚寸心连忙摇头："没有。"

"先生，我之前还不明白舅舅为什么那么肯定我能进九重楼，"戚寸心犹豫了一会儿，还是开了口，"但那日我听先生的意思，您和他认识，对吗？是他跟先生说，让您收我的吗？"

"你是想问，我答应收你做学生，是不是因为裴寄清？"周靖丰一笑，花白的胡须微颤，"我是欠他一个人情，原本也在想着，要不要用此事来还。"

"是他在信中很肯定，说你一定能过我的关。"楼内光线明亮，他衣衫纯白，气度非凡，"当年我抛出紫垣玉符，留下那'持紫垣玉符者可闯我九重楼'的话，实在是我意气用事。多年来，北魏与南黎之间摩擦不断，而无论是江湖中人，还是那些文人雅士，皆因此玉符争来夺去，也不知多少人命丧九泉。"

"心有贪念，不择手段之人，死了自然无甚可惜，但其中被无辜牵连的又当如何？就好像你一般，无端被搅进这浑水里来，无法抽身。"

周靖丰的神情带着几分凝重，他轻叹一声："若不让紫垣玉符一事尘埃落定，不知这天下还要有多少人为它不死不休。"

"所以那日您才说，我来闯楼也算去了您一块心病？"戚寸心突然明白了。

周靖丰点点头，又笑着说道："但你可不要以为我真是看在他裴寄清的面子上才让你过关的。"

"没有比你更合适的人了。"周靖丰端起茶碗喝了一口，"你什么也不会，什么也不知，但你自有你的长处，白纸嘛，未经污染，坦坦荡荡，这便足够。"

离开九重楼时，又是砚竹将戚寸心送至楼外。戚寸心记着那天砚竹给她的酥糖，还有刚刚那颗珍珠，她发现砚竹喜欢金银首饰和这些漂亮的珍珠宝石，就干脆将自己发髻间的步摇摘下来，斜插在砚竹的头上道："师姐，真漂亮！"

"还有还有，"戚寸心把自己布兜里用油纸包裹的各种糖果都拿出来塞到砚竹手里，"这些都是我最喜欢的糖，可好吃了。"

砚竹笑得开心，伸手又去摸戚寸心的脑袋。她的发髻被弄乱了，可也不计较，只朝砚竹笑。

回到紫央殿内，戚寸心才发现谢缈已经回来了。

"你被打劫了吗？"少年坐在廊上翻书，抬眼看到她有些凌乱的头发。

"我都给师姐了。"戚寸心走过去坐在他身边。

"我赶着回来叫你起床，你却去九重楼了。"少年也不翻书了，伸手去拨弄她的头发，他语气有点闷闷的。

"你走的时候也没叫我呀。"戚寸心望着他。

"是你睡太沉。"他的手指穿过她乌黑柔顺的长发，目光却停在她鼻梁上的那颗小痣上。也许是忽然想起那个在檐上相拥的夜晚。

"我们看月亮染上风寒的事连先生都知道了，他还说我们荒唐，缈缈，以后我们别……"戚寸心话说一半，却忽然被少年捧起脸，他轻轻的一个吻落在她鼻梁殷红的小痣上。

戚寸心大脑一片空白，连自己要说什么都忘了，一时间变得呆愣愣的。反应过来后，她猛地转过头，果然瞧见廊下有几名宫娥正朝这边望过来。这让她不禁羞红了脸，伸手拿起桌上的书去盖他的脸。

"缈缈你做什么？"她低呼道。

少年一低头，书便落在他膝上。

"只准你这样，我就不可以吗？"少年有些羞怯，又疑惑地问她。

"我没有，你不要乱说。"她转过脸。

"我是跟你学的。"他却认真地说。

"谁让你学我的？"她小声嘟囔。

"堂兄，凤尾坡之战怎么会忽然跑出来什么活口？"李成元接了侍女递来的茶碗，也顾不上喝，追问道。

"我怎么知道？"李适成冷哼一声，把玩着手里的两颗核桃，"实在想知道，你不如问赵喜润去。"

"这个赵喜润平日里一声不吭的，谁知他竟私下查起了凤尾坡的事儿。"李成元眉头紧皱，喝了口茶，"堂兄，你说他到底是谁的人？"

"还能有谁？"李适成听着戏台上咿咿呀呀的唱词，"你当那位裴太傅真忍心看着自己唯一的儿子被处斩？"

"那凤尾坡这事儿是否真有蹊跷？可我没有收到什么消息啊。"李成元哪有什么心思看戏，他内心焦虑得很，"此事又交到了太子手中，只怕裴南亭是死不了了。"

"我早同你说过，不要急着去招惹太子，"李适成掀起眼皮瞥他，"他在北魏六年，莫说你我，便是当今陛下怕也不够了解他这个儿子。今日下朝后，我为此事去九璋殿拜见陛下，你可知他怎么说的？他说太子是储君，需要这个机会历练历练。"

"原以为陛下最疼的是二皇子，可如今看来，陛下似乎对他这个小儿子格外宽容些。"李适成苍老的面容上皱纹遍布，一双眼睛却很锐利，半晌，他露出来一个笑，"怪不得窦海芳今日上奏要定裴南亭的罪，看来是阳春宫的贵妃娘娘着急了。"

"如今九重楼的少主成了戚家那孤女，陛下又承认了她太子妃的身份，敕封金册都送去了。堂兄，所以我就说嘛，我们就该站在太子殿下这边。"李成元到此时仍觉得自己当日所为极有远见，只是太子喜怒无常，令人看不真切。

"你别忘了那戚氏女的祖父和父亲是怎么死的。"李适成冷冷瞥他，"你如今要投到太子门下，也得看你当年所为之事还能不能瞒下去。"

李成元听了犹疑道："戚永旭父子已死，此事……应该不会被发现吧。"

"先等等看吧。"李适成的手指在膝上敲了敲，许是将台上的唱词听进去了，他还跟着哼了几句，最后才道，"吴贵妃不倒，这储君之位谢繁青也未必能坐得稳。"

翌日清晨，谢绑坐起身的同时，躺在他身侧的小姑娘就一下坐了起来。他睡眼惺忪，被这忽然的动静吓了一跳。

"天还没亮。"他拥着被子，提醒她。

"我知道。"戚寸心说着，还打了一个哈欠，她揉了揉眼睛，趴在他怀里，迷迷糊糊地说，"你每天都要起这样早，我也要像你一样，这样我们可以一起吃早饭，一起出门。"

她像只小动物似的抱着他的腰不撒手，少年的脸颊有点儿烫，他抿起唇笑了一下，伸手摸了摸她的脑袋。

"你这么早去九重楼？"

"既然做了周先生的学生，那我肯定要很努力才行。"她说着说着，声音小了许多，像是又困了。

少年把下巴抵在她肩上，却有点儿不想起床了。这时，外头传来柳絮小心翼翼的声音，他只得恹恹地起床。

绛紫色银线四蟒纹的圆领锦袍穿在身上，那镶嵌了精美玉饰的鞶带收束着腰身，戚寸心替他整理了一下宽大的衣袖，将钩霜随手挂在他腰间鞶带的金扣上。

"真好看。"戚寸心说着，又将嵌了玉片的绛紫发带拂到他身后半披的乌发间，暗沉沉的天色里，他面容俊美，金冠玉带，风姿无限。

少年眨了一下眼，听到她的夸赞，禁不住笑了一下，看起来羞怯又纯情。

洗漱完毕，两人坐在一处用早膳。

"绡绡，这两日正是吃螃蟹的好时候，晚上我们就吃螃蟹，再温一壶酒吧？"戚寸心一边喝粥，一边同身边的少年说道。

"好。"他轻应一声，连喝粥的动作都很文雅。

吃过早膳，两人便手牵着手出了东宫。

"绡绡，你下午会来接我吧？"戚寸心握着他的手晃来晃去，清脆的铃铛声在这样寂静的宫巷里显得格外清晰。

"嗯。"他颔首，认真地应。

前方便是宫巷尽头，他们即将朝着两个不同的方向去。戚寸心松开他的手，看了一眼跟在后头却始终低着头的太监宫娥们，然后伸手抱住他的腰，仰头望着他："你记得早点儿来接我。"

说完她就松开他，提起裙摆转身就跑。柳絮等人见状，忙跟上去。

天色仍旧不太明朗，秋日清晨的风吹得人脸颊有些刺疼，谢绡还在盯着她的背影看，只见她忽然又转过身来，朝他挥手。这样的天色里，他看不清她的面容，但他知道她一定在笑，于是他也弯起眼睛。

"殿下。"徐允嘉匆匆赶来，朝谢绡行礼。

"走。"谢绡转过身，面上仍带着几分笑意，神情却已冷淡了许多。

戚寸心被柳絮一行人簇拥着去玉昆门外的紫垣河畔，她从柳絮手里接过小黑猫，让柳絮等人都先回去。

戚寸心将小黑猫放进随身带的忍冬花布兜里，也许是它最近吃得太好，胖了许多，竟还有大半个身子露在布兜外面。

她摸了摸它的脑袋，无奈道："芝麻，你等下不要乱动。"

彼时天色已隐隐透出几分亮，戚寸心将灯笼挂在岸边的小船上，提起裙摆上船时，她才注意到船有些不对劲。

昏黄的灯火照着她绣鞋上的银线梨花瓣，也照见她踩在脚下还未彻底变黑的干涸血迹。也许是竹竿划破水波的淅沥声打破了对岸的宁静，让原本在岸边洗翅的白鹤扇动翅膀盘旋着落在了小船上。

河面雾色缥缈，一点孤灯在其间闪烁，船上的姑娘回头正瞧见白鹤收翅落在她的身后。她停下来，小心翼翼地伸出手摸了摸它的脑袋。而乖乖待在布兜里的小胖猫却发出威胁的声音，那么黑乎乎的一团，毛都有点儿乍了。

"芝麻！"戚寸心忙拦住它已经探出尖利指甲的爪子，不承想，那白鹤竟突然探头过来，红色的嘴巴一张，要钳住小猫的脖颈，场面顿时有点儿不受控制了。戚寸心一个没站稳，眼看就要摔进水里，正在此时，岸上的高楼之间，有一道纤瘦的身影掠窗而出，如风一般袭来，抓住了戚寸心的手臂，瞬间便将她带去了第四层楼的窗台上。

小船在水波之上摇摇晃晃，白鹤展翅飞去了楼上，那盏灯笼在雾气里，像颗摇摇欲坠的星子。戚寸心坐在窗台上，还有些惊魂未定，她偏过头正望见砚竹的一双眼睛。

"师姐。"戚寸心松了口气，唤了声。

砚竹轻轻点头，眉眼含笑。

"怎么天还没亮就过来了？"背后忽然传来一个苍老的声音。

戚寸心回过头，瞧见周靖丰盘腿坐在榻上，而他身后是大开的圆窗，半映翠竹，半掩苍山。灰蒙蒙的天色里，雾气弥漫，将万般光景的色彩减淡。

"是打扰到先生了吗？"戚寸心小心翼翼地爬进室内，朝他行礼。

"我一个老人家，睡眠自是没有你们年轻人多，哪有什么打扰不打扰的，"周靖丰伸手，衣袖被灌进来的风吹得鼓起来，"坐吧。"

戚寸心点头，在桌案前的软垫上跪坐下来，见风炉上的茶水煮沸了，她便伸手拿了竹提勺，舀了茶汤入碗，递过去道："先生请。"

她转头要唤砚竹，却发现砚竹已经不在楼上了。

"底下煮着粥呢，她去看看火。"周靖丰瞧见她的小动作，便笑着说。

"哦……先生，那我现在就去看书吧。"戚寸心又道。

"我看眼下最要紧的，还是你的字。"周靖丰慢饮一口茶，在戚寸心起身时，开口说道，"再过两日你师母一到，便由她教你习字吧。"

但此言一出，他便瞧见站在那儿的小姑娘一脸踟蹰，欲言又止。

"你师母的字，只要是见过的人，没有说不好的。怎么，她来教你，你还不愿吗？"

"不是的，先生。"戚寸心有点儿不好意思，声音越来越小，"是……我和我夫君已经说好了，他会教我习字。"

周靖丰端茶碗的手一顿："你那夫君字写得如何？"

戚寸心一听他这样问，便忙说："我以前在东陵的时候还请他帮我写过信，他的字写得可好了！"

"看你将他夸得天上有，地上无的，"周靖丰捋了捋胡须，面露笑意，"也罢，你们既是夫妻，习字嘛，你要他教也可以。"

顶着周靖丰揶揄的目光，戚寸心面颊微红，低下头去了。

"你下楼去，今日要看的书，砚竹会给你，若有不懂的便来问我，看完之后，我会再出一些试题给你。"

周靖丰与一般夫子不同，戚寸心也未多想，应了声要转身时，她忽然又想起船上的事，便道："先生，我在船上看到了些血迹。"

"我回九重楼的消息如今已经传遍天下，自然会多一些来访之人，"周靖丰气定神闲，眼眉慈祥，"不必惊讶。"

"我知道了。"戚寸心点点头，行了礼，转身下楼去了。

天渐渐亮了，窗外的雾气散去许多。砚竹一袭青衣，手持长剑正在楼外练剑。偶有剑锋划破空气的声音铮然作响，在二楼书案前的戚寸心却好似什么也听不见，桌上的烛火已经被风吹灭了，楼内静悄悄的，只有她偶尔翻动书页的声音。书上时有批注，那字迹苍劲飘逸，一看便知是周先生的。戚寸心有不明白的地方，还没等上楼去问，便已经在批注里得到了答案。

午时，砚竹做好饭菜，戚寸心还在看书，砚竹二话不说便拽着她往楼上去。

"你那日说，读书明理，知天下事。"周靖丰直接端着酒坛子喝了一口酒，又道，"但你如今做了谢家的太子妃，注定要面对诸多争斗倾轧，若无保命的本事，你便要事事依靠你那位夫君。"

"先生的意思是？"戚寸心刚端起碗，听他此言，抬起头问道。

"有时最厉害的，并不一定是万中无一的武学，"他说着，伸手指了指自己的胸口，笑道，"而是藏在此处的心术。"

"心术？"戚寸心有些蒙。

"正如下棋，你能看得懂其中的门道，自然也就能够躲得过其中的暗箭，甚至于，你也可以提前布局。"

周靖丰将面前这小姑娘的迷茫看在眼里，他瞥了一眼摆在一旁的棋盘："无论哪一样，都不是一日之功。往后，你就慢慢和我学这下棋的功夫。"

戚寸心正要开口答应，却见砚竹啪的一下重重放下饭碗，扔了筷子，并迅速抽出剑鞘里的长剑，转身从窗口一跃而下。戚寸心都看呆了。

"是又有人来了。"周靖丰老神在在，就着花生米又喝了口酒。

戚寸心闻言放下碗筷，转身跑到窗边，果然瞧见砚竹在同一个中年男人打斗，她出招极快，也极狠。不过几十招的工夫，那人便节节败退。最后，砚竹的剑铮然作响，那人无力抵挡，刹那被震入紫垣河中，而同时，砚竹长剑入鞘，飞身而起，转眼便落在她身侧。

外头的江湖人士来找九重楼的麻烦，紫垣河对岸守在玉昆门的那些禁军是不会管的，故而这几日明里暗里来找事的人并不少。一下午的工夫，砚竹在外头也不知打了多少架，亦不知有多少人被踢进紫垣河里，狼狈逃走。

戚寸心两耳不闻窗外事，只安安静静地待在案前看书。也不知是什么时候，砚竹的身影忽然出现在她的桌前，戚寸心不明所以，抬头唤了声师姐，只见她伸手指向窗外。循着她所指的方向看去，戚寸心见谢绸不知何时已经在楼外，待望见他手中握着的钩霜，才反应过来，原来刚刚的打斗竟是砚竹师姐和谢绸。

"绸绸！"戚寸心探出头，又朝他招手。

谢绸收了钩霜，见方才还在楼上朝他招手的姑娘已经抱着猫跑了出来，夕阳的余晖，照在金色的重明鸟图腾之上，显得有些刺眼。

周靖丰在楼上看着那少年与少女相携飞身去了对岸，他慢悠悠地喝着酒，问身侧的年轻女子："砚竹，他功夫如何？"

女子点点头，手上比画着。

他看了，便轻笑一声："那个老家伙肯收徒就已经很难得了，看来这谢繁青，的确不一般。"

片刻，他却收敛笑容，轻叹一声，带了几分意味深长地说："只是这少年在北魏受尽折磨，性子早与常人有别，心思也异常深沉，也不知他对你这小师妹，究竟是真心，还是假意。"

延光一年十月二十三日，南黎大将军裴南亭自绝于天牢。时值太子谢繁青才将刑部尚书李成元下狱，并在其家中查出贪墨的几百万两白银。

"殿下，殿下！臣冤枉啊！您就是借臣一百个胆子，臣也不敢假传荣禄皇帝圣旨，陷害裴将军啊！"李成元在狱中哭天抢地，见那身着紫棠锦衣的少年一撩衣摆坐在椅子上，喊冤之声便愈发凄厉了些。

"凤尾坡幸存将士十三人，皆指证崇宁军中守备何广平携荣禄皇帝圣旨，令大将军裴南亭临时撤部分崇宁军至凤尾坡，致使十万将士落入北魏圈套惨死……而大理寺派去的人在何广平处搜出你与他的通信，信件也证实了何广平早前便与你有所联系。荣禄三年时，你曾收他千两白银，以及一幅曾若山的《闲居图》，若非你手眼通天，他何广平怎能平步青云，成了崇宁军中守备？"徐允嘉立在谢缈身侧，字字铿锵。

李成元神情一滞……何广平是他的同乡，小皇帝在位时，他的确收了何广平的银子，还有那幅前朝曾若山的《闲居图》，随后他便为其疏通关系，令其一入崇宁军便任守备一职。

"殿下明鉴！还请殿下明鉴啊！臣虽与何广平有所往来，但臣绝对没有假传圣旨，与何广平合谋害崇宁军啊！"此刻瞧见坐在椅子上的少年摘下腰间的白玉剑柄，那纤薄的剑刃在刹那间抽出，李成元连忙喊道："臣要与何广平对质！当面对质！"

"何广平自知事情败露，已于昨夜在牢内畏罪自杀。"徐允嘉语气平淡地补充道。

"什么？"李成元大惊，如今何广平离奇死亡，而那十三个不知从哪儿钻出来的凤尾坡活口句句证词皆指向他。

"李大人，怎么忽然不说话了？"谢绯站起身，烛光照见他那张眼眉带笑的面庞，他语带讥讽道，"不是要我明鉴吗？"

如此近距离地看这位太子殿下的笑眼，李成元汗毛倒竖，只觉得一股寒意正顺着脊梁爬上来。他嘴唇抖动着，半晌才艰难开口："殿下……是早就想好这一步了吗？"

是在窦海芳上奏之前吗？是在那之前就将他查了个底儿掉，否则怎么能这般真真假假地，将他与何广平之间的事牵连进更大的阴谋中去？若此事太子都能查得到……那么戚家呢？

李成元心中骇然。怪不得，怪不得他之前要将戚家那孤女认作义女时，太子会是那样的反应……那时他还以为，是太子性情乖戾，故意与陛下为难。

这下完了……一切，都完了。

"这件事，你那堂兄可有份？"谢绯不但不答他，反将剑轻抵他的脖颈，慢悠悠地问道。

冰冷的剑刃贴在李成元的皮肉上，他甚至不敢看眼前这位少年。他虽浑身抖如筛糠，但听到少年提及李适成时，他才终于明白，那位坐在龙椅上的帝王最真实的打算。

"这些事，皆是我一人所为，"李成元面如死灰，他垂下头，一双浑浊的眼睛通红，几乎是从齿缝里挤出一句话来，"我堂兄李适成……不知情。"

笑意刹那间从谢绯的脸上收起！他用力将剑刺入李成元的肩胛骨，让其惨叫连连。

"李氏兄弟，真是好得很！"他说着抽出剑，殷红的血顺着剑锋滴落下来，谢绯转过身往外走时，徐允嘉立即命韩章带着认罪书上前，沾了血的印泥被按在李成元的指腹，接着纸上便留下一道红痕。

戚寸心一早便去了九重楼，黄昏时分未在紫垣河畔等到谢绯，她听赶来的掌事宫女柳絮说，太傅裴寄清的亲子，南黎荣威大将军，谢绯的表兄裴南亭今晨自绝于天牢之内。而大理寺遣人捉拿了刑部尚书李成元，此时谢绯正在天牢之中审问李成元。

戚寸心当即决定先回东宫等他回来，再去裴府探望裴寄清。她不忍去想，这儒雅的老人面对突然而至的丧子之痛时，会承受怎样巨大的打击。

"太子妃。"走入朱红宫巷时，戚寸心忽听身后有一个声音传来。

她回过头，瞧见一位身着黛蓝锦衣的青年不知何时已立在不远处，他身后跟着几名宫娥太监。见她回过头看向他，他便朝她笑了笑，又走近几步。

戚寸心认得他的脸，是之前在宫外长街上奉旨来寻谢绺的二皇子谢詹泽，于是她轻轻颔首，唤了声："二哥。"

"我正要去阳春宫见我母妃，太子妃可是要回东宫？"谢詹泽脸上挂着温和的笑，说话的声音也是轻柔的，像话本里的谦谦君子。

"嗯。"戚寸心应了一声，却也不知道再同他说些什么，便道，"那二哥，我就先走了。"

她说完转身时，谢詹泽在后头却看到她腕上的那个银铃铛。

"太子妃嫁与繁青，可是出于自愿？"戚寸心才走出几步，便听身后又传来谢詹泽的声音。

她脚步一顿，回过头问："二哥是什么意思？"

谢詹泽状似无意地瞥了一眼跟在她身后的柳絮等人，伸手指了指她的手腕，又去看停在宫墙之上的银霜鸟，说道："我只是对繁青有些担心。"

再看向戚寸心时，他的眼底添了几分忧虑之色："太子妃应该知晓，我与繁青虽是兄弟，却也并不了解他，在北魏六年，也不知他经历了些什么。"

"若是……"他抿了一下唇，才又道，"若是他对你有什么过分之举，我有能帮得上的，太子妃尽可以告诉我。比如这银珠手串，若太子妃要除去这束缚，我也有些法子。"

听到他这话，戚寸心不由得随着他的视线看向自己腕上的银珠手串。

"不单单是待你，便是他与父皇之间，近来也常是针锋相对，闹得不太愉快……"谢詹泽轻叹了一声，随即道，"他会如此待你，想来也是因为在北魏受了太多苦，所以性子才会与平常人不大一样。但无论如何，你二人是夫妻，我来替太子妃解开这手串的锁，希望你也不要怪他。"

他的这些话听起来似乎处处在为谢绺忧虑，满是一位兄长对弟弟的关心，但戚寸心听着，却总觉得有些不太舒服。

摸着腕上的银珠手串，迎着谢詹泽的目光，戚寸心微微一笑："我的确知道这手串的铃铛里有什么，但我想二哥是误会了……"

"这颗铃铛，是我们在东陵成亲之前，太子送我的定亲礼，戴着它我并没有觉得哪里不好。"她的神情变得如此认真。

她又抬头去看琉璃瓦上羽毛洁白的小鸟，轻声道："也多亏从东陵到缇阳它们跟了我一路，太子才能及时找到我，不然的话，我也许就要坐船走了。"

谢詹泽一怔，随后惊诧开口："寄香蛊虫若是爬出来，必会钻入你的血肉之中，你就真的不怕？"

"没什么好怕的，多谢二哥好意。"戚寸心朝他颔首，随即转过身，迈步之时，她望见了不远处那道颀长的身影。

夕阳下，谢绵紫棠色的衣袖被风吹得微荡，与衣服同色的发带也随着几缕发丝晃荡着，而那双浸润在夕阳余晖里的眼，却是出奇的阴郁冷淡，像透不进光的深渊。可当她望向他时，却见他的眼宛若星光。

他忽而启唇，唤她："娘子，过来。"

一股莫名的凉意在心底涌起，戚寸心有一瞬的踌躇，却还是迈开步子，朝着他走去。

当戚寸心朝那少年走去时，谢詹泽发现谢绵那双眼睛始终在盯着他，目光阴戾冰冷，令人生寒。但最终，谢绵只是牵住那姑娘的手，转身走了。

耀眼的余晖洒在这朱红宫巷之间，铃铛清脆的声响不绝，那少年与少女的背影被镀上刺眼的光，教人看不真切。直到走入一片浓荫里，斑驳的光线穿过枝叶，洒了她和他满身。

"绵绵，我手疼。"戚寸心握住他的手腕，皱起眉道。

少年闻言，停下脚步。他漫不经心地伸手拨弄了一下那颗铃铛，霎时便有清脆悦耳的铃声响起。

"娘子，你很讨厌它吗？"他貌似无意地问道。

"我……"戚寸心才要开口，便听他忽然又道。

"你不能讨厌它。谁敢摘下它，谁就去死。"

他那双清澈的眸子再度看向她的脸，说这句话时，他的语气如此轻，说完他的目光却越过她，再度停留在远处那抹黛蓝的身影上。

"我没有要摘……"戚寸心愣愣地望着他，被他触碰的手心也在发凉。

"我知道。"他忽然又朝她露出笑容，眼瞳里的冰雪也好似被冬日暖阳抚慰，刹那间消融，看起来漂亮得不像话，他伸手触摸她的脸颊，"娘子，我不会伤害你。"

他抱住她的腰，将下巴抵在她的肩上，声音闷闷的，好像还藏了些委屈："你以后不要跟我二哥说话，好不好？"

这也许是故意撒娇，仿佛方才她所感到的凉意只是错觉，而他的气息如此靠近，她隔了会儿才回过神来问："他跟我说话，我总不能不回答吧？"

"为什么不能？"

"你们皇家规矩很多的，这样的话，就是我不知礼数了。"戚寸心有点儿无奈地说道。

"那你也不可以和他说话。"他揪住她的脸蛋。

"我要是说了呢？"

"我会很生气。"

"小气鬼。"

"你才是小气鬼！"

重重宫阙间，少年与少女那相伴而行的背影，好似罩着金色光芒，看起来是那么温暖和明亮。

第十二章　抹不去的烙印

戚寸心与谢绺到裴府时，大门之上已挂满白色丧幡。府内奴仆来回奔忙，灵堂之内，却只有一位身形稍显佝偻的老者抚着棺木，背对他们而立。或黑或白的颜色压得人心底沉重，戚寸心与谢绺步上台阶。

　　"舅舅。"她不由得唤了声。

　　事出突然，裴南亭远在新络的妻女怕是还没收到消息，如今这灵堂里冷冷清清，连个哭灵的人也没有。戚寸心还从未见过那位表兄裴南亭，明明谢绺马上就要将他救出来了，可他怎么就突然自杀了呢？戚寸心想不明白。

　　"寸心，你们来了。"裴寄清闻声回头，面部肌肉牵扯几下，却始终无法拼凑出一个笑来。他那双眼睛好像没有光了，黯淡得不像话，一日之间，他便比以往苍老许多。

　　"来府里祭奠的人多，我去帮忙。"戚寸心看出裴寄清与谢绺有话要说，便主动说了句，然后她抬头看了看谢绺，轻轻地拍了拍他的手背，提着裙摆叫柳絮等人随她去了。

　　谢绺点了几炷香，到案前插入香炉后，裴寄清便将他叫去了书房。一块写满血字的布帛被裴寄清颤颤巍巍地递到谢绺手里。谢绺展开那布帛，只见其上写着："儿全了对父亲之孝，对新皇之忠，却终究愧对凤尾坡五万将士冤死之英魂，儿无颜苟活，唯一死了之。"

此时，书房内寂静无声，窗外却隐约有雷声作响。很快有雨落下来，水汽笼罩庭院，更衬得油绿松枝在其间色彩鲜明。

"五万？"谢绶抬眸。

"是五万，不是上报的十万。"裴寄清失神地望着庭内雨水拍打之下摇摇晃晃的松枝，"是你父皇将绥离之战中部分死于与北魏蛮夷拼杀的将士的名单挪到了凤尾坡一役里，这便成了令南黎百姓震怒的十万血债。"

可五万人，他们的血，也能流成河。

"我以为表哥知道我父皇的打算，但看这遗书的意思，他似乎是受了蒙骗？"谢绶定定地看着那坐在书案后的老者。

"要一个将军不打胜仗，偏打败仗，这太荒唐。"裴寄清的声音更显沧桑，"这话本是你说的，南亭他一腔抱负，是个爱兵如子的好将军，若他的崇宁军将士是死于一场堂堂正正的血战，他断不会如此痛苦，可偏偏……那五万人，是死于你父皇的算计。"

为一个皇位，为了要一个光明正大、名正言顺将荣禄小皇帝赶下皇位的机会。谢敏朝要坐上那个位置，也要坐稳那个位置，便不能让荣禄小皇帝与张太后再有翻身之机会。

"他是收到你父皇以我的名义送去的信，才会出兵凤尾坡……也许是收到你问罪李成元的消息，他猜到了你我要将凤尾坡一役的这口锅扣到李成元头上，他不愿让我的谋划泡汤，却也不想自己无罪释放苟活于世，所以才……"裴寄清双眼泛红，泪水盈满眼眶，他一只手重重地按着案角，"是我这个做父亲的，将他逼上了绝路。"

"舅舅聪明一世，可想过今日所发生的一切，也许也在我父皇的算计之中？"谢绶静静地看了那血书片刻道。

只用一个李成元就想平息众怒？怕是不够。谢敏朝这招一石二鸟，也斩断了裴寄清的一尾。

"今晨一收到你表兄的死讯，我便猜到了。"裴寄清满脸沧桑，他闭了闭眼，"可繁青，你父皇经营多年，他要坐那个位置什么时候不能坐？他为何一定要执着于什么名正言顺？"

"是因我大黎自丢失半壁江山后，南黎偏安一隅，对外软弱，对内斗争不断，早已是风雨飘摇，人心不安。军中士气亦极容易受到影响，若没有一个名正言顺的由头，南黎必将因为前方大战、后方夺权篡位而人心惶惶，但若他有这样一个由血肉性命堆积起来的铁证，那么他登位，便是众望所归。"

谋朝篡位和众望所归，两者之间，相差太大了。

"我没有后悔的余地。"裴寄清双指轻抵鼻梁，"如今南黎需要的帝王，非铁血手腕不能扶将倾之大厦。"

谢绡瞥一眼屋外的雨幕，阴沉的天光照着他白皙的侧脸，他扯了扯唇，神情寡淡道："那老东西真是好算计。"

天擦黑时，雨势更大，雷霆裹着闪电声声不断，湿冷的风轻拂人的面颊，更添彻骨凉意。戚寸心坐在门槛上，回头看了眼灯火明亮的灵堂，那一具黑漆漆的棺木正静静地停放在那里，烛火跳跃，烟雾缭绕。

"太子妃，吃些东西吧。"柳絮端来了一碗热汤，还有一份糕点。

后厅里早已摆了晚膳，但裴寄清迟迟不出现，谢绡也不见身影，戚寸心自己在桌前坐了会儿，也什么都没吃，冷掉的饭菜很快便被撤下去了。

戚寸心接过汤碗喝了一口，原本有些僵冷的身体添了几分暖意。忽然间，她望见对面檐上不知何时竟添了一道身影。

竹斗笠之下，身披黑色斗篷的男人身形魁梧。他抬头时，檐下数盏灯照出他有别于中原汉人的深邃轮廓，他额前系着狼毛编织的抹额，脸上一道疤十分显眼，嘴上咬着一块肉干，青黑的胡楂占据了他小半张脸。

"九重天少主戚寸心？"他甫一开口，洪亮浑厚的嗓音刹那间打破这雨夜的平静。

"是丘林铎！"徐允嘉认出他腰间的精铁鞭，随即面色一变，立刻挡在戚寸心身前。

江通丘林铎是伊赫人中最负盛名的武学奇才。院中守卫个个戒备起来，全部涌向戚寸心，将她挡在后面。

只见丘林铎吐了那半块肉干，骤然抽出腰间的精铁长鞭，自檐上跃下，迅速朝戚寸心奔来。精铁长鞭穿过雨幕，带起阵阵罡风的刹那，铁鞭之上机巧运转，尖锐的棱角犹如恶狼的爪牙般，划破数名守卫的脖颈。刹那间鲜血迸溅，血腥味在雨水里弥漫。

徐允嘉、韩章等人以刀剑抵挡了一番，却终究顶不住此人高深的内力，被铁鞭缠住腰身瞬间摔了出去。层层壁垒迅速告破，那棱角尖锐的铁鞭朝戚寸心的面门袭来，耳畔是柳絮等人的惊叫声，戚寸心踉跄后退，手中的汤碗也摔碎在地。

　　正在这时，一抹紫棠色的身影飘然而至，白玉剑柄中的剑刃骤然伸出，一个轻巧的剑花钩住铁鞭的同时往后用力一拽。谢绺被雨水打湿的面庞更透几分冰冷，他飞身一跃，提剑朝丘林铎而去。

　　剑光闪烁，谢绺的招式快得令人看不清，丘林铎操控着精铁鞭与之缠斗，一时不察，竟被剑锋划破了鼻头。他回身落在檐上，扔下戴在头上的斗笠，用手指蹭了下鼻头的血，那血便被雨水冲刷了个干净。他半眯起眼睛，站在檐上审视起那少年。

　　"这不是星危小郡王吗？哦，如今是南黎的太子殿下了。"丘林铎瞧着他那张过分出色的面庞，"殿下可还记得我啊？五年前在麟都皇宫内，我在五皇子那儿，还尝过一锅狗肉汤。我听说，那是殿下你的馈赠。"

　　"当日殿下以羸弱病体弄死福嘉公主的爱宠白狼时，我还以为是你侥幸，不承想，殿下竟也武功不俗。"

　　馈赠？狗肉汤？戚寸心蓦地想起她生病低热的那个夜晚，少年把极热的帕子放在她的额头上，又帮她盖了一层又一层被子，说他以前也是这样照顾乌雪的。那时候她以为乌雪是个人，少年淡淡回她乌雪死了。原来是这样死的。

　　"你来得也好。"戚寸心正恍惚间，却听少年清冷的嗓音在雨中传来，仍然是那样一双漂亮的眼睛，却带着冰霜戾气，他一笑，"当日你吃的那几块肉，够你今日被剁成肉泥了。"

　　"殿下年纪轻轻，心却狠得出奇。"丘林铎哈哈大笑，随即再度挥出铁鞭，雨水被带出凌厉的水花。

　　谢绺侧身躲过，随即一跃而起，剑与铁鞭相接，碰出火星。

　　戚寸心紧紧地盯着跃至檐上与丘林铎打斗的谢绺，看他的身影犹如闪电一般在雨中穿梭。

　　丘林铎到底是武林中数一数二的存在，他的招式老辣狠毒，非一般人能够招架，但谢绺年纪轻轻便已有不俗的造诣，百招之内，竟也未落下风。

　　"绺绺！"戚寸心见他腹部被铁鞭抽出一道血淋淋的伤口，不由得着急地喊了一声。

徐允嘉和韩章等人勉强起身施展轻功朝丘林铎奔去，与此同时，收到消息的涤神乡乡使程寺云带着人匆匆赶来，也接二连三跃上檐去。

"寸心，过来。"裴寄清提着衣摆匆匆从廊上来，将戚寸心挡到身后，一脸肃穆紧盯着那檐上的丘林铎。

谢绵躲开丘林铎的铁鞭跳下，回头便见程寺云等人被那铁鞭一一打落下来，摔入了雨地里。

"殿下果然是少年奇才，这造诣比我年少时还要强上数倍，"那丘林铎抹了一把脸上的雨水，神情却带了几分恨意，"殿下如今是荣华加身，只可惜啊，你手臂上那北魏奴隶的刺青怕是永远洗不掉了。

"南黎的储君，是我北魏皇族踩在脚下的贱奴，哈哈哈哈哈……"

丘林铎大笑着，也不去看那雨幕中多少人听到此言时面上的神情变化，他只将朝他袭来的侍卫和归乡人打下房檐去，转身掠入夜幕中。临走之时，他大喊道："戚少主，你的命，我丘林铎一定会取走！"

除却淅沥的雨声，这院子里寂静得可怕。

戚寸心望着雨幕里的少年，他有缕发落在侧脸，而朦胧灯火未将他面上的神情照清。

徐允嘉握着剑柄的手不由得缩紧，也许是想起在北魏麟都的皇宫里，他与丹玉陪着还是星危郡王的谢绵忍辱负重过的每一日。平日寡言冷脸的他，也不由得红了眼。

而谢绵被划破的衣袖之间，那手臂上显露的青黑色印记教人看得分明，他站在那里，直至院中诸多侍卫被裴寄清屏退时，才有了些动静。

他回过头，剔透的雨珠顺着他的鼻梁滑落，他的一双眼睛越过许多人，径直看向被裴寄清挡在身后的戚寸心。他面无表情，一双眸子深不见底，于雾气里，就那么看着她。

戚寸心提起裙摆跑下阶梯，不顾滂沱的雨，跑到他的面前去。她仰面望着他，想伸手去触碰他，手指却又蜷缩了一下。

她开口轻唤："绵绵……"

他不笑的时候，看着她的这双眼睛也是冷的，好像天生没有温度，好像他再不是曾经那个纯情羞怯的少年。

"娘子。"隔了半晌，他唤她一声。

他发白的唇微弯，嗓音发冷："你听到什么了？"

语气如此平静，可戚寸心却能从他那双眼睛里窥见这平静之下翻涌的危险暗流。她的手有些发颤，却还是鼓起勇气抱住他的腰，她轻靠在他的胸膛，鼻间的酸涩牵连着眼眶也变得湿润。

"我什么也没听到。"她扯出一个笑说。

她怎么可能没有听到？也许她窥见汹涌暗流的同时，也隐约察觉到了他某些难以言状的敏感脆弱。

"绑绑，你疼吗？"她的眼泪流下来，混在雨水里消失不见，她伸手轻拍他的后背说，"我们回去吧。"

"你没听到。"他垂着眼，去看怀里她那被雨水淋湿的乌黑鬓发，轻轻地重复着她的那句话。

于是，他那双眼睛微弯，无声地笑。在这被雨水浸湿的灯影里，他苍白面颊上沾染的血已经被冲刷干净，随后，他轻柔地摸了一下她的脑袋。

谢绑甫一回宫就被传至九璋殿中，直至入夜时分才回到东宫。听柳絮在外唤了声"殿下"，在内殿的戚寸心便立即起身，掀了帘子跑出去。

"绑绑！"戚寸心迈出殿门，便见淅沥小雨里被檐下灯火照得分明的那道身影，他仍是一身紫棠色银线四蟒纹锦衣，一手撑着纸伞，正迈着轻缓的步子朝她走来。

朦胧的水雾中，他的脸色过分苍白，幽深的眸子里仿佛透不进分毫的灯影光色。而他有一边的宽袖已被殷红的血浸得斑驳，连露出来的苍白腕上都残留着血迹，刺激着人的神经。

戚寸心愣在那儿，看着他从那晦暗朦胧的光线里走近，看他走上阶梯，又在潮湿的雾气里，嗅到他身上稍浓的血腥味。他来到她的面前，柳絮在一旁接过他手里的纸伞，戚寸心仰面望着他的脸，张了张嘴想说些什么，却又忽然想起他在雨中回望她时的样子，想起他重复她的那句"你没听到"。

也不知为什么，少年此刻的心情似乎很好，即便两人到了内殿，戚寸心将金疮药粉撒在他血肉模糊的伤口上时，他的眉头也是舒展的，再不像之前那样，皱着眉，可怜兮兮地和她说疼。

那道刺青是轻易洗不掉的，只能连皮带肉剜去。戚寸心替他上药的手都是抖的，甚至不敢去看他的伤口。

"绯绯。"替他包扎伤口时，她忽然唤他。

"嗯？"少年闻言，目光落于她乌黑的发髻上。

她替他缠上一层又一层的白色细布，说："以前我在东陵知府府里做烧火丫鬟的时候，你有觉得我不好吗？"

"娘子很好。"少年的眼睛弯起来如月牙一般。

"你没有因为我为奴为婢而嫌弃我，也没有因为我们之间巨大的身份差距而抛下我，"戚寸心抬头，认真地说，"所以我觉得绯绯也很好，哪里都好。"

少年一时有些发怔，他垂着头望着这个蹲在他身前替他上药包扎的姑娘，隔了片刻，他低下头，额头轻抵着她的额头，又轻笑了一声。

戚寸心有太多的话没有说破。时至今日，她终于真切地感受到什么是天家，什么是皇权。无论是皇帝谢敏朝，还是南黎朝堂之上的百官，谁都容忍不了南黎太子的手臂上，那一道属于北魏汉人奴的刺青。

那不单是刺青，还是烙印，烙在谢敏朝的脸上，也踩踏了整个南黎的尊严。

延光一年十月廿四，太子谢繁青顶撞皇帝，被禁足在东宫。

当夜谢敏朝宿于阳春宫中，吴贵妃坐在榻上，瞥一眼身畔仍拿着一卷书在看的帝王，她思忖片刻，还是出声道："陛下，您将太子禁足了？"

"嗯。"谢敏朝随手翻了一页。

"妾听闻，是因为一道刺青？"吴贵妃眼波流转，此时的声音比平日里要显得温柔许多。

"什么刺青？"谢敏朝却像根本没瞧见身边的贵妃似的，他仍盯着书，看得起劲。

"陛下这是何意？"吴贵妃有一瞬的愣怔。

"鹤月，别听外头那些传言，繁青身上哪有什么刺青啊。今日在九璋殿里，我和他是吵了一架，我这个小儿子性子拧巴，气得我朝他扔了东西，他手臂上那伤啊，是不小心划的。"

谢敏朝头也没抬，说："他那样的脾气，我是得将他关个几天治治他。"

吴贵妃蹙起眉："陛下……"

"鹤月。"她一开口便被谢敏朝打断，此时他终于抬起头看向她，面上仍带着笑，"什么刺青不刺青的，那都是丘林铎的污蔑，他是要打朕的脸，不管外头传成什么样子，你也不该信。"

他一自称"朕"，吴贵妃便止住了话头。谢敏朝再度低头去看手中的那卷书，吴贵妃在他身旁，脸色已经有些不好。如今的李适成因李成元一事，正迫切盼望得到一个报复太子的机会，北魏奴隶刺青这么好的一个由头，还没来得及被李适成当作话柄，便被谢敏朝轻轻按下去了。眼看清渠党要和太子相斗，她原打算做壁上观，适时添上一把火，却不想苗头才有，就被这两日的雨浇灭。

在谢宜澄的母亲还未去世时，吴贵妃便入了王府，做了谢敏朝的侧妃，又在谢繁青的母亲成为王府继室时生下了她与谢敏朝的儿子谢詹泽。这么多年，谢敏朝待她不可谓不好，即位之后，他亦是力排众议，封了她贵妃，他们之间常如寻常夫妻一般相处，但有时，吴贵妃却觉得自己看不清他。

譬如此刻，吴贵妃原以为他对詹泽最是爱重，可如今她又开始分辨不清，他抢先将太子谢繁青禁足，究竟是真的惩罚，还是暗地里的保护。吴贵妃的心中，刹那被浓重的危机感笼罩。

"陛下，夜深了，歇息吧。"吴贵妃脸上勉强扯出一抹笑。

谢敏朝仍在翻看书卷："你先睡吧，我再看会儿。"

吴贵妃闻言，面上一僵。她伸出纤细的手指翻过那书的封皮一看，竟是一本《钟馗捉鬼传》。

"写得倒也有趣，"谢敏朝兴味浓厚，"鹤月，不若一起看会儿？"

吴贵妃再难维持笑容。

翌日清晨，连着下了两日的雨才算停，紫垣河上雾气笼罩，天色一片青灰。

"前日的事我听说了，"氤氲热气自周靖丰手中的茶碗冒出，"伊赫人丘林铎那一尾精铁鞭的确极负盛名。他可是个武痴啊，早年为一本武学秘籍，他成了北魏呼延皇室在武林之中的爪牙。这些年来所杀之人无数，北魏武林名门之中便有几家是被他灭了门的。"

"所以他这次来杀我，很有可能是北魏皇室的意思？"戚寸心明白过来。

"十有八九。"

"我那夜听他唤我戚少主。"戚寸心说。

"这话也说得不错，"周靖丰眼含笑意地看向她，"你是唯——个入我九重楼的人，你做了我的学生，不是九重天的少主，还能是什么？"

"明明还有师姐啊。"戚寸心有点儿摸不着头脑。

周靖丰摇头，说话时，花白的胡须也随之微颤："你师姐自有你师母的衣钵要接。"

"师母？"戚寸心听他提及师母，又猛地想起今天这日子，她便忙道，"先生，照您之前说的，师母不是昨日就该到月童了吗？"

"她已经到月童了。"周靖丰拈着颗棋子扣在棋盘上，"只是听闻你前夜遇刺，她坐不住，替你报仇去了。"

"什么？"戚寸心满面惊诧，随后她不由得有些担心，"先生，您不是说丘林铎很厉害吗？"

"可别小瞧了你师母。"周靖丰抬眼看她，"丘林铎声名虽大，但江湖之大，有的是能人，当然我也不曾见过那丘林铎，不过你也不用担心，若是打不过，你师母逃跑的功夫也极好。"

"是吗？"戚寸心一时不知说些什么才好。

"你夫君身上的刺青没了？"周靖丰忽然提起谢绦。

戚寸心闻言一顿，随即轻轻点头。

"他虽是谢敏朝的儿子，但好在有一半的裴家血脉，"周靖丰想起太傅裴寄清，叹了口气又道，"裴家的儿郎都很好，都有一身傲骨。裴南亭更是一个好将军，只是可惜了。"

"先生和舅舅是好友吗？"戚寸心一直想问这件事。

"我与他，当年也算是知己。"周靖丰笑了一下。

"那如今呢？"

"如今？"周靖丰眼底的笑意收敛许多，"如今，自然是他走他的阳关道，我过我的独木桥。"

"寸心。"他忽然唤了这小姑娘一声,正了正神色,问道,"你以为,如今的大黎到底是将倾的大厦,还是旭日东升的朝阳?"

戚寸心捧着茶碗想了一会儿,才说:"我希望它是明日的朝阳。"

"为何?"

"因为南黎的内斗已经太多,这仅剩的半壁江山再经不起一场夺权篡位之争。汉家天下,总好过被北魏蛮夷压在尘泥里。我不在乎南黎皇位上坐的人姓什么,只在乎当年如我一般流落北魏的汉人百姓,有生之年还能不能回家。"

所以,它最好是明日的朝阳。最好,可以朗照神州,将当年入关屠杀中原百姓的魑魅魍魉统统赶走。

"怪不得裴寄清觉着你好。"周靖丰定定地瞧她半晌,露出来一个笑,他慢饮一口茶,"你和他原是同一种人。"

同样执拗,也同样心向朝阳而万死不悔。

"李氏兄弟多年沆瀣一气,李成元到底有没有假传圣旨,李适成应该最清楚,所以即便谢敏朝按下了刺青一事,这事也不算完。经此一事,李适成怕是彻底明白太子不会只除一个李成元,而有的人为了求生,什么事做不出来?"

周靖丰扔下棋子,衣袖拂乱了棋局,他拿起茶盏:"寸心,只怕李适成还是会从你这里下手。"

在天下人眼中,九重天的少主是南黎太子的太子妃,那么九重天就一定会助力太子。可若是她死了,太子与九重天之间的纽带便没了,如此一来,太子便又少一道助力。

日暮时,戚寸心下楼仍不见师母的身影,却在底下瞧见了两个衣着简单利落的年轻女子,她们俩腰间都挂着一模一样的蛇形弯钩,那蛇头上镶嵌的两颗宝石亦如蛇目一般冷森森的。

"姑娘。"两人一见她,便上前齐声唤。

戚寸心不由得看向一旁的师姐砚竹,砚竹正扔了颗糖到嘴里,觉察到戚寸心看过来的目光,她便看向那两名女子,轻抬下颌示意。

"姑娘,奴婢子意。"身穿黄色衣衫的女子垂首行礼,"她是奴婢的妹妹子茹,庄主遣奴婢二人跟在姑娘身边,保护您。"

南黎长泽的石鸢山上有一个石鸢山庄。石鸢山庄的主人姓莫,是许多年前闻名江湖的刀客莫天扬之女莫韧香。三十多年前，伊赫人马踏中原，当时莫韧香带领莫家庄的人随大黎军北上阻止伊赫人继续深入中原腹地。但因德宗昏聩，朝中奸佞只顾眼前小利而弃天下大义于不顾，前线几次用人不当，加之当初领兵入关的呼延勇颇有雄心，用兵更是极为厉害，致使大黎几战皆败。

莫韧香一介女流，在当年却是声名响彻天下的巾帼英雄，但甘源之战后，大黎南迁，她便带领莫家庄剩下的人到了长泽的石鸾山上，三十多年间，石鸾山庄的声名为天下人所熟知，但很少再有人听到石鸾山庄庄主莫韧香的消息。

这样的人物，戚寸心从前都只在书上读到过。一如周靖丰，她以前也从未想过，有一天自己会成为他的学生，更凑巧的是，这两个传奇人物竟是一对夫妻。

戚寸心只从子意与子茹口中得知了师母身份，却一连过了几日都没见到师母其人。

"我师母用的冰魄刀真的很重吗？我听说，刀刃上有很多透明的石头？"又是一日黄昏，戚寸心提起裙摆上岸，不由得去问身后的两名侍女。

"庄主的刀重到寻常人——哪怕是男子——也提不动，那上面镶嵌的透明石头，实则是极为坚硬的金刚石。"子意颇为英气的眉宇间犹带几分笑意道。

当年莫韧香的一把冰魄刀不知杀了多少伊赫人，那刀刃上镶嵌的金刚石，不知刺破多少蛮夷的血肉，但在骄阳下，沾血的金刚石仍旧晶莹剔透，如同冰晶一般凛冽生寒。"冰魄"之名，最初是从战场上传出来的，莫韧香喂了它许多伊赫人的血，它才从无名之刀变成尽人皆知的冰魄刀。便是如今的北魏皇室提及莫韧香，也不得不承认她实为不世出之女英豪。

"也不知道师母什么时候回来……"戚寸心满怀期待，跑入玉昆门内，"子意、子茹，你们快点，到饭点了！"

宫巷内，余晖洒在琉璃瓦上折射出耀眼的光，戚寸心抬头望见一行人簇拥着一架车缓缓而来。那头戴琼花宝冠，一身绫罗的吴贵妃风姿仪态皆可入画，她细长微弯的黛眉犹如柳叶，一双美目眼波动人。

"太子妃，是贵妃娘娘。"柳絮在戚寸心身后轻声提醒。

话音刚落，车辇已至身边，吴贵妃在上面垂眸瞧着底下那个身着藕荷色宫装的年轻姑娘，对方乌黑发髻间的一支鲛珠金步摇尤为惹眼。

曾几何时，吴贵妃在谢宜澄的母亲头上见过那鲛珠步摇，也在谢繁青的生母鬓边瞧见过，自谢家得天下以来，鲛珠步摇都是谢家皇室子弟正妻才有的东西。能工巧匠耗时三年造出的一顶琼花冠，珠光宝气，其上的蝶翅花蕊早已超过那鲛珠步摇的金贵程度，但于吴贵妃而言，琼花冠终究不是凤冠霞帔，她的鬓边可以有无数珍奇珠宝，却终究难得一颗属于正妻的鲛珠。

　　失之毫厘，差之千里。储君之妻，终究好过她这帝王之妾。譬如此刻，这小姑娘不但不必向她行任何大礼，她反要含笑，唤一声"太子妃"。

　　"吴贵妃。"戚寸心放下裙摆，颔首道。

　　"太子妃这是要回东宫？"吴贵妃眉目冷清，浅浅的温和并不达眼底，她只是打量着眼前这年纪尚轻的小姑娘。此前她只听其人，今日方才得见，此女一双顾盼生辉的杏眼，面容甚是灵秀脱俗。此刻单论这一身气度，也与她印象中的烧火丫头相去甚远。

　　"嗯，太子还在宫中等我用饭，便不与贵妃多谈了。"戚寸心记得仙翁江上那场刺杀的指使便是眼前这位吴贵妃，她也知道，自谢缈归来南黎之后，所遇之事大约也与这吴贵妃脱不开干系，故而她并不愿意与之多谈些什么。

　　"太子妃。"吴贵妃却叫住她，待戚寸心转过头来，她那张素来冷淡的面容上露出一丝笑意，"明日宗庙之行，陛下命本宫与太子妃同行。"

　　今晨谢敏朝的旨意传至东宫，太子妃的敕封金册要奉入谢氏宗庙之中，若要举行储君大婚之仪，非入宗庙拜见谢氏先祖不可。而眼下太子谢繁青被禁足于东宫，去宗庙一事，便只能由太子妃一人前往。

　　"劳烦贵妃。"戚寸心点点头，也不多看她，转身便走了。子意和子茹跟上去，柳絮与剩下的一千宫人朝吴贵妃行了礼，便匆匆跟上太子妃的步伐，往宫巷尽头去了。

　　吴贵妃坐在车辇上，面无表情地看着那被一行人簇拥而去的纤瘦身影，眼睛里甚至带着寒意。

　　"窦大人说，贵妃若与太子妃同去宗庙，这路上他们便不能动手了，唯恐牵连贵妃。"绣屏走上前来，小声说出方才收到的消息。

　　"本宫不动手，自有人会动手，"吴贵妃冷冷一笑，"李适成不会错过这个机会，丘林铎也不会，或还有其他什么人，也说不定呢。"

想要她戚寸心性命的人，何止这些。

云层里流霞缠裹，金红两色灼烧了半边天，盛大的光华更衬得这绿瓦红墙有种不太真实的巍峨之美。

东宫紫央殿内，身着鸦青锦袍的少年百无聊赖地将一条小鱼干丢出去，黑乎乎的毛团子便一跃而起，嘴巴一张，"喵呜"一声，精准地咬住鱼干。它在地上打滚儿，咬着鱼干玩。

此时，徐允嘉从殿外进来，对谢绉行礼道："殿下，丹玉已经在回月童的路上了。"

"丘林铎是谁叫来的？"谢绉没抬眼。

"是北魏枢密院枢密使吾鲁图。"徐允嘉答道。

"是他啊。"谢绉扯唇，兴致缺缺，"丘林铎既然来了，那就不要让他有机会回北魏。"

"臣已命人四处搜寻丘林铎，"徐允嘉拱手，停顿了一下才又道，"但似乎还有人在寻他。"

"李适成？"谢绉终于抬眸。

"是，这两日月童城中又来了些新面孔。"徐允嘉垂下头，"明日太子妃的宗庙之行，怕是不太平。"

"各路人蠢蠢欲动，都盯着我娘子一个人。"谢绉微弯唇角，晚秋拂面的风已带几分寒意，"依照之前的计划，你布置下去。"

"是。"徐允嘉领命应下，便听殿外有清脆的铃铛声越来越近。

"臣告退。"

徐允嘉当即行了礼，转身便出了殿门，见戚寸心快步走来，他朝她拱手道："太子妃。"

"徐大人。"戚寸心朝他点头。

徐允嘉低首，说了声"告退"便往前走去。

夕阳西沉，诸般耀眼的光影都开始逐渐变得暗淡起来。戚寸心走上台阶，见窗内那少年正在望她。他的眸子清澈，面庞仍有几分苍白，在残留的余晖里见她看过来，他便朝她笑了一下。

"绵绵今日在做什么？"戚寸心走到窗前，去看案上。镇纸压着一卷洒金生宣，其上洋洋洒洒数行字，一笔一画自有一番风骨，她忍不住赞叹道，"绵绵的字真好看。"

少年被她夸赞，像是有点儿羞怯，眨了眨眼睛，

谢绵又伸手指向殿门："进来，我教你。"

戚寸心眼睛一亮，目光随即落在他的衣袖上："可是你的手臂……"

谢绵伤在右臂，所以这些天她并没有让他教自己习字。

"不碍事。"少年摇头。

戚寸心侧过身从殿门跑进去，子茹下意识地跟上，却被子意拦住。

"姐姐？"子茹有点儿茫然。

"姑娘和殿下谈情说爱，你进去做什么？"子意说着，便拉着自家这个迟钝的妹妹往另一边的月洞门去。

"可以先写你的名字吗，写'绵绵'？"戚寸心望着身侧的少年说。

他轻应一声，走到她身后，伸手握住她捏着毛笔的那只手，墨汁铺陈于雪白的生宣上，赫然便是一个"绵"字。

"我听舅舅说，'绵'字是你师父给你取的，这个字有什么说法吗？"戚寸心歪着脑袋审视宣纸上的那个字，好奇地问道。

"意为缥缈不定，难见也难得。"他的嗓音清亮。

"是说你很聪慧，在这世上很难有你这样的徒儿的意思吗？"戚寸心仰头去望身后的他。

她的话逗笑了谢绵，他轻轻摇头："不是。"

"那是什么意思？"

"不是说我聪慧，而是可怜。"谢绵的声音淡淡的，戚寸心愣住了。

缥缈不定，少年颠沛，再不会有人像他一样，生在皇室却如无根浮萍，余生渺茫。她忽然明白了其中的意思。

戚寸心搁下毛笔，转身抱住他纤细的腰，仰面望着他郑重道："你就是聪慧，也最厉害。"

"我如今正被禁足东宫，这已是棋差一招。"少年与她对视，轻声提醒。

"难道不是你顺势而为吗？"戚寸心却问了句。

随后她又道："你父皇这个时候将你禁足，对你有百利而无一害。"

他垂着眼，定定地看着她的面庞，隔了片刻，弯唇道："娘子现在越来越看得清我身边的局势了。"

"先生可没白教我。"戚寸心被他一夸，忍不住翘起嘴角。

"明日去宗庙，路上也许会遇上许多事。"他伸手摸了摸她的头发。

"我知道。"戚寸心抱着他不撒手，"现在想杀我的人可多了，我好不容易出趟宫，没人会放过这个机会。"

"娘子怕，可以不去。"他认真地说。

"躲得过初一躲不过十五，我总不能当小乌龟吧。"

戚寸心伸手去捧他的脸："我现在不但是太子妃，还是周先生的学生，我得勇敢。"

夜幕降临时，天边又添雷声。半夜雨势渐大，淅淅沥沥的声音好似数不清的碎玉珠子落在盘子里，直至翌日天亮，这一场雨仍未停。

"姑娘，该出发去宗庙了。"子意在外头敲门。

时值十一月，天气已经转冷许多，外头淅淅沥沥的雨声更衬得屋内寂静。被窝里暖融融的，戚寸心在被子里翻来翻去，惹得身畔的少年迷迷糊糊地睁开眼。

"娘子？"他睡眼惺忪，声音有几分软。

小姑娘却将脑袋埋进他怀里，磨蹭了好一会儿，带着睡意的声音听着有些发闷："绯绯，要不我还是当小乌龟吧？"

第十四章　入杀局

赖床的"小乌龟"还是起床了。

推开一扇窗，便有湿冷的风夹着细雨迎面拂来，洗漱完毕，戚寸心的睡意便已经悄然溜走。将敕封金册奉于宗庙是大事，太常寺早就准备好太子妃入宗庙祭祀的一切事宜。

依照礼制，今日戚寸心必须身穿正红大袖袍，戴九树头冠。头冠有点儿重，戚寸心在铜镜里瞧见冠上振翅的金凤口含鲛珠，她一动，那栩栩如生的金质凤凰的尾羽便在颤颤巍巍地晃动。那玉石禁步佩于腰间，她顿觉束缚感又添了许多，让她迈出的每一步都是轻缓小心的。

被宫娥们簇拥至殿门时，戚寸心回过头，看见只着雪白单袍、睡意未消的少年站在那儿静静地看她，看起来孤零零的。

"你们先出去吧。"戚寸心对身边的柳絮等人说道。

柳絮低应一声，随即便带领一众宫娥鱼贯而出。殿内一时静下来，外头沙沙的雨声更为清晰，戚寸心走到他的面前，抓住他的衣袖。

"害怕？"他轻声问。

"其实有点儿。"戚寸心诚实地点头，又朝他招手，"你低下来点儿，我有件事和你说。"

少年不疑有他，乖乖低下头。谁料她一下踮起脚，仰头亲了一下他的脸颊。

但她忽略了头冠的重量，压得她一个后仰。

谢绵反应迅速，伸手扶住她的后脑勺，这才令她不至于摔倒。

"谢谢。"戚寸心脸通红，有点儿尴尬。

少年抿唇像是在笑，一双眼睛清澈漂亮，他低下头的那一刹，鼻尖轻蹭到她的鼻子，她呼吸一窒，又听殿外传来柳絮的声音，她便伸手揪住他的脸蛋。

"我走了！"她站直身体，红着脸转身扶着头冠快步往殿外去。

大黎三十多年前迁都月童，昌宗皇帝定月童潜鳞山为南黎龙脉所在，并在潜鳞山上修建谢氏宗庙，供奉大黎先祖。

太子妃入宗庙祭祀，随行的有五百禁军，还有两百宫娥宦官，从出宫门到御街，道路两旁撑着伞冒雨前来观看太子妃车驾的百姓无数。

敕封金册入宗庙，是皇族正妻才有的荣耀，除却帝王之妻皇后的仪仗天下独有，紧接着的便是储君之妻太子妃的荣耀最盛。

涤神乡的副乡使顾毓舒受命领涤神乡三十一人骑马随行，雨水打在腰间佩剑上的声音清晰可闻，自太子妃与贵妃的车驾出城门后，斗笠之下，他那一双眼便更警惕。

下雨路难走，但通向龙脉潜鳞山的道路却并不似其他官道那般一下雨便满是泥泞，德宗皇帝在位时，便命人重修此路，铺设石板，此后即便是下雨，这条路也从不见淤泥。

天色阴沉，透着一种浓重的青黑色，雨幕之下，道路两旁半人高的野草葳蕤，被这一场雨洗得发亮。雾气弥漫，风吹动草叶的沙沙声不绝于耳。

车内一直守在戚寸心身旁的子意和子茹都不由得摸着腰间的银蛇弯钩，两人表情严肃。戚寸心也始终紧绷着神经，捏着糕点半晌才吃一口。

箭矢划破空气，在细密的雨水中骤然袭来，顾毓舒神色一凛，腰间佩剑出鞘，铮的一声响，剑刃精准地抵住了袭向车驾的箭矢，转瞬之间，林中的箭雨袭来，随行的涤神乡归乡人与禁军忙上前抵挡。车驾骤然停下，坐在车内的戚寸心一个趔趄，半块糕点落地，她匆忙稳住身形。

"保护太子妃和贵妃！"顾毓舒的声音传来。

戚寸心急忙掀帘一看，便见林中数道身影跃起，朝她飞奔而来。刀光剑影割破雨幕，衣袂带起泥土水花，涤神乡的人和禁军与那些黑衣蒙面的不速之客们瞬间打斗了起来。

"来的人真不少。"子意摸着银蛇弯钩，看了几眼外面的情况，又转头看向戚寸心，"姑娘不必害怕，奴婢与子茹定会全力保护姑娘。"

戚寸心想点头，但头冠太重，她的动作有点儿受限。

"帮我把它摘下来。"她指了指戴在头上的金凤九树头冠。

子茹和子意当即应声，伸手小心地替戚寸心摘下头冠，正在此刻，马车顶端忽然重重一声响，似有人落在其上。戚寸心仰头的刹那，马车篷顶突然下陷，强大的冲劲激起罡风，车驾骤然散架，雨丝拂过她的面颊，两只银蛇弯钩迅速钩住篷顶，子意飞身一脚，篷顶飞出去，连带着篷顶上站立的人也随之落去了那连天碧草之间。

蒙面的黑衣大汉立在其上，抽出一柄刀来，借力又起，再朝戚寸心袭来。子意率先上前挡在戚寸心身前，掌风探出，银蛇弯钩回到她手上，钩住那蒙面大汉刀刃的瞬间，她顺势后翻一个用力，弯钩迫使那刀刃骤然逼近蒙面大汉的脖颈，而子茹则趁此机会，一脚狠踢在刀背上，瞬间便切断了此人的脖颈。鲜血迸溅在子茹的侧脸，映得她的神情冷极了。

雨砸在戚寸心的额头上，湿冷的空气中血腥味越来越浓，她脸色煞白、满眼惊惶地盯着那倒下去的大汉。她的发髻因摘头冠时有所牵扯而散下一半来披在身后，雾气蒙蒙的暗淡天色里，她一身正红衣裙便是这里唯一的亮色。

子意与子茹轻飘飘落在她的身侧，将她护在中间，为免马匹受惊致使马车被拖行，子意早在车驾散落时便斩断了缰绳。

韩章领着东宫侍卫骑马而来，马蹄激起水花阵阵，蜂拥而上的侍卫们悍不畏死，他们的剑刃刺破数名黑衣人的身体。韩章扔出去的一柄剑再转回他手中时，又抹了几人的脖子。

"谢繁青倒真是看重她。"吴贵妃在后头的车驾里掀帘看到这一幕，便扯了扯唇。

守在她车驾旁的禁军或持长戟，或持刀剑，却没一个上去帮衬的，而那些黑衣人显然也并不是冲她来的，她此刻颇得几分悠闲，如看戏一般。

忽有人从暗处掠风而来，他戴着黑布包裹的斗笠，一张面容无遮无掩，嘴里叼着狗尾巴草，手持一把镏金枪，枪与枪柄相接处雕刻的金蝉纤毫毕现。

"金蝉枪江西乾？"顾毓舒抹了一把脸上的雨水，认出那柄长枪。

"顾副乡使！"韩章也瞧见了那人手中镏金的长枪，便高声唤顾毓舒。

两人目光相接，随即一同飞身而起，踢开朝他们举刀而来的几名黑衣人，朝那手持镏金枪的江西乾而去。江西乾吐出嘴里的狗尾巴草，他手中的金枪极快地击打着两人袭向他的剑，极强的内力顺着枪刃激荡而出，韩章与顾毓舒握着剑柄的手被这柄枪震得发颤。

与此同时，一道暗红纤瘦的身影如一团火焰般迅速袭向戚寸心，她手中的两枚峨眉刺转了几转，划破了子意的衣袖。吴贵妃在后头瞧见这一幕，她思及从窦海芳那儿得来的消息，不由得皱起眉道："这江西乾极有可能是李适成请来的，可这女人……"

"新络的关浮波。"一直守在吴贵妃身边的女侍卫瞧见那女人手中的峨眉刺，见她的身量矮小，年纪约莫三四十岁，便知她应是新络的鬼面娘子关浮波。她的身法武功，再加上使的那两枚峨眉刺，在江湖中都是独一份的存在。

"不过她脾气古怪，向来只钻研自家武学，应该对九重楼周靖丰的武功秘籍不感兴趣。再者她的关家寨在新络最为富有，应该对九重楼中的珍奇财宝也不感兴趣，那她是为什么而来？"女侍卫有些想不通。

"既不为九重楼中的东西，那么便是被人请来的。"吴贵妃看着那与戚寸心的两个侍女打斗的身影，"可到底是什么人请了她来？"

关浮波的打法极为诡异，子茹一个疏忽，便被她凌厉的掌风打下车去，摔在雨地里吐了血。

"子茹！"戚寸心喊了一声，回过头却见那关浮波右边的峨眉刺脱手，越过子意朝她袭来。她踉跄后退，身后却忽有一只手扶住她的腰，随即一柄剑横在她身前，铮的一声挡开了那飞来的峨眉刺。

雨幕里，她仰面往后，望见身着涤神乡玄黑蟒纹衣衫的年轻男子戴着一个银色面具，唯有一双眼睛露在外面。

在涤神乡内，有一部分需要时常潜入北魏做密探的归乡人，他们在南黎时，是需要每天都戴着这种面具的，为的是抹去原本的姓名出身，同时也要抹去他的样貌形迹。

戚寸心被他带着下车，那人又挥剑割破两名黑衣人的脖颈，鲜血溅在他的面具上，他倒握剑柄，往后刺穿另一人的腹部。

精铁鞭飞出，身形魁梧的丘林铎立于树梢，收回铁鞭时便沾了一手血，数名禁卫捂着脖颈倒地不起。

"戚少主，别来无恙啊！"丘林铎掀开斗笠，狼毛抹额被雨水打湿，他哈哈一笑，脸颊上的那道疤更显狰狞。

"多日不见，你怎么少了条胳膊？"戚寸心被那归乡人护在身后，却还是望见那树梢上的丘林铎左边的衣袖空空如也。

"我到底还是小瞧了戚少主，你年纪虽小，却是手眼通天啊，不但有周靖丰和太子护你，便连石鸾山庄的老庄主也为你连着追杀我好几天……"丘林铎冷冷一笑，"老子这一趟反正是回不去了，不杀你，老子这条胳膊就断得不值了！"

话音才落，他一蹬树枝，借力一跃，那手中收拢作一团的铁鞭挥出去便如舒展身体的龙一般刺破雨幕向她冲来。

护在戚寸心身前的归乡人迅速带她躲开那棱角尖锐的铁鞭，随即以剑缠裹鞭身，钳制住丘林铎的同时，也被丘林铎一个收鞭的招式拽去半空。

戚寸心望着他玄黑的衣袂，张了张嘴，却没有喊出声。子意与子茹再度来到她的身旁，与不断袭来的黑衣人缠斗。戚寸心仰头去望那名归乡人手中的剑，那样式并无特别，甚至被丘林铎的铁鞭一击便断。但他身形灵活，躲开了丘林铎的攻击，并趁机一脚狠踢在丘林铎藏在衣袖下的断臂的伤口上。

丘林铎吃痛吼了一声，面容更为狰狞。

他到底也算如今武林中颇有声名的人物，内力积蓄起来，在雨中裹挟着罡风，挥得手中的铁鞭犹如灵巧的蛇一般蜿蜒而动。

"你个天杀的下水货！老娘看你还能逃到哪儿去！"蓦地，一道苍老却有力的女声传来，或因内力深厚，落在众人耳中便刺得耳膜有些发疼。

戚寸心一抬头，便见一个鬓发如霜、身着秋香色衣衫的老妇飞身而来，她手中提着一柄大刀，即便在雨幕之中，也能望见其刀刃上熠熠生辉，犹如星辰一般排列的金刚石。

"冰魄刀？"江西乾才用手中的金蝉枪挡开顾毓舒与韩章二人的剑，抬头便瞧见那老妇人手中的一把刀，他面露惊诧，"是莫韧香？"

到底是上过战场见过千般杀伐的女英雄，即便她已是满鬓霜白，却仍然身手矫健，一双眼睛亦很精神。她挥起那把冰魄刀，灌注内力的刀刃拂开雨水，砸在人的脸上竟也疼得厉害。

戴着面具的归乡人顺势侧身，用剑钩住铁鞭将丘林铎往前一带。莫韧香脚踩铁鞭，双手握刀，飞身朝丘林铎砍去。丘林铎脸色大变，迅速将铁鞭抽回挽入手中，施展轻功往后退去。紧跟在莫韧香身后的还有十几名年轻男女，他们手中握着各类兵器，个个出手十分敏捷凌厉。

"石鸾山庄都多少年不现世了，怎么这老庄主忽然就出现了，还是来杀丘林铎的？"吴贵妃越发看不懂眼下的境况了。她垂眸，蓦地想起今晨谢敏朝轻拍她的手，说的那一句"小心"，她原本还不觉得有什么，此刻却忽然警醒。

"不好……"吴贵妃喃喃一声。

原本她还想着今日刺杀只是冲戚寸心来的，她只需要做壁上观，不必谋划什么，看戏就好。可她忘了，有仙翁江刺杀一事在前，她谋杀谢繁青的流言本就甚嚣尘上，今日宗庙之行，她即便什么也不做，也必定会引得流言愈传愈真。

如此一来，她一定会被太傅裴寄清与太子拿住话柄。可陛下……陛下他为什么要下那一道谕旨，让她陪太子妃去潜鳞山的宗庙？吴贵妃的脸色越发不好。

正在她晃神之际，那原本还在与子意、子茹二人打斗的鬼面娘子关浮波却忽然翻身落地，重重踩在雨水里，几步并作一步，峨眉刺飞出去，划断了吴贵妃车驾的帘子。

守在吴贵妃身侧的女侍卫反应极快，抽出长剑挡开旋转而来的峨眉刺，那东西刹那间飞回关浮波手上。关浮波身材矮小，犹如十一二岁的小姑娘，但一张面容却已有皱纹，看着便骇人。她忽然自窗外探入半身，面上浮出一个笑，右手的峨眉刺击断女侍卫剑刃的同时，掌风也震得女侍卫重重撞到马车的角落里。

"娘娘！"绣屏惊恐地大喊。吴贵妃瞳孔紧缩，她眼睁睁地瞧着那关浮波手中的峨眉刺朝她袭来，刹那间划破她的脖颈。当血痕乍现，尖锐的棱角还未刺得更深时，忽有一把长戟伸入车内，瞬间割破关浮波的手腕。

吴贵妃仓皇抬首，看到了雨地里那一行身穿银色盔甲的侍卫。女侍卫捂住受伤的手臂，她松了口气，激动地喊："娘娘，是灈灵卫！"

灈灵卫，是天子近卫，其中高手如云，自非一般禁军可比。灈灵卫的出现，没有令吴贵妃缓过神，她反倒有些恍惚，因为她很清楚方才那匆忙退出车外的关浮波根本没有对她下死手。若她稍稍用力，吴贵妃根本没有生还的机会。

"她到底是谁的人……"吴贵妃紧紧地揪着衣襟喃喃道。

江西乾亲眼瞧见关浮波跑了，他面色凝重，看向那被两名侍女紧紧护在身后的太子妃。

"既然石鸢山庄老庄主插手此事，那么江某便告辞了！"

江西乾见眼前的形势越发不对，踢开朝他一剑劈来的韩章，转身便要施展轻功离去。但那名戴着面具的归乡人早已轻踩顾毓舒的肩，将手中的剑扔出去，在江西乾用手中的金蝉枪挡住剑的刹那，他又飞身上前，迅速捡起长剑，旋身在江西乾肩后划出一道血痕。

归乡人剑招极快，江西乾心中骇然，只能匆忙应对，但百招之内他多次被此人近身。金蝉枪施展不开，他终究逃不过此人诡秘迅疾的身法，也挡不住对方狠厉的杀招，被一剑刺穿胸口。

血不断从江西乾的身体里流出来，他大睁的双眼逐渐失神。那柄刺穿江西乾胸口的剑沾着血，带着他嵌入了丰茂野草之下的泥土深处。而那名归乡人被雨水敲打出清晰响声的面具之下，是一双阴冷的眸子。

戚寸心亲眼看见莫韧香的冰魄刀拂开道道气流，丘林铎后仰的刹那虽躲过了锋利的刀刃，脖颈却仍被金刚石尖锐的棱角划出几道血痕。那身手极好的老妇人提着把大刀朝丘林铎砍过去，招招狠辣，天幕里降下的雨水仿佛都因她的内息而偏移了方向。

丘林铎忽然盯住底下的戚寸心，他闪身躲开莫韧香，手中的精铁鞭扔出去便如灵蛇游动，眼看就要缠上戚寸心的脖颈。若真的缠上，他只需用力一拽，便能顷刻要了她的命。

说时迟那时快，戴面具的归乡人抽出江西乾胸口的剑刃，精准地抵上鞭身，一把将其嵌入了路边的树干里。

就在此刻，莫韧香看准机会，砍下丘林铎仅剩的那只右臂，鲜血迸溅，丘林铎惨叫的声音极为凄厉，紧接着，她的刀刃又从背后刺穿了他的身体。丘林铎自半空重重摔落在地上。满地都是黑衣人的尸体，被雨水冲刷着，血液慢慢往石板路的缝隙里浸润。

戚寸心对上面前这个归乡人面具下的一双眼睛。她惊魂未定，脸色苍白。

"太子妃。"身后忽然传来吴贵妃的声音，她猛地回过神，却又迅速转过身将这名归乡人挡在身后，并伸出一只手，叫他快走。

吴贵妃也是一脸惊恐，脖颈间添了条渗出些许血的锦帕，被绣屏扶着从车内下来，身边的女侍卫替她撑着伞。才走出几步，她便见戚寸心身后那名戴面具的归乡人忽然转身离开，心下便感觉有些怪异。

涤神乡的事她还是知道一些的，戴面具的归乡人作为随时执行潜伏任务的密探，一般是不需要参与此类护卫任务的。她侧过脸，又瞧见还有几名归乡人也戴着同样的银质面具，便道："看来裴太傅果真看重太子妃。"

一般被派去北魏的归乡人密探的武功一定是涤神乡中的甲等，若非看重戚寸心，裴寄清又怎会抽调这些人来做她的护卫。

"贵妃身边不一样有父皇的濯灵卫吗？"戚寸心在东宫待了这么久，当然也知道方才出现的那些银甲侍卫是什么来头。那些都是天子身边的人。

戚寸心惦记着莫韧香，回过头却发现莫韧香和那十几名年轻男女不知何时已经走了。吴贵妃在眼前，她当然不好问身侧的子意和子茹。而潜鳞山的守军也已经匆匆赶来，抓住了几个蒙面的活口，剩下的都被他们杀了个干净。

"太子妃，今日出了这样的事，不如你与本宫先行回宫吧。"吴贵妃瞧这小姑娘面色煞白，没比她好到哪儿去。濯灵卫一路跟随她的事，她并不知情，她需要些时间，回去好好捋一捋。

哪知这小姑娘竟摇摇头说："父皇旨意如此，既是有惊无险，宗庙这一趟，我绝不能半途而废。"

没来这一趟之前，戚寸心便知道出月童城后的路上不会太平，既然她知道，皇帝谢敏朝就不会不知道。但他仍批了礼部递上去的折子，下了圣旨让她往宗庙祭祀。这是对她的试探，亦是一种警告。

他试探她的胆量，也是在告诉她，即便她入了九重楼，也未必能够保住自己的性命，他只是轻轻拨弄几下水面，数不清的雷霆暴雨便将袭向她。他要她惧怕，要她退缩，或许也是想要一个改变九重天在世人心中高不可攀印象的机会。毕竟，即便无数人以为九重天因她而成为太子助力，谢敏朝也很清楚，周靖丰当年在金銮殿上一剑断君恩，是绝不可能再为谢氏入世的。既不能成为谢氏助力，留之又有何用？

如果她今日不上宗庙，不入谢氏先祖大殿，那么日后便会留下话柄，九重天当然不可能只因今日一事便一击即溃，但有了开端，便有无数后手。谢敏朝知道，要让天山明月周靖丰自神坛跌落，如今只能从她这个九重天少主身上入手。

吴贵妃见那姑娘叫侍女拿来金凤九树头冠戴上，明明她一身正红大袖袍早已被雨水打湿，满身狼狈，但在细雨之中，她还是戴上了头冠，转身一步步地朝着不远处那雾气朦胧的潜鳞山长阶走去。她面上淡淡的妆容早已被雨水冲刷干净，嘴唇也发白，唯有鼻梁上一颗小痣殷红得灼人眼。

吴贵妃呆立在原地，看着那姑娘背影纤瘦却脊背挺直，似有一种难言的气度。她仿佛此刻才意识到，即便这戚寸心曾经为奴为婢，如今也不是她可以肆意踩在脚下的尘泥。一时间，她的脸色更加难看了。

太子妃在潜鳞山下遭遇刺杀后，仍然一步步走上潜鳞山的长阶，入谢氏宗庙祭拜谢氏先祖的消息传入皇宫九璋殿中。谢敏朝正在看奏折，闻言许久不说话，底下的太监总管刘松大气也不敢出。隔了半晌，他忽听龙座上的帝王笑出声。

"刘松。"

听见帝王唤他，刘松当即躬身应了一声："陛下。"

"你说，朕这个儿媳是不是挺出人意料的？"谢敏朝慢悠悠地问。

"这……"刘松不敢妄答，正有些迟疑。

"看着挺柔弱一小姑娘，朕还想着，繁青那小子一看就是个不解风情的，会不会总将这姑娘惹哭。"谢敏朝扔下折子，感叹一声，"朕还是小瞧她了，或许还小瞧了周靖丰。

"天山明月终究未负这天下独一份的名声，他看人，比朕要准。"

刘松低首不敢应。

谢敏朝也不在意，只是抬头去瞧殿外："天都擦黑了，太子妃与贵妃也该回来了。"

夜幕降临，戚寸心一入宫门便得了谢敏朝的口谕，令她可先行回东宫，不必去九璋殿见他。她紧绷的一根弦终于松下来，让子意她们帮着摘了头冠。

宫中各处已经点上了灯，戚寸心的衣服已经干了，变得有点皱皱巴巴的。因走过潜鳞山的长长阶梯，此刻她的腿还在微微发颤。

"请太子妃先去后殿的浴池沐浴，奴婢这便命人去煮一碗姜汤。"柳絮在院中已经等了许久，一瞧见戚寸心，便迎上去说道。

戚寸心洗去一身疲乏，由柳絮擦干了头发，换了身舒适的衣裙回到了紫央殿。内殿里的少年穿着一身单薄的雪衣，手握一卷书正靠在软榻上翻看。他旁边的案上还摆着几碟精致的糕点和一盏破旧的风炉，上面的茶汤已经煮沸，看似与她离开东宫前别无二致。戚寸心掀开帘子慢慢走进去，见他坐起身朝她招手，她便坐过去。

"今天有很多人来杀我。"她说。

"我知道。"他应一声。

"你都不担心我吗？紗紗，我今天差点儿死在那儿欸。"戚寸心歪着脑袋凑到他面前。

"我肯由着你去，便知道你一定不会出事。"他用竹提勺舀了茶汤入盏，端给她。

"哦。"戚寸心端着有些烫的茶碗抿了口茶，又似不经意地说，"可我今天遇见一个戴面具的归乡人，他的身手特别好，虽然看不见他长什么样子，但那双眼睛看着好像特别漂亮。"

谢紗一顿，他的目光落在她的面庞："是吗？"

他眨了眨睫毛，声音还有点儿闷闷的。

戚寸心放下茶碗，伸手就去捧他的脸："别装了，你这个骗人精！"

他愣了一下，随即那双眼睛明显亮了些，浅浅地映出她的影子，他抿着唇隔了会儿才说："你发现我了。"

"你怎么发现我的？"他好像有点儿开心。

戚寸心哼了一声，撇过脸："你别演了，吴贵妃过来的时候，我叫你走，你应该就知道我发现是你了。"

他闻言，轻笑一声，眼睛弯弯的，也不说话。

"但是为什么来杀我的人也会去杀她啊？难道那个女人是你派的？"戚寸心想起吴贵妃脖颈上带血的锦帕，便皱了皱眉。

"不是我，关浮波杀你是真，杀吴贵妃是假。"少年拂开她脸颊的一缕发，漫不经心地说道。

"所以那个关浮波是吴贵妃的人？她是为了遮掩自己吧？"戚寸心想了想，说道。

"不是她的人。"少年摇头。

"那还能是谁啊？"戚寸心越发疑惑。

谢绛唇角微弯，带着讥讽："谢詹泽。"

翌日一早，戚寸心便赶去了玉昆门外，有子意和子茹二人在身边，她也不用撑船去对岸，她俩施展轻功便能带她到九重楼前。

"先……"戚寸心提着裙摆才上二楼，便猛地闭了嘴。

单薄的被子铺了一地，六七个青年四仰八叉地躺在上面呼呼大睡，还有一两个人脸抵在被子外边的地板上，正在打呼噜。

"这就是咱们的三百九十六妹吧？"楼上忽然传来一个女声。

戚寸心一抬头，就见一名身穿青衫裙的女子出现在楼梯上，她扎着高马尾，面容秀丽，说话间身后又多了好几个年轻女子。

什么三百九十六妹？戚寸心一头雾水，却见她们个个如飞天般刹那间便从楼上落下来，这个摸摸她的脸，那个摸摸她的头发，还把她转过来转过去地看了好几遍。直至一袭青衣的砚竹从楼上飞身下来，将她从人堆里精准地提溜起来，转瞬落在三楼的栏杆内。

"砚竹，你真小气。"一女子不满地跺脚，或瞧见那些男子还在一旁熟睡，她便拣了个就近的，踢了一脚。

"哎哟！"容貌俊秀的男子一声呼痛，一下睁开眼，有点儿迷茫。

楼上楼下乱作一团，吵吵嚷嚷得不成样子，和玉昆门内森严的皇宫简直是冰火两重天。

"行了，都吵什么呢！别吓着人。"一道苍老的女声从楼上传来，那是戚寸心昨日去潜鳞山的路上听过的声音。紧接着，脚步声响起，戚寸心一抬头便瞧见楼上那一道秋香色的身影。虽然面容已见老态，鬓发全白，但她走路的姿势分毫不显佝偻，自有一种说不尽的潇洒落拓——是莫韧香。

"师母。"戚寸心的眼睛亮起来，忙走上前去。

这才是第一回正式见面，她刚要跪下去行大礼，双膝已经弯下去，却被莫韧香一下拎了起来，就跟戚寸心平时拎小黑猫似的，轻松得不得了。

　　"昨日潜鳞山你是自己走上去的，想必又在他们谢家先祖的大殿里跪了不少回，膝盖疼不疼？"莫韧香面上露着笑，眼尾显现两道稍深的皱纹，方才还颇有威严的老太太转瞬间又温和许多。

　　"也不是很疼。"戚寸心回了声，明明有点儿不好意思，却还是没忍住偷偷看了看莫韧香那张亲切的笑脸。

　　"荷蕊，做饭去。"莫韧香朝那身着青衫裙的女子摆手，"包子馅儿多放肉，别跟昨儿买的那包子似的，一口就没了，还不够塞牙缝儿的，不多吃点儿肉，老身怎么能有这把子力气？"

　　"知道了，庄主。"那荷蕊在莫韧香跟前眼见着乖了许多。

　　莫韧香终于满意，拉着戚寸心便往楼上走。圆窗外是晨间朦胧的雾气，还有若隐若现的翠竹与长满草木的山崖。周靖丰盘腿坐在窗前的榻上，用竹提勺舀了四碗茶。

　　"先生。"戚寸心走上第四层楼，一见周靖丰便低首朝他行礼。

　　"坐吧。"周靖丰捋着花白的胡须笑了声。

　　"你没来时，这小丫头天天念叨你，可如今见了你，你瞧瞧她，她倒又成了个小闷葫芦，话也不敢说了。"周靖丰指着在对面坐下来的戚寸心，对身边的莫韧香笑道。

　　戚寸心有点儿脸热，端着茶碗依旧不说话。

　　"昨儿没细看，今日瞧着这姑娘模样儿生得可真好，怪不得砚竹也喜欢，"莫韧香端详过戚寸心，又伸手去摸她的脑袋，"要是你年纪再小些，我教你耍刀也是好的。"

　　"你那刀，她如何提得动？"周靖丰摇头。

　　"多练练总能提得动的，"莫韧香睨他一眼，"小姑娘家家的，多耍耍刀，才能不教人欺负。"

　　周靖丰侧过脸往四周看了看，不作声了。

　　"师母，我能看看您的刀吗？"戚寸心鼓起勇气说。

　　"能，怎么不能。"莫韧香听她要看刀，竟十分高兴，忙唤一声坐在一旁喝茶的砚竹。

砚竹转身便将挂在壁上的冰魄刀从刀鞘中抽出来，提到戚寸心的面前。明亮的天光之下，较宽的刀刃上排列着一颗颗金刚石，它们被切割得棱角尖锐，犹如星辰般闪烁，十分漂亮。

戚寸心伸出双手去接，却在砚竹松手的刹那被刀带得整个人往下倒，要不是莫韧香适时抓住她的后领，她可能就要从凳子上栽下去了。她只知道冰魄刀重，却没想到竟然会这么重。

"寸心，你一顿吃几碗饭啊？"她还有点发蒙，却听莫韧香问道。

虽然不明所以，但戚寸心还是老老实实地答："一碗。"

砚竹将冰魄刀提起来放到一旁，戚寸心才坐稳，还没端起茶碗，便见莫韧香叹了口气："一顿一碗饭是没什么力气。"

"她就不是学武的料。"周靖丰失笑，在一旁摇头。

"不碍事，"莫韧香拍了拍戚寸心的肩，"底下那些个叽叽喳喳的家伙，都是我们莫家庄的血脉，除了他们，你上头还有三百多个哥哥姐姐，要是遇上事儿，你也不用怕，你只要叫他们，就没一个不来的。"

三百多个哥哥姐姐……戚寸心忽然明白了方才荷蕊为什么一见她就叫她什么"三百九十六妹"。

"谢谢师母和……三百九十五个哥哥姐姐。"戚寸心说道。

"逮住了！"忽然有一个响亮的声音从窗外传来，他哈哈大笑的声音尤为引人注目。

戚寸心一转头，就看见那会儿被一脚踢醒的俊秀青年正抓着一只野兔从山上飞身蹦下去，还在底下喊："庄主吃麻辣兔头不？"

"多放点儿辣椒。"莫韧香淡定地回了声。

戚寸心不由得看向师母。

"那是宴雪，算起来，排行二百五。"莫韧香说着，将空空的茶碗递到周靖丰面前，等他添茶。

"这排行是怎么算的？"戚寸心有点儿摸不着头脑。

"先按辈分算，要是平辈，就抽签。"莫韧香说道。

"哦。"戚寸心有点儿回不过神来。

"寸心，说说正事。"周靖丰放下茶碗，正了正神色，适时出声。

戚寸心一下坐直身体："是，先生。"

碗内有热气浮出，周靖丰用指腹轻擦碗沿："你可知你师母昨日为何杀了那丘林铎便走？"

"天下人都不知道先生与师母是夫妻，而现在我正处在风口浪尖，多留一张底牌，是不是更稳妥一点儿？"戚寸心昨天夜里便想通了这件事。

石鸢山庄的庄主忽然出现，而莫韧香现身的第一件事便是去杀丘林铎，究竟是因为他是北魏皇室的走狗，还是真如丘林铎所说是为她戚寸心而来？前者尚能究其缘由，而后者却没什么证据可考，怕是也没几个人相信莫韧香会为她这么一个不相干的人突然掺和进来。

"不错，"周靖丰点了点头又眼含笑意，"那你又知不知道，鬼面娘子关浮波是谁的人？"

"我夫君说是二皇子的人。"戚寸心答道。

此前她就觉得谢詹泽有些怪，果然，兄友弟恭在皇家是少有的。

周靖丰乍听她提起谢纱，便垂下眼思索片刻，忽然莫名地笑了一声："寸心，你这夫君果然才智过人。"

"老身还没瞧见过你那夫君，裴寄清那小妹裴柔康当年似乎是个极有名声的美人，想来她的儿子，相貌应该不差吧？"莫韧香来了点儿兴趣。

"他很好看的。"戚寸心忙朝她点头。

"寸心，你昨日看穿谢敏朝的试探，知道他对九重楼、对我的打算，但还有一层，不知你想明白没有？"周靖丰按下莫韧香的手，示意她先不要插嘴，又开口问道。

"还有一层？"戚寸心面露茫然。

"不单谢敏朝这边的算计有两层，便是那二皇子谢詹泽命关浮波杀你又假意刺杀贵妃这举动，也有两层意思，一层是让吴贵妃洗脱嫌疑，这你已经知道，但还有一层，你却没有看清。"

"是吗……"戚寸心皱起眉。

又至黄昏时分，戚寸心离开九重楼，走在回东宫的朱红长巷里，她肚子实在撑得厉害，忍不住感叹："我这辈子哪顿饭也没有像今日吃得这样多过，正好走走路消消食。"

倒不是强撑着去吃，而是楼里那些石鸾山庄的男男女女不但胃口极好，而且吃饭吃得特别香，戚寸心看他们吃，自己也不自觉吃了很多。

荷蕊师姐早上蒸的包子，个头都快赶上烧饼了，里面的馅又足，味道也十分好，她是用过早膳才来的也还是忍不住吃了一个。更不用提晚上这一顿有多丰盛，她原本是要回东宫吃的，却架不住莫韧香的热情，还是留下来吃了。

"莫家的功法霸道，消耗得多，吃得自然也就多。"子意笑着解释。

戚寸心回到紫央殿时，发现桌上已经摆好晚膳，菜式几乎都是依照她的喜好来的，而身着紫棠色锦衣的少年坐在桌边看书饮茶，或闻柳絮唤了声"太子妃"以及铃铛声响，谢绸抬起头正好瞧见戚寸心站在对面。

小黑猫趴在他肩上，对桌上的满盘珍馐垂涎欲滴，随时要探出爪子往桌上跳，却被他一手按住脑袋。小黑猫喵喵叫唤两声，好像抱怨。

"过来。"少年充耳不闻，对她说道。

戚寸心走过去在他身旁坐下，他将书搁到一旁，拿起筷子，夹了鲈鱼肉到她面前的小碗里，她踌躇着才要开口，又撞见他清澈的眸子，她便只得抿起嘴唇，乖乖地拿起筷子吃了鱼肉。但她明显再吃不下什么了，才几筷子鱼肉下肚，见他又兴致勃勃地要给她夹旁的菜，就一下捧起小碗，躲开了他的筷子，生怕他再在她的碗里堆小山。

"娘子，你做什么？"少年眼底添了几分疑惑。

戚寸心有点儿心虚："我今天……见到我师母了。"

"嗯。"谢绸放下筷子，轻应一声，等她的下文。

"师母留我吃晚饭，我不好拒绝，所以……"她说着，朝他笑了一下。

少年静看她片刻，提醒她："你说过，每日晚膳一定会陪我的。"

"是这样没错，但怎么说我也是第一次见师母。"

戚寸心拿起筷子给他夹菜，一筷子又一筷子的，学着他将他的小碗堆成山："你吃，我看你吃。"

看他盯着面前的"小山"无语的样子，戚寸心忍不住偷偷弯起唇，却又在他偏过头来看她时一下子变得正经："绸绸，快吃。"

夜里洗漱完毕，戚寸心躺在床上翻来翻去。

"怎么了？"身旁少年清亮的嗓音忽然传来。

戚寸心叹了口气："今天先生跟我说，我只看到你父皇对我的试探和警告，没看到另一层意思，这另一层，是李适成吗？"

谢敏朝这么做，也许是为了让因李成元一事而成为惊弓之鸟的李适成放松警惕，让他以为自己仍旧拥有帝王的信任，自以为是在为帝王分忧。毕竟如果没有谢敏朝的默许，李适成是绝不敢在潜鳞山下的那条道上刺杀她的。

"一石二鸟，我父皇很擅长做这样的事。"谢绱的声音隐含几分笑意，"他也是在用你逼我尽快除去李适成。"

"那谢詹泽呢？他让关浮波假意刺杀吴贵妃，也还有另一层意思，先生说，那其实是冲你来的。"

戚寸心的声音有点儿闷闷的："但我想不明白。"

"二哥是在等我。"他侧躺着，眼睛看着她，"如果我的人趁乱杀吴贵妃，关浮波就不会假意杀她，而是成了救她的人，至于我杀吴贵妃的事，很快就会闹得满城风雨。"

谢绱迟迟不出手，那个关浮波才不得不上演一出刺杀吴贵妃的戏码，令其洗脱嫌疑。

"父皇派出濯灵卫跟着吴贵妃，也未必是因为爱重，他或许也是在等，等我动手，或者等他最为疼爱的二儿子展露出不为人知的一面。"

谢绱轻弯眼睛笑了笑，昏黄的烛火照得他眼睑下落了片浅浅的阴影："二哥，他藏不住了。"

到这一刻，戚寸心终于厘清了昨日那场刺杀暗藏的种种。直到谢绱的手指戳了一下她的脸颊，她才回过神来，然后望着他，认真地说："怪不得今天先生夸你才智过人。"

若非早就洞悉全局，知道谢敏朝在吴贵妃身边早有部署，他应该已经对吴贵妃下手了。但这一局却是谢詹泽浮出水面，而谢绱却片叶不沾身。

"真聪明啊，绱绱。"戚寸心去捧他的脸。

每当她夸他的时候，谢绱总是会有点儿羞怯，就好像此刻，被她捧住脸的时候，他见她笑，也不由得跟着她笑。

"娘子，你是怎么发现我的？"昨天的事，他还没忘了再问一遍。

"我就是知道。"戚寸心收回手，裹着被子转过身，但她等了会儿，身后的少年似乎再没什么动静，也不追问了，她就又忍不住回过头。

此刻的他乌发白衣，俊眼秀眉，好像一幅画。

戚寸心眨了一下眼睛，她像个小动物一样在被子里拱来拱去，一下到了他的怀里。

"我其实一点儿也不勇敢，昨天我一直都很害怕，后来认出你，我才觉得好了些。"她抱住他的腰，抬头望他，他微怔。

"谢谢绍绍。"她的声音又落在他的耳畔。

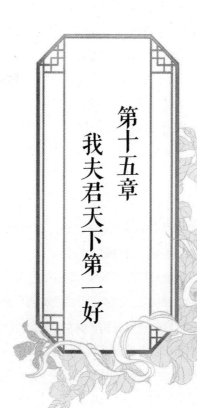

第十五章

我夫君天下第一好

"鹤月？"一声轻唤令吴贵妃骤然回神，她抬首对上面前帝王的一双眼睛，扯出一抹笑，随即替他拂去龙袍上的褶皱。

　　"怎么总是走神？"谢敏朝握住她的手，面上露出几分关切。

　　吴贵妃的掌心是冷的，事实上，这两日她在面对谢敏朝时，总有一股子凉意钻进后脊骨里，即便他如往常般待她温和，她也总是觉得肌骨生寒。

　　"臣妾是在想詹泽的婚事。"她垂下眼，尽量如从前一般平静。

　　"啊，"谢敏朝经她这么一提醒，便也想起来了，"还有一个月，就是詹泽娶皇子妃的时候了。"

　　那是钦天监选好上呈过的日子，在谢绲以太子身份回月童城后不久便定下了，对方是左都御史赵喜润的嫡女。

　　"那再有个半月，就是繁青的生辰了。"谢敏朝冷不丁地添一句。

　　吴贵妃随即抬眼望向他。

　　谢敏朝轻拍她的手，笑着道："这是太子回到南黎之后的第一个生辰。鹤月，我看就由你准备他的生辰宴吧，繁青不喜铺张，就不必安排外臣了，只我们一家子就足够。"

　　"臣妾记下了。"吴贵妃恍惚间找回了自己的声音。

　　待身着绛紫龙袍的帝王缓缓走到殿门处时，吴贵妃却忽然听见他又唤了一声：“鹤月。”

吴贵妃看过去，殿外仍是黑的，还不见亮光，而谢敏朝就站在殿门处，回首望着她。

“你可是有什么事要问我？”他就那么定定地瞧着她，语气颇有意味。

可吴贵妃心乱，根本没听出其中隐秘的意味，只是勉强露出一个笑，摇头道：“没有，陛下快走吧，可别耽误了早朝。”

谢敏朝盯着她，他的情绪似平静了下来，随即点点头：“朕这就走。”

谢敏朝走后，直至天光大亮，吴贵妃还一直呆坐在殿中，一言不发。

绣屏要上前替吴贵妃梳妆，却被她挥手拒绝，一时间，绣屏什么话都不敢说，只立在一旁。

“殿下。”殿外有一道颀长的身影走进来，绣屏一见，忙唤一声。

“母妃。”谢詹泽走进殿内，朝吴贵妃行礼。

而吴贵妃抬眼看着他，眸子里压着片暗沉沉的光，随后，她侧过脸道：“绣屏，出去。”

“是。”绣屏低声应了，随即便带领宫人出了殿门，再将门合上。

“母妃，儿臣回来得晚，前日母妃受惊了。”

谢詹泽瞧见她脖颈间缠着的白色细布，便蹙了蹙眉。

“詹泽。”吴贵妃闻言却冷笑一声，她定定地打量眼前的儿子，“怎么，在为娘面前，你还要装？”

“母妃……”谢詹泽一顿。

“那关浮波若非你派的人，她何必假意杀我，解我危局？”吴贵妃从前只当这个儿子是愚孝不肯争，不承想，他竟然连自己这个做母亲的都要瞒着，时至今日，吴贵妃才惊觉她或许并不够了解自己的儿子。

谢詹泽垂首，半晌没说话。

“你是想引谢繁青出手吗？可詹泽，你有没有想过陛下为何让我陪着太子妃去潜鳞山的宗庙？”吴贵妃的脸色有些发白，她仍忘不了那日濯灵卫的长戟挡住关浮波那把峨眉刺时的一幕。

“临行前，他还偏对我说了一句‘小心’，你说他派濯灵卫跟着我，到底是为监视我，还是保护我？”

"从前是我想错了。"吴贵妃的眼眶逐渐泛红，或是想起年少时自己不顾一切入王府，一定要同自己喜欢的男子在一起，哪怕他已有正妻。一个商户女能入王府，已是高攀。可明明在遇见谢敏朝之前，她发过誓决不嫁为人妾。

"詹泽，是我疏忽了，你父皇如今是高高在上的帝王，早与往常不同了。"她心中凄凉浑身冰冷，抬眼看向谢詹泽，"他清楚地记得谢繁青的生辰，今晨还要我准备生辰宴。"

"外头还传你父皇此时立谢繁青为太子实则是为你铺路，"她深吸一口气，冷冷一笑，"如今看来，谁为谁铺路，还不一定呢。"

"关浮波是受你派遣的事，绝不能被你父皇知道。"她拧着眉说道。

一直垂着头，沉默不语的谢詹泽此时终于抬眼看向她，并露出一个温和的笑："母妃请放心。"

"我往常最恨你不将谢繁青当回事，如今知道你肯争，我也算安心些了。"吴贵妃斜他一眼。

"母妃，我不是要争。"谢詹泽却摇头，他说话仍然是轻轻缓缓的，"只是九重楼在我南黎皇宫中，而天山明月之威名凌驾于天家之上，这本不该。"

他微微一笑："所以即便父皇知道关浮波是儿臣派遣，那也没有关系，因为儿臣与父皇的目的是一致的。"

吴贵妃瞧着他："你就真不担心谢繁青在你父皇面前越过你去？"

"母妃，繁青是储君，他本就与儿臣不一样。"谢詹泽说道。

吴贵妃扯了扯唇，意味深长道："你到底是我的儿子，詹泽，经此一事，我既知你有这般动作，那么便也不难猜出你的想法。要争就争，在我面前，你又何必打什么马虎眼？"

谢詹泽却不答，只是舀了一杯热茶递到吴贵妃眼前，眉眼间笑意温润："母妃请用。"

延光一年十二月七日。月童城降下这一年第一场雪。

因今日是太子的生辰，戚寸心昨日特地向周靖丰告了假，难得地不用早起。可是她有点儿兴奋，早早地就睁开眼睛，也不像之前那样过分贪恋被窝的温暖，而是坐起身去捏身侧少年的脸。少年睡觉时很安静，夜里也极少翻身，此刻平躺着正睡得安稳，却忽然被她捏住脸蛋，他迷茫地睁开眼，握住她的手腕。

"娘子，你做什么？"他皱了一下眉，有点儿起床气。

小姑娘却忽然凑过来，朝他露出一个灿烂无比的笑容，语气雀跃地说："绑绑，生辰吉乐！"

铃铛响啊响，却不及此刻她的声音清脆悦耳。他望着她，连生气也忘了。

戚寸心侧过身去打开靠着床头的那扇窗，窗棂上还沾着未融化的雪粒。凛冽的风吹着她的面颊，殿外寒雾笼罩，半空中犹如盐粒的雪花小到看不太清。

"绑绑，下雪了。"她戳了戳他的肩膀。

少年拥着被子坐起身，抬眼看窗外，他的一双眸子淡淡的，却伸手将她也拢进被子里。

"冬天我唯一喜欢的就是雪了。"戚寸心和他坐在床上，迎着窗外凛冽的寒风，裹着一床被子，她弯起杏眼，轻声说。

"是吗？"少年声音慵懒，也没什么情绪，"可我最讨厌下雪。"

也许是本能地察觉到了些什么，她偏过头看向少年俊秀的侧脸。

"但是绑绑不能讨厌今天。"她忽然说。

少年闻言，迎上她的目光："嗯？"

"今天是你的生辰啊。"她笑起来，眼睛弯得像月亮，"没有十八年前的今天，我也就没有机会和你坐在床上看雪了。"

少年长长的睫毛被凛冽的风吹得微动，他看了会儿她的脸，又去看窗外。

"可我不想和父皇他们一起过生辰。"他又变得有点儿黏糊糊的，将头靠在她肩上。

"其实我也不想。"戚寸心尤其不太想跟吴贵妃母子坐在一桌吃饭。

"那我们在宴上少吃点儿，回来再另过生辰。"她摸了摸他的脑袋，"今天是你的生辰，今晚我就不逼你陪我看我喜欢的书了，今晚就看你喜欢的。"

少年那双幽深的眼瞳，仿佛星子般。

"你总是耍赖。"他说。

"那你还总是骗人呢。"她小声反驳。

少年抿着唇笑得羞怯，却在被子里抱住她的腰。戚寸心也在笑，耳畔呼呼的风声好近，庭内寒雾裹雪，天光散漫，看着他片刻，她忽然说："绑绑，你不用怕雪，也不用怕任何已经过去的东西，你活着，这就已经很好了。"

太子的十八岁生辰宴设在琼玉殿，至此太子的禁足令也算解了。光禄寺卿半月前便将菜式单子送到了吴贵妃的手里，几经增删，才定下这一桌佳肴。

殿外的雪下了一整日，瓦檐各处都已经有了些积雪，枝叶间难免有几处纯白，在石灯暖色的光照之下，便更显晶莹剔透。

"今日最是难得，我们这一家人也勉强算是齐整。"谢敏朝也不用刘松服侍，自己倒了杯热好的酒，乐呵呵地对大家举起杯，"来，喝酒。"

吴贵妃举杯应了一声，随即便以袖掩面，饮下一杯酒。

"太子，"谢詹泽才将酒盏放下，便命身后的人送上来一个长方形的锦盒，他朝谢绥露出一抹笑，道，"这是江绍原的《柳三洞庭序》，是我赠予太子的生辰礼。"

"这江绍原是百年前的书法大家，他的真迹可谓千金难求，前些日子你不在月童，便是去寻这东西了？"谢敏朝瞧了那锦盒一眼，来了点儿兴致。

"还在洗尘观小住了几天，洗尘观的山泉水煮茶，滋味总是不同。"谢詹泽说话总是这样不疾不徐的。

"你啊，就爱访什么名山道观，没个正行。"谢敏朝笑着摇头，随即又对谢绥抬了抬下巴，"繁青，你二哥送的这可是好东西，快收着。"

谢绥轻瞥那侍女怀中的锦盒，忽然察觉到衣袖被人拽了一下，他侧过脸，望见身侧的小姑娘正偷偷朝他使眼色。他在底下攥住她的手腕，铃铛响了两下，他看了身后的柳絮一眼，柳絮当即垂首行礼，便走上去收了那东西。

"多谢二哥。"谢绥端着酒盏，语气散漫。

而吴贵妃听着细微的铃铛声，一双妙目轻轻地扫过二人，微勾唇角："太子与太子妃腕上缠了铃铛，人也像分不开似的。"

谢敏朝抹了把下巴青黑的胡楂，装作没瞧见谢绥与戚寸心在桌下的小动作，说道："年纪轻嘛，也无伤大雅。"

"再过些日子，詹泽也要娶妻了，这往后再有家宴，便要添一个座了。"谢敏朝一边饮酒，一边笑着说道。

殿外风雪依旧，而殿内似乎也其乐融融。少了许多规矩，这家宴便好像与寻常人家的没什么不同。但戚寸心觉得时间有些难挨，桌上满盘珍馐，比东官的膳食还要更为奢靡精致，但当着吴贵妃母子，尤其是当着仅是第二次见的南黎天子谢敏朝，再美味的东西，她也有点儿食不甘味。

"寸心。"忽地，谢敏朝唤了她一声。

戚寸心回过神，忙抬首应了一声。

"周靖丰可同你说起过，九重楼为何在我南黎皇宫？"谢敏朝十分随意，一手撑在桌上，半点不顾身为帝王的威严。

"先生和儿臣说过。"戚寸心答道。

最初九重楼是昌宗皇帝亲自命人建造，原打算交给周靖丰用以招揽江湖有志之士，为收复失地而做准备。但后来九重楼还未建好，昌宗皇帝便逝世了，继位的德宗皇帝软弱无能，周靖丰最终在德宗皇帝同意将质子送入北魏时对谢氏皇族彻底失望，愤而出走。依照昌宗皇帝的遗旨，九重楼属于周靖丰，除他之外，任何人无权渡紫垣河，去到对岸。

"那你以为，九重楼该是周靖丰的，还是我们谢家的？"谢敏朝饶有兴致地瞧着她。

他这一句"我们"，便将戚寸心也包含其中了。

"是先生的。"当着这般喜怒不形于色的天子，戚寸心明知他也许想听她说的并不是这样一句话，可她还是说了。

吴贵妃在一侧才替谢敏朝斟满一杯酒，听她此言，便不由得抬眼望向她，眼底带了几分惊诧：这丫头究竟是傻，还是真就胆子大？

谢敏朝闻言也是一顿，面上却不见丝毫怒色，只是接过吴贵妃递来的酒盏，目光流连在戚寸心与谢绲之间，忽而又问她：

"那你是心向九重楼，还是心向繁青？"

"九重楼里的周靖丰是教儿臣读书明理的先生，太子殿下是儿臣要共度余生的夫君，我既要尊师重道，也会敬爱夫君。"戚寸心尽量让自己显得镇静些，"父皇，儿臣以为这并不需要二者取其一。"

一旁的谢绲用手撑着下巴，静静地望着她的脸，此时亦弯了眼睛。

谢敏朝看了他一眼，随即再落到戚寸心面上的目光便多了几分意味，他抿了口酒，笑着点了点头："说得不错。"

她如此坦荡，不知奉承，却更如一道不透风的墙，在周靖丰的教导下，越发明白什么才是滴水不漏。

谢敏朝眼底的笑意略淡了些，而一旁默不作声的谢詹泽也似不经意地瞧了一眼戚寸心。明明是太子的生辰宴，可坐在这里的所谓"一家人"其乐融融的表象下，却各有心思汹涌浮动。

宴饮过后，戚寸心和谢绵走在回东宫的路上，路面已有积雪，他们踩上去便是两双脚印。也许是在宴上喝了太多酒，少年白皙的面颊此刻泛着薄红，一双眼睛也雾蒙蒙的，他一身紫棠暗纹锦袍，更添明艳风流。

戚寸心扶着他的手臂，又仰头去望他。她头上披风的兜帽眼看就要掉下去了，少年抓住时机，伸手一下将兜帽又扣回了她脑袋上。

戚寸心的视线一下全被遮挡了，她拨开镶了狐狸毛的帽檐，转头问："绵绵，你饿吗？"

"嗯。"少年点头。

"我也饿。"戚寸心说着还叹了口气，"我在桌上时什么也吃不下，但这会儿跟你出来了，我又觉得饿了。"

"绵绵，我们快点回去，我还有礼物送你。"她嫌他走得慢，拽着他的衣袖希望他走快一点儿。

礼物？少年稍带几分蒙眬醉意的眼睛一瞬清亮许多："是什么？"

"你回去就知道了啊。"戚寸心抓着他的衣袖晃来晃去。

茫茫雪地，有鸟轻踩枝叶引得积雪簌簌而落，披着大红色镶狐狸毛边儿披风的小姑娘，发髻隐在兜帽里，一张面庞白皙漂亮，鼻尖儿却冻得有一点儿发红。雪花一朵朵落在她身上，她抓着他的衣袖晃啊晃，铃铛的声音也在耳畔响个不停，她在雪地里倒着走路，灯笼的光影罩着她的周身。

少年忽然往前几步，紫棠色的衣袂在灯影里泛着莹润的光，他伸手揽住她的腰，足尖轻点，细碎的雪在脚下飞溅的刹那，他已经带着她凌空一跃，施展轻功飞向夜幕深处。后面的柳絮抬头只瞧见那两道身影掠过，她便笑着去唤身后的宫娥太监赶紧回东宫。

谢绵犹如肋生双翅一般，带着戚寸心跃上宫檐，穿行于凛冽寒风之中，她的耳朵藏在兜帽里，倒也没被冻到，只是鼻尖儿越发红了。

不远处被一行宫娥太监簇拥着的吴贵妃瞧见了这样的一幕，手指轻抬，令绣屏遮在她上方的纸伞偏了点方向，随即她的目光落在远处覆了积雪的瓦上，她面上没什么表情，却忽然招手唤了身侧的锦衣青年："詹泽，他好像真的很看重这戚寸心。"

谢詹泽负手而立，雪花落在他肩上转瞬成了湿润的水痕。目光看向高檐却再看不见什么身影，他淡淡一笑，默不作声。

戚寸心和谢绵回到紫央殿时，浑身都快冻僵了。但殿中是暖融融的，待柳絮命人准备的一桌饭菜送到，戚寸心的身体已回暖许多。同谢绵坐在一处吃过饭，她就忙让子意将自己准备的礼物拿了出来。那是一件殷红的锦袍，那莹润泛光的料子极好，上面用金线绣了仙鹤与松竹浪涛，虽不及宫中绣娘绣得精巧细致，却也算平整漂亮了。

"以前在东陵知府府里，领月钱时瞧见了府里大公子穿的衣裳，就是远远看着，那料子也特别漂亮，我当时就在想，我要是有钱买到那样的料子，也给你做一件衣裳穿。"

戚寸心说着还抿唇笑了一下："如今这件衣裳的料子比葛家大公子的那身还要好，就是我的女红……可能没办法和宫里的绣娘比。"

以前为了生计，在没入知府府里做烧火丫头前，她也做过一段时间的绣活，这倒是得了她母亲的真传，虽是比不得皇家内院里的绣品，但拿出去卖也是拿得出手的。

谢绵默默地看向托盘里那件叠放整齐的衣袍，过了片刻，他又抬首望向她："所以你之前趁我睡着的时候抱我，是在量体？"

子意和子茹还在一旁，柳絮和几个宫娥也在殿门处，一时诸多目光停在戚寸心的身上，她的脸颊一瞬变红，随即瞪他："你装睡？"

少年弯唇不语。

夜里洗漱过后，两个人一只猫，都窝在了床上。小黑猫暖乎乎的，蜷缩在戚寸心的左边，而她和谢绵则靠着枕头，同看一本书。

"衣裳做了很久吗？"他忽然问。

"也没有很久，你生辰快到了的时候我才开始做的。"戚寸心摸着小黑猫的脑袋说。

谢绺的目光从书移到她的脸上："其实不用这样的。"

戚寸心侧头望他："可我那会儿明明看到有一个人好像很开心。"

少年的唇角有点儿压不住地微扬，被她这样看着，不知不觉还有点儿害羞，他侧过脸道："谁？"

"我夫君。"她伸手去捧他的脸，又忍不住笑。

床榻一侧灯笼柱里的火光闪烁，也不知少年修长的手指翻过了几页，殿内寂寂，戚寸心克制不住地打起了哈欠。

"这个金蝉枪就是之前被你杀掉的那个人的兵器吧？"她的声音已经带了几分睡意。

"嗯。"少年应道。

"那这个是什么？"她半睁着眼睛随手一指。

"青铜钺。"

"哦……"慢慢地，她的声音小下去。

对于戚寸心来说，和他一起看兵器谱，就是最催眠的事情。

少年有点儿不满，伸手戳了戳她的脸颊。

她一下睁开眼睛，不情不愿地盯着他手里的书："没睡没睡。"

解了禁足令的第一日早朝，太子未着朝服，只穿了一件颜色极为鲜亮的红色圆领锦袍，领口处的衣扣瞧着也不是什么精致的玉石珠宝，而是几颗半透不透的浑圆的猫眼石。

"怎么朝服也不穿？"裴寄清一手捞起衣摆，顺着白玉阶往下走。

见少年不说话，他半眯起眼睛仔细打量了下，谢绺衣摆袖口的金线纹痕怎么瞧着也不像是宫里的绣工："寸心还会做衣裳？"

"嗯。"谢绺步履轻快。

"那改日也让她给我做两件。"裴寄清笑眯眯的。

谢绺闻声，回头看向他："舅舅府中是没有绣娘吗？"

"看你这气性，"裴寄清不由得摇了摇头，笑道，"也就是寸心一直让你，忍你。"

裴寄清身披厚厚的大氅，才下阶梯，便有守在底下的宫人将他的拐杖递上来。在这般寒冷的冬日，他花白的发髻也梳得整齐，一根玉簪端端正正簪在其间，他拄着拐借了些力，身形便也更挺拔了些。

"涤神乡在北魏的密探有了消息，张友是倒台了，但北魏在我南黎安插的钉子，可不止一个张友。"他转头对谢绺低语，"此外，密报里还说，北魏枢密院似乎有人过来了。"

"冲我娘子来的。"谢绺语气淡淡的。

"北魏皇帝呼延平措还是忌惮周靖丰的。"裴寄清一边拄着拐往前走，一边同身侧的少年说道。

世人皆知天山明月周靖丰文武无双，有惊世之才，但这并非九重天成为北魏眼中钉的原因。

"当年昌宗皇帝修建九重楼，几次请周靖丰入南黎皇宫，便是打算借周靖丰之盛名，招揽江湖中武功高强的汉人侠客，毕竟当时的江湖的确有不少能人，"裴寄清说着便叹了一口气，"只可惜昌宗驾崩，德宗皇帝听信张友等人的逸言，说什么江湖之人大多不守法度，不可用。我猜，这应该也是当初张友和北魏皇室串通促成的后果。"

"而今九重楼重启，寸心身为少主，谁又知道她身后的周靖丰到底在当年九重楼最初建造时收揽了多少能人，更何况当年最为崇敬周靖丰的南疆大司命销声匿迹多年，谁又晓得南疆那片绵延不尽的大山深处到底有多少南疆子弟肯为周靖丰所用？"

这或许才是北魏皇室如此在意九重楼的原因。

"周靖丰当年是一剑断君恩，此事南黎、北魏尽人皆知，北魏相信他不会再为谢家做任何事，但我娘子却不一样，"天幕里又有盐粒一般的雪颗颗下坠，少年行走间衣袂被风吹得猎猎而动，"周靖丰背后的一切终将为我娘子所用，而北魏的那些人以为，我娘子若一心向我，九重楼就一定会向着我。"

"舅舅早就想清楚了其中利害，所以才会在父皇算计我娘子，让天下人都知晓紫垣玉符落入她手里的时候推波助澜。"

谢绺忽然停下来，看向面前这面容清癯的老者："您觉得娘子一定会为我，将九重楼变作任我驱策的助力？"

"她不会吗？"裴寄清眼底含笑。

"不会。"少年那白皙俊美的面庞上神情寡淡，"她本就不是为我入九重楼的，戚家父子皆是含冤而死，您又凭什么以为她会为了这样一个谢氏朝廷而不计前嫌？"

"她身后也许就有数万的南疆军，你就真不想收拢过来？"裴寄清好整以暇地看着他。

"舅舅，我不是父皇。"少年扯了扯唇，一双眼睛带了些笑，神情却是冷冰冰的，"我想要些什么，只会自己去抢。"

谢缈说罢便抬脚朝前走去，裴寄清眼尾的褶痕更深了，笑着在后头说道："可别忘了晚上要和寸心来我府里一块儿用饭。"

少年头也不回，也不知听进去了没有。

李适成在远远地在阶上瞧见那将将分开的舅甥二人，身旁有一名太监撑了把伞在他头顶，他面上不显，接了伞便朝午门的方向走去。出了宫，在外等候多时的管家便忙遣人搬来马凳，让李适成上马车。

街上常有人扫雪，所以积雪不多，马车这一路上走得也算平稳。李适成靠在车上小憩了一会儿，在管家开口连唤几声"老爷"时才算清醒过来，他打了个哈欠掀帘下车。

"大人，"才进府门，便有一名身着藏蓝色衣袍的青年迎上来，禀道，"太子和太子妃今夜要去裴府。"

"是吗？"在天敬殿的长阶上，李适成那会儿也没听见裴寄清和太子到底在说些什么，此刻乍听此言，便来了点儿精神。

他思忖片刻，问道："那药你给出去了？"

"给了。"青年如实答了声。

"好啊……"李适成走入厅堂内，才一坐下，便有侍女上前来奉上热茶，他接过来，端着茶碗没喝，却露出了一个意味深长的笑，"裴府今夜怕是会热闹得很啊。"

黄昏时分，风雪更大。太子与太子妃的车驾停在了裴府门口，立在府门的裴寄清身侧还站着位约莫三四十岁的妇人，而在那妇人身边，又有一对相扶的青年男女。

"舅舅。"戚寸心下了马车，瞧见大门口的裴寄清，便提着裙摆走上去，笑着唤了一声。

"寸心快来。"裴寄清面露笑意。

"这是你表嫂。"他抬手指向一旁那穿着秋香色对襟长袄，鬓边斜插几根银簪的妇人。即便她今日施了粉黛，在这檐下灯光的映照下，她弯弯细细的眉尖也正敛着愁色，面上亦有些苍白，只是随着裴寄清开口，她还是扯了一下唇，行礼唤了声："太子殿下、太子妃。"

她正是裴南亭的遗孀尤氏。

"表嫂。"戚寸心颔首唤道。

"这是你表侄女儿裴湘和表侄女婿苏云照。"裴寄清说完又指向那一对年轻男女。

身着荼白镶兔毛袄裙的年轻女子眉眼有几分英气，她的五官与尤氏并不相像，想来应是更像大将军裴南亭一些，只是此刻的她乌发云髻，仔细描过的眉毛柔若杨柳，更添几分弱质纤纤。而她身侧的男子剑眉星目，亦有一副好相貌，看起来彬彬有礼，十分和善。

"太子殿下、太子妃。"裴湘面上几乎没有什么笑容，声音也极轻，但好歹礼数周全。

戚寸心瞧着她，应了一声。在身侧的谢绑牵起她的手，一行人往府里去时，她又不由得多看了一眼那裴湘。她穿着荼白的衣裙，戴着珍珠钗环，鬓边还有小小一簇白色簪花，看起来仍像是未脱素服。

府中宴席已经备下，几人在桌前坐下，裴寄清满面含笑，他端起酒杯，不由得感叹："这府里已经许久不像今日这样热闹了。"

戚寸心端起酒杯，一时尤氏和苏云照也都端起了酒杯，只谢绑没什么动作，她便伸手拿起他的酒杯递到他面前。谢绑看了她一眼，也乖乖地端起酒杯。裴寄清瞧见这一幕，不由得笑了。

但桌上仍有一人未动，裴湘坐得端正，她垂着眼瞧着面前的酒盏，或察觉到众人的目光都落在她身上，于是她抬首看了一眼坐在对面的裴寄清，才慢慢端起酒杯，却又忽然手腕一转，酒液洒了一地。

"既是家宴，想来父亲也应该尝一尝这酒的滋味。"她的声音平静。

此时的气氛有一点尴尬，还是裴寄清率先打破沉默："是，这酒……理应先敬南亭。"

话音刚落，他杯盏里的酒液也倾倒在了地上。

"湘湘……"苏云照在一侧轻声唤她。见她转过脸来看他，他便朝她轻轻摇头示意。

裴湘收回视线，也不让身后的侍女动手，自己拿过酒壶来斟满一杯，随后便端着酒杯朝谢绖与戚寸心微微低首："裴湘敬太子、太子妃。"

她说罢，便仰头饮尽。因她儿时在绥离边关常跟在裴南亭的身边，沙场军营是她常待的地方，纵然此刻一身锦缎绫罗，环佩叮当，她却仍有别于那些长在深闺中的贵女，身上总有一种洒脱果敢的气质。

看似热闹的家宴，桌上明明是冒着热气的珍馐美食，却偏像是身陷冰窖，教人一时难以下筷。

戚寸心朝她点了点头，抿了口酒，放下杯盏又去看身侧的谢绖。他倒是没什么表情，一筷子又一筷子地替她夹菜，这桌上怕是也只有他一人如此闲适。

"太子与太子妃真是鹣鲽情深，"苏云照瞧见这一幕，或是又听到他们二人腕上的铃铛响，便笑着道，"便是连定情之物也与众不同。"

他也算是打了个圆场，令冷下去的气氛一瞬又回暖许多。

"你是喜欢这颗铃铛，还是铃铛里的虫子？"谢绖嗓音清亮，此时并未抬眼看他。

苏云照一愣，也不知为何他的后背添了些寒意。

他随即面露惊诧道："这铃铛里……还有虫子？"

"你想看吗？"谢绖脸上带着笑。

"不敢不敢。"苏云照有些尴尬。

尤氏像个局外人，坐在桌前只是摸着手里的一串佛珠，很少会吃什么，只在裴寄清举杯的时候才会端起杯子来抿上一口。

自敬过第一杯酒后，裴湘也再未开口说些什么，她只是默默地一杯又一杯地自斟自饮。

虽然论辈分，裴湘是谢绖的表侄女，但论年纪，她却是比谢绖还要大上三四岁。约莫在三年前，她便嫁到了新络苏家，她母亲尤氏的娘家也正好在那儿。

"湘湘，别喝了。"苏云照皱了眉，低声劝。

"这不正是喝酒的时候？我此时不喝，什么时候喝？"裴湘躲开他的手，又饮下一杯酒。

裴寄清那张面容再难维持笑容，却仍温声道："你如今既已有了身孕，便该更爱惜自己。"

尤氏在一旁瞧着裴湘，也是欲言又止。

"我爱不爱惜的，祖父何必在意？"裴湘放下酒盏，自始至终只是低着头，也没看裴寄清。

"裴湘……"尤氏蹙眉。

"反正在祖父心中，你唯一的亲生儿子，我的亲生父亲，乃至于我裴家任何人，都远没有太子殿下一人重要，不是吗？"

裴湘许是醉了，她的鬓发被汗湿了，却不知为何面色也越发苍白，她轻抬眼帘，看向戚寸心身侧的谢绅："小叔叔，你说我父亲的死，究竟应该怪那李成元，还是你们谢家人？"

"裴湘！"裴寄清的面色稍沉，"此事又与太子何干？"

或见谢绅神情平静，始终懒得抬眼，裴湘轻笑一声，囫囵咽了口酒，她身侧的苏云照忙低声劝她："湘湘，不要说了。"

"你就不恨谢家人吗？"裴湘却转而看向戚寸心，她扯出一抹笑来，"我听说，你的祖父和父亲亦是受李成元构陷而含冤被斩。一个李成元，害了你戚家，便连我祖父是当朝太傅，他都能害了我父亲，太子妃，你相信这些事只凭一个李成元便能做到的吗？"

这厅堂内一瞬静谧无声，庭内积雪压断树枝的声音显得有些清晰，寒风裹挟着纷飞雪花落入门槛，在地上融化成一摊水渍。

戚寸心看向那面色苍白、眼眶泛红的年轻女子，认真回道："该是谁的过错就是谁的过错，为什么一定要一竿子打死一船人？就因为一个姓氏？"

"太子殿下、太子妃见谅，湘湘她这是喝醉了……"尤氏再也坐不住，忙站起身说道。

"表嫂，没事。"戚寸心倒也能够理解裴湘的心情，她朝尤氏摇了摇头，又说，"您坐下吧。"

这顿家宴到底是令人食不知味的，若非苏云照打圆场，裴寄清怕是要早早地丢筷下桌了。

裴湘又安静下来，同她母亲尤氏一样坐在桌上垂着头不说话。谢绂慢悠悠地往戚寸心碗里堆小山，好像分毫不曾将这宴上的闹剧放在心上过，只顾一手撑着下巴瞧着戚寸心吃饭。

戚寸心偶尔同裴寄清说上两句话，又忙着吃谢绂夹给她的菜，但这会儿她才吃了口碗里的鱼肉，伸手要端酒杯时，却被坐在她另一边的裴湘忽然拿走，换成了她的空杯。她转过脸，还未来得及开口，却见裴湘鬓发湿了，额头上已经有了些细微的汗，而她底下的衣裙不知何时竟已被殷红的鲜血染红。

苏云照正在替裴寄清添酒，并未注意到身边的裴湘。戚寸心慌忙间要说话，却见裴湘朝她摇头。

"云照。"她忽然唤了声自己的丈夫。

苏云照状似不经意地先回头瞧了一眼戚寸心空空的杯盏，乍听裴湘唤他，他才将目光移到她身上，却瞧见裴湘裙摆上殷红的血迹。

"湘湘！"他面色大变，匆忙放下酒壶，俯下身便要去将她抱起来，但就在这一刹那，她茶白的衣袖间一把短匕乍现。锋利的刀刃瞬间刺进了他的胸口，喷薄而出的鲜血溅在她苍白的面容上。而此刻的苏云照瞳孔紧缩，满眼不敢置信地望着面前的妻子。

"我给过你机会了。"裴湘的眼里落下泪来，她却浑然不觉，神情是冷的，"可你却不珍惜……"

第十六章

终身误

苏云照双目大睁，眼瞳却已失焦，重重地摔倒在地，殷红的鲜血从胸口流出来。尤氏惊声尖叫，可她同时又瞧见裴湘发白的手指正扣着桌角强撑着站起身来，灯光下她那一身茶白袄裙上有着让人触目惊心的红。尤氏当下也顾不得害怕，忙上前去扶住自己的女儿。

　　"快叫人去请大夫！快！"裴寄清的面色也是一变，忙对那老管家道。

　　戚寸心如此近距离地看见裴湘将那把刀插进苏云照的心口，空气里的血腥味似乎始终萦绕在她的鼻间。

　　"湘湘，湘湘你这是怎么了……"尤氏的哽咽声压抑不住。

　　戚寸心被身侧的谢绱牵住手被动地跟着他站起来，她勉强回过神伸手端起那杯被裴湘换过去的酒，其中酒液清澈，不见分毫异样。

　　"有毒？"戚寸心看向被尤氏扶着坐到一旁太师椅上的年轻女子，她的脸色惨白，额头上满是细汗。

　　若是没毒，裴湘何必用自己的空杯换了她的？可若是有毒，为何除了裴湘之外，其他人毫无异样？

　　"也许只有你这一杯有毒。"谢绱将她手中的酒杯接过来，面无表情看了一眼，随即两指一松，酒盏摔在地上，发出清脆的一声响。

　　"舅舅，您今日请我和娘子来，到底是吃饭，还是看戏？"他抬眼看向站在裴湘身侧的裴寄清。

"这出戏不是给太子和太子妃看的，而是给我看的。"也许是疼得厉害，裴湘说话时，发白的嘴唇都有些细微地颤抖，声音也有些气弱，她说着便看向裴寄清，"是吗，祖父？"

"湘湘……"裴寄清一时表情复杂，"你既早就猜到了，又何苦作践自己？你腹中的孩子……"

"府中戒备森严，便是后厨也要经多道查验，苏云照要动手，只能是在宴中。"裴湘打断他，"他给太子妃添酒时，我就吃了落胎的药。"

"湘湘！你糊涂啊！再怎么样你腹中的孩儿是无辜的，他在你腹中才两月光景，你怎么就能狠得下心这么对自己……"尤氏搂着裴湘，泪流满面。

裴湘却去看那倒在血泊里，早已没了生息的苏云照，她红透的眼眶里盈满泪水，半晌，她才出声："他做了他的选择，我不过也是做了我的选择罢了。"

她又冷笑："他都死了，他的孩子我还留着做什么？没道理他狼子野心，哄我欺我，置我裴家于险地，而我却还要给他生养个孩子。"

檐下灯笼摇晃，满地光影摇曳，夜幕之间雪花飘飞，竟有越下越大之势。

尤氏让几个侍女将裴湘送回卧房时，府中的女医也到了。那女医本是裴寄清之前命人聘来照看怀孕的裴湘的，如今裴湘却偏偏自己吃了药，落了胎。孩子是没了，但裴湘的性命是无碍的，直到女医从裴湘房中出来时，尤氏与裴寄清才算松了口气。

"新络苏家也算是百年世家，这苏云照便是苏家长房的嫡子，他们苏家在前朝也是出过一个名相的，往前几十年还有苏家女做过大黎的皇妃。"裴寄清端着茶碗，坐在厅堂里同谢绲、戚寸心说话。

"苏家在新络是出了名的大家族，只是自昌宗皇帝即位后，再到大黎南迁，新络关家寨崛起，他们苏家受关家寨打压，损失惨重，后来出了一位极有手段的苏家家主，就是这苏云照的母亲岑氏，她力挽狂澜，才让苏家于危困中保住了仅剩的家业。

"湘湘十六岁与这苏云照相识，苏云照待她处处周到体贴，原本我已经打算给她定一门永宁侯府的亲事，可她偏要与我闹，一定要嫁这苏云照。"

裴寄清摇头轻叹："那时岑氏还在，苏家也算是家风清正的世家大族，我实在拗不过她，又加上南亭在绥离写信于我，求我由着裴湘选个她自己喜欢的。"

话到此处，裴寄清不由得抬眼去看了看谢绷。

"我想着，当初我已眼睁睁地看着我的小妹柔康为了裴家葬送自己的半生，到我终于也像我父亲那样老的时候，我总不能也亲手将自己亲孙女儿的后半辈子都葬送了……"

他这一生，总在为小妹柔康的早逝而遗憾，所以更不想让裴湘也走上裴柔康的老路。

"可苏云照为什么要杀我？"戚寸心问道。

"苏家没了岑氏，苏云照的嫡亲大哥苏云添做了苏家的家主，这几年来，他们几房争斗不断。"裴寄清思及前些天收到的从新络来的密信，面色凝重了些，"苏云添却始终没被人从家主的位置上赶下来……我之前只以为是那苏云添有些手段，但派人细查之后才发现，苏家长房的这对兄弟身后，原是有靠山的。"

"他们苏家几房斗得厉害，此时正值关键时刻。可苏云照同裴湘来月童奔丧后，竟半分不着急回新络帮他大哥，反而劝裴湘在裴府多留些时日，他面上说的是全裴湘之孝，但我瞧着，他却像是在等人。"

"等我？"戚寸心一瞬反应过来。

"不错。"裴寄清点头，"我察觉他有些不对，便让程寺云遣人去新络查探，也是略使了些手段，才从苏家其他几房那儿探出点儿口风来。"

"不过仅是这么一点儿口风，有些事便也不难猜了。苏云添和苏云照这对兄弟背后的靠山之所以帮他们，怕也不是出于什么义举，总归是有些图谋的。

"我裴家如今除了我这一房，其他几房早就迁去了京山郡，外头那些人想要在我这儿寻一个突破口，便是裴湘了。"

"既然苏家已经跟裴家结了亲，苏云添又为什么要舍近求远，去找别人做靠山？"戚寸心并不理解。

"岑氏当初能在关家寨眼皮底下保住苏家家业，怕也是借了此人的势。"谢绷扯了扯唇，眼底兴味缺缺。

"不错，岑氏当年便是依靠在新络做巡抚的蒋瑞稳住了苏家的局面，这么多年来，他们苏家长房和蒋瑞之间利益交织，也许早已密不可分，即便后来与我裴家结了亲，他们也是一根绳上的蚂蚱。"

"蒋瑞藏得深，若非他如今牵扯进一桩贪墨大案，被押解进京，我也查不出他与苏家长房之间的秘密。"裴寄清垂下眼睛，花白的胡须在他说话的时候上下抖动，"今日我本想借此让裴湘看清苏云照的本来面目，哪知……她原也察觉到苏云照的异样了。"

夜渐深，雪却未有停下的趋势。

谢绉牵起戚寸心的手迈出门槛时，忽然停下来，回头看着孤零零坐在那儿的裴寄清道："舅舅，是谁去查这桩贪墨案的？"

"二皇子。"裴寄清自然知道他在想什么。

谢绉闻言，不由得露出一个笑。

"你笑什么？"戚寸心被他牵着手走下阶梯，有些不明所以。

"娘子，我二哥好厉害啊。"

少年仰面，望向漆黑夜幕里那飘扬的大雪。

回到东宫后，戚寸心和谢绉洗漱完毕便坐在床上，如昨日清晨时一般拥着一床被子，开着窗看外面的雪。

积雪堆在圆顶重檐的宫灯上，犹如糖霜般漂亮。

"所以有人开了个杀我的条件，苏云照是为了救蒋瑞，也是为了保住苏家长房的掌家权？"戚寸心到这会儿终于捋清所有的事情。

"蒋瑞要是倒了，他们苏家长房可就损失惨重了。"谢绉摆弄着窗台上一个小小的雪人，是戚寸心早晨捏的。

"是二皇子吗？"戚寸心想起在裴府时谢绉说的那句话。

"二哥只是将蒋瑞送到了舅舅的面前，这之后的事，就和他无关了。"谢绉看着指腹上刹那间便融化的雪花冷冷说道。

戚寸心却蓦地想起今夜裴家家宴上坐在她身侧的裴湘，想起她茶白的衣裙上大片触目惊心的红，想起她满眼是泪，却神情冷淡看向苏云照的脸。

"绉绉。"戚寸心忽然唤了身旁的少年一声。

"嗯？"谢绉正在捏小雪人，闻声便侧过脸。

"虽然我没见过你表兄，但我今天看着裴湘，就好像也见过了他似的。"戚寸心有些失神，"她在宴上质问我，虽是做戏给苏云照看，但我看得出来，她对谢家是有怨恨的。"

"可即便是这样，她也还是那么理智从容。"她好像在裴湘的身上，看到了裴家人的风骨。

裴湘已经给了苏云照足够多的时间，哪怕他在宴上有一刻后悔，不给戚寸心添酒，裴湘也不会那般决然地混着酒水吃下落胎的丸药。

丈夫她不要，孩子她也不要。

戚寸心此刻仍旧难以形容那一刻自己的震撼。而谢缈默默地盯着她看了会儿，忽地伸出一双手去捧她的脸。他掌心似是浸过雪，冰凉得厉害。戚寸心不免瑟缩了一下，脸蛋又被捏得有点儿变形。挥开那捣蛋的手，戚寸心用余光瞟见自己清晨捏的那个与摆件儿一般大的小雪人变样了。

"缈缈！你为什么要动我捏的小雪人！"她皱起眉，有点儿生气。

"你早上捏的不像我，我现在捏的像你了。"他的语气淡淡的。

"哪里像了？"戚寸心看着那个五官模糊，连头发的形状也瞧不出的光头小雪人，觉得他在睁眼说瞎话。

"这里像，这里也像。"少年随意地指了两处，带有几分刻意。

"我的脸没有那么胖乎乎。"她十分不满。

"是吗？"少年捧着她的脸认真审视，但过分冰凉的雪反令他的手掌开始有些发烫，他定定地望着她白皙温软的脸和她圆圆的杏眼，一抹微红渐渐浮上了他的面颊。

"好吧。"他的嗓音变得很轻很轻。

"什么？"戚寸心没太听清。

他松开她的脸，瞧了那个五官模糊、脑袋光光的小雪人一眼，勉为其难道："那就像我好了。"

临近年关，二皇子谢詹泽与左都御史之女赵栖雁大婚。

在赵栖雁成为皇子妃之前，谢詹泽娶过一个妻子，也是月童名门望族之女，却是个三房庶出的。那时齐王府嫡长子谢宜澄是世子，嫡次子谢繁青则是星危郡王，而谢詹泽只是齐王府庶子，并不能承袭任何爵位。在当时，那门亲事已经是那时的吴侧妃能够为自己儿子争取来的最好的亲事。只是那女子体弱命薄，前两年便因病去世了。如今谢詹泽成了皇子，前些日子又受延光帝谢敏朝指派在新络查出了蒋瑞的案子，他的地位早非往日可比。而与左都御史赵喜润之女的这门亲事，亦是帝王亲自指婚，如今，谢詹泽风头正盛。

"妾服侍殿下宽衣。"新妇赵栖雁一身红装，被眼前这俊朗的青年抽去手中的织锦团扇时，她双颊微红，含羞带怯说道。

谢詹泽的眉眼更像吴贵妃，只是这双眼睛却不似吴贵妃那般冷冷的，反而时常带着笑，教人只看他的眼睛便觉温柔动人。此刻他犹带几分蒙眬醉意，含笑按下新妇的手，他用温润的嗓音道："栖雁唤人来除去身上的钗环吧，我这一身酒气，须得先去沐浴换身衣服。"

赵栖雁羞怯垂首："是。"

谢詹泽站起来，转过身时面上的笑意便收敛许多，他掀了帘子走出去，门外的宫人朝他行礼。

浴房内静悄悄的，他挥退身后提灯照亮的宦官，兀自推门进去，暖黄的光里是弥漫的热气，掀开一道珠帘，有一道纤瘦的身影不知何时便已经等在了那里。那身穿水绿裙的年轻宫娥回过头，在晦暗光线里，她乌发如云，一双眼睛灿若秋水，顾盼生辉。

"冬霜。"谢詹泽一见她，面上便又浮出一抹笑来。

"殿下。"名唤冬霜的宫娥躬身行礼，"奴婢这就替殿下宽衣。"

她的手指轻解他腰间鞶带的金玉扣，而谢詹泽也在打量她白皙的侧脸，转瞬又攥住她的手腕。冬霜抬首，却不觉湿了眼眶。

"冬霜可是在怨我？"他的手指轻抚她的眼尾。

冬霜一瞬低下头去："世子去时，殿下如约将奴婢带回，奴婢已经十分感念殿下恩德，不敢有怨。"

谢詹泽却将目光顺着她的脸下移，落在她腰间悬挂的那把匕首上。他的声音仍旧温柔平静："冬霜，父皇指婚，我不得不遵从。"

"奴婢知道。"冬霜垂着头，轻声道，"奴婢出身低贱，如今还能在殿下身边，这已经足够了，奴婢不敢多作他想。"

说罢，她便轻轻抬首，挣脱开他的手，继续替他一颗颗解开圆领喜袍的衣扣。谢詹泽凝视着她那双犹带水雾的眼，片刻后，忽然伸手扣住她的下颌，亲吻她的嘴唇。

暖黄暗淡的烛光映在窗纱上，两道身影依偎在一起，于这静谧深沉的夜，缓缓坠入了热气腾腾的浴池里。

值此凛冽寒夜，浑圆的月亮高挂在夜幕之中，洒下银辉缕缕，一盏又一盏的宫灯犹如星子排列。

"年关一过，蒋瑞和苏家长房的那些人就都要被处斩了。"丹玉跟在太子身侧，有些愤愤不平，"鸩杀太子妃的大罪到底也只扣到了他们这些人的身上，二皇子倒是片叶不沾身，如今还娶了左都御史的女儿。"

少年身着殷红的圆领锦袍，外头又穿了一件玄黑色带暗纹的对襟氅衣，兽纹金扣在衣襟处坠着小小的精美玉饰，他金冠玉带，步履轻快，一张漂亮的面庞并未显露分毫不快之色。

"让你找的人呢？"他手中握了个雪团，分毫不在意那浸入骨肉的冷。

"臣找是找到了，不过……"丹玉顿了一下才道，"我去时，那人已经被一个身手极好的青年给救下了。"

"谁？"少年闻言，回头瞥他。

"臣差点儿要跟他打起来了，可他说，他是太子妃的哥哥。"丹玉的神情变得有点儿怪，"好像叫什么莫宴雪。"

莫宴雪？谢绑对这个名字并没有什么印象，但因此人姓"莫"，他便也明白过来。石鸾山庄庄主与周靖丰的关系，他当然也是知道的。戚寸心此前也跟他提起过，她多了三百九十五个哥哥姐姐。

"他做了什么？"谢绑平静地问。

"他已经将那人的嘴撬开了，那人供出要他将春枯散交给苏云照的，是孟复的人。"

"孟复？"谢绑分毫不觉意外，"李适成的狗啊。"

"但目前就算那人能指认孟复，怕也不足以定孟复的罪，毕竟孟复从未露过面，他大可以推到底下人身上。"徐允嘉在一旁开口道，"而孟复身后的李适成，就更难查证了。"

"这老东西，真狡猾。"丹玉不由得骂了声。

"急什么？"谢绵仍不紧不慢地，扔了雪团，融化的雪水湿了手，他笑了笑，眼神却是阴冷的。

"他为杀我娘子费尽心思，我总要回敬他些什么才好。"

二皇子大婚，今夜的宫宴还未结束。谢敏朝与吴贵妃已经离开，谢绵处理东宫事务尚且未至，作为太子妃的戚寸心便只能留在宴上，不久之前谢詹泽才借着醉酒被奴婢扶回宫去，戚寸心便成了这宴上皇家的最后一人。

宴饮正酣，不少命妇与世家贵女于这火树银花般的几重宫灯映照下，时不时地打量着坐在上面的太子妃戚寸心，偶尔窃窃私语。

"烧火丫头""奴婢""澧阳戚家"之类的字眼偶尔会传到耳力好的子意、子茹耳中。子茹忍了又忍，摸着腰间泛着冷光的银蛇弯钩，已有些烦躁。

"子茹。"子意低声唤她，朝她摇头。

戚寸心偏头瞧见子茹的模样，她的耳力虽然不像子意、子茹她们这些习武之人那样好，但看子茹的神情，她也能猜得到底下那些人在偷偷说些什么。

戚寸心小声对她们二人道："用不着藏着掖着，我也不怕她们说。"

"是，姑娘。"子意拽了一下子茹的衣袖，低首应声。

事实上，这宴上也不单只有朝廷命妇与月童贵女在打量太子妃，便连某些皇亲贵胄或是朝中的官员也偶尔会去看她。

太傅裴寄清不在，李适成称病未来，但窦海芳等人却来得齐整。自太子仙翁江遇刺后，再回月童时，戚寸心这个名字便已传至月童诸多高门之内，她的过往，她的一切，都被各路人查了个清清楚楚。

她在东陵为奴为婢，做后厨烧火丫头的事也传了个遍，让无数命妇贵女不敢相信。即便是忠烈之门留留的孤女，她到底也是在北魏做过奴婢的，可就是这样一个姑娘，不但太子对其青眼有加，更是入了九重楼，做了周靖丰的学生。许多人都想过这个太子妃是个什么模样，但都不如今日这一见来得直观。她的容貌仪态无一处不好，只坐在那儿，教众人看着，也实难令人相信她曾经是个奴婢。

永宁侯徐天吉在宴上喝了一杯又一杯的酒，到底没憋住，他端着酒盏站起身来，朝戚寸心行礼，道一声："太子妃。"

这一刹那，宴上安静下来，一时诸多目光停留在徐天吉身上。

徐天吉一向是个心直口快的，他说："臣敬仰天山明月已久，当初乍听太子妃得入九重楼，臣便一直想问问太子妃，九重楼内究竟有什么不一样？"

他提及九重楼，更挑动着许多人的神经。

戚寸心闻言，放下了手上的茶碗，开口道："没有什么不一样。"

"既然没什么不一样，太子妃又因何而入？"徐天吉也没料到她会这么直白地回答。

"为求天下最好的先生。"她笑着说。

天下最好的先生？徐天吉一愣，周靖丰是天下文人皆想结交的人，为师为友亦是许多人心中所想，他自然是天下最好的先生。但往往这世间的许多人，并非因为这一点而想入九重楼，他们或为楼中古籍珍奇，或为周靖丰自创的武学。就连徐天吉也并非单纯因周靖丰这么个人而想入九重楼，他这许多年来最想的，就是得到周靖丰的武学剑谱。但入了九重楼的，偏偏是这么一个没有武学根基，也不可能承袭周靖丰武学的小丫头，可不就白瞎了那绝世剑谱了吗？

徐天吉每每想起这事来，心里就十分不得劲。但此刻，听到太子妃如此坦荡的回答，徐天吉又不免有些羞赧。她既不贪图周靖丰的武学剑谱，也不贪图楼内世间罕有的奇珍，难怪她觉得九重楼内没什么不一样。

殿门处忽然传来太监的一声唱名，殿内许多人的目光便随之望去，那身着玄黑色氅衣的少年已经入得殿来。

众人便连忙站起身来，齐声唤："太子殿下。"

戚寸心瞧见他进殿，一双眼睛便亮了起来。她连忙站起身，他已经大步流星地走上阶来，抓住她的手又和她一起坐了下去。

"都坐下吧。"谢绺平淡的声音响起。

众人连忙应声，随即坐下。

"你怎么才来啊？"戚寸心凑近他，小声地抱怨。

"有些事耽搁了。"他也凑到她耳朵边，轻声道。

宴上许多人都瞧见太子轻靠在椅背上，慢条斯理地剥开橘皮，将其中的橘肉一瓣又一瓣地递给身旁的太子妃。

徐天吉有点儿后悔方才起身问太子妃那一番话了，他可没忘了这位太子是个喜怒无常且特别记仇的主儿。很明显，太子待太子妃绝不一般。

谢绺来了不多时，这宴席便散了。走在回东宫的路上，戚寸心满身疲惫。

　　"我在那儿坐了那么久，怎么比我爬潜鳞山上宗庙还累……"她说。

　　谢绺闻言去看她的脸，隔了会儿，他伸手摸了摸她的脑袋问："饿吗？"

　　"回去要再吃一顿。"戚寸心点点头说。

　　在宴上被那么多人看来看去，她实在没什么胃口。

　　"柳絮。"谢绺侧过脸，瞥了一眼跟在后头的柳絮。

　　"奴婢这就回去命人准备。"柳絮躬身行礼，当即提着灯先往东宫去了。

　　此间白雪茫茫，坠在松枝上好似糖霜，四下里宫灯明亮，戚寸心仰面打量起面前的少年。也许不适应她这样的目光，谢绺停在她面前，侧过头躲开了她。

　　"看什么？"他的声音变得轻了些。

　　"那会儿在宴上，有好多贵女在偷看你。"她说。

　　"是吗？"他重新迎上她的目光，兴致缺缺。

　　戚寸心看了他一会儿，不由得感叹："也是，我们绺绺长成这样，是谁都忍不住会多看几眼的。"

　　她忽然这样说，令少年一顿，明明有点儿不好意思，唇角却微微一扬。他的眼睛清澈又漂亮，映着灯火有了一丝温度。可当她的手触碰到他的衣袖时，她的脸色一变。他垂下眼，见她松开了他的衣袖，然后她的一双手掌展露在这雪天灯影里，映出满掌的血。她明显愣了一下，随即再度伸手掀起他的衣袖。宽袖下的手，并没有伤口。他沾了满袖的血，不是他的，那是谁的？

　　她抬头对上他的眼睛，却半晌没有开口，而他亦默默无言，只是神情冷淡地捧了雪到她手中，一同捂着等它融化，再用锦帕慢条斯理地将她的手指一寸一寸擦拭干净。

　　"走吧。"他的笑意不那么清晰，声音仍是平静的。

　　少年不重口腹之欲，回到东宫后，晚膳也用得少，但他仍旧如往常那般，同戚寸心坐在一处，等她吃完。

　　夜幕深沉，戚寸心洗漱完毕后，擦干了头发回到房中，少年正在榻上翻看一本书，竟还是她的那本游记。

　　"那个你都看多少遍了，你怕是都背熟了吧？"戚寸心爬上床，摸了摸他身边的小黑猫，又从自己的枕头底下拿出来一本《漫野诡事》，兴奋地说，"你陪我看这个吧，我一个人不敢看。"

"不要。"少年看也不看她。

戚寸心撇撇嘴，自己背过身翻书。

少年看似漫不经心地在翻看手中的那本游记，片刻后，他忽然唤了一声："娘子。"

"嗯？"戚寸心翻着书，应了声。

"你不会再像以前那样，说后悔就后悔，说犹豫就犹豫，"他的声音并未带多少情绪，"然后逃跑，对吗？"

戚寸心已经陷到书中的故事里去了，也没听清他说了什么，就胡乱"嗯"了两声。

谢绡靠在枕上瞥一眼她的背影，沉默半响，他忽然又伸手触摸自己腕上的铃铛。有什么是比这铃铛里的虫子还更叫人安心的东西？是绳索，抑或什么更能够束缚人的工具？他半垂着眼睛，眼瞳里好似透不进一点儿光。可身边的姑娘却根本没听到，她紧绷着神经翻看着那本写满鬼怪异事的书，或是被引人入胜的故事吓到了，她情不自禁地往后缩啊缩，一直缩到了他的怀里。温热的怀抱让她回过神来，她回过头一眼就看到了他。

窗外是呼呼的风声，裹挟着枝叶簌簌地响，内殿里却是暖的，被窝里也是暖的，他身上好闻的香味就在鼻间。

她忍不住朝他笑道："绡绡，我们这样真好。"

"我觉得我可以一辈子都和你这样，我们永远在一块儿，无论看书睡觉还是吃饭，都是令人开心的事。"

她没发现他有什么异样，说完就转过头，背对着他依偎在他的怀里，开开心心地继续翻看她手里的那本书。少年怔怔地望着她的后脑勺，心头的诸多阴暗念头和百般计较，那些该如何哄她骗她，让她再度落入他圈套里的算计，就在刚刚她忽然回头朝他笑时，烟消云散了。

他久久地盯着她，像是始终不能明白，她为什么可以这样轻而易举就同他说出那样的话。

戚寸心在看一个无头鬼寻仇的故事，正看到无头鬼杀人的紧要关头，她半张脸都缩到被子里，忽然间，她的书却被一只手抽走了。

嗯？她回头，不明所以。少年的那双眼睛明亮动人，看她一眼，目光便落在那书上。

"你不是不看吗？"戚寸心有点儿疑惑。

"现在想看了。"他说。

戚寸心当然乐意他陪着自己看，忙转过来窝在他怀里，兴奋地说："这个真的好恐怖。"

无头鬼杀人了，字里行间都带着血腥。

戚寸心抓着被子蒙住半张脸，却仍然不忘提醒他快翻。谢绑微垂眼帘，看着她鼻梁上那颗殷红的小痣，他的手忽然往下，书被他扣在被子上。

"绑绑你……"戚寸心不满地抬头，却迎来了他的亲吻。

他微凉柔软的唇亲了一下她的鼻梁，就那么浅浅的一下。

戚寸心的睫毛眨动，她的脸颊开始发烫，愣了片刻，她又伸手捧起他的脸，与他面对面。一呼一吸，缠绵缱绻，少年忍不住闭眼，却只觉温热的呼吸拂面，那预想里的她的吻，却迟迟没落下。

谢绑迷惘地睁开眼睛，正好撞见红着脸的姑娘此刻在抿着唇偷笑。耳郭倏地染上薄红，少年有点儿生气，薄唇微动才要开口，她却忽然亲了一下他的眼睛。眼皮微动，这一刹那，他望着她，忽然就忘了要生气。

寒雾缭绕的清晨，天色呈现出一种鸭蛋青的颜色，有些暗淡。

裴府门口停着一辆马车，府里的奴仆进进出出，将行装一件件放到马车上，而立在大门处的尤氏则紧紧地抓着自己女儿的手，始终舍不得放开。

"湘湘，苏家长房都倒了，苏云添已经下狱了，你这个时候还回苏家做什么？"她朝裴湘说道。

裴湘拍了拍母亲的手，给了她一个安抚的微笑，或听马车声渐近，她抬头望见一行宫娥宦官与百名东宫侍卫簇拥着一架镏金马车而来。车顶竟还坐着个抱剑的青年，嘴上叼着根狗尾巴草，随着车驾摇摇晃晃的。

马车才一停下，那俊秀青年便起身自车顶轻轻松松地飞身下来。一名侍女从车内掀开帘子出来，随即有人摆上马凳，那车内身着紫棠色大袖袍的年轻姑娘弯腰出来，她鬓边的鲛珠步摇便随之颤动。

"太子妃。"尤氏和裴湘见她走上阶来，便弯腰行礼。

裴湘抬首，看向那将将下车的姑娘："臣女听闻太子妃之前出宫，在潜鳞山下便遭遇了一场刺杀，你何必冒险来送臣女这一趟？"

"我是代太子来的。"戚寸心朝她笑了一下，"何况我来的是舅舅府里，涤神乡的人也在，没几个人敢在这条街上动手，就是有……"

戚寸心说着，回头看向那抱剑的青年："我二百五十哥也很厉害的，他的剑术在兵器谱上也是前二十名内。"

"二百五十哥？"裴湘只觉得这个称呼实在令人难以忽视。

"我师门里有三百九十五个哥哥姐姐，他排行第二百五十。"戚寸心立刻解释道。

"看来周先生这些年游历江湖倒是让九重楼变得人丁兴旺了，"裴湘冷淡的面容上不免露出几分异色，"如此看来，你也算不得是他唯一的学生。"

石鸾山庄与九重楼的关系外面人如今还不知道，戚寸心听着裴湘这话，也不反驳，只是道："你的身体还很虚弱，为什么要急着回新络？"

"苏家长房倒了，可苏家的那点家业，二房和三房还在争着呢。"裴湘没上什么妆，面色苍白，看起来没什么精神，但眉宇间仍有一股子韧劲，她扯了扯唇，"我若不回去，任由那两房自相缠斗，怕是用不着关家寨的人使什么手段，苏家就倒了。"

"苏家倒不倒本该与我无关了，"裴湘定定地看着眼前的这个年纪比她还要小上几岁的姑娘，"可小婶婶，潜鳞山下针对你的那场刺杀里，那个新络的关浮波若真是二皇子的人，那么你觉得，他是用什么来和关浮波做的交易呢？"

"我之前不知道，但联系上他将新络巡抚蒋瑞惩办的这件事，一切就说得通了，关家寨在新络日渐势大，却在朝中无人，可苏家不一样，苏家有了蒋瑞，关家寨就很难在新络一家独大。"

戚寸心迎着她的目光回道："如果苏家倒了，新络就是关家寨的，也会是二皇子的。"

关家寨的财力与在江湖中的人力如果归了谢詹泽，无疑让他于无形之中增添了一股助力。

"大小姐是为裴家、为太子回去的。"戚寸心忍不住打量她越发清瘦的身形，心中五味杂陈。

"太子妃错了，臣女只为裴家。"裴湘一笑，眉眼风姿无限，最终她深深地看了一眼戚寸心，"你我都该庆幸，太子身体里流的血，有一半是我裴家的。"

因为有这一半裴家人的血，因为他十一岁时就被送到北魏做了一枚弃子，即便恨谢氏，裴湘总也无法纯粹地去恨谢缈。何况如今，裴家的未来都维系于太子一身。

"裴湘。"在裴湘松开尤氏的手，转身步下阶梯朝马车走去时，戚寸心忽然唤她一声。

裴湘闻声回头，于这缭绕寒气间，她亲眼得见阶上那身着紫棠色银线云纹大袖袍的年轻姑娘忽而拱手朝她行礼。

"太子妃这是做什么？"裴湘一双妙目神光微闪。

"方才向你行礼的，不是太子妃，仅是我自己。"戚寸心走下阶梯，将衣袖里的一样东西塞入她手里。

"以前，我有时候也会想，我姑母在北魏明明有很多机会可以如我祖父和父亲临终前所期望的那样，放下一切，去找她所爱的人，过她自己的生活，可她为什么就是不愿意呢？我总是想，如果她当初不那么固执，是不是现在也能好好地活着……"戚寸心说着，抿唇笑了一下，"可固执的人就是这样，不肯要眼前的苟且，一定要为了一件事而付出一切，像蜡烛一样，只管燃烧，不要后路。"

"湘湘高义，如我姑母一般，同样令我敬佩。"她指了指裴湘手里的东西，"可我希望湘湘能够好好地活着，这个东西是我求先生给我的，是一个银镯，上面有机关，要是遇到危险了，你按一下，它就能保护你。"

天空中不知何时又开始飘雪，雪花落在她乌黑的发髻上顷刻便融化，她看着眼前这形容消瘦，但眉宇间英气犹在的年轻女子，郑重地说："我和太子，在月童等你回来。"

裴湘也许是第一次如此细致地打量眼前的姑娘，似乎是怎么都没料到她会对自己说出这样一番话。她捏着手里的木盒，半晌，目光停在戚寸心脸上说："周先生收你做他的学生，没收错。"

"多谢。"她朝戚寸心轻轻颔首，随即便被身旁的侍女扶着上了马车。

这辆从新络来的马车原本载了一对夫妇，而再回去时，便只剩一名丧夫的未亡人，和一具棺木。

　　裴府内凄清冷寂，太傅裴寄清前两日受了风寒，这些天正咳嗽不断。他在圆窗前坐着，身披一件绒毛披风，端着一碗热茶，却迟迟不饮，只是偏着头去看圆窗外的一庭落雪，松枝凝霜。

　　"舅舅怎么不去送湘湘？"戚寸心走进门来，子意在一旁替她解下披风。

　　"寸心啊，来坐。"裴寄清咳嗽两声，面上露出点儿笑容，拿起竹提勺来，要替戚寸心舀热茶汤。

　　"我来吧，舅舅。"戚寸心挽起衣袖，接了竹提勺，自己舀了一碗茶。

　　风炉里火星子四溅，上面茶汤沸腾，热气氤氲，裴寄清抿了口茶，咳嗽才好些："因为南亭的事，湘湘还在怨我，她不想我送我也不想给她添堵。"

　　"你没劝她留下吧？"裴寄清忽然又道。

　　戚寸心摇头："我来这一趟，原本是打算劝她的，我觉得她为了裴家失去了自己的丈夫，如今还要为了裴家和我夫君再度回到新络……这对她十分不公平，可是一见着她，我就知道她不会留下。"

　　"她回去，不单对我裴家有好处，对太子也是百利而无一害。"裴寄清将一旁矮几上的茶点拿过来，放到戚寸心面前。

　　戚寸心拿起淡绿的茶点咬了一口："我知道，可我不想她那么做，我夫君也不会用她的牺牲来换取与二皇子的一时输赢。"

　　裴寄清闻言，眼底笑意更深，他点了点头："你跟着周靖丰，的确更理得清楚这些事了。"

　　"这虽是一时的输赢，但它会不会影响到之后的局势又有谁能说得清？"朦胧天光里，裴寄清满头华发，尚有几分憔悴，"你不劝湘湘是对的，她就不是个听劝的人，我原也不同意她回去，可她一定要和我闹，甚至搬出了南亭的事……她像她爹一样坚韧，脾气却比他爹要大许多。"

　　他双指捏了捏鼻梁，想起昨夜硬要在他面前为苏云照戴孝的孙女儿，想起她泛着泪花的眼睛一横，说："当初是我一意孤行硬要嫁给苏云照的，如今这苦果我吃得，也咽得，我若不回新络，苏家没了，称心的是谁？祖父，我裴湘没道理白白让人算计，这口气即便您咽得下，我也咽不下！"

裴寄清叹了口气："你也不必担心她，她聪慧，自小也要强，若要论起心计来，苏家那两房的人都是不够看的，只不过她从前不同他们计较罢了，这一趟回去，我还派了涤神乡的人一路随行跟着她，她啊，厉害着呢。"

戚寸心捧着温热的茶碗，于这热气里看着对面已经须发皆白，尽显老态，却衣装齐整，睿智清贵的老者，她心中颇多感慨，却一时难以付诸言语。

"为了您眼中的家国，舅舅踽踽独行走到如今，可有后悔过？"她轻声问。

这问题有些意思，裴寄清稍稍挑眉，思虑了片刻，才笑着答："若说犹豫、怀疑，这些是常有的，但我唯独没有后悔过。"

或是想起如今教授她的那位周先生，他面上笑意更甚："想来周靖丰在你面前没少数落我，说我一根筋，说我愚忠，是不是？"

戚寸心忙摇头："没有，先生没说过。"

"我可不信那老家伙逮着机会能不说我的不是。"裴寄清捋着胡须，面上的笑意又收敛许多，神情变得严肃了些，"我这大半生不是为谢氏王朝，而是为汉家天下，皇位上坐的人姓什么不重要，重要的是他能不能收复我汉家失地，将伊赫人赶出中原。

"我没为自己留退路，事到如今我也早就不能后悔了，只能一条道走到黑。"

裴寄清若有所思地看着戚寸心道："周靖丰以为他与我分道扬镳，殊不知，那不过是他自欺欺人罢了，他不能后悔，只有逃避。

"不论这条道的尽头是永夜还是晨光，我要一直走下去，才能得见。"

"寸心怕是也如你那先生一般觉得我是个痴人。"裴寄清说罢，抬眼去瞧对面的小姑娘，面上又添了些笑意。

这原也只是他的一句玩笑话，却不想那小姑娘竟十分认真地摇头，随后她捧着茶碗，如同敬酒一般轻轻碰了一下他手中的杯盏。她的神情非常庄重，脊背挺直，又朝他轻轻颔首行礼。

"舅舅所愿，亦是我心中所求。宁为汉家臣，不做蛮夷奴。"她说。

此时天光冲淡了满庭缭绕的寒雾，照着她白皙的面颊、干净的眉眼："舅舅清正高义，能和舅舅成为一家人，就是最好的缘分。"

大半辈子了，裴寄清从未想过有一日会在这样一个小姑娘的面前同她说起自己的不后悔，也从未想过眼前的这个姑娘，在众多消极腐朽的衰颓里，竟也如他一般，对于明日朝阳的升起仍旧满怀期望，并如此热切。可她不知……可她不知他也许根本谈不上什么清正高义，凤尾坡一役，那名为十万、实则五万将士的陨灭压死了他的儿子南亭，又何尝没有狠狠压在他的心上？

裴寄清握着茶碗的手指稍稍收紧了些，神情复杂。

"舅舅既还想看明日的朝阳，就更要好好保重自己的身体。"戚寸心喝了茶，朝他露出一个笑。

"寸心说得对，我啊，得好好地活着，我得等到那天。"裴寄清眼底的沉重散了许多，眉头也舒展了些，笑意真切。

回宫的路上，戚寸心掀了帘子唤："二百五十哥。"

车顶的青年倒挂下来，怀里还抱着剑："什么事啊，三百九十六妹？"

"我想求你个事。"戚寸心有点儿不太好意思。

"说说看。"莫宴雪一抬下巴。

"你能替我送裴湘一段路吗？也不用送到新络，等她走水路的时候，你就回来。"涤神乡一直管控着南黎的水路，裴湘若走水路定能安全抵达新络了。

"师公那儿有把琉璃匕首我还挺喜欢的，我看他还挺疼你的。"莫宴雪朝她笑了一下，露出一口整齐雪白的牙齿。

"哥你放心，匕首我一定帮你要到！"戚寸心拍拍胸口，信誓旦旦。

"行。"莫宴雪答应得很干脆，翻身又上了车顶，戚寸心只能听到他清润的嗓音，"等把你送到宫门，我再去追她的马车，来得及。"

太子妃的车驾入宫后，停在皎龙门。一行人簇拥着戚寸心走入朱红的宫巷内，琉璃瓦被阳光照得发亮，雪已经停了，檐上一片雪白。

乘步辇的二皇子妃赵栖雁远远便瞧见那一行人，经随行的宫娥行香提醒，赵栖雁再抬眼看那一行人时已经近了些，她看清了那走在最前面的年轻姑娘紫棠色大袖袍上的银线云纹。行香朝抬步辇的几个太监挥手，待步辇落地，赵栖雁便由行香扶着站起来，她的目光停在那位走近的太子妃的面容上，这还是她第一次真正瞧见这位太子妃。一个烧火丫头，也不知做过几年奴婢，如此低贱的出身，而今却偏偏要她下辇来行礼问安……赵栖雁捏着绣帕，面上却神情不显。

"太子妃。"待戚寸心走近，赵栖雁便上前行礼。

谢詹泽当日大婚时，戚寸心虽未见过二皇子妃赵栖雁的真容，但此刻瞧见她的穿戴，便也猜出了她的身份，便朝她轻轻颔首："皇子妃这是去哪里？"

赵栖雁抬首，盯着她鼻梁上那颗显眼的红痣看了一眼，道："太子殿下早朝时的一番话，便让二皇子跪到现在，妾担心二皇子，正要去求父皇。"

戚寸心闻言一怔。

"到底是自家兄弟，还请太子妃劝一劝太子殿下，是底下的官员犯了错，太子殿下方才已在牢内处决了那犯官，那人的错，如何就牵连到二皇子头上了？"赵栖雁用绣帕擦了擦眼泪。

戚寸心此时才知道，清晨还在被窝里迷迷糊糊同她说今日要去御书房听策论的少年，原是去杀人了。

她回过神来："太子殿下与父皇总不是不讲道理的人，其中缘由想来皇子妃也未必清楚，怎么说得好像太子殿下故意为之似的？"

"妾不敢。"赵栖雁慌忙垂首。

"那我就不打扰皇子妃去求情了。"戚寸心说着，便绕过她径直往宫巷尽头去了。

赵栖雁作为赵家嫡女，自是从小娇生惯养，她打心底里本就瞧不上这位奴婢出身的太子妃，如今听她这一番话，心里怒气更盛。可她到底也不能发作，只能垂着头看着戚寸心紫棠色的衣袂自身边闪过，随即她站直身体回过头，狠瞪一眼戚寸心的背影，却不防戚寸心身后的一名侍女忽然转过头来用一双冷冷的眸子盯着她。同时，那侍女的手更状似不经意地按着腰间发出森冷之光的银蛇弯钩。赵栖雁吓了一跳，也不敢瞪了，慌忙回过头去。

"子茹你在看什么？"子意回头见赵栖雁坐上了步辇，便拍了拍身边的妹妹问道。

"没什么。"子茹得意地翘起嘴角。

紫央殿中，谢绺一身雪白衣袍，正靠在软榻上百无聊赖地翻着一卷书，他神情恹恹的，眸底却一片阴沉："杀了一个孟复，牵扯出的却是我二哥。"

丹玉在一侧替他添茶："臣好不容易才查出孟复窝藏赃银的地方，孟复是抓住了，可李适成跟条泥鳅似的，昨夜到了约好的分赃时间，他的心腹江林泉怎么却死了？"

孟复没有官职，但在月童却是个大富商，他的生意之所以能做那么大，便是因为他在朝廷里有靠山。他女儿嫁给了李适成的心腹江林泉做妻子，如此上下勾结，沆瀣一气，一年前，青丰卧蛇岭缴获的匪窝里的大批赃银不知去向，实则是被李适成的党羽侵吞，几经辗转又到了孟复手中。

他们一向是习惯等到风平浪静时再分赃。李适成的心腹江林泉原也参与其中，丹玉好不容易掌握了这样一条消息，可昨夜，江林泉却没到，不但没到，还死在了月童城外的蒲河岸上。江林泉一死，事情就变得微妙起来。

李适成的这条线断了，但大理寺却查出孟复的生意有好几桩是在彩戏园里交易的，不但如此，还查出彩戏园背后的老板，竟是二皇子谢詹泽。

"可看眼下这情形，陛下必不会真的治罪二皇子，毕竟虽是在彩戏园做的，却也说不清楚他到底有没有在里头分一杯羹。"丹玉不免觉得有些可惜。

"二哥他光风霁月，自然不会碰那些赃银。"谢绷慢饮一口茶，唇畔犹带几分讥讽的笑，"他是想探李适成的底，这回却是搬起石头砸了自己的脚。"

彩戏园龙蛇混杂，最是易于隐藏也便于传递消息，谢詹泽无非是想借机渗透进孟复的生意里，掌握李适成的把柄。

"殿下。"殿外忽然传来柳絮的声音。

"我娘子呢？"谢绷闻声看去，却并未瞧见戚寸心的身影。

"太子妃在宫巷内遇见了二皇子妃，想来如今正同她说话，奴婢怕太子妃路上受了寒，便先行回来命人煮姜汤，顺便准备太子妃要换的衣裳。"柳絮恭敬地说道。

谢绷听她说起戚寸心在宫巷内遇见了赵栖雁，只略微思索了一下，便搁下杯盏，扔了手里的书。

戚寸心踏入紫央殿，将手中不剩多少温度的汤婆子交给了一旁的子意，走入内殿时，便见青天白日里，那少年却躺在床榻上，面色有点儿苍白，似乎有些不舒服。

"绷绷？"戚寸心原本还想着回来要好好问问他为什么要骗她说去御书房听策论，可这会儿一见他这副模样，便什么也忘了，连忙跑过去，"你怎么了？哪里不舒服？"

少年半睁着眼睛，怏怏地望着她："头疼。"

"是染上风寒了吗？"戚寸心伸手触摸他的额头，却没感觉到有多烫，反而有些凉。

"叫过太医了吗？"她急急地问。

少年轻轻点头，又咳了声。被窝里的小黑猫触碰到他手上才化去的冰冷雪水，不禁打了个寒战，钻出被窝来抖了抖被打湿的毛发。但戚寸心没顾得上看它，只是唤子意去看看柳絮有没有煎好药，还重新替他掖好了被角。

那双眸子一眨不眨地望着她，他忽然唤了声："娘子。"

"嗯？"戚寸心正在拧铜盆里的帕子。

在她伸手用帕子替他擦拭脸的时候，他伸出手来，冰凉的手指握住她的腕。暗淡天光下，他的面容透着一种不沾尘的疏离，一双眼眸清澈，却潜藏最为阴郁的颜色，他用指腹触摸着她的腕，嗓音清亮，犹带委屈。

"你不要生我的气。"

"我还什么都没问。"戚寸心想挣脱他的手，可他握得很紧，她一时没挣开，湿帕子捏在手里，她只得皱起眉道，"谢缈。"

乍听她这么连名带姓地唤他，他眼睛眨动一下，手指忽然一松。

戚寸心得了自由，又重新替他擦了擦脸，撞见他怯生生的一双眼，她又转身去将帕子浸了浸水，拧干道："你总是这样，心里想什么都要转好几个弯，我不明白这件事你有什么好骗我的。"

"你杀的又不是什么无辜之人，既然赵栖雁都能知道，那么想来这也不是什么不能外传的机密，可你为什么不和我说真话？"

事实上，戚寸心此时已经没有那么生气了，她只是不能理解他对她的隐瞒。

窗外照进来的天光更衬得少年肤色白皙，宫娥们已随柳絮轻手轻脚地掀了帘子出去，殿内一时寂然无声，他只望着她，薄唇微抿，也不说话。

戚寸心皱起眉将帕子扔到盆里，清脆的铃铛声响，她起身回过头盯着抓住她手腕的少年道："松手。"

"娘子，"他并不听话，反而用指腹轻轻地摩挲着她腕底纤薄的肌肤，嗓音清亮，"你怕我。"

他如此冷静地陈述，戚寸心闻言一怔。她的手指下意识地蜷缩了一下，被他冰凉指腹触摸过的肌肤仿佛浸过雪一般，有种莫名的寒凉。

"我的手沾上太多血，你便连牵我也不敢了。"他的声音极轻，却令她一瞬回到谢詹泽与赵栖雁大婚的当夜……戚寸心不由自主地垂下眼，盯住他苍白修长的手指。

那夜，她仅仅触碰到他的衣袖，便沾了满掌的鲜血，最终那满掌的血，也是他用帕子一点点替她擦拭干净的。当夜他轻描淡写地揭过，却原来，最为深重敏感的心思都已潜藏其间，到今日才初露棱角。

戚寸心隔了好一会儿，才开口道："那么你会因为这个而放弃你原本要做的事吗？"

"不会。"他对上她的目光，毫不犹豫。

"那就是了。"戚寸心重新在床沿坐下，"从前我们有不同的活法，我为奴为婢，你九死一生，要是我们都不按自己的活法来，只怕早就死了。"

"如今我们在一块儿，你不必为我放弃你的活法，我也不会放弃我自己争取来的这条路。"

少年听得发怔，而她停顿片刻，语气已经缓和了许多。

"绵绵，我只是还不够习惯。"

"可是在这里，我总要习惯的。"她说。

明净天光里，她看起来天真又满是朝气，谢绵看她片刻，手腕忽然用力，戚寸心没有防备，倒下去的一瞬却被他抱在怀里。似有如无的冷香近在咫尺，她忽然感觉到他的手落在她的发顶。

他的声音有点儿闷闷的，又有点儿别扭："娘子，我不骗你了。"

第十七章 彩戏园

年关一过，新年伊始。在城中销声匿迹已有一段时日的彩戏园再度热闹起来，一时成为诸多纨绔子弟的好去处。

"彩戏园从前那些杂耍玩意儿我早就看腻了，哪有如今地下的那些把戏有趣刺激，"河畔茶楼内，临着窗的一名青年说得眉飞色舞，"不说旁的，你们是不知道那些看客有钱到什么地步，我听人说，那看台上到处撒的都是金银。"

"我也听说了，这彩戏园的新掌柜会来事得很，近日来，每每入夜，彩戏园内必是热闹非凡，只是那地下的把戏，非是有钱有权者不得而入，没有个相熟的人带进去，我们也就瞧瞧上头的玩意儿，哪有资格去瞧地下的。"同桌的另一名青年在这么冷的天，手上也仍攥着把扇子故作风流。

彼时，仅一道屏风之隔的珠帘后面，坐着另一桌人。那两人的交谈句句落入耳中，戚寸心便端着茶碗侧过脸去看身边的紫衣少年，不由得有些好奇地问："什么把戏，这么神秘？"

谢绲轻轻摇头，丹玉也从一旁的楼梯底下上来了，他一走过来，便压低了声音道："殿下，臣找到了一个更夫，据他说，前两日夜里瞧见过有人推着辆板车，车上的草席子里掉出来一只手，他才知道那里头裹着的是人。"

丹玉说着，不由得抬眼看向对面的那座楼："事发时，更夫在汀水巷，而那条巷子的尽头，正是彩戏园的后门。"

立在谢绹身后的徐允嘉闻言，不由得皱了一下眉："难道大理寺上报的那二十多具尸体与彩戏园有关？"

早朝时大理寺上了折子，说月童城外的乱葬岗添了二十多具身份成谜的尸体，延光帝谢敏朝在朝堂上便下了命令，让太子谢繁青彻查此事。

谢绹将一块茶点递给身边的戚寸心，漫不经心道："找机会进去看看，不就知道了？"

他顿了顿，目光落在茶盏内浮沉的茶叶上："彩戏园之前是我二哥的，如今表面上成了旁人的，可事实上是不是这样，就不得而知了。"

离开茶楼坐上回宫的马车，车内一时寂静，戚寸心偏头望见身侧坐得端正，却有些出神的少年。

"绹绹，你在想什么？"戚寸心问道。

谢绹闻言回过神来，茫然地抬眼看她。

隔了片刻，他轻轻摇头："没什么。"

桌案上的香炉里有缕缕白烟飘出，帘子偶尔被风吹开，光线忽明忽暗的，谢绹垂下眼帘，侧脸分明透着一种阴郁。

戚寸心见他神情恹恹的，似乎有几分难掩的倦怠，她抿了一下嘴唇，到底没再说什么，只是倒了一杯热茶递到他手中。

马车进入宫门停在皎龙门外，谢绹看着眼前的姑娘，忽而抬手轻轻抚摸了一下她的鬓发。

"娘子，我要去见父皇，你先回去。"

九璋殿内。

坐在御案后批奏折的延光帝谢敏朝听了太监总管刘松的禀报，便随口道："让他进来。"

"是。"刘松垂首应了声，随即匆匆走出去请太子进殿。

待那紫衣少年走入殿中，谢敏朝方才将目光从奏折移到他的身上，含笑道："繁青，暮夜而来，所为何事啊？"

"今日早朝，父皇让儿臣去查的案子有了些进展，"话至此处，谢绹扯了扯唇，"儿臣想来问问父皇，若此事牵涉到二哥，可还有查下去的必要？"

谢敏朝搁下手里的奏折，也不知在想些什么，隔了片刻，他颇有深意地再度看向谢绲："依你之见，此事与你二哥有关？"

"事情尚未查清，儿臣可不敢妄言。"谢绲面无表情，语气平淡。

谢敏朝凝视他片刻，一双眼睛微冷，唇畔的笑意也逐渐消失，就在谢绲觉得他会下令不查的时候，谢敏朝却说："继续查。"

夜深了，一场大雨忽然而至，天边雷声滚滚，闪电频频。

紫央殿内一片寂静，戚寸心睁开眼睛，侧过脸去看躺在身侧的少年，他乌发披散着，闭着眼睛，呼吸浅浅的，也不知究竟有没有睡着。

戚寸心想起那会儿他撑着伞在檐外迟迟不走上阶梯的模样，心里总觉得有几分异样，但此刻看着他的侧脸，她犹豫了片刻，还是闭上了眼睛。

她不知她身旁的少年早已在雨声中陷入了一场噩梦，连绵不绝的雨声在他的梦境里成了滴落的殷红血珠。他梦见自己走入彩戏园的地下，站上了嵌在石壁上的木廊看台，周遭所有的灯笼摇摇晃晃的，散发出的却都是阴沉暗红的光。

"那少年是谁啊？"他听到了一道声音。

"南黎那个窝囊皇帝送来的质子。"紧接着，又添另一道声音。

"哈哈，陛下还真是疼福嘉公主啊，这小郡王要是真被咬死了可怎么好？"

好多个声音在耳边来来去去，底下铁笼里锁着的是一头毛发雪白的狼。它的一双眼睛泛着幽冷的光，尖利的牙齿外露，右耳上的金耳圈十分刺眼。它弓着脊背，此时正蓄势待发，仿佛只等人一声令下，便要扑上去撕咬那个被关入笼内的少年。

转瞬之间，谢绲发觉自己身在笼子里，满目都是血，而他一抬眼，就看见一片茫茫雪地，幔帐被风吹得乱舞，那石亭里有几道人影若隐若现。

脸上有一道疤，额头上绑着狼毛抹额的男人夹起一块肉喂进嘴里，大嚼特嚼："多谢五皇子殿下盛情款待，这样的冬天来一碗狗肉汤，实在快活！"

"丘林铎先生应该谢的不是我兄长，而是星危小郡王。"一道娇柔的嗓音传来，身着大红裙的女子转过脸来，满眼恶劣阴损的笑。

女子娇喝一声，白狼忽然扑过来，森白尖锐的牙齿刹那间嵌进少年的血肉里，浓重的血腥味几乎让人喘不过气。那种深刻在骨肉里的、令人恐惧的疼痛仿佛要将人撕碎。

忽地，哄笑声如潮水般向他袭来，一时雪融化了，连带着那个长幡满挂的石亭与其中的几人都消散不见，他又身在彩戏园地下，而那看台上诸多陌生的面孔都在这一刻笑得开怀，每一个人的目光都停留在他的身上，他们拍手称快，满面红光，肆意叫嚣，肆意嘲笑。

白狼浑身是血，被他仅用一根木簪扎破喉咙仰躺在地，痛苦地呜咽。

汗水和血水打湿了他的发，那么多双眼睛注视着他，无数讥笑的声音如魔音一般盘旋在他的耳畔。而他抬起眼睛，却看见铁笼外不知道什么时候蹲着一只毛色雪白，唯有脑袋顶上有点儿黑乎乎的、纹路形状像花的小狗。它歪着脑袋，用一双圆溜溜的眼睛望着他，见他在看着自己，它就站起来，摇晃尾巴，隔着铁笼蹭他的手背。

戚寸心半睡半醒间似乎听到身边少年短促的呼吸声，小黑猫不知为什么喵喵叫了好几声，让她一瞬清醒过来。她睁开眼睛，在还未燃尽的烛光映照下，看见他苍白的面容，额头上不知何时已有了些细密的汗珠，而他的眉头也是紧皱的。

小黑猫就趴在少年的身侧，正望着她。

"缈缈，缈缈你怎么了？"戚寸心发觉他有些不对劲，连忙伸出手去抓他的手臂。

也是这刹那，少年骤然睁开双眼，翻过身来用手狠狠地扼住了她的脖颈。

谢缈手上的力道太大，令戚寸心无法挣脱。对上他那双好似被梦魇裹挟仍不得清醒的眼睛，她猛烈地咳嗽几声，却再没挣扎，反而伸出手去捧住他的脸，艰难开口道："缈缈……"

她的声音过分温软，比他方才经历的一场梦还要更像梦。

手指骤然一僵，目光停留在她的面容上，谢缈的手刹那卸了力道。

雨噼里啪啦打在轩窗外，疾风骤雨带起一片婆娑树影，尖锐的啸叫声还在耳边响着，谢缈恍惚地望着戚寸心的脸。

"咳咳咳……"她拱起脊背蜷缩起来，眼眶因为剧烈的咳嗽而隐隐发红，手还不自觉地紧紧揪着自己的衣襟。

谢缈目光微动，落在她白皙的脖颈上，随即，他又后知后觉地低头去看自己的手掌。她咳得太厉害了，当他回神朝她伸出手时，她下意识地瑟缩了一下。

四目相对，雨声淅淅沥沥落在耳畔，烛火暗淡的光照在少年苍白的侧脸上，他呆呆地看着她，手指在半空僵了半晌。忽然他握住她的手腕，指腹触碰到她薄薄的肌肤，他清晰地感到她在不住地颤抖。

戚寸心终于不咳了，室内静了下来。

她抬起眼，可他的脸半明半暗。凌乱的气息倏忽临近，烛光照在他的长发上，却使他的一张脸陷于昏暗之中，让人辨不清神色。

先是微凉柔软的触感落在脸颊，而后少年松开她的手腕，双手却慢慢地、慢慢地环住她的腰，将她抱得越来越紧。

"戚寸心……"他的声音有些嘶哑，可她等了一会儿，却并没有等到他说下一句。

又是一个忽然的吻，却是落在她的脖颈。明明他那样小心翼翼，有几分无措，几分不安，可那种冰凉的触感似乎从那寸肌肤钻入了骨髓，令戚寸心难以抑制地打了一个寒颤。

他什么话也不说了，只能这样生涩地亲吻她、拥抱她，一定要用他这个冷得让人打战的怀抱，安抚她。

昨夜的雨令今日的宫巷里有些湿滑，初春时节的风也仍是凛冽的，黄昏时分太阳将落未落，浅金色的光落在砖缝的水洼里，又立刻被宫人手中的扫帚揉碎。

"殿下命奴婢告诉太子妃，他有要事出宫，今日就不能来接您了。奴婢刚才过来时，殿下才回东宫换衣裳，此时应该还未出宫门。"

戚寸心听见柳絮的话，脚步更加匆忙："快，我们快去看看殿下还在不在皎龙门！"

"是。"子意与子茹齐声答。

戚寸心提着裙摆跑入玉昆门内，子意、子茹还有柳絮等一众随行宫人忙跟上去，待她们赶至皎龙门时，正见那紫衣少年一撩衣摆欲上马车。

"缈缈！"戚寸心忙唤了一声。

此时寒风吹动他的衣袂，他闻声回头，一眼望见那个提着裙摆朝他跑来的姑娘。她气喘吁吁地停在他的面前，或许因为是一路跑来的，她的脸颊发红，鬓边也有了几分汗意。

"来做什么？"他等她呼吸喘匀，才轻声开口。

"你是要出宫查案吗？"戚寸心望着他。

"嗯。"他颔首。

"我也去。"她说。

少年静静地凝视她片刻，目光落在她的脖颈上。这几日她总戴着白狐狸毛的领子，因这一趟跑得急，路上她解开了两颗玉扣，隐约露出她白皙脖颈上一片显眼的淤青。

谢绡唇畔笑意极浅，好似与往常没什么不一样。半晌，他伸手摸了一下她乌黑的发髻，随即转身。他才要抬脚踏上马凳，却忽然一顿，随后目光下移，落在扯住自己衣袖的那只白皙的手上。他回过头，正撞见小姑娘一双圆圆的眼睛，她仰面望着他，抿着嘴唇不说话。

"娘子，我会早些回来的。"他握住她的手腕。

"我要去。"戚寸心却只是平静地看着他。

她分毫不肯退让，抓着他衣袖的手迟迟不松开，仿佛他不说一句"好"，她便要这样同他一直耗下去。她仍旧放不下几日前出宫时发生的事，他只是在茶楼里听了一些闲话，当有关那二十多具身份不明的尸体的来源指向彩戏园时，他就明显有些不对劲了。戚寸心觉得不能放任他自己一个人出宫去查这个案子。

"娘子为什么一定要去？"少年眼底露出几分迷茫，"是周先生留给你的作业不够多吗？"

"你不要哪壶不开提哪壶。"戚寸心瞪他。

他笑起来，眼睛弯弯的，漂亮得不像话。

"好。"他终于还是妥协了。

戚寸心的眼睛亮起来，但她看了看自己的装扮，顿了一下，说道："我得先回去换身衣裳才行。"

"你不会骗我吧？"她重新抬头看他，有点儿半信半疑，"你总是骗我。"

"不骗你。"少年摇头，眼眉仍带浅浅笑意。

戚寸心终于放下心，转身跑出老远，又忽然停下来，回头看向那个立在马车前，身形挺拔清瘦的少年。他站在那儿，动也不动。

戚寸心回到东宫换了身衣裳，便又乘步辇到了皎龙门，果然那马车还停在皎龙门外。她提着裙摆上了马车，坐在车厢内的少年在她掀帘进来的刹那便睁开了眼睛。他眼下有两片倦怠的浅青色，此刻他只略微按了按鼻梁，在她坐到身侧的时候，顺势靠在她的肩上，又闭起眼睛了。

戚寸心垂着眼帘看了他一会儿，伸出手指碰了一下他的睫毛。他没睁眼，却抿起唇笑了一下，戚寸心也不由得跟着他笑了。

夜幕降临时，彩戏园内灯火通明，热闹的声音在街上也能听得清楚。戚寸心与谢绥只做寻常打扮，一进彩戏园，便去了楼上栏杆旁坐着。

跑堂的满脸堆笑，上了热茶和茶点便赶紧下楼去招呼别的客人了。谢绥端起茶碗递给戚寸心，她却好奇地盯着坐在一旁做富家公子打扮的丹玉。

他满头的小辫子都拆了，上头那些奇怪的银饰也不见了，一头鬈发被梳理成规整的发髻，手上还拿了把折扇，派头倒也十足。

谢绥将她的脸扳回来，把茶碗递到她手里，随后睨着丹玉："这几日你都在这儿？"

"可不是嘛，殿……公子，"丹玉清了清嗓子，压低了声音，神神秘秘地说，"我这几天都耗在这儿了，还结交了好些个富家公子哥，可惜这帮家伙家底儿虽然够厚，却也没什么相熟的人能将他们带去地下的场子。"

"想进那地方，有钱还不够，非得有熟客带着才有资格进去。"丹玉喝茶如牛饮，两口闷完一碗。

戚寸心想了想，说："那日在茶楼上有人说，地下的看台常被金银铺满，那些常客出手如此阔绰，如此大量的钱财流入，彩戏园应该有一本账册才对，不然他们又如何去核对地下的收入？"

"是这样没错。"丹玉点头如捣蒜，本能地显出了几分恭谨，但他随即又想起自己此刻是个纨绔子弟，便一抬下巴。

"可他们后院守卫森严，无论白天黑夜，都有不少人轮番巡视，我没机会进去，也怕打草惊蛇，坏了公子的事。"他的语气里流露出几分苦恼。

"那些常客也不似这楼上楼下的看客从大门进来，除了这正门和汀水巷的后门，他们应该还有更为隐秘的入口，而这两日有关彩戏园的流言已经销声匿迹，想来应该是这背后之人已经察觉到了什么。"徐允嘉站在谢绥的身后，低声补充着他从其他渠道得到的信息。

"大理寺查到的那些尸体并未处理，还谈不上打草惊蛇。那么这彩戏园的主人也许并非因为察觉到什么风吹草动，只不过是不想任由流言传播罢了，"谢绰慢条斯理地端起茶碗抿了一口茶，俊美的面庞上并没有过多的表情，"一旦闹到台面上，这生意还怎么做？"

"公子说得有理。"丹玉拍马屁的功夫十分到位。

"其实我觉得，"戚寸心一手撑着下巴，思索了会儿，说，"丹玉你可以继续和那些纨绔子弟打交道，他们去不了彩戏园地下，一定是比你还着急的。"

这话说得有趣，丹玉却没明白，他挠了挠头："为什么啊？"

"我从前在东陵知府府里时，葛府尊常常会在府里宴客，他们这些大富之家其实多会攀比，而攀比来攀比去，无非是在吃穿享乐上下功夫。"

戚寸心一边吃茶点，一边说："哪家富商的流水席摆三天，隔天另一家就要摆个五天，葛府尊招揽文人墨客附庸风雅，还会弄什么曲水流觞，若是有什么时兴的东西，他们也常是要第一时间拿到手的，对于他们来说，吃饭早就不只是为了口腹之欲，其他的东西也一样。"

"物以稀为贵，越不能得到，他们就越是抓心挠肝地想得到，就好像这彩戏园地下的把戏，他们这会儿也一定在想办法。"戚寸心说到这儿，又看向丹玉，"你只需要跟他们混到一块儿去，让他们把你当成好兄弟，他们得了机会，你也就自然而然有机会了。"

丹玉恍然大悟，点了点头："夫人说得有道理。"

戚寸心喝了口茶，侧过脸便见谢绰在看她，她不自觉地摸了一下自己的脸问："怎么了？"

"还是娘子心细如尘。"他嗓音清亮，伸手抹掉她嘴角沾染的茶点碎屑。

戚寸心的脸颊泛红，躲开他的目光："只是以前做奴婢的时候经常见到这样的事。"

她这模样实在有点儿可爱，谢绰不禁伸手摸了一下她的脑袋，但目光落在一楼时，他明显瞧见一道身影掀了帘子走去后头。

"徐允嘉。"谢绰蓦地开口。

"他就是这彩戏园的管事之一，秦越。"徐允嘉一看到那人的脸，便与昨夜涤神乡副乡使顾毓舒送至东宫的那幅画像比对上了，"这么多天，总算有这么一个人露面了。"

"派人盯着，谨慎些，不要被察觉了。"谢绶搁下茶盏。

夜色笼罩下的彩戏园里挂着一盏又一盏颜色不一的灯笼，也许更为隐秘的把戏早就已经在许多人看不见的地下悄悄开场，但那到底是属于少数人的乐趣，局外之人甚至连直通神秘地底的入口在哪里都不知道。

马车行至宫内，在皎龙门前停下，徐允嘉在外头轻唤了一声："殿下。"

闭目养神的谢绶轻应一声，随后睁开眼时，却在马车顶部镶嵌的夜明珠的冷淡光辉下，看见靠着他熟睡的她的一张面庞。她的呼吸声很轻，微热的气息时不时地喷洒在他的脖颈。这样近的距离，他甚至可以借着夜明珠的光看清她面颊上的细小绒毛。

拂面的凉风迫使戚寸心半睁起眼睛，等她清醒过来时，最先看见的是两名提灯的宫娥，那两盏宫灯好似两轮浑圆的明月，暖黄的光散开，照着背着她的少年与自己，影子也被拉得很长很长。

宫巷里静悄悄的，只有风穿梭于枝叶之间的簌簌声偶尔袭来。

"绶绶。"她的下巴抵在他肩上，迷迷糊糊地唤了一声。

"嗯？"他轻轻地应。

"你以后再出宫去查这个案子，就都带着我，好吗？"她的声音软软的，仿佛还带了几分睡意。

"为什么一定要去？"他稍稍侧过脸来，等着她的下文。

"怕你一个人。"她说。

一刹那，少年身形微顿，眼瞳里细微的情绪几乎如同脚下散乱的光影一般被顷刻踩碎。

一时之间他们再无话，谢绶不能去看趴在他肩上的姑娘，只能怔怔地去望地上他们两人交织在一起的影子。也是这个时候，戚寸心伸出手，很轻很轻地摸了一下他的脑袋。

今日不必去紫垣河对岸的九重楼，戚寸心本可以一觉睡到天亮的，但身旁塞窸窸窣窣的声音总似有若无地传来，她强迫自己睁开了眼睛。

谢绷才起身下床，却忽然一顿。他回过头，便见睡眼惺忪的小姑娘窝在被子里，人似乎还是迷糊的，可她的手却精准地抓住了他的手腕。

"今天我不用上学，你也不用上朝。"她提醒他。

"嗯。"他在床沿坐下来，轻轻颔首。

或是见她在被子里裹得严严实实的，只露出一个脑袋，可爱得不像话，他忍不住笑着伸手捏了一下她的脸蛋。

戚寸心握住他的手腕："那你要去哪儿？"

她看起来十分警惕，竟连被窝的温暖也不贪恋了，直接坐起身来推开窗。料峭的寒风迎面吹来，刹那间吹走了她的瞌睡，冻得她瑟缩了一下。她还紧紧地抓着谢绷的手腕，他倒也没用力挣脱，只是取下腰间的钩霜。剑身噌的一声从白玉剑柄中弹出，剑锋一挑，便将屏风上一件他的大氅钩了过来，随后他将那件大氅披在了她的身上。戚寸心还没来得及说些什么，便被他打横抱起，她只得搂着他的脖颈，眼见他掀了珠帘就要到外面去。

"去哪儿啊，绷绷？"她惊呼道。

"去沐浴。"他翘起嘴角。

"啊？"殿门被人从外面打开的刹那，仍有些暗淡的天色携带晨间的寒雾涌入殿中，她的脸以肉眼可见的速度红了。

他又在骗人了！当戚寸心被他放到廊椅上坐着时，她才反应过来。以往他不上朝的时候，也总是会早起练剑的，这样想着，戚寸心就见他什么话也不说，提了钩霜走下阶去。

他练剑一向不动用内力，剑锋所指也并无草木摧折的架势，只是将熟记于心的剑招在手中几经变换，便足以令人眼花缭乱。他的招式干净又利落，衣袂翻飞间，尽显他的身姿灵活，手中的剑快起来，便如幻影一般很难令人捕捉。

戚寸心一边坐在廊上喝着柳絮煮的茶，一边转头看庭内的少年舞剑。剑在空气中震颤出的铮鸣声是那么动听，她干脆放下茶碗，双手捧着脸颊趴在栏杆上看得越来越入迷。

天光大亮，谢绷从浴房沐浴过后，与戚寸心坐在一起用早膳，徐允嘉匆匆赶来，就立在殿外行礼："殿下、太子妃。"

"何事？"谢绲慢条斯理地喝粥，眼也不抬。

"丹玉那边传话来说，他和那几个纨绔子弟约好今日在玉贤楼一聚。"徐允嘉垂首禀报道。

"今日要出宫吗？"戚寸心在吃小汤圆，闻声便抬起头。

"丹玉结识的人中，有永宁侯府的世子徐山岚和庶子徐山霁。"谢绲手指稍动，汤匙碰撞碗壁发出清晰的声响，"娘子，永宁侯可是很有钱的。"

永宁侯。戚寸心乍一听这三个字，便本能地想起在二皇子谢詹泽大婚那日的宫宴上，那个问她九重楼究竟有什么不一样的中年男人。

"永宁侯府的世子都进不去的地方，这可越发稀奇了。"戚寸心越来越觉得彩戏园底下，必有更大的阴谋。

"若是真等到他们找到进去的方法，我们再出现在他们的面前，只怕他们也不会答应带我们进去，所以我们需要提前做好准备，"谢绲朝她微微一笑，"不如趁着此次机会去结识他们。"

"凡是进入彩戏园地底的人都要被查身份，殿下的身份涤神乡那边已经找了一个合适的。朝中工部侍郎沈潜之早年是裴太傅的学生，这么多年来，他虽明面上与裴太傅因政见不合而不相往来，但实际上，他仍心向太傅，如今自然也是心向殿下的……殿下尽可借沈潜之之子沈崇的身份行事，沈崇因有先天不足之症，所以在这月童城中鲜少露面，少有人知道他的模样。"

徐允嘉顿了一下，又道："但只有一点，这沈崇如今尚未娶妻，若太子妃此番与殿下同去，又该以何种身份？"

"婢女。"戚寸心脱口而出。

"若只是赴玉贤楼的约，这身份倒还可以，但若是要入彩戏园地下，怕是不行。"徐允嘉说道。

即便是常客，彩戏园地下也是不允许他们带奴仆的。

"既然如此，娘子不如……"

"就没有别的办法了吗？"

谢绲微弯唇角，话说一半却被她打断，对上了一双眼巴巴望着他的眼睛。他顿了一下，只得将剩下那半句话压在喉咙里，随即侧过脸去看徐允嘉。

无论是在南黎还是在北魏，有一种人被默许在南北两边通行。他们一般是西域来客，能够为南黎与北魏带来有别于中原的异域文化——稀有的果蔬，盛在琥珀杯盏中颜色瑰丽的葡萄酿酒，在大漠隔开的另一个世界里有着粗犷中又尽显异域风情的美。

"枯夏是生在西域的汉人，她常年戴着面纱，也没人知道她年岁几何，什么模样。她一般是在每年的冬夏两季来月童，西域到中原这条线上来往的商队众多，但她家的商队既是最大的，也是最特别的。或许因为她本是汉人，在成为商队之主后，就不做北魏的生意了。"

徐允嘉坐在马车上，恭敬地将自己所知道的消息说给戚寸心听，然后又从衣袖里拿出厚厚一沓银票递到她眼前，说道："枯夏性子豪爽，出手阔绰，也十分讲究排场，太子妃拿着这些银票，最好今天之内都花出去。"

戚寸心接过那沓银票，只略微数了数，便倒吸一口凉气，脑海里开始不断盘算起这些银票若是换成金银堆起来该有多少。她闷头数银票，而坐在一旁的谢绺则颇有兴致地伸手摸了摸她烫卷了的长发。

"这儿有点儿烫煳了……"戚寸心抽空从他纤细的手指间抽回自己的一缕发，然后继续数钱。

枯夏是一头鬈发，所以戚寸心便让子茹用滚烫的铁钳替她烫卷了头发，只是子茹烧铁钳烧得太过，给她烫煳了一点点。

出宫后不久，戚寸心便从谢绺的车上下来，换乘了一辆金碧辉煌的马车。此时的她一身西域的打扮，头戴素纱幕篱，而幕篱之下又是与衣裙同色的殷红面纱，她没戴耳环，所幸在幕篱与鬈发的遮掩下，也不太会有人注意到。腰间叮叮当当的银铃铛配饰也显得她手腕的银铃铛不那么突兀，额间一颗精致剔透的宝石极小，很好地夺去了她鼻梁上那颗殷红小痣的光彩。

玉贤楼上，趴在窗台上的一名蓝衣青年瞧见一辆奢华的马车停在底下，又见马车里下来了一个西域人打扮的红衣女子，便连忙去拍身边人的后背，说："哥，那人看起来好像还真是枯夏？"

徐山岚正在打量丹玉身侧的白衣少年，猛地被徐山霁拍了一下，吓得他差点儿将嘴里的茶喷出来。他匆忙吞咽，然后扭头："哪儿呢？"

待他站起身探头往窗外望时，却只瞧见那辆马车。

戚寸心被子意扶着走上二楼，她一抬头，隔着薄薄的素纱便看见丹玉身侧的白衣少年手中捏着一方锦帕，此时正捂着嘴在咳嗽，那素白的锦帕上还沾了鲜红的血迹。

"哥！沈小公子吐血了！"一个青年指着那少年骨节分明的手指间沾血的锦帕，咋咋呼呼。

徐山岚还在朝底下张望呢，闻声回头，果然瞧见那带血的帕子，他也瞪起眼睛道："沈小公子你没事吧？"

少年没多少血色的唇微微一弯，然后从容地将帕子扔给身旁的徐允嘉。

"世子与二公子见笑了，我没什么大碍，习惯就好。"他说这话时，声音也是虚弱无力的。

戚寸心只看一眼，便不由得在心底感叹，他骗人的功夫是真好，否则她也不会总是上他的当。

"枯夏姑娘！"眼尖的丹玉瞧见了做西域人打扮的戚寸心，便高声唤道。

一时，这楼上诸多目光都停在了她的身上，也包括那徐家的两兄弟。

戚寸心硬着头皮走过去，原要开口，但她思及徐允嘉口中的枯夏高傲又古怪的脾气，便一下闭上了嘴巴。她也不坐桌前的圆凳，只等着子意搬来一把太师椅，她才坐了下来。

徐家两兄弟面面相觑，随即又去打量着戚寸心。她一身饰物皆是极好的珠玉宝石，与枯夏最爱珠玉金饰的传闻一般无二，素纱幕篱下，还隐约可见她的金蝶抹额上坠在眉心的一颗浑圆小巧的红宝石。

"枯夏姑娘？"徐山岚试探地唤了声。

戚寸心仍不说话，只是一抬下巴，用一双眼看向他。

"我们一开始还以为远之义弟吹牛，没想到他竟然真的认识枯夏姑娘。"徐山岚笑得爽朗。

"义弟？"端着茶碗的谢绑抬眸看向身侧的丹玉。

丹玉如今的身份，是家中突然发迹，来月童见识皇都繁华的暴发户家的少爷贺远之。

"是啊，远之什么都玩得精，斗蛐蛐这块儿他更是没输过，我和阿霁养的那些叫什么将军、什么王侯的蛐蛐全被他从路边捉来的家伙给揍死了。"徐山岚满脸带笑，"我们很合得来，所以就干脆结拜了。"

"不如沈小公子也一起？"徐山霁突然灵机一动，"如此一来，依照年纪，远之是三哥，沈小公子就是四弟啊！"

"不行！"丹玉眉心一跳，嘴比脑子快。

徐山霁"咦"了一声，才要问他，徐山岚却在桌下扯了扯他的衣袖，他一转头，便见徐山岚皱了一下眉。

"我这个弟弟脑子不好，还请沈小公子不要见怪，"徐山岚顿了一下，随即又笑着说，"这结义不是儿戏，我们兄弟二人与沈小公子还不算相熟。"

"喝顿酒的事儿，喝完就熟了。"徐山霁拿起酒壶就要给谢绦倒酒，却看见谢绦将原本摆在面前的空酒杯往旁边挪了一下，徐山霁疑惑地抬头。

谢绦眼含歉意，轻声道："我有沉疴旧疾，不便饮酒。"

"沉疴旧疾？"徐山霁愣了一下，有点儿结巴，"这么严重啊……"

"那枯夏姑娘……"他将酒壶偏向一旁的戚寸心，却见她白皙的手指将空空的酒盏也移到一旁，正与谢绦的那只贴在一起，碰撞出清晰的响声。

徐山霁又抬头，有点儿看不太清素纱下的那双眼睛。

"人家戴着面纱呢，不方便喝。"徐山岚按下他的肩膀，尴尬地笑了两声。

于是桌上喝酒的，最终只有徐家兄弟与丹玉三人。

谢绦偶尔抿一口茶，大部分时间都是神情恹恹地倚靠在椅背上，只在同他们交谈时才露出一点儿的笑意。

席间戚寸心很少说话，听那两兄弟说着撵鸡逗狗的那些事，倒也津津有味，直到他们喝得醉醺醺的。

"人家沈小公子这么多年都没怎么出过门，也不能跟我们似的，成日跑来跑去，这回想看个彩戏园地下的玩意儿，你说，咱们做兄弟的，能不带他去？"

徐山岚那会儿还口口声声说跟谢绦不熟，这会儿就一口一个兄弟了，他拍了拍自己的胸口："我徐山岚是这月童最讲义气的，这事儿我一定能找到门路，到时候咱们四个人都进去，瞧瞧那地下的玩意儿到底有什么稀奇！"

"是吧，二弟？"他看向坐在对面，已经喝得有点儿迷糊的丹玉。

"哥，"徐山霁打了个嗝，指着自己道，"我才是二弟。"

"付钱，二弟。"徐山岚拍了拍他的肩。

"哦……"徐山霁伸手去摸腰间的荷包，却听坐在那儿不吃也不喝的"枯夏"忽然一拍桌子。

"我请。"一道清脆悦耳的声音响起。

戚寸心在桌下抽出一张银票来，抬头看向谢绵，只见谢绵轻轻摇了摇头。她便试探着再抽出一张来，又去看他，却见他又在摇头。在那醉酒的两兄弟根本注意不到的情况下，他薄唇微动，是无声的"不够"二字。

啊？她惊呆了。这顿酒菜里有金子吗，怎么一千两都不够？

第十八章
到底意难平

　　一顿饭一千二百两，戚寸心倒并非没见过这等铺张浪费之事，东陵的葛府尊在吃穿用度上向来如此。可从前她只是个平凡的看客，而如今，却偏偏是吃了这顿"千金宴"的人。即便银子不是她的，也到底是从她手上花出去的。离开玉贤楼，回到东宫之后，躺在床上的她还在想那一千二百两可以让曾在东陵的自己和小九吃多少顿饭。

　　这么想着，不知何时，她睡了过去。也许她的睡梦里有一场淋漓的雨，否则呼吸不会这样凌乱，眉头也不必皱得这样紧。寂静深沉的夜里，灯笼柱内的烛火摇曳着，晦暗的光线照在戚寸心熟睡的面容上，她无意识地抓着被子，似乎很难从梦魇里挣脱。

　　此刻，少年拥着被子坐在床榻里侧。趴在他肩上的小黑猫发出呼噜呼噜的声音，似乎要用脑袋蹭他的脖颈，却被他无声挡开。

　　他默默地看着她的面庞片刻，微垂眸子，视线又蓦地停留在了她的脖颈，其上的淤青那样刺眼。他想起白日里她扮作枯夏前往玉贤楼时，也仍不忘将披风的毛领拉高些，遮住这道惹眼的痕迹。一时间，他眸内的光好似暗淡了几分，面上却没什么多余的表情，他的影子映在窗前，轮廓疏淡，动也不动。

　　忽地，他从枕边的匣子里取出一只小巧的玉瓶来，双指拔开瓶塞，用竹片挖了一勺淡青色的药膏。也许是想起不算久远的某个夜晚，在东陵的那个小院子里，她也曾这样用小小的竹片挖出药膏来涂在他脖颈的蚊子包上。盯着玉瓶片刻，少年眼睫微动，眼睛忽而弯起了些弧度。

只是当那竹片接触到她脖颈上的瘀青时，睡梦中的姑娘骤然睁开了双眼。戚寸心在看清他面容的刹那，仿佛被扼住脖颈时濒死的窒息感再度袭来，她的身体比脑子的反应要快，往后缩了两下，猝不及防地摔下床。

内殿里一片死寂。

手脚接触到冰凉的地砖时，戚寸心瞬间清醒了许多。她细微地喘息着，猛然抬起头看向床上的少年。

床榻上的谢绁乌发白衣，静静地盯着她，他一只手中攥着一个玉瓶，另一只手上则是一枚竹片。她这才后知后觉地摸了摸自己的脖颈，原来那冰凉的触感，是药膏。

"绁绁……"她张了张嘴，却只唤了他的名。

少年面上淡淡的，先是慢条斯理地将木塞扣入瓶口，把玉瓶连同竹片一起放入木匣，随即在床上朝她伸手："上来。"

那只骨节分明的手就在她的眼前，迟疑了片刻，她才乖乖抓住他的手，回到了床上躺着。一盏烛将熄未熄，戚寸心偏头去望他的侧脸。

"绁绁，我只是做了一个梦。"她解释道。

少年闭着眼睛，仿佛已经陷入睡梦般，呼吸浅浅的，动也不动。她等了一会儿，最终抿起嘴唇，转过身去。

"是噩梦吗？"他清亮的嗓音忽然从身后传来。

他不问她做了什么梦，却只问她，对她来说那究竟是不是一场噩梦。

戚寸心闻言下意识地回头去看他，却见他仍是闭着眼的。

"不是噩梦。"她斩钉截铁地答。

他又不说话了，屋内的烛火彻底熄灭，内殿陷入一片漆黑之中，她看不清他的脸，也没办法去分辨他的神情。眼睛看不清，可她的耳朵却仿佛在这样的黑暗里更为敏锐了，她似乎听到他笑了一声，那声音很轻很轻，意味不明。

后半夜再难安眠，戚寸心的脑子乱糟糟的。不知过了多久，她才迷迷糊糊地睡过去，但她到底也没能安睡多久，殿外便传来柳絮的声音。

谢绁要上朝，而她也要去九重楼了。

"今日怎么心事重重的？"周靖丰在棋盘上落下一子，又抬眼去瞧对面那个小姑娘。

"先生……"戚寸心捏着棋子，垂下头去，蔫蔫地说，"我夫君好像生我的气了。"

今天早上他们坐在一起吃早饭时，他也不说话。

"小夫妻吵架了？"周靖丰闻声便来了点儿兴致，放下茶碗问道，"快，同我说说，怎么一回事？"

戚寸心自然不能将那夜谢绥从噩梦中醒来时发生的事说给周靖丰听，她犹豫了一会儿，只是道："他好像觉得我在怕他。"

周靖丰面上带笑，看着她，语气颇有意味："难道你不怕吗？"

"我……"戚寸心要脱口而出的"不怕"二字被周靖丰摆手打断。

"寸心啊，多听听你自己的心，听听你最真实的想法。"他说。

戚寸心抿紧嘴唇，一言不发。

"昔日大黎还强盛，伊赫人还未入关时，那些蛮夷屡次来犯屡次受挫，他们吃了这样的闷亏，入关建立北魏之后，必是要拿汉人出气的。"

周靖丰拨弄着棋笥里的棋子："太子他不是这南黎锦衣玉食长大的贵族，而是在北魏惦记着扬眉吐气的当口，被南黎送到北魏去的一颗弃子。不用想，那些蛮夷必定用了诸多非人手段去践踏他的尊严，他也一定承受了诸般折磨。"

"他能活着回到南黎，又登上太子之位，足以见得他的谋略之深，"周靖丰抬起眼帘，"像他这样的人，心性至坚，却也许比常人更偏执极端。"

"先生是觉得他不好吗？"

戚寸心静静地听着，隔了会儿才抬头。

周靖丰摇摇头，笑道："我可没说他不好，太子如此优秀，都不像是谢家的后代了。"

自当年在德宗皇帝面前斩断君恩后，在周靖丰心里，南黎谢氏早就是将落的夕阳，不要说收复失地，便连要保住这最后的半壁江山也是不可能的事。

当初他极力反对，却终究未能阻止德宗皇帝将质子星危郡王送去北魏，那时他便没想过这个小郡王能够从北魏活着回来。可这少年不但回来了，还展露出了他的锋芒。

"只是寸心，他心思深，你心思浅，他说什么做什么几时是出自他的真心，几时又是假意捉弄，你怕是根本不好分辨，他总要猜你的想法，你也总要去猜他的，"周靖丰说着便叹了口气，"你们之间即使没有身份的鸿沟，也隔着另一程需要跨越的山水。"

黄昏时分，戚寸心还没下楼，便听底下的子意来报："姑娘，柳絮姑姑说，太子殿下已经出宫多时了。"

"什么？"戚寸心一下站起来，面上显出焦急的神态，她随即又问道，"柳絮有替他给我传什么话吗？"

"并未。"子意摇头。

戚寸心不用细想便知道谢綮出宫一定是为彩戏园的事，可他这一回却偏偏不带她自己去了，是他还在为昨夜的事情生气，还是事出紧急，来不及等她？可现下没有太子的手令，她根本没办法踏出宫门一步，更不要提去找他了。

窗外吹来凉风几许，戚寸心抬头看向那片蓊郁翠竹之后掩映的青苍色山崖。她突然想到自九重楼重启之后，皇宫的禁军都换防到了玉昆门，玉昆门外，紫垣河与九重楼都不受禁军护卫，也没有守备。

西街楼巷之中的每一户都是一个院子再加一座木楼，木楼一般有两层，层层连接两道回廊，将院子包裹其中。

"远之义弟，我就说我大哥有办法吧？"身着靛青色锦袍的青年对坐在旁边的丹玉说道，"这个秦越可是我哥好不容易找到的门路，他是彩戏园地下场子的管事之一，虽说要的钱的确不少，但我们家有钱啊。"

"不知山岚义兄他是如何找到这个秦越的？"待上茶的女婢走开，丹玉才压低声音问。

徐山雾挠了挠头说："这个我也不知道，我哥他还在挨父亲的骂呢，他叫我先溜出来带你和沈小公子一块儿来找这个秦越，刚刚我问过，他一会儿就到，到时你可以问问他。"

丹玉闻言，偏头小心地瞧了一眼坐在一旁的谢綮。此时的他垂着眼神色不明，偶尔咳嗽几声，端的是一副病弱之姿，并不说话。

这二楼的厅堂有些暗，几扇窗都关着，唯有一道敞开的门能透进天光，空气中有一种潮湿的霉味若隐若现。

脚步声渐近了，丹玉端起茶盏，瞧见一个身着琥珀黄长袍的中年男子抬脚踏过门槛。他就是那日在彩戏园里短暂露面的彩戏园第四个管事——秦越。

"徐世子没到？"他放下提在手里的袍角，略微扫视了屋内坐着的三人，目光在谢绤的身上多停留了一下。

"我大哥有事耽搁了，他一会儿便会过来，但这件事，我们三人也是能跟你谈的。"徐山霁朝身后的小厮挥了挥手，那小厮当即上前来将厚厚一沓银票递到秦越的面前。

"秦管事数一数。"徐山霁抬起下巴，富家公子哥的派头十足。

"永宁侯府的二公子出手，能有什么错？"秦越只看了一眼，便笑吟吟地将银票放入衣袖内的暗袋里。他坐下来时，有一名女婢上前给他递了一碗茶。

"秦管事准备何时带我们去彩戏园？"徐山霁问道。

"二公子急什么？彩戏园地下的把戏，夜里才会有。这会儿天还没黑，再说徐世子也还没到。"秦越满面笑容，他抿了口茶，又摸了摸自己的八字胡说道，"按理来说，以二公子这样的身份，何愁找不到个熟人领你与你大哥顺顺当当地下去？"

"看来有我认识的人下去过，"徐山霁听了他这话便反应过来，随即有些愤愤不平，"好啊，平日里那群家伙跟我称兄道弟的，我请他们吃肉喝酒，他们倒好，见了稀罕玩意儿竟也不跟我提。"

"二公子慎言，我可没说什么啊。"秦越笑着摆手，端起茶盏喝茶的时候，那双眼睛却状似无意般地一一扫过几人手边的茶盏。

徐山霁与丹玉毫无察觉，端起茶盏便要凑到嘴边，却听一声脆响，热茶倾倒于地，茶盏碎裂。

一时间，堂内所有人的目光都落在那名身着荼白圆领暗纹锦袍的少年身上。而这声过后秦越的笑容凝固在了脸上。

"抱歉，手上无力。"少年微微一笑，云淡风轻地说。

丹玉因谢绤的这个举动敏锐地察觉到有些许不对劲，当即低头看向手中的茶盏，并将其放到一旁，而他的手开始慢慢往后去摸腰上的匕首。

这时，立在秦越身后的几名粗布麻衣的青年走上前来，抽出了桌底的刀，而楼门外也多了不少脚步声。

"秦管事这是什么意思？"徐山霁一下站起来。

"二公子，"秦越吹了吹热茶，抿了一口，又说道"我记得我与徐世子说的是，他要向我买四个下彩戏园地下的机会，可这第四个人呢？我说的，是那位枯夏姑娘。"

"枯夏姑娘岂是天天都有我们这闲工夫？"徐山霁再怎么说也是永宁侯府的二公子，他虽为庶子，却与世子徐山岚的关系极好，周围多是奉承之人，他又几时见过这样的阵仗？

"既然秦管事不想谈这桩生意，那便将银票还我，什么稀罕玩意儿，老子不看了！"徐山霁骂骂咧咧的，抬脚便要往门外走，却被外头乌泱泱占满走廊的凶神恶煞的家伙吓得一下站定。

他回过头，便见那秦越站起身来，朝他笑道："二公子来容易，要走可不容易，这桩生意当然可以做，只是我还要枯夏姑娘的一样东西。"

"你可想清楚，我是永宁侯府二公子，我哥是侯府世子，他可知道我在这儿！"徐山霁勉强镇定下来。

"永宁侯徐天吉手握月童三万守城军，若换了旁人定是不敢得罪的，"秦越的笑容越发古怪，"可我偏偏是个不要命的人，如今我只有一个将死的女儿，若不能得枯夏姑娘手中的西域良药医治她的病，我请世子与二公子入瓮，又有什么意思？"

"二公子，你不该盼着你大哥来，而是该盼着枯夏姑娘来。"秦越摸了摸茶盏，他的目光停在谢缈的身上，"若这碗茶凉时，来的不是枯夏，而是徐世子，那么诸位便别出这个门了。"

偏偏徐山岚与徐山霁皆是不爱带侍卫在身边的，他们两兄弟在月童城内神气惯了，也没有几个人敢得罪他们，这便给了秦越极好的机会。

"你怎知枯夏一定会来？"谢缈却慢悠悠地问。

"她不会来吗？"秦越眼神阴鸷，似乎十分有把握。

谈话间，屋顶的铁笼子忽然重重落地，将他们三人困在其中。

徐山霁此时再也无法保持镇定了，慌乱地和他那几名随行的小厮在一块儿念叨"完了完了完了"。

丹玉则是在那铁笼子落下的时候便变了脸色，他想也不想，当即看向谢缈。果然，少年面上此刻已不剩丝毫笑意，他瞥一眼那铁笼，眼神阴冷，好似透不进一点儿光。

徐山霁看着这位稳坐如山的"沈小公子"，连他也似乎察觉到了点儿什么，总觉得后背有点儿发寒。

少年用指腹轻轻触摸着腰间的白玉流苏，他那稍显苍白的手指微屈。从楼门内射来的光线不甚明亮，照在他的侧脸，尘埃飞舞间，谢缈杀心渐起。

"沈、沈小公子。"徐山霁鼓起勇气，结结巴巴地开了口。

少年轻抬眼睑，一双清亮的眸子向他看来。徐山霁大着胆子跑到他的面前，小心地瞧了一眼外头的秦越，便凑近他小声道："昨日喝酒我便瞧见了，那枯夏姑娘老是看你，我猜测，她一定是对你有意，你看啊，咱们不如这样，你就让秦越的人给枯夏姑娘带个字条去请她来，她一准儿来救你！"

或是见少年没什么反应，徐山霁便伸手轻拍了一下他的肩，苦口婆心地小声劝："沈小公子，枯夏姑娘是强势些，但你年纪还轻，没尝过吃软饭的滋味，你要是尝过了，一定食髓知味。你听我一句劝，软饭其实还是很香的。"

"何必递什么消息？"秦越负手而立，打量着被困在铁笼内的三人，"枯夏若是想来，她便一定能找得到这儿。"

"你不差人去寻她，不告诉她我们在这里，她又如何能晓得出了什么事？又怎么可能找得到这里来？"徐山霁脾气一下上来了，连害怕也忘了，指着秦越的鼻子又骂，"我看你就是百年老龟下臭卵，老坏蛋！"

一把宽厚的刀刃顺着栏杆缝隙朝他手指而来，刀砍在栏杆上，发出刺耳的声响。徐山霁一下缩回手，吓得往后连退了几步。

秦越冷笑一声，按下那名男子的手，示意他将刀收回，随后他的目光再度停留在谢缈的身上："若她不来，那便是沈小公子识人不明了。"

谢缈的手指轻轻地拨弄了一下白玉流苏，颜色稍淡的唇轻弯，一双眼却是冷冰冰的，里面盛着犹如悬在锋刃上一时难以融化的积雪。

戚寸心紧赶慢赶到了西街楼巷，可她久敲大门并无人应，最终还是子茹与子意带着她飞身一跃，轻轻松松翻过院墙，落在了院子里。

最初有东西滴落在她脸上时，她以为是雨水，可指腹抹下来的，却是殷红的血。当看到这血时，一股寒意顺着她的后背爬上来，她一抬头，便望见楼上的木廊边跪着一个身形魁梧的男人，他的额头抵在栏杆上一动不动，血肉模糊的脖颈中流淌出来的血顺着栏杆，混合着那些歪七扭八躺倒在楼上的其他人的血液一同滴落下来。

在戚寸心发愣的当口，徐允嘉和韩章也从外头飞身进来，她回过神来，便连忙跟着他们顺着沾血的楼梯往上走。

子意大力推开楼上那扇紧闭的房门，夕阳的余晖洒落，在浓重的血腥味中，他们看到了满地的尸体。铁笼子早就散了架，此刻屋子里死一般的寂静，只有缩在角落的徐山霁和他的那几个小厮急促的呼吸声。

雪衣少年沾了满身殷红的血静静地立在那里，面庞上亦有星星点点的红。他手中握着一柄长剑，此刻仍有血珠顺着剑锋滑落。他站在那些尸体中间，在那扇门被推开时，便迎着光线，用一双冷冷的眸子平静地望向她。

"快过来帮忙！"丹玉已经将秦越制住，为避免秦越咬破齿缝中的药囊自杀，他正用手大力地掐住秦越的下巴，此刻见了戚寸心身后的徐允嘉和韩章，便连忙喊道。

徐允嘉如风一般掠入门内，一出手便听骨头一声脆响，他十分利落地卸了秦越的下巴，让他没办法再咬合，又从他齿缝中取出那药囊。

少年衣袂带血，提着剑慢慢走到秦越的面前，用沾血的剑锋轻贴秦越的脸："卧蛇岭的寨主如今真是落魄了，不然怎么就做了彩戏园的管事？"

秦越乍听他此言，瞳孔便忍不住微微震颤，他似乎是到了这一刻才猛然意识到了什么。

"你……早就知道。"他说。

他的下颌骨才被徐允嘉复位，说话明显十分艰难。

"你不是也知道我不姓沈，而姓谢？"少年睨他一眼，手指轻抹过脸颊的血迹，"秦寨主此番未免太贪心了些，除了想要徐家兄弟的命以外，你还想要我和我娘子的命。"

接着，他嗤笑道："凭你？"

秦越面如死灰，嘴唇微动，却是什么也没说。

"灭你卧蛇岭的是永宁侯徐天吉，你想报复他，这没什么稀奇，"谢绺一撩衣摆，在丹玉搬来的椅子上坐下，"可又是谁在向你买我与我娘子的命？"

秦越作为卧蛇岭几万山匪的老大，统领卧蛇岭这么久，靠的自然是他的一身武功。他是山匪，不在江湖武林之列，常年也只是与卧蛇岭周边的官兵发生冲突。他名声虽大，却终究没有在江湖上露过面，没人知道他的模样，也没人知道他武功极高，便连丹玉方才与他交手也不慎吃了闷亏，被他打了一掌，胸口到现在还疼得厉害。

"看似是我请君入瓮，"秦越死死地盯着坐在面前的这个白衣少年，看着对方手中的剑和衣摆上的血，心底便被寒意逐渐笼罩，"却原来，是太子殿下请我入瓮。"

他这一声"太子殿下"，顿时便令缩在角落、刚被几个小厮扶着站起来的徐山霁双腿一软，一屁股又坐回了地上。他恍恍惚惚地看向那位"沈小公子"，满脑子还是方才的血腥场面。

"爹！"忽有娇柔的女声从楼下传来。

秦越闻声，煞白的脸上顷刻露出一个诡异的笑容："可是殿下，这好戏才刚开始……"

子意与子茹反应极快，在那女子施展轻功朝楼上来时，便双双踩着栏杆朝她飞出去，同时掷出银蛇弯钩。

突然，那女子将药粉撒入空气里，刹那间引出许多蛇虫鼠蚁，将院子围了个水泄不通，甚至有一些还爬上了楼。

子意与子茹在底下同那年轻女子打斗，戚寸心在楼上看着，见子茹被那女子打了一掌，踉跄后退着吐了血。她一着急，见脚边有一只虫子，便瞄准踩了一脚，那虫子落下去，十分精准地落入那女子的衣襟里。趁着女子晃神的刹那，子茹手中的银蛇弯钩刺破空气，往前用力一刺，便在那女子颈间留下几道血痕。但那女子的武功远比子茹、子意二人高，不一会儿，她们二人便同时被那女子踢了出去。随后那女子往上一跃，迎面朝着戚寸心而来。

戚寸心吓得后退两步，却不慎落入一个宽大的怀抱。她仰头，正望见谢绺的侧脸。在谢绺将她拉到身后的瞬间，他另一只手中紧握的钩霜已然迎上那女子的剑。与此同时，一抹青色的身影忽然从檐上落下来，砚竹抽出背后的长剑，直接横插两人中间，一脚踢在那女子的腹部。女子转身落下去，身着青衣的砚竹也紧跟着追下去了。

砚竹与子意、子茹在底下同那女子打斗，而谢绥则回过身，看向门槛内被绑在柱子上的秦越。

"天生气海移位，这样的人练武虽是事半功倍，却容易引火烧身，内力越高，越是消耗气血。"丹玉只方才一见，便看清那女子一身霸道的内力是如何来的，"秦越，你倒是没有说谎，你这女儿的确是将死之人。"

只是她如此邪门的内力，非一般人可挡。

"她不会死。"秦越咯咯地笑着，在越发昏暗的室内，更是毛骨悚然，"你们就说不定了。"

楼上的毒虫越来越多，戚寸心几乎不敢迈步，生怕那些虫子爬到自己身上，徐允嘉和韩章他们正用剑戳刺地上的虫子。

"绥绥。"几乎所有的柱子与墙壁都有毒虫攀爬其上，唯有秦越和他身后的柱子干净如初，戚寸心便拉了拉谢绥的衣袖，示意他去看秦越。

谢绥看她一眼，随即提剑钩开秦越的衣襟和衣袖，发现他手臂的皮肉之下仿佛有一颗圆珠般的东西。他瞧见秦越的脸色有所变化，便以剑挑起几只虫子到他衣襟里，却并未见那些虫子啃咬他的皮肤。

丹玉上前来抽出匕首，戚寸心躲到谢绥的身后不敢再看。果然下一刻，秦越的惨叫声响起，那颗带血的珠子落地，毒虫无不后退。

秦越臂上的血流了满手，疼得他吸气声不断，面容更显狰狞。戚寸心却忽然垂下眼睛，望了一眼站在自己身前的谢绥那带血的衣袖。

也是此刻，砚竹忽然带人飞身上来。剑已入鞘，而她正十分轻松地拎着那名年轻女子走进门，并将其往地上一丢。女子吐了血，连说话都有些困难。她发髻散乱，露出了隐藏在乌黑假发下的满头银丝。看起来明明青春年少，内里却已经苍老不堪。

秦越大惊失色道："怎么会?!"

这显然不在他的意料之中，楼上的机关尽数被毁，而他的女儿如今也被那青衣女子踩在地上动弹不得。

"今日看来是去不成了，"谢绥侧过脸去，打量门外越发暗淡的天色，这个时间，彩戏园的地下应该已经热闹起来了，"那就请秦寨主好好想一想，你接下来的路该怎么走。"

夜幕降临，徐允嘉和韩章命人趁着夜色，悄悄地将楼内和院子里的尸体全都收拾了。适时下起一场雨，正好冲刷了楼外的血迹。

徐山岚来时，这里已经看不出任何异样。

"秦管事呢？"徐山岚进了院子便朝楼上张望，可看不见一点儿灯火烛光，"他走了？那你们怎么没跟着去啊？"

"大哥……"徐山霁还未从那些血腥的场面中回过神来，他不禁唤了一声徐山岚，又不由得去看那少年。

谢绹已经脱了那沾血的外袍，只穿着一身镶红边的白衣，披着一件披风，白皙的面颊上也无一丝血迹。

"大、大哥，秦管事没等到你，所以也没带我们去。"徐山霁结结巴巴地接了一句。

徐山霁并不敢轻易泄露太子的身份，此时只能这样糊弄徐山岚。推着徐山岚走出院子，穿行在空寂的长巷里时，他又想起自己拍着那少年的肩劝他吃软饭的情形。于是，他有点儿哆哆嗦嗦的，腿更软了。

"大哥……我可能完蛋了。"

"怎么就完蛋了？"徐山岚有点儿摸不着头脑。

徐山霁哭丧着脸，有苦说不出。怎么了？他劝太子吃软饭了！那可是太子！

在这样一个雨夜里，街上行人稀少，身披玄黑披风的少年撑着一柄纸伞，半边伞却都倾向了身侧的姑娘。他半肩淋雨，却步履轻快。可戚寸心忽然站定，弄得他不明所以，走出两步才脚下一顿，蓦地回首。不远处檐下摇晃的灯笼间，他看清雨幕里，仍是一身西域人打扮的戚寸心。

谢绹重新走到她的面前，纸伞再度遮掩在她头上，替她挡去冰冷的雨水。戚寸心最先看他握着伞柄的那只手，镶红边的雪袖因握伞而后褪了些，露出一截苍白的手腕。她想起这手臂上还有一道伤疤，曾经在那里，有一道刺青。

"你是故意的，对吗？"戚寸心仰头望着他问道，"不然怎么会那么巧，我一出宫，就遇上了徐允嘉他们……所以，你知道银霜鸟会带我找到你，如果我想来的话。"

少年默默地回望她，片刻后他那张神情淡淡的面容上浮出一抹笑，一双眼睛在灯火映照下明亮又漂亮。

"我来之前就在想，"他的嗓音很轻，"如果你来了，我就不生你的气了。结果你真的来了。"

可当他伸出手想要触碰戚寸心的脸颊时，却被她躲开，于是这一瞬，他眼底的笑意逐渐消失。

"谢绸。"戚寸心自己抹了一把脸上的雨水，迎上他的目光，"为什么你非要一而再再而三地试探我？"

少年静立在她的面前，直到他的那张面容上再也没有一丝一毫的笑意。然后，他稍稍俯身，将纸伞交到她的手里。

"你如今，是不是觉得我其实一点儿也不好？"他的语气温柔又平静。

他好像和在东陵被她养在府尊府里的那个时候没什么不一样，他的眼睛看起来那么清澈，他的五官无论看多少遍都仍令人觉得惊艳。可那都是表象，都是他展露给她看的表象。

"戚寸心，我总怕你骗我。"他离她这样近，但他的声音却好像裹着层云般缥缈。

他还要再说些什么，却偏偏看到她的眼睛，在雨水拍打伞面发出的清脆响声中，她的一双眸子潮湿又蒙眬。他忽然一顿，薄唇微抿。

丹玉等人都跟在后面不远处，在这样大的雨中，他们并不能听清那对夫妻在说些什么，只是瞧见谢绸将纸伞给了戚寸心，便站直身体，转身往前走。

淋漓的雨水，夹杂着他腕上的铃铛声，一阵，又一阵，被他的步履踩碎在满地泥泞里。

紫央殿中一片寂静。虽是一起用晚膳，但戚寸心并不像从前那样和谢绸坐在一起有说不完的话，此时她正闷头吃饭，安静得很。

宫娥们明显察觉到，今夜太子殿下与太子妃从宫外归来后便有些不太对劲，于是她们出出进进便更加谨小慎微。

从浴房洗漱回来，戚寸心躺在床上抽出一本书来看，她故意背对着谢绸，也不和他说一句话。也许是手里的话本有几分幽默，引人入胜的情节令她一时忘了许多事，她不一会儿笑出声来。

谢绵听见她的笑声，薄薄的眼皮微动，他睁开眼睛看向她的后背。

"你看这个……"戚寸心笑着说，回过头对上他的眼睛，声音却戛然而止。很显然，她忘了自己还在生气。

气氛有点儿尴尬。戚寸心一下将旁边的小黑猫抱到她和谢绵中间，随即指了指猫，没好气地对他说："不准越界。"

说完，她便背过身去了。胖乎乎的小黑猫歪着脑袋舔了舔爪子，它并不知道自己已经成了这对少年夫妻间不能逾越的"楚河汉界"。

少年则静默地凝望她的背影良久，仍是一言不发。

半夜，戚寸心惦记着这两日的事情，闭着眼睛满脑子都还是今日在九重楼时，周靖丰同她说过的那番话。

她觉得自己已经足够勇敢了，勇敢到只是看着他，看他孤零零的一个人，看他那双总是映着她影子的清澈眼瞳，她就能抛却诸般犹疑，跨越身份的鸿沟，毫不犹豫走向他。

但凡他当初不来缇阳接她，但凡他有一刻如她一般犹豫着要和她分开，她也不会因为那个时候心里的一点舍不得而跟着他回到月童。

可正如周靖丰所说，她跨越了身份的沟壑，却还未能真正地走向他。他们之间，还有那一程不知长短的山水需要翻越。

戚寸心满心疑虑，许多矛盾的情绪纷至沓来，在她的脑子里交织成一团乱麻，也不知何时才疲惫睡去。

清晨的第一缕阳光顺着窗涌入，照进内殿时却变成晦暗散碎的光线。

戚寸心迷迷糊糊地翻了个身，眼睛还没睁开，先钻进身边人的怀里抱住他的腰，打了个哈欠问："绵绵，什么时辰了？"

没有回音，她猛地睁开眼睛，清醒了过来。被抱着的少年眼睫微动，茫然地迎上了她的目光，眼底睡意未消，此刻正乖乖地由着她抱。

戚寸心像是被火燎了手似的，一下子缩回去，坐起身来掀开被子。小黑猫没找见，却瞧见少年雪白的衣襟微松，露出他精致漂亮的锁骨，还有一片白皙的肌肤。他毫无察觉，只是在她掀被子的时候也坐了起来，伸手揉了揉眼睛。但才睁眼，他便看见戚寸心的脸颊有些发红，他顿了一下，伸手要去触碰她的额头，却被她偏头躲开。她赤着脚下了床，跑到屏风后匆匆忙忙地换衣服，或是天不亮就守在外头的子意与子茹听到了动静，子意便敲了敲门。

"你们为什么不叫我？是不是晚了？"戚寸心掀开珠帘到了外殿，推开书案旁的那扇窗，探头去问她们二人。

"是周先生说姑娘您这两日精神头不好，让我们迟一些叫你，天亮了再去楼里也是一样的。"子意垂首行礼，恭敬地说道。

戚寸心匆匆穿好衣裳，由着柳絮带着宫娥进来替她梳发，而她在铜镜里看见少年坐在软榻上，握着一杯热茶也没喝，热气氤氲，衬得他眉眼更淡。但当他侧过脸来看她时，她又垂下眼睛，不看他了。

一切收拾停当，戚寸心见柳絮已将早膳备好，便站起身，抿着唇犹豫了片刻，还是对他道："早饭你自己吃，我去楼里和先生他们一块儿吃。"

说完她便提着裙摆迈出殿门去，也不回头看他究竟是什么表情。

"殿下……"柳絮垂首，小心翼翼地唤了一声。

"撤了吧。"谢绷轻抬下颌，语气淡淡的。

"是。"柳絮忙唤了人进来，将桌上的早膳都撤了下去。

谢绷则转身走到书案后坐下，迎面是窗外吹来的凛冽晨风，他的手指慢慢地拨弄着腕上的银铃，听着它发出一声声清脆的声音，直到铃铛里的那只虫子躯体一点点变大。

铃铛不再响了……而初现的天光里，少年明净的眉眼不剩丝毫温度。

莫韧香早几天便回石鸢山庄去了，山庄内还有一大帮子人，她不能一直在九重楼内待着，而那些莫家的哥哥姐姐也都跟着回去了。如今又只剩周靖丰和砚竹两人在这儿。

"你往日一顿饭都不肯在这儿多吃，硬要回去和你夫君一起吃，今日倒是稀奇，怎么偏来这儿吃饭？"周靖丰一边喝粥，一边调侃道。

"我在生他的气。"戚寸心咬了一口包子，脸颊鼓鼓的。

周靖丰眉毛一挑，笑了："昨日他生你的气，今日你生他的气，你们这对夫妻到底是年纪轻啊。说说，你又是为什么生他的气？"

周靖丰粥也不喝了，连砚竹也放下了碗，专注地盯着她。

戚寸心想了想，还是将昨日出宫便遇见徐允嘉他们的事说了，然后她沉默了一会儿，又道："先生，他总是试探我。就像您说的那样，他总要猜我的想法，而我也只能去猜他的。"

她垂下脑袋，看起来有点儿颓丧地说："我只是突然发觉，我和绵绵之间，不是只跨越两个天差地别的身份，就可以永远在一块儿的。"

周靖丰盯着她片刻，而后笑着叹了口气："看来还是我这个老头子惹的口舌之祸啊。"

"不是的，先生，您只是点出了我一直在逃避的事。"戚寸心摇了摇头，认真地说，"我想了想，您说的这些我之前也许未必没有觉察到，只是我一直不愿意深想，是我一直想要活得糊涂一点儿。糊涂点儿有什么不好？"

周靖丰却道："这世上最难的，就是糊涂。"

他将一个包子递给她："寸心啊，我昨日同你说的那番话，不是要让你退缩的，你这么一个勇敢的姑娘，做什么事都没有退缩的道理。"

"我只是说出了你们二人的症结所在，但我不认为你选择太子是一件错误的事，"周靖丰伸手拍了拍她的肩，又道，"我之前去见裴寄清时便听他说，是你在东陵救了太子，后来你们成亲那日，太子回了南黎，若换了旁的什么人，那些天潢贵胄有几个会为了一个没身份的姑娘违背宗室礼法？"

"你心里想必也十分清楚这一点，你知道你没有选错夫君，所以你才会鼓起勇气来月童，任由所有人审视你的过去。"

"他在这一点上以诚待你，所以你也愿意以诚待他，他总是要一次又一次地试探你，可你也不能总是装作糊里糊涂的样子。这才是你如今最矛盾的地方，我说得对吗？"

戚寸心点了点头。

"那你要离开他吗？"他又问。

戚寸心咬包子的动作一顿，抬起眼睛对上周靖丰的目光。

又是日暮时分，戚寸心却不像从前那样飞奔下楼，催促子意与子茹带她到紫垣河对岸，赶紧回东宫去和谢绵一起吃晚饭。她已经打算今晚就歇在九重楼内，可子茹回东宫传了话回来却说太子又要出宫。

戚寸心闻言便不由得猜想，也许秦越已经松了口，也许今夜便是谢绵入彩戏园地下一探究竟的最好时机。

可是……她忍不住想起那日他的种种异样，还有夜里他深陷梦魇，伸手扼住她脖颈时，那双空洞的眼。

夕阳的余晖未散，天边霞光绮丽。

东宫紫央殿中，谢绁脱了那身朝服，换上一袭殷红的锦袍，他的目光一直停在衣袖边缘的松竹浪涛纹上。或许是想起那日戚寸心将这件衣袍送到他眼前时的情形，他屈起手指，用指腹轻轻地触摸了一下衣袖上的纹路，连面上的神情都变得柔和了许多。

铃铛声渐渐近了。他回过神的刹那，抬头便见那个姑娘提着裙摆跑入门槛来，她或是跑得急了些，脸颊是红的，额头上也有些汗珠。

戚寸心乍见他穿着她给他做的那身殷红锦袍，先是愣了一下，但很快又回过神来走到他的面前去平静地说："我这个人做什么都讲一个有始有终，彩戏园的案子跟着你查了这么久，到今天终于要去地下见真容了，我没有道理错过的。"

"知道了。"谢绁垂下眼帘，轻声应道。

他站在珠帘旁，看着她掀帘走入内殿里，等着她换了一身西域人的衣裙从屏风内走出来，又默默地看她坐在梳妆台前，卸去头上的朱钗步摇等一切饰物。

或许是她的头发被铁钳烫得太过，虽然蓬松卷曲，却有点儿难梳理，这两日都是柳絮用了些润发的花油，花费许久时间一点点替她梳顺的。可每次梳理时，她的头发还是会打结。

戚寸心梳不顺，便转头想唤一声柳絮，却看见珠帘外的少年，好像个做错事的小孩，乖乖巧巧地站在那儿，怯生生的，什么话也不说。

此时，他忽然伸手掀帘进来，走到她的身后，望着铜镜里她那张仿佛不会再对他笑的脸。

"我来。"他抽走她手里的木梳，抿了一下唇轻声说。

他一点一点地替她梳理打结的发尾，那神情比他往日在庭内练剑还要认真，戚寸心有点儿晃神，却忽然头皮一疼。她皱起脸，一抬头就在铜镜里瞧见站在她身后的少年手中的木梳上那一缕明显的断发。

他有点儿茫然，还有点儿无措。

于是，炸了毛的戚寸心捂着脑袋，气冲冲地回头："谢缈！你这是在借机报复我吗？"

少年无辜极了，着急辩解道："不是……"

"你就是……"

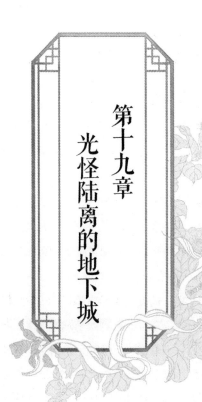

第十九章

光怪陆离的地下城

"秦越的女儿如今正被关在涤神乡，丹玉又将秦越那日原本要下给殿下和徐山雾的毒灌给了他，解药在丹玉手里，想来应该不会出什么问题。"徐允嘉坐在马车内，恭敬地说道。

"嗯。"谢绺应了一声，却有些心不在焉。

马车里的气氛明显有些不对，同行的太子妃这一路上一句话都不说，即便是坐，也是与太子各占一边，不愿靠近。但徐允嘉到底也不敢多言，在他止住话头后，车内便再度陷入一片死寂。

马车停在一条深巷中，戚寸心被子意扶着下车后，便瞧见裹着披风等在不远处的徐家兄弟。

"远之义弟！"徐山岚最先唤了声丹玉，而后又朝谢绺与戚寸心招手，"沈小公子、枯夏姑娘，你们可来了！"

临着巷中灯火，徐山雾在后头只瞧了一眼那衣袍殷红的少年，便缩了一下脖子，跟个鹌鹑似的，一句话也不敢说。

戚寸心戴着面纱，他们也仅能瞧见她的一双眼睛，待到她与谢绺走过去时，秦越一抬下巴，他身侧的几人便走上前将长条的黑布送到他们手里。

"几位，这是我们园子里的规矩，还请配合些。"

当着那几个彩戏园的手下，秦越表面上还是做足了功夫，只是不过一天一夜的时间，他的面容便憔悴了许多，甚至扯唇笑得也有些勉强。

因他一向脾气古怪，那几个手下也没察觉什么不对，只是在戚寸心和谢绺等人蒙上黑布后，用一根杆子牵着他们往前走。眼睛看不见，戚寸心默默地数着脚下的步子，直到她忽然听到门被打开的吱呀声。

秦越虽是彩戏园地下的管事之一，可他只负责将客人送到地下入口，也从来没有真的去过地下，更不知道那下头到底藏了什么玩意儿。这回也是一样，他只与手下人将他们送到直通彩戏园地下的密道里，便再不得进入了。

金乌西沉，天色渐暗。

重檐之下灯笼的光将这条长街照得通明，彩戏园内人声鼎沸，楼上楼下热闹非凡。在地下，则隐藏着另一种不为人知的热闹。子意、子茹还有徐允嘉他们不能跟来，而戚寸心和谢绺，还有丹玉以及徐家兄弟通过蜿蜒曲折的密道，终于抵达了彩戏园地下的另一方天地。

黑布终于被摘下，戚寸心一时还无法适应这里的光线，她伸手挡了挡，抬眼瞧见一道半开的石门。那石门上有一个浮雕圆盘机关，其上整齐排列着榫卯，其神秘之处，单用肉眼是看不出的。

"秦管事带来的？"一名身着枯黄色衣袍的老者从门内走出来，正同身旁的青年说话，"身份呢，都清楚吗？"

"贾叔放心，这几个人秦管事都一一核实过了，没有那边的人。"那人谄媚地答道。

那老者将青年递过来的册子瞧了一眼，随即抬眼看向谢绺，或因他的相貌实在令人难以忽视，但也只是一瞬。在与身旁的青年窃窃私语了一番后，他扬起一张笑脸，看向一旁的徐山岚："原来是徐世子啊。"

"你又是谁？"徐山岚负手而立，兀自打量着四周嶙峋的石壁。

"老朽贾忠，是这底下的管事之一。"贾忠笑眯眯的，伸手指向一侧的长条桌案，那里放着些新鲜的茶果，一个香炉，还有一只木托盘里放了厚厚一沓写满字的纸，旁边还有笔墨砚台，以及湿润的朱砂。

"诸位贵客来我彩戏园是我等的荣幸，但徐世子与其他几位贵客来之前应该也听秦管事说过，此处有此处的规矩。"

徐山岚顺着他所指的方向看了看，随即又率先走上前去。他从那托盘上的纸中抽出一张来，只略微瞧了几行字，他的脸色就变了："这是什么意思？"

徐山霁不明所以，上前抽出兄长手里的那张纸来看了看，而后皱起眉头对贾忠说："这些不会是给我们准备的吧？"

贾忠但笑不语。

戚寸心心生好奇，便也走上去接过来看了几眼，随后她又去翻看那木托盘内的纸张。每一张，写的皆是累累罪状。

"杀人害命，强抢民女，收受贿赂，卖官卖爵……"戚寸心转过身来，指间那薄薄的纸张被这地下洞穴里不知何处来的凛风吹得来回晃动，"这么多的罪状，都是为我们准备的？"

"诸位尽可挑出一张来，签字画押。"贾忠抬手，示意他们去看一旁的朱砂与笔墨。

"荒唐！真是荒唐！"徐山岚一下炸了。

"本世子没做过的事，还想按到我头上来是怎么着？什么稀罕玩意儿！不看了！"说着，他转身便要走。

徐山霁也是有苦说不出，他昨儿就知道这一趟怕是不简单，可偏偏昨天夜里太子的人递了话给他，要他和兄长徐山岚今日一定来这彩戏园。那可是太子，徐山霁本就因"软饭"一事开罪了太子，又如何敢违抗太子的命令？可怜他憋得难受，到此时也不能对兄长说昨日在那院中发生的事。

这会儿徐山霁才跟着徐山岚走了几步路，那贾忠便偏头示意身侧的青年，只见那青年回身按下了石门旁的一个莲花浮雕装饰，然后刺耳的铜铃声响一阵阵蔓延，随后，徐山霁等人便听到杂乱的脚步声越来越近，全都来自他们进来的那个密道的方向。

不过片刻，许多提着刀的男子鱼贯而入，将他们几人围得水泄不通。其中有一名彪形大汉，手上还捏了个鸡腿，吃得满嘴流油，那一双眼睛却凶得吓人。他身后背着一根精钢棍，上面镂刻着镏金的梵文，密密麻麻几乎刻满，那一身僧袍已经破烂不堪，补着颜色不一的布块，头发毛躁又枯黄。

在如此紧张的境况下，徐家兄弟明显已经慌了神，连戚寸心见了那穿着僧袍却头发浓密、嘴里嚼肉的大汉时，也被他那阴冷的目光看得有些发怵。

这个时候，纸页翻动的声音显得尤为清晰。徐家兄弟与戚寸心都不由得看向那长条桌案旁，一身衣袍殷红的少年，他此刻以拳抵唇在轻轻咳嗽着。看似随意的他正在那堆写满罪状的纸张里挑挑拣拣，不一会便拿出了一张。

徐山岚见他伸手拿起毛笔蘸墨，便大惊："沈小公子，你这是做什么？"

"看来看去，杀人害命最适合我。"少年轻咳着，抬起眼看向他，随后又将另一张纸递给身旁的戚寸心，"这个适合你。"

戚寸心茫然地接过来，上面日期、地点以及犯案的过程都已经编清楚，只等她画押签字，便能将其变成真的。

徐山岚见谢绡落笔签下"沈崇"二字，便忍不住喊："沈小公子，你这不是坑你爹吗？"

徐山霁脑仁儿更疼了，他忙拽了拽徐山岚的衣袖："大哥，你别说了……"

"沈公子倒是懂规矩。"那贾忠瞧见谢绡签了字，便露出一个笑。

时至此刻，戚寸心终于明白，为何彩戏园地下夜夜热闹，可来过这儿的人却始终没有向外头透露有关这底下的秘密。

这里永远是神秘的，因为只要那些追逐名利、喜欢攀比的达官显贵下来一个，彩戏园便能借着这么一个人，再骗更多的人进来。心中有鬼的，彩戏园的人自会想尽办法找出他们做过的事，并逼迫他们签下认罪书；心中没鬼的，那就跟他们现在一样，编造出种种罪状让他们认罪画押。

戚寸心见谢绡将整个手掌按在湿润的朱砂上，在认罪书上留下一道鲜红的掌印，她便也拿起毛笔，签了"枯夏"二字，按下鲜红的手印。

她与谢绡都是假身份，签了别人的名字，留下自己的手印，这都无所谓，可徐家这两兄弟呢？正是因为他们两人的身份更尊贵，她和谢绡、丹玉三人才能顺利进入彩戏园地下。

"没想到，"徐山岚的目光在戚寸心与谢绡之间来回游移，"沈小公子与枯夏姑娘都是如此没骨气的人！是我错看你们了！"

他话音才落，便见丹玉也上前去随便拿了张认罪书来签了字，按了手印。

徐山岚瞳孔微缩："远之义弟！你怎么也……"

"大哥，眼下这情况还能顾得上什么？即便你是世子，永宁侯怕是也找不到这儿来吧？"丹玉摆出一副无可奈何的模样。

"我……"徐山岚语塞，他和庶弟徐山霁一向爱在外头玩儿，徐天吉拿他们兄弟两个没办法，打了、骂了，最后也懒得管他们在外头做些什么。这回他和徐山霁出门，徐天吉也并不知道。

"那我也不能坑我爹！"徐山岚冷哼一声，瞪向贾忠，"怎么说本世子也是永宁侯府的，我爹是个有血性的将军，什么脸我都能丢，唯独这认罪书，我绝对不签！"

"对，我也不签！"徐山霁用力地点头。

这两兄弟都是一副宁死不屈的样子，倒是和他们平日的纨绔形象有些不相符，但对方人多势众，最终贾忠叫了几个人上前拉着他们的手把手印按了。

"两位先按了这手印，进这道门瞧了热闹，出来时再签字也行。"贾忠挥挥手，便让按住徐家两兄弟的那几人退下去。

徐山岚满脸愤怒，却也只能盯着自己满掌的朱砂，片刻后，他抬起头看向身侧的弟弟徐山霁，喃喃道："完了，阿霁。"

他满脑子都是这一回真的给永宁侯府惹下大祸了的念头。

"请吧，五位贵人。"贾忠立在石门旁，稍稍躬身。

谢翎和戚寸心率先朝石门内走去。丹玉紧跟其后，或见徐家两兄弟还站在那儿，便道："大哥、二哥，如今是木已成舟，我们也没得选了，快进来吧。"

徐山岚还站在那儿不动，徐山霁瞧见自己身后那个背着精钢棍的大汉一脸凶相，吓得立刻回过头，却发现丹玉已经走入了石门。他吞了一下口水，小声对身侧的徐山岚道："哥，我觉得我们应该不会完蛋。"

"放屁吧你就。"徐山岚哪听得进去他这话，一撩衣摆，怒气冲冲地往门内走去。

戚寸心才进那扇石门，便感到迎面而来一股阴寒气息。越往里走，便越能嗅到空气里似有若无的腐臭味。穿过曲折的甬道，猛兽的吼声先传至耳畔，紧接着的便是活人的惨叫。这一刻戚寸心已然发觉了些什么，下一瞬，她抬头瞧见的，是那犹如茶楼的隔间一般，用一块块木板分隔的看台。

看台是镶嵌在石壁上的，左右紧挨的房屋之间隔着木板，这样屋里的人便看不清隔壁人的面容，只能从木板下方的缝隙里瞧见某些锦缎衣袂。即便是如此，这里也仍然热闹异常，虽看不见两侧的都是些什么人，却能清晰地听见他们近乎癫狂地鼓掌叫好声。

廊上各处散落着金银珠宝，甚至还有许多东西掉到了木廊之下。灯火辉煌，那些东西正在闪闪发光。

看台之下是巨大的铁笼，上面除了斑斑锈迹，便是新旧不一的血迹。铁笼内一只体型硕大的老虎正扑向一个身形干瘦的男人，只用了一口便咬下了那人的整个臂膀。

"啊！"戚寸心瞧见这一幕，脸色骤然变白，惊叫出声。

须臾间，那个失去了臂膀的男人，又被发狂的老虎按在地上咬破喉管。

戚寸心无法形容自己看到这一幕时的心情，她后背满是冷汗，握着谢绹的手也不自觉地缩紧。空气中弥漫着的血腥味令人作呕，她看到那老虎满嘴殷红，也看见它尖利的爪牙，而周遭却充斥着那么多人的笑声。

铁笼里的男人已经没有了声息，看台上的人还在疯狂欢呼。

一种强烈的恶心感笼罩在戚寸心的心头，紧随其后进来的丹玉瞧见底下的一幕，脸色大变，他当即看向谢绹，神情紧张："殿……公子？"

戚寸心见丹玉如此反应，敏锐地察觉到了什么，不由得望向谢绹。可是他却看起来很平静，甚至从未如此平静过。

底下这血腥的一幕，曾几何时在谢绹的梦境中上演过无数次，不过那锈迹斑斑的铁笼里锁着的，不是那个不知名的男人和一头发了狂的老虎，而是十二三岁的他与福嘉公主的白狼。看台上那么多人的笑声同他梦中的也没有什么不一样，他们一样癫狂，一样堕落，一样恶心。甚至耳畔还多了比这里更多的尖锐吵闹和冷笑。如今看着这一幕，他却面无表情。

直到谢绹的眼前忽然出现了一只手，白皙的手掌间却沾满了殷红的朱砂。戚寸心似乎忘了这件事，她伸手轻贴于谢绹的眼，挡住了他的目光。

那么多人的声音在这一瞬间变得有些遥远，他只能清晰地听见她的声音，在说着："绹绹，别看。"

徐山岚与徐山霁走上这看台时，便已被底下那血腥的一幕给震得说不出话。鼻间满是浓厚的血腥味，好不容易才适应的徐山霁忍不住扶着一旁的木柱干呕了起来。

底下没了气息的男人被几个孔武有力的大汉抬了出去，那只老虎也被几个驯兽师用铁链锁住脖子往后猛拽，同时他们中的一个趁势将半桶汤药灌进它沾满鲜血的嘴里。

在汤药药效的作用下，老虎的眼睛逐渐变得无神，它的整个身躯也慢慢停止了挣扎。它的脖颈被粗粗的铁链束缚，四肢皆戴着镣铐，此刻它一动不动地趴在笼子里发出呜咽的声音。

也许它就是戚寸心第一次进彩戏园时想见而始终未能得见的那只老虎吧？不知从何时起，它不再同驯养它的主人一起在楼上表演，而是被送入了这幽暗冰冷的地下。

这些人也许是嫌它被人驯养，早失去了山中之王的血性，所以才会在事前喂给它足以令其发狂的药，等它发了疯一般地咬死人，再灌给它半桶熬煮出来的麻沸散，让它安静，让它睡去，让它重新变回那只温顺的大猫。

戚寸心无法形容自己看到这一幕时觉得有多荒诞、多恶心。

光怪陆离的光影里，她目睹了隔壁房间伸出一只手扔下去一块金元宝，正砸在被一群人搬出去的那只老虎身上。可这时的它无知无觉，像只小猫。戚寸心看着那块滚落在地上的金元宝，竟觉得那金灿灿的颜色好像都沾着血。有人的血，也有它的。

"我不该来的……"她的耳畔忽然传来徐山岚的声音，犹如在失魂地呢喃。

下一瞬，被她捂住眼睛的红衣少年，用修长的手指轻扣她的手腕，一时间，他和她腕上的铃铛碰撞出清脆的声响。他按住她的手，睁着仍然平静的双眼。待瞧见他眼尾与鼻梁带着的微红痕迹，她才后知后觉地去看自己满掌的朱砂。

他一言不发，只是朝她略微弯了弯唇角。

底下早已撤了铁笼，身着彩衣的数名年轻女子赤足舞袖，于丝竹声中，于脚下未干的鲜血里，于那地面散落的金银珠宝间，翩翩起舞，飘然若仙。

怪诞的把戏，怪诞的场景，还有那些不见真容的、怪诞的看客，构成了这彩戏园地下最为可怕的热闹。

"枯夏姑娘。"后头的甬道里传来贾忠的声音。

戚寸心回头，便见那老者满脸含笑地过来，将那张她才按过手印、签下姓名的认罪书送到她的面前，又对她道："方才老朽没细看，你挑的这份于你不大合适，你既没到过新络，又怎么可能在那儿犯事？"

"反正死的你们都能说成活的，"戚寸心的脸色仍然有些不好，底下丝竹声声，仿佛方才那血腥的一幕不过是错觉，"贾管事何必在意？"

"死的也要多下些功夫它才能变成活的，枯夏姑娘身份特别，这是专为枯夏姑娘准备的。"那贾忠恭恭敬敬地将另一纸认罪书送到戚寸心的眼前。

枯夏拥有最大的商队，在来往中原与西域的这条线上牵扯众多，她所犯之罪只有与南黎皇族沾上点儿关系，才能有在南黎被治罪的可能。于她，再没有比偷卖皇宫珍宝更合适的罪状了。

"彩戏园的东家可真是手眼通天，若我在外透露出有关这里的只言片语，你们是不是真能找来皇宫里的珍宝，坐实我的罪名？"戚寸心审视着那认罪书。

"枯夏姑娘是西域到中原这条路上最大商队的主人，只是老朽听闻姑娘你只在冬夏两季来南黎，而如今已开春，姑娘怎么此时来了？"贾忠命人将朱砂与笔墨都放到了一旁的桌上，又满面含笑地问道。

戚寸心看了一眼身旁的少年，见他微微颔首，便努力保持镇定："怎么，连我什么时候来南黎，你们东家也要管？"

"枯夏姑娘误会了，只是我们东家听说枯夏姑娘来了，便想同你谈一笔生意。"贾忠微微躬身，"我们东家想买姑娘手里的一样东西。"

"什么东西？"

"听闻西域有奇花名为冬绒，十六年结一果，浑圆如珠，光滑雪白，犹带异香……枯夏姑娘手里，正有这么一颗。"贾忠说道。

"我如今身在此地，这桩生意如何能做？"戚寸心定定地看着他。

贾忠抬眼，却看不清她面纱下的脸，他只笑道："枯夏姑娘的商队此时不正在月童的驿站里吗？只要枯夏姑娘递一张字条去，让商队的人带着东西到那巷口不就成了？"

商队在驿站？戚寸心愣了一下。

她最开始冒用枯夏的身份时，并没有听说商队在月童城。那也就是说，他们是刚来的？那真的枯夏呢？她一时心乱如麻，却察觉到身侧的少年，用指腹在她后腰写下"答应"二字。

最终，贾忠拿着戚寸心重新签字画押的认罪书与她写给商队的字条，心满意足地离开了。

"怎么办？我的字条要是真的被他们送到商队里去，他们就会发现我是假冒的了。"戚寸心凑近谢绹小声地说。

"从这里到东门驿站还有一段距离，他们没有那么快。"谢绹不紧不慢，仍然十分平静。

底下的歌舞已毕，那些戴面纱的舞女拽着从石壁顶端垂下的长幔，于半空中轻盈如云般落入看台栏杆内。

有一名舞女正好落在他们四人此时落座的栏内，她白皙的双足上沾着血，向他们款款而来，妙目流转中最先盯住的是那容貌出众的红衣少年。

她甫一靠近，便被少年一手扼住脖颈。力道之大，令那女子瞳孔紧缩，待她望见少年那双阴郁的眼时，她顿觉后背生寒，惊惧万分。

看台之下又开始了新的把戏，之前人与老虎相斗还不够，如今又在上演两头恶兽发疯一般地撕咬对方的把戏。左右的人都在下注，叫喊声极大。

忽然，仅一张木板之隔的隔间有女子发出了凄厉的惨叫。戚寸心探头时，正好瞧见一名舞女从隔壁的栏杆上坠了下去，扑通一下落到了关着那两头恶兽的铁笼上。

原本还在互相撕咬的两头恶兽见状同时停止了内斗，开始接二连三地去咬那女子落入笼内的衣袂，看台之下她惊惧的尖叫声连连响起，她趴在笼子上翻滚挣扎却始终无人上前去救她。

而看台上热闹的喊叫声此起彼伏，他们都在冷眼看着那铁笼上的女子。

"救人啊！"徐山雾已经无法忍受这些荒诞血腥的东西了，他将自己衣袖里所有的银票都撒了下去，"你们不是喜欢钱吗？狗东西，我给你们钱，你们去救人啊！"

"绹绹……"戚寸心几乎不敢去看那女子，她拉了拉谢绹的衣袖刚要说些什么，却见旁边有一道身影向下跃去，他的动作十分轻盈，落下去后站在铁笼上，抓着那名女子的手臂便飞身上来重新落入栏内。

戚寸心再度看见了那个背着精钢棍的男人，他从底下的石门进来，嘴里不知在嚼些什么，取下精钢棍的瞬间，他仿佛触碰了棍上的什么机关，精钢棍的一端露出最为尖锐的棱角。随后他将其扔了出去，精钢棍擦着铁笼栏杆的缝隙，准确地穿过那两头恶兽的躯体。

它们倒在地上不动了，周遭忽然变得极为安静。

"罗大人，您终于坐不住了？"贾忠不一会儿也出现在底下，他仰着头，盯住看台栏杆后隔间里的人。

"罗大人为了探查我彩戏园的底细，不惜压上自己的前途和性命签了我这儿的认罪书，这些天您都在这儿搜集了些什么东西？不如拿出来，交给老朽看看？"贾忠笑眯眯地道。

看台上一片寂静，许多人大气都不敢出。

贾忠没听到回答，便侧过身朝那手握精钢棍的男人躬身行礼道："狄峰先生拜托您了。"

那男人吐了嘴里的甘蔗渣，于众目睽睽之下飞身上了看台栏杆内。木板挡住了戚寸心的视线，她并不能看到那边的情况，只听到茶盏碎裂的声音，紧接着便是打斗声。

片刻，栏杆像是被人重重踩踏着发出吱呀声，随后便是那个才将舞女救上去的中年男人坠下看台。名为狄峰的男人紧跟着下去，用他那根精钢棍重重抵住中年人的脖颈。

"罗大人，东西交出来吧。"贾忠蹲下去，朝他伸出手。

那姓罗的中年男人梳着整齐的发髻，严肃的面容上浮出一个桀骜不驯的冷笑："你这只老狗也配在我面前乱吠？"

罗大人一脚便将贾忠踢了出去。下一刻，他却被狄峰的精钢棍重击背部，那样大的力道，令他的面色骤然一变，接着便吐了血。狄峰先是连接几下用精钢棍打断了他的右臂，随后又用棍子抵在他的后颈，将他狠狠压制着。罗大人的脸颊不得不紧贴在沾血的地面上。

贾忠被人扶起来，先掸了掸衣衫上的灰，随即他仰面看向看台上那些被木板隔开的看客，他们看不到彼此，但贾忠在底下，却能将他们每一个人的面容看得清清楚楚。

"凡是来这儿的贵客，都该遵守这里的规矩，谁若是向外头泄露这里半个字，那么就别怪我们东家心狠。诸位都是家大业大的，一人获罪，怕是也将牵连你们的家人。"

"老朽奉劝诸位，别做傻事。"贾忠躬身行礼，看似礼数周全，可话里全是威胁。

看台上鸦雀无声，而徐山岚认出了那姓罗的中年男人，是自绥离之战后便留在月童的闲散武官，上骑都尉罗希光。

罗希光曾是永宁侯徐天吉的部下，徐山岚还记得绥离之战大败后，罗希光回到月童，还来拜见过他的父亲。

"你们要带罗大人去哪儿？"见他们拖着罗希光往那道石门后去，徐山岚便着了急。

在一片死寂中，他的这道声音显得尤为清晰，底下那些人便都循声看过来，也包括被他们制住的罗希光。

"世子爷？"罗希光瞳孔一缩，他大惊失色，"世子爷您怎么在这儿？！"

"你们好大的狗胆，竟然连永宁侯世子都敢骗来！你们可领教过永宁侯的厉害？那是战场上的杀神！是北魏蛮夷都怕的永宁侯！你们竟敢动他的儿子！"罗希光一瞧见徐山岚与徐山霁两兄弟都在此地，情绪便再也控制不住，即便满脸是血，断了一只手臂，他的声音却仍然响亮。

"罗大人，这里可不是战场。"贾忠嗤笑，苍老的面容透出几分阴鸷，"管你什么侯爷、什么世子，只要来了这里，我们东家都有办法让你们身败名裂，死无全尸。"

说着，贾忠便唤了人上看台去，打算将徐家兄弟控制起来，逼迫他们在认罪书上签字。

戚寸心眼见那些人从后面的甬道里来了，便拽了一下谢绲的衣袖。

谢绲知道她是什么意思，看了她一眼，便扯下了腰间的钩霜。按下透明圆珠的刹那，纤薄的剑乍现，他几步上前，手中舞出的剑带着风，顷刻间便抹了几个人的脖子。

丹玉进来前，身上的匕首被搜身的人拿走了。此时情急之下，他便伸手摘了那名蜷缩在桌边的舞女发髻间的银钗，旋即大步上前，扎破了另外几人颈间的血管，又抬腿狠踢他们。

徐山岚在一旁已经看呆了，他怎么也没想到，那病弱的"沈小公子"与吃喝玩乐样样行的义弟"贺远之"竟身怀武功。

除他之外，显然贾忠等人也未料到这二人竟是会武功的，他的脸色变得有些难看，像是终于察觉到了有什么不对劲似的，他压下心中的不安，想唤来更多的人上去，将他们拿下。

看台上已经乱作一团，有些看客想要趁混乱离开，却被那些守在甬道旁的人拦了回去。

谢绁将戚寸心护在身后，游刃有余地应对着那些提着刀袭向他的人。他手腕翻转，招式极狠，剑刺入血肉带来阵阵血雨。

“狄峰先生。”贾忠见势不妙，忙唤了身边那名穿着破衣烂衫的大汉。

而狄峰那双阴冷的眸子，不知何时正一眨不眨地盯着栏杆内那抹殷红的身影。也许是在看少年手中的那柄剑，又或是在看对方那过分诡秘的招式。见他还未行动，贾忠便想催促他，刚欲张嘴，就见他借着一旁凸起的石壁用力一蹬，随后飞身朝那少年而去。

戚寸心最先察觉到了身后的异样，她一转头，瞧见那狄峰正朝他们而来，便忙说了声“绁绁小心”，又反应迅速地拉开腰间荷包的系带，将其中的药粉朝狄峰迎面撒去。

猝不及防被糊了一脸药粉的狄峰，双眼莫名疼得有点儿睁不开，在半空中身形不稳，一下子便掉了下去。

戚寸心探头往底下一望，正见他重重落地。

谢绁回头瞧见了这一幕，又见她转过头来一副惊魂未定的模样，他不禁弯了弯眼睛，随即再度转身迎上那些朝他举刀的人。

“那是什么？”他竟还抽空问她。

“是子茹给我的药粉，原本是看书时涂在太阳穴提神醒脑的，那东西碰到眼睛的话，眼睛会疼得睁不开的。”戚寸心躲在他身后回答。

“别让他们带走罗希光。”谢绁转头往栏杆下瞥了一眼，同时回身对丹玉下了命令。

“是！”丹玉应了一声，顺势夺了一个上前来想砍他的人手中的刀，随即跑到栏杆前一跃而下，再随手射出那沾满鲜血的银钗，快步朝那些按住罗希光的人跑去。

越来越多的人从四面八方的甬道而来，贾忠督促着他们一批又一批地朝着谢绁等人袭去。

一人被谢绁踢出去狠狠地撞碎了那隔挡的木板，烟青色的纱幔撕开落下，覆在那死尸的身上。隔壁那锦衣华冠的老者此刻正瑟瑟发抖，当他抬头越过那破开的木板，看清了隔壁少年沾血的面庞时，他倒吸一口凉气，满面惊惧地连连退了几步。

谢缈面无表情地迎上他的目光，在骤起的冷风里，他乌黑的发落了两缕在鬓边微荡。

"太、太……"那老者颤颤巍巍的，欲言又止。

他还没来得及将一句话说完，谢缈便夺下了一名守园人的长剑朝他扔了出去，那剑瞬间刺穿了老者的胸。他到底也没说出来"太子"二字，便吐血倒地，很快没了气息。

"哥，打他们！打！"徐山霁咋咋呼呼的，捡了桌上的物件便朝那些人扔过去，"狗奴才！我打死你们！"

徐山岚扔出去一只花瓶，正好打破了其中一人的脑袋。趁其不备，他又抄起旁边的凳子上去一顿胡打。可转瞬之间，一把长刀破开木凳，徐山霁惊恐地唤了一声，而徐山岚躲闪不及，眼看那刀刃就要刺中他的胸口。

一道殷红的身影忽然而至，他横握白玉剑柄，用剑重重击打那人的左颞骨。剑锋震颤，嗡嗡的声音极为刺耳，那人惨叫着捂住出血的耳朵，在露出破绽的刹那间被抹了脖子。

徐山岚愣愣地望着少年，直到他被徐山霁拽去角落才回过神。他脸色煞白地捂住胸口，显然吓得不轻。

此时，狄峰忍着双目又清凉又熏人的疼痛再度飞身上来。戚寸心一摸腰间的荷包，里头却已经没有药粉了，可她还是朝狄峰扔了出去。

狄峰果然上当，先是侧身躲开，然后用精钢棍钩住那荷包系带，此刻他才发现荷包里空空如也。他拧起眉，用一双通红的眼睛瞪着戚寸心。但他才要顺着木栅栏上来，谢缈却转过身来再度将戚寸心护到身后，并握紧白玉剑柄朝狄峰的面门袭去。

狄峰及时挡住了这一击，他双足钩在栏杆上后仰着，纤薄的剑锋距离他的双眼不过寸许距离。少年那双阴冷的眼瞳，犹如浸润过冬日里的雪一般，叫人看了便心内发寒。

"你瞪她做什么？"少年手中力道渐重，语气却是轻缓的。

剑擦着精钢棍迸溅出点滴的火星子，狄峰钩在栏杆上的双足逐渐承托不起，然而剑刃一再逼近他的脸，令他无法坚持下去，只得后退翻身。

"枯夏姑娘！"徐山霁焦急的声音传来。

与此同时，谢绺反应迅速，刹那间回身握住了戚寸心的手腕，将她拉到身后，同时一剑往前刺中来人的眉心。削铁如泥的名剑钩霜自然也能轻而易举地刺穿人骨。

但也在这一刻，身后的狄峰抓住机会再度探身而来，戚寸心被他抓住肩膀往后用力一拽。摔出栏杆的刹那，她被一只手及时地攥住了手腕。同一时间，谢绺单手以剑柄重击狄峰的心口，使其再度摔了下去。

戚寸心的呼吸近乎凝滞，她双足悬空，底下就是凹凸不平的地面。她根本不敢去看身下的一切，只能双手紧紧地抓着谢绺的手，惊惶地望着他。

少年面色阴沉，稍稍俯身要将她拉上来。这时徐山岚和徐山霁两人手中的抵挡之物都被那些人乱刀砍开了，两兄弟被逼得齐齐后退。退至栏杆处时，徐山霁没注意身后，一下撞上了谢绺的后背。

戚寸心上半身已经被谢绺拉上栏杆了，他将将用手搂住她的腰，冷不防被徐山霁这么一撞，谢绺避无可避地一下俯身。隔着纤薄的面纱，他的唇毫无预兆地印上戚寸心的唇。

戚寸心的鼻尖与他轻蹭相抵，拂面而来的呼吸让她的大脑一瞬空白。在这千钧一发的时刻，栏杆外再添动静。少年那双眸子骤然神光凌厉，随即动作极快地将她带入栏内，又越过她迎上狄峰的精钢棍。

软剑重击棍身，狄峰却被震得虎口发麻，击打声刺痛耳膜，有一瞬竟有些握不住手中的精钢棍。

在狄峰不得不后退扯住从石壁上方坠下来的长幔时，徐山岚一个冷不防便被人一脚踢在腹部，顿时往后翻出栏杆。

"徐世子！"

"哥！"

戚寸心和徐山霁的声音同时响起。

戚寸心没能捉住徐山岚的衣袖，徐山霁也抓了一个空，底下正与人打斗的丹玉闻声回头，飞身上前接住徐山岚并稳稳落地。

趁着这样的空当，狄峰便顺着长幔滑了下来。他手指一动，精钢棍的一端再度冒出尖锐的锋刃袭向丹玉。丹玉忙带着徐山岚后退，却不想狄峰面上却露出一个诡秘的笑，随即他手腕一转，精钢棍从他手中飞出去，准确地刺穿了正与另外几人打斗的罗希光的后背。

罗希光仿佛是后知后觉般，迟缓地低头去看自己腰间沾血的锋刃。他嘴唇微抖，跟跄着后退，却被狄峰顺势抽出了精钢棍。腰间鲜血迸溅，转瞬浸湿了他的衣衫。

"罗大人！"徐山岚瞳孔紧缩，大声唤道。他来不及管那么多，推开丹玉的手便朝倒地的罗希光跑过去。

丹玉也立即跟着他跑过去，他飞身跃起狠踢在那几个朝罗希光涌去的人身上，挥起长刀朝他们砍去。

谢绡带着戚寸心与徐山雾踩踏栏杆，施展轻功下去时，那贾忠在人堆后头大喊："不能让罗希光离开这儿！"

"罗大人……"徐山岚蹲下去扶他，却沾了满手的血，他什么时候见过这样的阵仗，一时脸色煞白，嘴唇微动却不知该说些什么。

罗希光紧紧地握住他的手，才一张嘴，满口的鲜血便涌了出来。他挣扎半晌，断断续续，艰难地吐出几个字："世子……走，走……"甚至连其他的话都来不及多说，他只是不断地对徐山岚重复着"走"这一个字。

忽然一道玄黑身影自看台上飞身下来，他手中抛出的一颗浑圆的钢珠刹那间打中罗希光的额头。鲜血迸溅在徐山岚的脸上，他愣愣地望着罗希光冒血的额头，和那颗嵌入其间的钢珠，以及罗希光那双陡然变得涣散的眼睛。

"柯总管！"贾忠抹了一把头上的汗，一见那身着玄黑长袍的中年男人，便忙唤了一声。

"枯夏姑娘。"那姓柯的总管忽然高声唤道，也是这一刻，所有提刀的守园人见他挥手，便后退数步，不再往前。

戚寸心正看着躺在地上睁着眼睛却已经没了气息的罗希光，恍惚间听到这一声唤，她才反应过来，抬起头看向那黑袍中年人。

那中年人生得一双吊梢眼，看起来精明又无情。见她抬头看过来，他便露出一个笑，道："您商队中的人已经将冬绒珠交给了我，我们这桩生意既然做得成，那么还请枯夏姑娘过来，就不要同您这些朋友待在一起了，如此，我们也能保您平安。"

"怎么，你们杀了这位罗大人，难道还想杀了徐世子与二公子？"戚寸心嗓子发干，声音还有些细微地发颤。

冬绒珠竟然已经到了这人的手上，商队竟然真的交给他们了？商队自有枯夏的亲信，亲信应该不会认不出枯夏的字。何况枯夏久居西域，她身边的亲信不知是中原人还是西域人，可她送去的字条是中原文字，那些人竟不起疑。难道……是真的枯夏有意相帮？

"姑娘说笑了，那可是世子爷。"柯总管摇摇头，又朝徐山岚躬身行了礼，抬头看向他。

"世子爷若不想您与二公子的认罪书出现在大理寺，还请世子爷出去后不要透露有关这里的任何事。

"我知晓世子爷与二公子和其他高门里的嫡庶兄弟不一样，您是世子爷，这认罪书很难将您如何，但谁说得准，您这位庶弟会不会有事？"

徐天吉是永宁侯，永宁侯府当然不可能会因为两份认罪书便轻易倒下，徐山岚身为侯府世子，侯府自有千般法子为他开脱。可风口浪尖之上，庶子徐山霁就不会那么好运了，说不定还要被侯府牺牲掉。

徐山岚满掌都是罗希光的血，乍听此人这一番话，便抬眼狠瞪着他。

"世子爷和二公子都可以离开这儿，当然枯夏姑娘也可以，只是……"柯总管的一双眼睛陡然盯住戚寸心身侧的红衣少年，面上的神情变得有些阴鸷，"只是这位沈小公子得留下。"

"这又是什么道理？"谢绡瞥了他一眼，语气淡淡的，还有些慢悠悠的。

"沈潜之的儿子沈崇既有先天不足之症，又怎会有小公子你这一身好武功？"柯总管仔细打量着此人，如此非凡的气度，既是月童城中人，那他又为何从未见过？柯总管心下生出几分怪异。

石壁上嵌着的灯将红衣少年的面容照得清晰，他只轻轻侧过脸，看台上便有几人扑通一声跪倒在地。他们个个脸色煞白，腿软得站也站不起来，只是嘴唇翕动着，说不出一句完整的话。

谢绡抬眼一一扫视他们几人。其中一人终于确定心中所想，失声唤道：

"太、太子殿下……"

太子殿下。

这四字如同惊雷一般重重地砸在在场诸多人的心上。贾忠瞪大双眼，便连那狄峰也吃了一惊，蓦地盯住红衣少年那张脸。

柯总管也是片刻后才反应过来，随即回望看台上说话的那人，那隔间里的几人皆是五品以上的朝廷官员，是有资格上早朝的。他们既在早朝上见过太子，那么想来应该不会认错，那这少年……柯总管神情大变。

徐山岚亦是满面惊愕，他愣愣地望着那红衣少年，半晌都没办法从"太子殿下"这四个字里回过神来。

也是此时，一个身形臃肿、满脸横肉的男人被人簇拥着从一旁的石门中走出来。他一袭檀色锦衣，手中捏着两颗珠子，眼睛盯住那红衣少年，高声道："各位怕是认错了，我们这儿哪有什么太子？"

他粗喉大嗓，甫一开口便吸引了诸多目光，柯总管见了他后皱眉想要说些什么，但瞧见他手上细微的动作，便止住了念头，却又听他道："都给我听着，一个都不准放走！"

柯总管顿时领悟，朝那男人行了礼，唤了声："是，东家。"

场面再度变得混乱起来，看台上的那些富商还有世家子弟们都满脸惊惶。他们万万没想到，彩戏园的这位忽然出现的东家竟连太子都不怕。那些守园人再度一拥而上，狄峰与那柯总管也加入其中。

丹玉匆忙应对之下，回头见那身形肥胖的男人转身要走，他当即夺了来人的一把刀，然后奋力朝他们走的方向扔了出去，却只刺中了那彩戏园东家身后的一名青年。

谢绷揽住戚寸心的腰踩着别人的肩往前一跃，同时纤薄的剑刃迅疾探出，割破了几人的喉管，并趁此机会精准地向前刺穿了那位东家的胸口。那人即便是大睁着眼，那双眼睛也仍然很小，他根本来不及看一眼刺向自己胸口的剑，便重重倒地。可这彩戏园的东家都死了，那些守园人却并没有停手的意思，反而来势更为凶猛。

"不对……"戚寸心嘀咕了一声。

但她此时根本没有再细想下去的时间，那狄峰手持精钢棍，踏着沉重的步伐朝她与谢绺而来，同时那身手极好的柯总管也从另一边过来。

谢绺挡开狄峰棍上的锋刃，又带着戚寸心旋身往后，狠踢在柯总管的后背上，踢得他向前趔趄。

"徐山岚。"谢绺回头唤了一声还在罗希光尸身旁的徐山岚。

徐山岚回头，看见谢绺带血的剑锋指向罗希光时，他一下明白过来，便朝他用力点头。

即便他们并未多交流什么，那柯总管却精明得很，当即命人："东西在徐世子身上，快将他拿下！"

一刹那，许多人都朝徐山岚而去。徐山雾忙拉着徐山岚后退，丹玉及时跑过来，替他们挡下诸多攻击。

"柯总管！月童守城军和东宫侍卫府的人都来了！"贾忠才得了外边来的消息，那张沧桑的老脸添了几许惊慌。

"这么快?!"柯总管心下骇然，猛地转头看向那红衣少年，又蓦地盯住一侧石壁上镶嵌的烛台。瞧见少年与戚寸心都在那里，他便夺来身边人的长刀，快步朝他们跑去，奔跑间那刀还在地面擦出点滴的火星子。靠近他们二人后，柯总管狠辣无比，举刀便劈。

谢绺带起戚寸心躲开的刹那，柯总管借力一跃，用刀柄重击烛台上一枚凸起的六芒星纹饰。只见戚寸心脚下的地砖骤然下陷，同时狄峰与柯总管齐齐攻向他们。狄峰精钢棍上的锋刃刺破谢绺的衣袖，划出一道狰狞血痕。

戚寸心在下坠过程中来不及抓住石壁上垂下的长幔，她便摔了下去。

那一刻，她在身体下坠时，看清了底下漆黑无比的洞穴，也看清了他殷红的衣袖，他那苍白的手指间有鲜血不断滴落。滴答，滴答，温热的血自上而下落在她的脸颊上。

重重坠入冰冷的水中前，在地砖合上的一瞬，戚寸心看到了毫不犹豫朝她而来的一道殷红的身影。

所有的光消失了，她的口鼻淹没在水里，恍惚听闻他坠入水中的声音。水下波涛翻涌，少年抓住她的手臂，带着她一跃而起，同时回身将纤薄的剑刃插入水波之中，精准地截断水底大蛇扭动的身躯。

戚寸心趴在石头上剧烈地咳嗽，同时费力地在衣襟内找出她的鲛珠，柔亮的光芒刹那间照亮了这石洞。蛇类游动的声音再次袭来，她还未看清那大蛇的脑袋，少年便从她身边纵身而过，手中的剑瞬间将它重新按入水底，而他也没入这沉沉的潭水中。

眼见这一潭水逐渐被殷红的血染红，水波之下再无动静，少年才破水而出，满身是水地落在她的面前。

她跪坐在巨石上，手捧鲛珠，那犹如月辉一般冷淡的光照见他苍白的、沾血的面庞。

"缈缈！"戚寸心见他剑尖抵地，踉跄着要摔倒，立即直起身去扶住了他。膝盖被嶙峋的巨石硌得生疼，她却顾不了那许多。她的身体僵硬发冷，也没有多少力气，一下子没扶住他。而他倒在她的身上，下巴抵在她肩头的刹那，气海汹涌，内力流窜，致使他吐了一口血出来。

方才落下来时，谢缈只顾救她，有片刻分神，生生受了狄峰一掌。就是这一掌，让他此时气海翻涌，内力受损。

"缈缈你怎么了？"戚寸心慌忙扶着他坐起来，借着被她放到一旁的鲛珠发出的光，瞧见了他唇畔的血迹，她一时更加慌乱。

戚寸心匆忙用手擦去谢缈唇边的血，又去掀开他的衣袖。当瞧见那一道血淋淋的伤口时，她下意识地去摸自己的衣裳，却发现自己根本没带布兜。她只能摘了面纱拧干水，替他简单地擦拭了一下伤口周围的血。可是擦了也没用，很快就有泛黑的血再度流出来，她又用颤抖的手摸出锦帕来替他缠住伤口，那锦帕也很快被血染透。

万万没料到的是，狄峰那精钢棍的锋刃上竟是淬了毒的。

"缈缈，怎么办啊……"她急得眼圈儿都红了。

少年仿佛有些不太清醒，迷迷糊糊的，连眼睛也有点儿难睁开，可是听到她哽咽的声音，他还是挣扎着半睁起眼睛。

她的脸色苍白，嘴唇也冻得没了血色，浑身都湿漉漉的，惊惶又无助。

"娘子，"他忽而轻声唤，"我还没死。"

他冰凉的指腹轻触她薄薄的眼皮，提醒她。

"我知道，"她有点儿绷不住了，泪珠一颗一颗地砸下来，"那一会儿呢？那个不要脸的家伙，竟然还在刀尖上淬毒！"

她鼻尖红红的，哭着骂人的模样有点儿好笑。

少年望着她，犹如在东陵的某个夜晚仰望天幕中的星子一般，他忽然弯起眼睛，轻笑一声。可这一笑便牵动内息涌动，他抚着胸口剧烈地咳嗽着，又吐出了几口血。

戚寸心慌张地去擦他唇边的血，却被他抓住手腕，两颗铃铛碰在一起，清脆的声音令他变得更清醒了些。

"你不该跟来的。"他轻轻地喘息，一双眼睛变得迷离，"你不来，就不会害怕了。"

如果她不害怕，也许就不会离开了。

"我不来的话，就是你一个人在这儿了。"戚寸心抹了一把眼泪，声音仍有些哽咽，"你如果真的不想我来，有很多的办法，就像在缇阳一样将我锁起来，不是吗？"

如同在他离开东陵的那日，他留下钩霜，将自己所有的伪装都撕开给她看一样，他要提醒她，他从来都是这样的人，他也永远不可能从这样的泥潭里抽身。

所以，她也不能。

他闻声，迟钝地抬起眼睛打量她的脸，她哭得满脸是泪，一双眼睛红红的，隔了好久，他开口时嗓音尽透迷惘："你真的好奇怪。"

明明在这世上最脆弱的是她，最可怜的也是她，可偏偏她却选择了留在他的身边，与他一起面对。无论风霜雪雨，无论蜿蜒崎岖。

上面的声音在这洞中微不可闻，深潭的水波不再涌动，周遭安静得可怕。少年靠在小姑娘的肩头，气息极弱。她时不时地探指到他鼻间，感受到他的呼吸才会有片刻放心，可如果不说话，她又怕他睡去，于是便忍不住唤他："鄝鄝……鄝鄝？"

"嗯。"少年嗓音极轻，虚弱温软，已经在尽力地回应她。

有的时候他反应慢些，她便用冰凉的手指来捧他的脸，这时他只要睁开眼，抬起头，就能看见她的那双眼睛里映着他模糊的影子。

只是他，只有他。

也许是望见他越发苍白的面庞，她抿紧嘴唇，又开始无声抽泣了。好像一只小动物，连哭也哭得克制。她一下抱紧他，两人衣衫都已湿透，即便是这样相拥着，也分毫不能汲取到对方身上的一丝温暖，可她还是将他抱得紧紧的。

"娘子，"他的眼睛却是弯弯的，连语气也透着轻快愉悦，"你不生我的气了吗？"

"你跟我说对不起，说你错了。"她哽咽着说。

"对不起。"他竟也真的那么乖，湿润的眼睛只望着她的脸，认真地说道，"我错了。"

她愣了一下，看了他一会儿，吸了吸鼻子，转过脸道："我原谅你了。"

这一刻，鲛珠的华光从她身上照到她漂亮的面庞上。她面上已无面纱遮掩，少年望着她，不知何时，他的目光慢慢地落在了她的嘴唇上。

"你不要睡。"她还是忍不住侧过脸来，不放心地叮嘱他。

"嗯。"少年轻应一声，而此间不甚明亮的光并未将他苍白面颊上隐约浮现的薄红照得分明。

在这隐秘的深潭洞穴里，他垂下眼睛，躲开她的目光，内心却满溢着温暖与阳光。

第二十章
自暗夜从未愈

衣裳在冰冷的潭水里浸泡过，又湿又重，戚寸心冷得彻骨，也不知是怎么了，最后却在谢绵的怀里昏睡了过去。明明她才嘱咐过他不要睡，最终却是她先沉沉睡去。

直至上方忽然有明亮的光射下来，丹玉的声音在这隐秘的洞中显得尤为清晰："殿下！"

永宁侯徐天吉带着五百名守城军来了，东宫侍卫府也来了五百侍卫。丹玉放下绳索，与徐允嘉一起将谢绵与戚寸心拉上来时，才瞧见谢绵还紧紧地搂着戚寸心。谢绵攥住绳索的那只手已沾满了血，松了绳索，他的手上满是新的擦伤。他的手臂上结痂的伤口也因用力而崩裂，此时，鲜血正顺着他的手腕流下来。

"太子殿下。"徐天吉正立在罗希光的尸体前，见谢绵自底下的洞穴里上来了，忙上前行跪礼，"殿下，若非臣这两个不争气的儿子，殿下也不会深陷此处……臣有罪！"

"永宁侯说错了，"谢绵面色苍白得厉害，"是我该感谢你这两个儿子。"

徐天吉原本只是猜测，而此刻听见谢绵这话他心中才确定，太子并非误入彩戏园这地下的场子，而是从一开始就在谋划。徐山岚和徐山霁都是他徐天吉的儿子，他们二人不但能替太子打掩护，且这里一旦出事，太子不必费力去请旨调兵，只要太子的人透露徐山岚和徐山霁在这儿遇险，能调遣几万守城军的他又怎会不来？徐天吉在朝堂之中一贯是不肯站队的，除非皇命，他一般是不会为任何人任何事调兵。但他老徐家如今就这么两个儿子，太子这一招狠啊，逼得他不得不来。

"侯爷既然来了，那么这里的事就由你处理，无论是看客还是守园子的，一个都别放走。"谢缈语气平淡。

"是。"徐天吉拱手应道。

"殿下！"就在谢缈抱着戚寸心转身要离开时，徐山岚却忽然唤了一声。

只见他忙不迭地跑上前，一撩衣摆跪下，恭敬地行礼："臣徐山岚有眼不识泰山，此前对殿下多有不敬，请殿下恕罪！"

随即他又将被揉皱的纸团奉上："这是罗希光罗大人方才交给臣的。"

"丹玉。"谢缈瞥了一眼身侧的青年。

丹玉当即上前将那纸团接过来，随即便跟在谢缈身后离开了。

太子回宫的马车入了宫门后也未曾在皎龙门停下，而是直奔东宫，医院的御医接了太子遇刺的消息便匆忙提着药箱往东宫赶。不多时，延光帝谢敏朝也与吴贵妃乘御辇到了东宫紫央殿内。

谢敏朝瞧着晃荡的珠帘后那些御医的身影，又见宫娥端了一盆血水出来，他脸上没有表情，只是问那掀帘出来的太医院院使："如何？"

"刺伤殿下的兵器上喂了毒，不过此种毒药臣等早在去年的药坛会上仔细钻研过，那时便已经制出了解药。"太医院院使躬身行礼道。

南黎宫中太医院每年七月都会举办药坛会，"药坛"即"药谈"，是御医们聚集在一起研究药理的坛会。趁此时机，太医院会收集外头的各类毒药、良方来进行钻研探究。一年只钻一味药、一味毒，尽得治疗良方及解药。为的便是谨防江湖中人或者北魏蛮夷以阴损之法暗害皇族子弟性命。

"太子妃呢，也中毒了？"谢敏朝接了身旁吴贵妃递来的茶盏，抿了口茶。

"太子妃只是发热，如今正昏睡着。"院使垂首说。

谢敏朝只在紫央殿待了不到半盏茶的工夫，便与吴贵妃离开了。御医替谢缈解了毒，清理并包扎了伤口，再开了药方，等着太子与太子妃的两碗汤药煎好送到床前来，才陆陆续续地离开。

柳絮在殿内守了一夜，翌日戚寸心退了热，她与另外两名宫娥才轻手轻脚地出了紫央殿，又去命人准备清淡的早膳。

外头洒扫的宫人皆不敢喧哗，手上的动作也尽量放轻，东宫内是如此安静，但朝堂上却因太子彩戏园遇刺一事闹得满堂哗然。

太傅裴寄清在早朝时力求延光帝谢敏朝彻查彩戏园，永宁侯徐天吉也破天荒地上书要严查此事。

直至天光大盛时分，戚寸心才从睡梦中苏醒过来，盯着上方的素色承尘看了好一会儿，暖暖的被窝令她一时有点儿反应不过来，好像在彩戏园地下历经的种种，不过是一个阴冷潮湿的梦。

窗户透进来的天光照在身侧少年俊美的面庞上，戚寸心偏着脑袋盯着他看了一会儿，又伸手去掀他的被子。看清他手腕缠着的白色细布，她才替他掖好被角，却见他睫毛微动，下一瞬便睁开了眼。

此刻他面容苍白，看起来更有一种脆弱易碎的美感，盯着她片刻，他仿佛才清醒了些，只是一双眼瞳仍有些蒙眬。

"娘子。"他的声音还带着几分睡意，有点儿软乎乎的。

"你的毒解了吗？"戚寸心又问他。

"嗯。"他似乎还有点儿困，眼睛半睁着。

"伤口还疼不疼？"她窝在被子里，只露出脑袋。

"疼。"他应一声，侧过身来，额头抵上她的肩，看起来乖乖的，有点儿撒娇的意味，"但是这样也很好。"

戚寸心的脸有点儿红："好什么好？你都这样了还说好。"

"现在我不用上朝，可以和娘子待在一起。"他抬眼望向她，一双眸子清澈漂亮。

"你不上朝，可我要上学的。"戚寸心忍不住笑他。

果然，少年忘了这件事，他皱了一下眉，抿起唇不说话了。

隔了会儿，他才说："你也生病了。不如……我向父皇告假，你也向周先生告个假。"

这会儿他的眼睛又弯起些弧度，盘算起她的"逃学"事宜："这样晚上我就陪你看你喜欢的书。"

"什么你都愿意看吗？那种书生小姐的酸话本子也可以吗？"戚寸心的眼睛亮起来。

少年对那些情爱话本根本提不起什么兴致，他们在一块儿时唯有两本书是他常看的，一本是兵器谱，一本是她的游记。

"会比东陵的那本更酸吗？"他沉思了片刻，问她。

"那本也不是很酸吧？"戚寸心有点儿难为情。

少年显然并不理解她为什么会看那些迂腐又沉闷的话本，但他还是勉强做了决定，轻轻颔首道："可以。"

"不行的，绺绺。"她笑了一声，从被窝里伸出一只手摸了一下他的脸，"我不能逃学。我们一起生病的话，先生又要说我们荒唐了。"

她可没忘记上次一起在屋顶看月亮染上风寒的事。

少年半垂着眼睛，下一瞬却忽然在被子里捉住她那只戴着铃铛的手腕，戚寸心也不知他在里头弄些什么，直到她掀开被子，才发现自己的铃铛和他的缠在一起了。

"谢绺你做什么？"她抬起手，便牵连着他缠着细布的手也抬了起来，两颗铃铛在一块儿响啊响。

"娘子，我的手臂有伤。"他提醒她。

戚寸心立刻不敢动了，瞪着他好一会儿，最后忍无可忍地伸出另一只手去揪他的脸蛋："又是把我关起来，又是把我和你锁一块儿，我要是总这么对你，你会开心吗？"

"开心。"他的眼睛里带着光。

戚寸心愣住了。

他看起来居然真的挺开心的。他有点儿黏人，她想。可是她偷偷地又看了他一眼，压住有点儿上扬的唇角，清了清嗓子故作正经："就三天，等我病好了我就要去九重楼的。"

"好。"他终于得逞，眼底流露几分笑意。

也许是因为伤口疼，抑或还有某些不为人知的缘由，少年仍是倦怠的，即便是对她笑，也总有几分潜藏的异样。只是和戚寸心说了这么一会儿话，他便又困倦地闭上眼睛，呼吸也逐渐变得平稳。

戚寸心听见珠帘外柳絮同宫女在小声地说话，便坐起身来，原想让少年将铃铛解开，可目光却又不自觉地停留在他的面庞上。

"绯绯。"她唤了一声，"你有什么话要同我说吗？"

她已经为此犹豫了好久，却是到今天，到此刻，才试探着问出口。

他真的睡着了吗？她不知道。她静静地看着他，见他闭着眼睛没有丝毫反应，好似真的陷入了睡梦中一般。

戚寸心忍不住俯下身，抱住他。在她侧过脸，下巴抵在他肩上时，她并没有看见他的睫毛细微地颤一下。

"没有的话，也没有关系。"她的声音离他的耳朵好近，温柔得不像话。

反正，是她曾经和他约好的，他不愿说的事，她也不愿意为求一个前因后果而揭开他的伤疤。她本想开诚布公地同他谈一谈，她希望他不要再做那样的试探，也不希望他总是这样的不安。

可是，他们原本就和普通的夫妻不太一样。也许，是因为他不一样。她无论在言语上怎么说，也不能消解他心头万分之一的不安，他总是敏感的，总是患得患失的。

自裴南亭死后的那个雨夜，在裴府的灵堂前，他在雨里问戚寸心听到了什么的那个时候，戚寸心就知道，他有太多血淋淋的伤口都藏在心底，日夜淌血，从未愈合。

那是他的伤口，也是他的尊严。她不能触碰，只能装糊涂。

"罗希光的妻子与父母都死了，就在前夜，殿下与臣等还未出彩戏园时，他一家人就都被杀了。"徐允嘉站在内殿里，恭敬地禀报。

"证据不都在罗希光手里吗？那柯嗣既已看出罗希光将证据交给了徐世子，又为何要遣人去杀罗希光的一家老小？"丹玉眉头紧皱。

柯嗣便是那位彩戏园的柯总管。

"怕是担心罗希光并未将手中的证据全部交给徐山岚。"谢绯绯靠在床榻上，身后半开的窗棂外倾落大片明净天光，他在其中，眉眼俊美，漫不经心地瞧着手中的信笺。

"不错，罗家的确有被翻找过的痕迹。"徐允嘉点了点头，随即又道，"可惜，罗希光掌握的证据还不足以推断出彩戏园背后的主人到底是谁。"

"不是那个像头熊似的家伙？"丹玉挠头。

他还记得前天夜里在彩戏园地下瞧见的那个身形臃肿的中年男人，柯嗣称其为"东家"。

"一个京山郡来的富商，怕是没有本事制住那些世家子弟，还有那两个游走在月童与青溪、澧阳的商帮帮主，更何况还有那几个朝廷命官。"徐允嘉昨日便将那中年男人的身份调查过，若只是靠那人自己，绝没可能经营得起这样的生意。他一定是背靠朝中之人，且还是身份不低的人，才敢有那样大的胆子。

"可如果不是他，那他背后的人又是谁？"丹玉一向是个直性子，不大能看得明白其中的弯弯绕绕，谢缈身边一向是徐允嘉的头脑最好。

"去问问柯嗣不就知道了？"谢缈神情淡淡的，笑意不甚分明。

徐允嘉见谢缈掀开锦被，忙上前准备扶他。他与丹玉一向是了解谢缈的，谢缈要做什么便一定会去做，哪怕他此时还受着伤，脸色也不大好，他们两人不敢多言相劝。

珠帘碰撞的声音响起，丹玉与徐允嘉侧过脸瞧见那抹紫棠色的身影，回过头时，却见太子殿下又躺在了床上，锦被也在他身上盖得好好的。

丹玉和徐允嘉皆是一愣。

在彩戏园地下的洞穴里受了寒，戚寸心到今日还在咳嗽，想着已经躺了一两天，她实在憋得慌，便与子意、子茹去庭内的石亭里待了会儿。

她才进内殿，便瞧见丹玉和徐允嘉呆立在谢缈床前，于是有点儿不解的问道："这是怎么了？"

"下去。"谢缈瞥他二人一眼。

"是。"徐允嘉垂首应道，随即拽着一脸蒙的丹玉转身，朝戚寸心行了礼后，便匆匆掀帘出去了。

"还要睡觉吗？"谢缈见她走过来，便问。

"不了，躺着头更疼。"戚寸心摇了摇头，有点儿蔫蔫的。

谢缈打量着她卷曲的乱发，只不过睡了一个午觉，她的发尾又打结了，看起来毛茸茸的。

"这头发没救了，让子茹帮我把发尾剪去一些算了。"戚寸心顺着他的目光看下去，瞧见自己的发尾，她有点儿苦恼。

"我帮你梳。"少年看起来十分真诚。

"你手上还有伤呢，最好不要动。"戚寸心拒绝。

"不碍事。"他已坐起身，掀了锦被。

戚寸心坐在铜镜前还有点儿忐忑，想起那天他梳断她的一缕发，头皮就有点儿发紧，可是看着他那样认真的模样，她只得抿了抿唇，小声警告："我再相信你一次，你要是又扯断我的头发，我就让柳絮今晚的晚膳不要准备鱼了。"

就跟那只小黑猫似的，谢绡也喜欢吃鱼。铜镜里照出少年漂亮的面容，他听见她的话，便弯起眼睛笑了一下，缠着细布的手先抓着她的一缕发尾，再用另一只手拿起木梳慢慢梳理。

上次是他不得要领，这一回他看起来格外小心。

小黑猫坐在梳妆台上舔爪子，隔一会儿看到镜子里的自己，歪着脑袋思考了片刻，就伸出爪子去抓铜镜。可肉肉的爪子碰到冷冰冰的镜面时，又把它吓了一跳，它一下跳进了戚寸心的怀里。

戚寸心摸了摸它毛茸茸的脑袋，忍不住笑了几声。小猫戴着的忍冬花项圈有点儿旧了，她摸了一下，盘算着给它绣个新的。在小猫呼噜呼噜的声音里，戚寸心又想起方才在内殿里的丹玉和徐允嘉。

"绡绡，丹玉他们来，为的是什么事？"她好奇地问。

"罗希光的妻子与父母都被杀了。"谢绡的目光专注地停留在她的发尾。

"什么？"戚寸心摸猫脑袋的手一顿，满眼惊愕。

她失神良久，才找回自己的声音："我听丹玉说，罗大人是从绥离的战场上回来的，因为绥离的仗打败了，他被降了职，在月童做了个闲散的武官，彩戏园的事原本跟他一点儿关系都没有，他原本可以不管的。"

可他还是去了。孤身一人，赌上自己的性命与前途。

"罗家还剩了个六岁的女儿，是从罗家地窖里找出来的。"少年清亮的声音在她身后再度响起。

戚寸心抬起眼睛，看向镜子里的他："可将她安置好了？"

"被徐山岚带回永宁侯府了。"谢绡又添一句。

这一回，他果然替她梳理得很好，也没有扯疼她，戚寸心自己涂了山茶油，头发柔顺了许多。

晚膳前，柳絮领着两名宫娥进来，呈上了两碗汤药。可戚寸心有点儿不大愿意喝了，她捧着药碗，皱了皱鼻子说道："我觉得我已经好多了，完全可以不用喝这个的。"

"太子妃还有些咳嗽，还是将这服药喝完吧。"柳絮在一旁笑着劝她。

夫妻俩坐在一块儿，一人手捧一碗药，面面相觑，戚寸心吹了吹碗沿里冒出来的热气，那种苦涩的药味并不好闻。

"绺绺，我们比谁喝得快。"她说完就低头一口闷。

谢绺反应过来时，她已经喝了大半。他慢吞吞地喝完时，她的碗早就空了，可她皱着脸接了柳絮递过来的蜜饯，却是先塞到了他的嘴巴里。少年睁着一双懵懂的眼，舌尖苦涩的药味逐渐被蜜饯的甜驱散，当他的味蕾被唤醒时，他咬碎了那颗蜜饯，抿唇笑了一下。

夜里落了雨。内殿里烛火未尽，床榻上的姑娘不知何时已经睡着，手中还捏着一本翻开的书，她呼吸均匀。

少年拥被而坐，在她身侧静静地看她良久，然后动作极轻地抽了她手中的书放到一侧。听见她不甚清晰的梦呓，也许是出于好奇，他便低下头想要听清，可她只是嘴唇动了一下，却什么都没说。暖色的光线里，他的目光不知因何而落在她的唇上，呼吸也许有些过分接近了，他匆忙移开视线，想要直起身时，手却不小心碰到她的手臂。

她皱了一下眉，很快便睁开了眼。那样一双懵懂而干净的眼，骤然望见面前少年微红的面庞时，她还有点儿迷迷糊糊的。乍见他们这样近的距离，也许是还没反应过来，她以为自己还在梦里。梦里是彩戏园地下看台的栏杆，他离她就像此刻这样近……

而此刻，谢绺也在凝望她的眼睛。周遭很安静，唯有窗外细雨淅淅沥沥的声音。气息近在咫尺，他忍不住用鼻尖轻蹭她的鼻尖，耳郭不知何时已经染上薄红，他一下坐直身体。隔了片刻再去看她，却发现她翻了个身背对着他再度沉沉睡去。

丹玉与徐允嘉得了柳絮递来的消息后便守在紫央殿外的廊上，听到殿门被打开的声音，他们齐齐回头，就瞧见披着玄黑披风的少年从殿内走出来。

"殿下，您可是发热了？"丹玉在檐下的灯光里，望见了他脸颊上的薄红，还欲再说些什么，却见少年抬眼睨他。

丹玉一下低下了头。

"去大理寺见柯嗣。"谢绡说着，便接了柳絮递来的纸伞，走入廊下的淋漓雨幕中。

太子车驾出宫，东宫侍卫府的人随行。

夜里正落雨，街道的地面是湿的，空气里有几分潮湿的草木味道，谢绡从马车上下来时，大理寺卿卢正文早已领着他手底下的官员守在大门处。

"微臣参见太子殿下！"卢正文与一众官员下跪行礼，齐声道。

随即众人簇拥着太子朝大理寺的监牢中走去，而卢正文小心翼翼地走在了太子身侧。

"无论臣等如何审问，柯嗣始终咬定那个死去的京山郡富商就是彩戏园的东家。"他低头禀道。

"问过我二哥了？"谢绡言语简短。

"二皇子那边将当初买卖彩戏园的契约收据都差人送过来了，臣已经查过了，那些东西都没有问题，二皇子的确是将彩戏园卖给了一个叫作贺久的人，后来是这个贺久将彩戏园又转卖给了那个京山郡来的富商。"

卢正文将自己查到的情况原原本本地说了出来，又递上了二皇子那边送来的契约和证据。

谢绡随手接过来，漫不经心地扫视着纸上的数行字，最终目光停在"贺久"二字上，随后便将东西丢给徐允嘉。

"贺久你查了？"他淡淡地问。

"禀殿下，这贺久是北魏来的，他到底是个什么身份，怕是也只能通过涤神乡去查。"卢正文擦了擦额角的汗。

监牢内常年阴冷，其中光线也甚是晦暗。此番太子将临，卢正文才命人在审讯厅内多架几盆火，将这厅内照得亮堂堂的。

柯嗣一身囚服，浑身是伤，再不是那彩戏园地下光鲜亮丽的总管事。

谢绡一撩衣摆，在丹玉抬过来的太师椅上坐下，抬眼扫过柯嗣乱发下的那张脸，他没有多少血色的薄唇微张："听说你几番尝试自尽都不成？"

"太子殿下聪慧谨慎，派东宫侍卫时时刻刻守在我面前，防着外头的人来杀我灭口，也防着我自杀。"柯嗣说话时牵动了胸前的伤口，声音也有些含混，"我柯嗣何德何能，竟要太子带着伤亲自驾临这样的地方。彩戏园的东家是谁，我不是已经交代过了吗？"

"你以为你一口咬定是他，我就会信你？"谢绗接了丹玉递来的一碗热茶，热气飘出来，衬得他眼眉极淡。

"一定是罗希光手中掌握的证据并不足以证明彩戏园有第二个东家，不然太子也不会夤夜来到此地审问我。"柯嗣猛烈地咳嗽几声，声音变得更为嘶哑了些，"如今彩戏园都没了，我难逃罪责，还有什么可隐瞒的？太子为何就是不信？还是说，太子殿下您希望我现编出另一个东家来才满意？"

"柯嗣，那个京山郡来的富商如何能有这样的本事？你以为你咬定是他就没事了？"卢正文坐在另一侧，面容冰冷，厉声道，"你不要顾左右而言他，如今秦越已经下狱，他一个卧蛇岭的山匪寨主，如何逃到这月童城，又是如何成为彩戏园的外门管事的，你难道会不清楚？他已故的妻子便是你的姐姐，你还要本官提醒你，你与他之间到底是何种关系？"

柯嗣听见卢正文此言，果然神色变得有些僵硬。他蓦地抬眼，仔细观察着卢正文的神情，似乎很是怀疑："前夜在我出面之前，我已让人递了消息给他，让他离开。"

"柯嗣，你别忘了是谁带殿下与徐家两兄弟入彩戏园的，你会想不到他们能顺利进入彩戏园，未必不是你姐夫秦越故意相帮？"徐允嘉面上没什么表情，只冷冷地陈述着事实。

柯嗣忽然沉默下来，此时这审讯厅内的几盆火烧得正旺，在架子上溅出淡黄的火星子来。

半晌后，他才开口："他都说了？"

"说什么？"谢绗将茶碗放到一旁，"说他背后的人是右都御史李适成？"

"他果然说了。"到这一刻，柯嗣才面如死灰。

"看来你和你的主子留着秦越这个李适成的眼线，为的便是在今日彩戏园地下之事败露时，有个替罪的人。"

面色苍白、神情怏怏的少年被丹玉扶着站起身来，他迈着轻缓的步子走到柯嗣面前，用一双冰冷的眼眸打量他片刻，而后嗤笑了一声。

"太子因何不信？"柯嗣盯着眼前这少年，"我姐夫既已下狱，想来我那可怜的外甥女也已被太子殿下的人所控制，殿下既然已查到这一层，为什么还是不肯信？"

"真是李适成？"谢绹睨他。

"确是李适成。"柯嗣闭了闭眼，咬牙道。

可是下一瞬，长剑自剑鞘抽出铮然作响，那剑锋毫无预兆地刺穿了柯嗣的臂膀。鲜血迸溅出来，柯嗣经受不住，目眦欲裂，高声惨叫。

"是吗？"少年握着剑柄微转手腕，任由剑刃碾碎他伤口之间的血肉。

柯嗣痛得厉害，一双眼睛已经憋红。他剧烈地喘息着，明明是被绑在木架子上动弹不得的，他另一只手中竟偷偷攥着一颗钢珠，就在此时，朝着谢绹激射而去。丹玉反应极快，先上前用剑挡开那颗被柯嗣借由内力弹出的钢珠，又朝他胸口打了一掌。柯嗣吐了血，却不知为何，在迎上面前那少年一双冰冷的眼瞳时，他忽然笑起来，笑声逐渐放大。

他满嘴都是血，却用一双阴鸷的眼，紧盯着谢绹说道："殿下，此人最好是李适成。您不该再往下查了，否则，您是会后悔的……"

他的笑容带着邪恶，意味深长地说："再往下，也许就是您的舅舅了。"

九璋殿内。

"卢正文递上来的折子已经说得很清楚了。"延光帝谢敏朝端坐在御案后，打量着站在殿中的少年，"但朕看你似乎还有疑虑？"

"依父皇之见，彩戏园背后之人是李适成吗？"谢绹站在下首，他神情平静，眼睛里却酝酿着风波。

"种种铁证，皆指向他。"谢敏朝眼底带着浅浅的笑意，却并不说是与不是，只是拿了手边的奏折朝他展示。

谢绹平静地盯着坐在龙椅上的谢敏朝，而后微垂眼睫遮住他那双犹如深潭般的眼瞳，扯了扯血色极淡的唇说道："儿臣……亦无异议。"

待谢绹转身朝九璋殿外走去时，谢敏朝端起太监总管刘松递来的茶碗，于氤氤的热气间，用锐利的眼神静静地瞧着那少年离去的背影，直至面上再不剩多少笑意。

紫棠色的衣袂拂过门槛，谢绲走下白玉阶，徐允嘉与丹玉二人迎上去，齐声唤："殿下。"

"我娘子呢？"谢绲开口。

"太子妃已经在皎龙门了，就等着太子您过去。"徐允嘉恭敬地答。

谢绲应了一声，似乎有些心不在焉。

"殿下……"丹玉犹豫了片刻，小心地看了一眼谢绲，还是忍不住说道，"殿下，臣觉得那柯嗣只不过是狗急跳墙，知道自己要死了，临了便逮谁咬谁，他提及裴太傅，应该是想乱您心神，想要您与太傅之间就此生出嫌隙。"

"卢正文没有将柯嗣最后的那句话上报，也是基于目前掌握的所有证据都无法证明此事与裴太傅有任何关联，殿下，臣也以为那是柯嗣故意为之。"徐允嘉接话道。

"这些都不重要。"谢绲的面庞上看不出多少异样，也许是思及方才在九璋殿中谢敏朝的神情举止，他又说，"重要的是我父皇怎么想。"

谢敏朝要谢绲彻查彩戏园，为的是揪出李适成这个言官祸首，可谢绲并不会如他所愿，只查出一个李适成便罢。柯嗣最后的一句话将太傅裴寄清拉下水，这究竟是彩戏园背后那个真正的主人为了阻止他查下去而故弄玄虚的手段，还是谢敏朝的警告？为了替那个人收拾烂摊子，谢敏朝也算是用心良苦。

"你觉得舅舅真的会参与彩戏园的事情吗？"在出宫的马车上，戚寸心坐在谢绲的身侧，轻声问道。

"他不会。"谢绲语气淡漠。

裴寄清是什么样的人，这世上应该没有人比谢绲更清楚。他可以为了家国耗费自己的大半生，也能忍下绥离战败后紧随而来的丧子之痛。

裴寄清该是最厌恶那些在失地未收、江山未固的境况下种种醉生梦死的行径的，彩戏园里的那些勾当，他不会做，也不屑做。

"我也觉得舅舅不会。"戚寸心无论如何也无法相信裴寄清会牵扯其中，耳畔是马车行进的辘辘声响，也不知为何，她在透过帘子迎面袭来的清风之中，感受到了一种凛冽的寒意。

今日戚寸心要去玉贤楼见枯夏，而谢绲则要去裴府见裴寄清，他们二人皆身着常服，并未大张旗鼓。

马车在玉贤楼前停下，谢绲将一枚金玉令塞入她手中："侍卫府的人暗中跟着你，若遇险，将这个交给徐允嘉。"

"我知道了。"戚寸心点点头。

谢绲瞥一眼她的面庞，随即伸手摸了摸她乌黑的发鬓："去吧。"

戚寸心还未起身，却听马车外头传来一道熟悉的声音："公子，公子我是徐山岚！"

在外头的子意掀开车帘，戚寸心抬眼便瞧见了站在马车旁歪着头看过来的徐山岚。他下巴上青黑的胡楂还没剃干净，一身衣裳也不大平整，同之前第一次见他时那光鲜亮丽的公子哥形象不大相符。

"徐世子，你有什么事吗？"他出现在这儿戚寸心倒是不觉得稀奇，毕竟玉贤楼是富家子弟常光顾的地方。

"我这几日都在这儿守着，总算是等到公子和……"徐山岚的目光停在戚寸心的脸上，他斟酌了一下措辞道，"和夫人了。"

因为他爹徐天吉早在二皇子婚宴上便见过了戚寸心，他也知道了戚寸心其实是天山明月周靖丰的学生，当今太子殿下从北魏东陵带回来的太子妃。

"我是来感谢公子救命之恩的。"徐山岚有些拘谨，他拱手行礼，"当日若非是公子与远之……不，是丹玉侍卫，我和我弟弟怕是出不来了。"

"徐山霁没告诉你之前的事吗？"谢绲盯着他。

"他说了，我知道是公子让他和我一块儿去彩戏园的。"徐山岚说着，还有几分不好意思。

"但即便公子不同我们一块儿去，我这个人因为好奇，也是要找门路想办法进去看热闹的。"也许是想起那彩戏园地下的种种，他的神情变得肃穆，"但我没想到那底下原来都是那样的把戏。"

"听说你收养了罗大人的女儿？"戚寸心说道。

提及那个小女孩儿，徐山岚的脸色缓和许多，他点了点头："罗大人是我爹的老部下，他为了这件事付出了太多，有他的性命，还有他妻子和父母的性命。如今就剩个女儿，我想替他养着。"

此间春风已携着丝丝暖意，他忽然抬头去看那些在玉贤楼前进进出出、衣着鲜亮的男男女女，或许也想到了许多个日夜从这里走进去又走出来的自己。

"我有件事想问公子。"他忽然道。

"说。"谢缈颔首。

"彩戏园的主人，真的是李适成吗？"徐山岚迎上他的目光。

谢缈闻言，原本冷淡的眉眼间似乎添了点兴致："你不相信？"

"我相信公子，公子不信，我就不信。"

徐山岚似是终于下定了决心，他再度朝谢缈与戚寸心恭谨地行了礼，道一声告辞离开了。

戚寸心看着他转身走入热闹的人群，又瞧见他买了一串糖葫芦拿在手里。那也许是给那个罗家的小姑娘买的吧？

"他好像变得有点儿不太一样了。"戚寸心看着他的背影。

谢缈的眼睛里并没有什么讶异之色，声音也仍是平淡的："他不过是看清了当下的局势。"

"什么局势？"戚寸心问。

谢缈坐直身体，伸手将她的脸扳回来，道："徐天吉当夜带兵到彩戏园来，在许多人的眼里，就是他们永宁侯府已经站到了我这边。"

"就是说，你父皇已经开始忌惮永宁侯了？"戚寸心反应过来。

"娘子聪慧。"谢缈松开她，"徐山岚若再不担起世子之责，永宁侯府就岌岌可危了。"

所以徐山岚方才那一番话，实则是在向谢缈表忠心。谢敏朝当初还是齐王时，永宁侯徐天吉便与他有些嫌隙，此前两不相沾倒还好，如今出了这档子事，还是徐山岚惹出来的，永宁侯府如今唯有真正站到谢缈这边来，才可能保住侯府未来的尊荣。

戚寸心下了马车，目送谢缈离开后，转身就要走入玉贤楼，却见韩章拿了一串糖葫芦跑回来，恭敬地递到她眼前。

"我没要这个啊？"戚寸心一头雾水。

"殿下说您一直盯着徐世子手里的糖葫芦看，走前嘱咐臣给您买一串。"韩章的声音低了些。

"啊？"

戚寸心把糖葫芦接了过来，盯着色泽鲜红又好似琥珀般剔透的果肉，她走上阶梯时便忍不住咬了一口。

正是午时用饭的时候，楼上楼下的客人很多。于嘈杂声中细听，会发现他们多是在谈论当朝右都御史李适成昨夜被下狱的事。

"听说那彩戏园地下荒唐着呢！满地金银不稀奇，稀奇的是那些死囚被关在笼子里与恶兽相斗，大理寺的人在乱葬岗翻出了好多尸体……"

"可不是吗……听说那原是北魏蛮夷喜欢的把戏，自彩戏园易主给一个北魏来的人之后，咱们这月童城也就多了这样的东西了。要我说，幸亏咱们当初没想什么法子进去瞧瞧，那些玩意儿有什么好瞧的？"

"蛮夷茹毛饮血的，占了咱们大黎半壁江山，也没改这野蛮阴损的毛病！"

这里推杯换盏，人声鼎沸。戚寸心只略微听了几句，便走上楼去。

屏风隔出靠窗的雅座，青纱幔后便是一女子临桌而坐，透过纱幔也隐约能看到她卷曲的长发和一身西域女子的衣裙。子意掀了纱幔，里头的年轻女子抬眼，竟没戴面纱。戚寸心往前走了两步，当那女子的面容映入眼帘的时候，她便一下呆住。

她一脸惊愕，失声唤道："绿筠姐姐？"

桌前的女子穿着一身不同于南黎与北魏的衣裙，腰间的金饰繁复而惹眼，一头卷曲蓬松的长发，尽显异域风情，她却偏偏拥有一张与当初在东陵晴光楼内的绿云一模一样的脸。

"你说的是哪个筠？"那女子笑意盈盈的，眉目间有种盛气凌人的美，与往日在晴光楼内总是懒懒地靠着窗棂，朝下扔给她铜子儿的那个绿衫云鬓、美目凉薄的冷美人不太一样。

"无波真古井，有节是秋筠。"戚寸心还记得，这是绿筠常执一把花鸟团扇，在窗畔轻吟的诗句。那时她尚不知晓这句诗的意思，如今却懂得"筠"字为竹，而竹坚韧，高风亮节。在晴光楼内，那便像是一种讽刺。颜娘死后，晴光楼里的绿云脱了贱籍，恢复自由身后，便用回了她曾经的"筠"字。离开东陵的那个黄昏，戚寸心记得她的背影，也记得她是干干净净的。

"那就是了。"女子朝她微微一笑，"她是我的双生妹妹。"

"双生妹妹？"戚寸心惊奇地打量着这女子，怪不得她总觉得虽是同样一张脸，眉目间的神韵却是大相径庭的。

"我与绿筠幼年失散，我被人卖去西域，此后多年再难与她得见，我当初一定要走通西域与中原的这条商路，也是为了寻她。

"待我总算找到些线索去东陵时，却不承想，晴光楼没了，她也不知所终。我此次提前来月童，就是想寻个机会见太子妃一面，我听闻她临走前，最后见的人，是你。"

枯夏十分有礼，待戚寸心走过来坐下，便伸手替她斟酒。

"的确是我。"戚寸心点了点头道，"可绿筠姐姐走时，并没有告诉我她要去哪儿。"

"太子妃可记清楚了？"枯夏问道。

"嗯。"戚寸心应了一声。

枯夏闻言，也许是有些失望，片刻后，她面上再添笑容："无论如何，我送出一颗冬绒珠替太子妃解围，涤神乡的程乡使也给了我丰厚的报酬。"

"不过，"戚寸心想了想，又说，"我觉得她一定会回南黎。"

在晴光楼时，有一回戚寸心在后院洗衣服，回头便望见楼上的绿筠穿了一身南黎人的衣裙，站在铜镜旁打量自己，她嘴里哼的小调也是南黎的小调。戚寸心曾那样想要回到南黎的澧阳，她觉得自己不会错认绿筠的那颗归乡之心。

"她也许会回青溪。"戚寸心又想起那吴侬软语，说道。

"青溪"二字入耳，枯夏端酒杯的动作一顿，追问道："青溪的确是我与妹妹的家乡，此前我已经遣人去找了，没什么消息，但今日听太子妃这么一说，我觉得我也许该再去青溪一次。"

戚寸心还欲再说些什么，子茹却忽然走进来，将手中的东西递到戚寸心面前："姑娘，方才有个小孩儿来送东西给您，奴婢查过了，这东西没毒，但字条上有古怪。"

戚寸心闻言，目光落在她递来的油纸包上。

那油纸已经打开，里头是一个烧饼，其中还夹着一张皱巴巴的字条。

她眉心一跳，忙问子茹："这字条原来是不是折成了青蛙的形状？"

子茹应声："是的。"

戚寸心急忙接过那字条来一看，上面是歪歪扭扭的字——生辰吉乐。

"一定是小九。"她捧着字条说道。

在东陵时，只有小九会在她生辰的前三天买一个奶酥烧饼，塞一个青蛙形状的字条在油纸包里，再留下一句话。

可小九怎么会到南黎来?

戚寸心想让子茹去请那个送东西的小孩来，可却看到字条的背面居然还有字，她翻过来一看，上面赫然写着——

寸心，救我。